# Ein Zeuge für den Mörder

## WEITERE TITEL VON VERITY BRIGHT

In Deutscher Sprache

*Ein allzu englischer Mord*

*Der Tote im Ballsaal*

*Ein Zeuge für den Mörder*

*Ein Mord im Schnee*

In Englischer Sprache

*A Very English Murder*

*Death at the Dance*

*A Witness to Murder*

*Murder in the Snow*

*Mystery by the Sea*

*Murder at the Fair*

*A Lesson in Murder*

*Death on a Winter's Day*

*A Royal Murder*

*The French for Murder*

*Death Down the Aisle*

*Murder in an Irish Castle*

*Death on Deck*

VERITY BRIGHT

# EIN ZEUGE FÜR DEN MÖRDER

Übersetzt von
Johannes Schmid & Cyra Pfennings

bookouture

Die Originalausgabe erschien 2020 unter dem Titel
„A Witness to Murder"
bei Storyfire Ltd. trading as Bookouture.

Deutsche Erstausgabe herausgegeben von Bookouture, 2023
1. Auflage September 2023

Ein Imprint von Storyfire Ltd.
Carmelite House
50 Victoria Embankment
London EC4Y 0DZ

deutschland.bookouture.com



ISBN: 978-1-83790-865-3
eBook ISBN: 978-1-83790-864-6

*Für die wunderbaren Freunde, die Eleanor und Clifford bei jedem ihrer Abenteuer angefeuert haben. Danke schön.*

»Wenn du die Wahrheit sagst, gibt es nichts, was du im Kopf behalten müsstest.«

Mark Twain

# PROLOG

»Willkommen zu unserer schmucken Soirée auf Farrington Manor. Erstmalig in den offiziellen Aufzeichnungen des Domesday Book von 1086 erwähnt, befand sich Farrington Manor seit dem Jahr 1463 in den Händen von lediglich zwei Familien, wobei die Farringtons es im Jahr 1657 erbten.«

Lady Farrington, Gräfin von Winslow, schritt mit routinierter Gelassenheit die vergoldete Treppe hinunter, die Schleppe ihres Seidenkleids glitt hinter ihr über jede einzelne der mit rotem Teppichboden belegten Stufen, und ihre Diamantohrringe funkelten so hell wie die Lüster, die die Kuppeldecke über ihr erleuchteten.

»Clements wird Sie nun in den Speiseraum geleiten, wo das Benefizabendessen stattfinden wird.« Ihr blasierter Ton richtete sich an die Gäste, die sich in der großen Empfangshalle eingefunden hatten und die allesamt eine Champagnerflöte in der Hand hielten.

»Ladys und Gentlemen, hier entlang, bitte.« Ein großer Butler mit schmalen Schultern in einem tadellosen Smoking forderte die kleine Gruppe mit einer Geste auf, ihm zu folgen.

»Wenn Sie Ihre Gläser bitte hier auf dem Tablett abstellen möchten.«

Kaum hatten die Gäste die Halle verlassen, verfinsterte sich Lady Farringtons Miene. »Anna!« Das Dienstmädchen der Lady war unverzüglich zur Stelle. »Bringen Sie mir einen Cocktail. Und zwar einen großen!«

Während der Butler die Gruppe durch den Korridor führte, schwebten seine hochglanzpolierten Schuhe geräuschlos über den dicken Wilton-Teppich. Die Gesellschaft folgte mit weit aufstehenden Mündern und bewunderte die raumhohen Gemälde der Farringtons, die zu beiden Seiten des Gangs hingen. Der Butler rümpfte leicht die Nase, sagte jedoch nichts.

Da die Gesellschaft zu klein für das Hauptspeisezimmer war, geleitete der Butler sie in einen gemütlicheren, jedoch nicht minder prachtvollen Raum. Karminrot-goldene Vorhänge rahmten eine Reihe von Rundbogenfenstern entlang der gesamten Längsseite des Raums, unterbrochen nur von kleinen Nischen mit Marmorskulpturen. Der Butler hob eine Hand und verkündete: »Ich präsentiere: Mr Arnold Aris.« Daraufhin konsultierte er die Karte, die er aus seiner Westentasche gezogen hatte, und fuhr fort: »Mr Ernest Carlton, Mr Vernon Peel, Mr Oswald Greaves, Mr Duncan Blewitt, Mr Stanley Morris und …« Er blickte hochkonzentriert auf die Karte. »Miss Dorothy Mann.«

»Endlich!«, brüllte Lord Farrington, Earl von Winslow, vom anderen Ende des Raumes, wo er allein mit Zigarre und Brandy in den Händen gewartet hatte. »Ich wollte schon ohne Sie anfangen.« Er schritt hinüber und gab dem ersten Mann einen kurzen Händedruck. »Aris, läuten Sie die Ansprachen ein? Lord Fenwick-Langham und seine Gattin haben in letzter Minute abgesagt.« Der Mann nickte. Lord Farrington wandte sich an den Rest der Gruppe: »Lassen Sie sich nieder, werte

Gentlemen und Ladys und trödeln Sie nicht beim Essen, wir haben heute viel zu erledigen.« Lady Farrington trat aus einer der gewölbten Türöffnungen, um seine Aufmerksamkeit zu erregen. »Richtig, und um Schlag elf Uhr geht es zurück in die Kutschen und die Automobile. Setzen!«

Die Canapés, das Entenconfit und ein Aufgebot alkoholgetränkter Süßspeisen wurden serviert und innerhalb von fünfundvierzig Minuten weitestgehend vertilgt. Lord Farrington brachte sein Glas mit seinem Messer zum Klirren. »Gut, falls sich jetzt noch irgendjemand die Beine vertreten will oder eine dringendere Angelegenheit zu verrichten hat – der Diener wird Ihnen zeigen, wo sich die entsprechenden Räumlichkeiten befinden –, nehmen wir uns fünf Minuten Zeit, ehe wir auf unser Wohl trinken und zu den Ansprachen übergehen.«

Ein allgemeines Stühlerücken setzte ein, als Lord Farrington herantrat und Aris auf den Rücken klopfte. »So, nach dem Zuprosten sind Sie dran. Gönnen Sie denen im Anschluss ruhig ein Momentchen, um noch mehr Champagner und Brandy zu schlürfen. Dann werden sie besoffen genug sein, um mehr Großzügigkeit an den Tag zu legen, wenn sie in ihre Spendierhosen greifen und ihre Unterstützer dazu aufrufen, es ihnen gleichzutun.«

Aris nickte. »Kein Problem.«

Lord Farrington kam ihm so nahe, dass Aris der Rauch aus seiner Zigarre in die Nase kroch. »Und fassen Sie sich kurz, Arnold, seien Sie so nett.«

Lord Farrington kehrte an seinen Platz zurück und schlug ein Weinglas mit seinem Kompottlöffel an. »Ladys und Gentlemen, wie Sie wissen, haben wir uns heute hier eingefunden, um den Saisonauftakt mit unserer jährlichen Benefizveranstaltung für ...« Er blickte auf den Tisch hinunter. Seit Spendensammlungen wegen dieses verdammten Lord Shaftesbury en vogue waren, war man gezwungen, die ein oder andere wohltätige Sache zu unterstützen. Die Wahl der diesjährigen Wohlfahrtseinrichtung hatte er Aris überlassen, allerdings kam ihm der verflixte Name der Stiftung nicht in den Sinn. Er warf einen verstohlenen Blick auf das Kärtchen neben seinem Teller. »Für die Anchorage Mission of Hope and Help, die …« Er gab es auf und ging dazu über, ganz unverhohlen von seinem Kärtchen abzulesen. »… reumütige junge Frauen aufnimmt und unterstützt, die vom Weg abgekommen, aber ansonsten von gutem Charakter sind.« Er runzelte die Stirn und beendete seine Ausführungen: »Ob schwanger oder nicht.« Er schüttelte den Kopf. *War das denn die Möglichkeit?* »Also, greifen Sie tief in Ihre Taschen und denken Sie an alles, was ich im Lauf der Jahre für Sie getan habe.« Dies wurde von der Runde mit dem gebotenen amüsierten Gegluckse quittiert. »Bevor wir zu den Reden übergehen, bitte ich Sie, Ihre Gläser zu erheben.«

Die versammelte Gesellschaft tat, wie ihr geheißen, und ließ dem Toast ein mundgerechtes Stück Schokoladenfudge folgen, das der Diener nebst jedem Teller platziert hatte. Lord Farrington stellte sein Glas ab, das ihm ein Kellner umgehend wieder auffüllte. »Nun, um loszulegen, präsentiere ich Ihnen Arnold Aris, parteiloser Abgeordneter für den Wahlkreis Chipstone.« Während seiner Worte war ein Tumult am Endes des Tisches entstanden. Er wandte sich um und sah, dass der besagte Parlamentsabgeordnete auf dem Tisch zusammengesackt war.

Während des allgemeinen schockierten Schweigens, das darauf folgte, nahm der Butler diskret Aris' zusammengesunkenen Körper in Augenschein, um sich dann wieder Lord Farrington zuzuwenden. »Mr Aris ist tot, Mylord.«

»Oh, um Himmels willen!«, murmelte Lady Farrington ihrem Gatten zu. »Wer hätte das gedacht?«

# EINS

»Oh, Mist!« Lady Eleanor Swift blieb gerade genug Zeit, um sich auf den Schmerz des Aufpralls gefasst zu machen, als sie über ihre Lenkstange flog und ungünstig in einer Weißdornhecke landete. »Autsch!«

Beim Besteigen ihres Fahrrads auf Henley Hall war es ihr noch wie eine gute Idee erschienen, die Haarnadelkurven auf dem Weg hinab nach Little Buckford mit Volldampf hinunterzusausen. Aber woher hätte sie auch ahnen sollen, dass ihr der verflixte Schnürsenkel in die Quere kommen würde? Und zwar, indem sich selbiger freiwillig auf dem steilsten Abschnitt der gesamten Chilterns und Cotswolds löste und in der Kette verhedderte.

Eleanor fluchte lauthals zu den Heckenbraunellen und Amseln hinauf, die argwöhnisch auf sie herabspähten, während sie aus dem Weißdornheckendickicht hervorkroch. Sie zog ihre roten Locken aus der stacheligen Umklammerung des Gestrüpps, sodass sie ihren Rock glatt streichen konnte, der sich irgendwie an ihrem Sattel verfangen haben musste. Doppelter Mist! Unschicklichkeit in Reinkultur. *Du sollst doch eine Dame sein, Ellie!*

Sie richtete ihr Fahrrad auf und schüttelte den Kopf, als sie feststellen musste, dass ihr Lenkerkorb im Vorderrad hing. Wenigstens ihr Hundeanhänger war, abgesehen von einem leichten Kratzer an der linken Seite, unversehrt geblieben. Glücklicherweise hatte Gladstone, die Bulldogge, die sie vor Kurzem geerbt hatte, es an diesem Morgen vorgezogen, auf das Kitzeln des Windes in seinen Lefzen zu verzichten und stattdessen in seinem bequemen Bett am warmen Küchenherd zu verweilen. Zweifelsohne würde er die Zeit dabei geschickt nutzen, um sich die ein oder andere Wurst zu stibitzen, wenn die Dienerschaft gerade abgelenkt war.

Eleanor, der zwar häufig Missgeschicke unterliefen, die aber gleichzeitig niemals aufgab, hatte im Nu alles zu ihrer eigenen Zufriedenheit repariert. Nach einer flüchtigen Inaugenscheinnahme ihres Werks setzte sie ihre Talfahrt fort, ihren angeschrammten Arm irgendwie in ihren smaragdgrünen Schal einbandagiert.

Die lieben Leute aus Little Buckford schienen ihre Reparaturkünste jedoch anders zu beurteilen. In sämtlichen Läden, die sie betrat, wurde sie mit verhaltenem Unglauben und einem leicht beunruhigten Lächeln empfangen und auf dem Weg hinaus jeweils mit Angeboten für Salben, Reparaturen und Mitfahrgelegenheiten zurück nach Henley Hall behelligt.

»Sehr aufmerksam von Ihnen. Aber die Schäden an mir und meinem Fahrrad sind viel harmloser, als es den Anschein hat«, insistierte sie bei jeder dieser Offerten. Sie staunte immer wieder darüber, wie herzlich sie von der gütigen und eng verbundenen Gemeinschaft des Örtchens aufgenommen worden war, nachdem sie vor Kurzem das Anwesen Henley Hall von ihrem Onkel geerbt hatte. Selbst die Steinmauern der Geschäfte und Cottages von Little Buckford erschienen ihr heimelig, was ihr eigentümlich vorkam. Schließlich war sie als Kind nur drei- oder viermal hier zu Besuch gewesen und hatte Henley Hall erst vor sechs Monaten bezogen.

War dieses Gefühl also der Freundlichkeit der Dorfbewohner oder aber der Tatsache geschuldet, dass sie nach Jahren des Reisens nun an einem festen Ort lebte? In Wirklichkeit war es wohl am wahrscheinlichsten, dass das klaffende Loch, das sie ihre gesamte Jugend und ihr bisheriges Erwachsenenalter über in ihrem Herzen getragen hatte, nun endlich zu heilen begann. Sie hatte angefangen, ein Gefühl von Zugehörigkeit zu empfinden.

Sie wandte sich wieder dem Kreise aus fürsorglichen Gesichtern zu und deutete auf das nächste Geschäft in der von hübschen Steinmauern und schwarzem Fachwerk geprägten Hauptstraße. Das schaukelnde Aushängeschild über der Türe verhieß: »Penry's Butchery, feinste Ware«, und Eleanor erklärte: »Jetzt muss ich nur noch in Mr Penrys feinem Geschäft vorbeischauen, und dann bin ich im Nullkommanichts wieder zu Hause.«

Da die Ehefrauen der Farmer ihr unkonventionelles Gebaren bereits gewöhnt waren, tauschten sie lediglich einen Blick aus und verabschiedeten Eleanor. Sie winkte zurück, lehnte ihr Fahrrad gegen den gemauerten Vorbau der Metzgerei und betrat begleitet vom Läuten der Ladenglocke das Geschäft.

Im Inneren wurde sie von emsigem Geschnatter empfangen.

»War letzte Woche erst mit meinem Johnny da, dem ging es so schlecht, aber nachdem ich ja schon die sieben Shilling für den Besuch beim Doktor bezahlen musste, konnte ich mir nur noch eine Wochenration von der Medizin leisten, die er ihm verschrieben hat. Johnny soll sie eigentlich mindestens einen Monat lang einnehmen, meinte der Doktor, aber woher soll ich denn nur das Geld dafür nehmen, habe ich ihn gefragt?«

Dies führte zu einer Welle empörter Unterstützungsbekundungen. »Sie sollten damit zu Ihrem Abgeordneten gehen. Bringen Sie ihn dazu, etwas dagegen zu unternehmen.«

Die Dame, die Eleanor für Johnnys Mutter hielt, schüttelte

den Kopf. »Geht ja schlecht, oder? Erst einmal muss da ein neuer her.«

»Ist mit dem Gesicht nach unten in sein Dessert gesackt, habe ich gehört«, sagte eine korpulente Frau mittleren Alters und schüttelte den Kopf.

Die anderen drei, die gut und gern Schwestern hätten sein können, schnappten gleichzeitig nach Luft.

»Eine furchtbare Angelegenheit.«

»Das ist der Tod so häufig, meine Liebe.«

Eleanor hätte sich am liebsten die Ohren zugehalten. Sie war es inzwischen leid, seit ihrem Umzug nach Henley Hall andauernd in Mordfälle verstrickt zu werden. Ihre wunderbare Dienerschaft würde sie zweifelsohne darüber informieren, wer verstorben war, und die für eine Frau in ihrer Position angebrachten Beileidsbekundungen würden zu gegebener Zeit übermittelt werden. Offensichtlich handelte es sich nicht um jemanden, den sie kannte, andernfalls hätte Clifford, ihr Butler, sie schon beim Frühstück darüber in Kenntnis gesetzt. Nichtsdestotrotz, dachte sie bekümmert, gab es gerade jemanden, der um diesen Toten trauerte.

»Mr Penry, einen guten Morgen wünsche ich Ihnen«, flötete sie, während sie die drei gläsernen Vitrinen voller akkurat filetierter Fleischstücke inspizierte, die von schmalen Streifen aus grünen Kräutern voneinander getrennt waren.

Der große rotgesichtige Mann mit der tadellosen blau-weiß gestreiften Fleischerschürze hinter dem Tresen drehte sich strahlend zu ihr um. Sein beschwingter Tonfall verriet eindeutig seine walisische Herkunft. »Lady Swift, was für eine Ehre, oder sollte ich eher sagen: Lady Van Gorder?«

Die versammelte Kundschaft lachte über diese Anspielung auf Eleanors Rolle in der alljährlichen Darbietung der Laientheatergruppe vor nicht allzu langer Zeit. Diese erste ernsthafte Bemühung ihrerseits, am Dorfleben teilzuhaben, war besser verlaufen, als erwartet.

Sie lächelte, warf sich in die entsprechend dramatische Positur und gab dabei acht, den säuberlichen Stapel aus Umschlagpapier auf dem Tresen nicht umzuwerfen.

Penry wischte sich die Hände an seiner Schürze ab. »Nun denn, zunächst einmal möchte ich mich dafür entschuldigen, dass Sie sich persönlich auf den Weg machen mussten, um Ihre Bestellung entgegenzunehmen, wenngleich …« Er kratzte sich am Hinterkopf. »… ich mich wohl nie an eine Lady gewöhnen werde, die ihre Einkäufe selbst erledigt, wenn Sie mir die Bemerkung verzeihen, Mylady. Wie ich Ihrer Köchin Mrs Trotman allerdings bereits erklärt habe, ist meine arme Frau im Moment zu krank, um ihre üblichen Auslieferungen zu tätigen, und ich kann den Laden nicht unbeaufsichtigt lassen.«

Eleanor hob besorgt die Augenbrauen. »Ich hoffe, dass es ihr bald besser geht. Und es ist wirklich keinerlei Problem für mich, hier vorbeizuschauen –« Sie sah sich um, und ihr Stirnrunzeln verstärkte sich. »Ach Gottchen, ich fürchte, ich habe mich vorgedrängt!« Sie drehte sich zu der ersten Frau in der Schlange hinter sich um: »Bitte, gehen Sie doch vor.«

Dies sorgte für überschwängliches Kopfschütteln.

»Auf keinen Fall.«

»Ich habe heute alle Zeit der Welt, ich bin wirklich nicht in Eile, Mylady.«

Penry spreizte seine Wurstfinger auf dem Tresen. »Wenn das so ist … Wie kann ich Ihnen also an diesem wundervollen Herbstmorgen zu Diensten sein? Aber Obacht, da draußen hängt mehr als nur ein Tröpfchen Regen über unseren Köpfen und wartet nur darauf, die Enten im Dorfteich zu beglücken.«

Eleanor schmunzelte angesichts dieses Bilds. »Nun, zum Glück für unsere gefiederten Freunde findet sich heute keine einzige Ente auf meinem Einkaufszettel wieder. Im Gegensatz zu vielen anderen Dingen, welche dank der kombinierten Fähigkeiten von Ihnen und meiner Köchin mit Sicherheit in Speisen verwandelt werden, die schlicht zu köstlich sein werden, um davon nur ein Gäbelchen zu probieren, fürchte ich.«

»Das ist zu freundlich, Mylady, allerdings gebührt jegliche Anerkennung Mrs Trotmans kulinarischen Zauberkräften.«

Während er sprach, tastete Eleanor ihre Taschen nach der Liste ab, die ihr die Haushälterin anvertraut hatte. »Wenn das so ist, dann hätte ich gern … Ah, ich fürchte die, äh, Liste ist durch dieses kleine Loch aus meiner Rocktasche gefallen.«

Penry lachte in sich hinein. »O weh, o weh, aber das macht doch nichts. Was halten Sie davon, wenn wir zwei beiden uns ein kleines Menü ausdenken, das in der Küche nicht allzu viel Ungemach und Verwirrung stiften sollte?«

Eleanor nickte erleichtert.

Penry zählte an den Fingern ab. »Nun denn, es ist Montag, am Sonntag steht ein Sonntagsbraten an … und am Samstag vermutlich Wildpastete, habe ich recht?«

Eleanor stand die Verwirrung ins Gesicht geschrieben. »Beängstigenderweise ja. Woher um alles in der Welt wissen Sie …?«

»Ach, es ist die Aufgabe eines professionellen Verkäufers, einschlägiges Wissen über seine Kundschaft zu haben, Mylady.«

Eleanor, die nach wie vor erstaunt war, lauschte, während er ihr eine Reihe von Vorschlägen für den Rest der Woche unterbreitete. Sie nickte stumm, als er mit einer besonderen Schweinelende für die Apfelsoße endete.

»Vorzüglich, ganz sicher. Danke, Mr Penry. Mir war gar nicht bewusst, dass Sie Ihr Sortiment auf hausgemachte Soßen ausgeweitet haben.«

Er beugte sich leicht nach vorn. »Wir vergessen manchmal, dass Sie neu im Dorf sind, Mylady. Die Soße wird von der Apfelernte gemacht, ganz nach Tradition.«

»Ach ja, ja, natürlich, ich Dummerchen!« Verdutzter denn je, wartete Eleanor geduldig, bis der Metzger einen Berg aus hübsch verpackten Päckchen aufgetürmt hatte, jeweils mit dem entsprechenden Wochentag beschriftet, für den sie vorgesehen waren.

»Zu gütig, aber darf ich Sie noch um eine letzte Sache bitten?«

Das Getratsche weiter hinten an der Theke, das sich wieder dem ursprünglichen Thema gewidmet hatte, verstummte augenblicklich, als aufs Neue die Ohren gespitzt wurden.

»Alles, was Sie wünschen.« Penry breitete die Arme aus. »Welches Gift darf es denn sein?«

»Nun, ich würde gern ein ordentliches Stück von Ihrer Paketschnur erwerben, bitte. Aber kein Wort an Mr Clifford.«

Penry lachte so heftig, dass seine kräftigen Schultern bebten. »Bei meiner Keltenehre, Mylady, Ihr Geheimnis ist bei mir in sicheren Händen.« Er ließ seinen Blick zu den Frauen wandern und zuckte kurz mit den Schultern. Dann neigte er seinen Kopf leicht zu Eleanor. »Aber meine Neugier frisst mich auf, und wie Sie sehen, kann ich es mir nicht erlauben, auch nur ein einziges Pfund zu verlieren.«

Sie lachte. »Nennen wir es einfach mal einen umdamenhaften Fall von einem Fahrradfiasko.«

»In Ordnung, Mylady. Ich habe verstanden. Nehmen Sie ruhig die ganze Rolle mit, ich habe noch mehr davon.«

»Wie liebenswürdig, danke, aber nicht, dass es Ihnen ausgeht?«

In Eleanors Ohren schien sich Penrys walisischer Akzent noch zu verstärken, als er sie mit einem Wink seiner Hand und einem breiten Lächeln beschwichtigte. »All unser Besitz in dieser Welt ist nur für gewisse Zeit geliehen, wie wir in Südwales zu sagen pflegen.«

---

Seine Abschiedsworte schwirrten Eleanor noch im Kopf herum, als sie aus dem Laden trat und feststellen musste, dass der angekündigte Regen eingesetzt hatte. Unter dem Vorbau der Metzgerei stapelte sie die Päckchen, die Penry für sie gefüllt hatte, auf dem Rahmen des Fahrrads, während sie Platz in ihrem Anhänger schuf. Durch die halb geöffnete Tür hörte sie, wie das Geschnatter in die nächste Runde ging.

»Keinen Tag älter als vierzig, würde ich schätzen.«

Eleanor erschauderte und schloss kurz die Augen.

»Die haben sie entlassen, wissen Sie.«

»Die Polizei soll sie eine geschlagene Stunde lang befragt haben, habe ich gehört.«

»Aber selbst wenn sie keine Anklage erheben, wie soll sie jemals eine andere Stelle finden, nun da sie einmal mit der Sache in Verbindung steht?«

»Es muss sich um einen Unfall gehandelt haben. Wer hätte Mr Aris schon den Tod gewünscht?«

Eleanor hatte genug gehört, doch dann erstarrte sie plötzlich. *Hatte sie den Namen richtig gehört?*

Johnnys Mutter ergriff erneut das Wort. »Mr Aris hat eine Menge für unseren Wahlkreis erreicht, keine Frage. Seine Frau muss völlig aufgelöst sein.«

Als die Frauen verstummten, schüttelte Eleanor den Kopf. Sie war mit Aris zwar nicht gut bekannt gewesen, allerdings hatte sie gemeinsam mit ihm und seiner Frau einer Dinnerparty ihrer Freunde Lord und Lady Fenwick-Langham beigewohnt. Er war ihr wie eine sonderbare Kreuzung aus starrköpfigem Politiker und wohlwollendem Befürworter der Frauenrechte vorgekommen. Und Eleanor hatte sich der Eindruck aufgedrängt, dass seine Frau lediglich dafür da war, ihren Ehemann zu unterstützen. Sie seufzte. *Die arme Frau!* Beileidsbekundungen zu verfassen, würde der oberste Tagesordnungspunkt sein, sobald sie das Wettrennen gegen die sich verdunkelnden Wolken nach Henley Hall gewonnen haben würde.

# ZWEI

Auf dem Bürgersteig machte sich Eleanor daran, ihren Korb behelfsmäßig zu flicken und ihn mithilfe der Paketschnur, die Mr Penry ihr gegeben hatte, an die Lenkstange zu binden.

Nachdem sie ihn im Rahmen ihrer Möglichkeiten repariert hatte, ächzte sie und schob das Fahrrad auf die gepflasterte Straße.

Hinter ihr ertönte das unverwechselbare Geräusch von Milchflaschen, die in ihren hölzernen Kästen klirrten. Sie richtete sich auf, wandte sich um und sah in zwei nussbraune Augen, die sich unter einem wuscheligen Schopf rotbrauner Locken verbargen.

»Guten Morgen, Lady Swift. Was für ein unerwartet schöner Tag!«

Eleanor lächelte. »Guten Morgen. Mr Stanley, nicht wahr?«

»Fast. Stanley Wilkes, Mylady, stets zu Ihren Diensten.«

»Verzeihen Sie, wir sind uns erst einmal an der Hintertür von Henley Hall begegnet, und ich habe ein fürchterliches Namensgedächtnis.«

»Keine Ursache. Die meisten Leute nennen mich Milky.« Er grinste und nestelte am Kragen seines blau-weißen Mantels herum, während er zu ihr hinübergebeugt flüsterte: »Nicht sonderlich einfallsreich, aber es ist eben ein winziges Dorf.«

»Dann stammen Sie also gar nicht aus Little Buckford?«, flüsterte sie zurück.

»Ich? Nein, ich stamme noch nicht einmal aus Buckinghamshire!«

Sie nahm gespielt echauffiert einen tiefen Atemzug. »Und Sie haben keine Angst, eines Lammas Eve von einem wütenden, Mistgabeln schwingenden Mob auf dem Scheiterhaufen verbrannt zu werden?«

Er brach in schallendes Gelächter aus. »Diese Sorge überkommt mich an jedem ersten August aufs Neue, allerdings ist es mir gelungen, hier ein weiteres Jahr als Fremdling unbeschädigt zu überstehen. Auch wenn es natürlich immer noch die Bonfire Night abzuwarten gilt. Ich werde sicherheitshalber bei Einbruch der Dunkelheit am fünften November meine Türen verriegeln.«

Eleanor nahm seinen mühelosen Charme lächelnd zur Kenntnis. »Was für ein Unsinn! Auch ich bin als komplette Außenseiterin gekommen, und doch sind wir aufs Herzlichste von den Little Buckfordites aufgenommen worden, oder etwa nicht?«

»Voll und ganz, Mylady.«

Zwei Damen, die Köpfe dicht zusammengesteckt, huschten an ihnen vorbei. Es gelang Eleanor gerade so, ihren Wortwechsel zu belauschen.

»Jetzt, wo der arme Aris tot ist, wird es wohl bald Neuwahlen geben. Wie wollen wir abstimmen?«

»Was meinst du? Du weißt doch so gut wie ich, dass du dasselbe wählen wirst wie dein Mann, falls du dir die Mühe machen wirst, wählen zu gehen, und ich genauso. Aber das meinte ich gar nicht. Ich habe gehört, dass Aris' Tod womöglich nicht ganz natürlich gewesen sein soll, wenn du verstehst, worauf ich hinauswill ...«

Dann waren sie außer Hörweite geraten. Eleanor schüttelte den Kopf. *Klatsch und Tratsch!* Obwohl sie eine Schwäche dafür hatte, war ihr sehr daran gelegen, nicht schon wieder in einen Mordfall hineingezogen zu werden. Sie streckte ihre Handfläche aus und sah zu, wie einige dicke Regentropfen hineinfielen.

»Ich vermute, dieses Wetter kommt Ihnen sehr gelegen, Mr Wilkes, nun, da dieser brütend heiße Sommer hinter uns liegt. Wegen Ihrer Milchauslieferungen, meine ich.«

Er nickte. »Man muss sich gewiss weniger Sorgen machen, dass die Milch gerinnt. Und es bringt natürlich auch weniger Probleme mit den Vögeln für meine Kunden mit sich.«

Sie war in wilderen und bedrohlicheren Teilen der Welt aufgewachsen, in denen der Großteil der Fauna darauf aus gewesen war, sie zu fressen, sodass ihr diese Aussage recht bizarr vorkam. »Mit den Vögeln?«

Stanley lachte. »Man kann den Kindern wirklich keinen Vorwurf machen. Diese Pappdeckel auf der Milch, die die Kleinen ›Pogs‹ nennen, halten die Vögel fern, aber die kleinen Bengel pirschen sich an, um die Pappverschlüsse für ihre Sammlungen zu stibitzen. Blaumeisen sind dann die Haupttäter, die sind geradezu verrückt nach der Sahne.«

»Ich hatte ja keine Ahnung von den Eigentümlichkeiten der Natur, mit denen Sie zu kämpfen haben, Mr Wilkes.«

»Sorgt immer wieder für Interesse, Mylady.« Er nickte in Richtung ihres Anhängers. »Nun, auf das Risiko hin, eine unpassende Bemerkung zu machen: Das ist ein ganz schönes Gewicht, das Sie da den Berg raufziehen müssen. Darf ich den Gentleman spielen und es für Sie transportieren?«

»Ach Gott, das ist ja liebenswürdig, allerdings bin ich tatsächlich ziemlich unabhängig.«

»Das habe ich schon gehört, Mylady.«

Seine überraschende Bemerkung wurde von einem gutherzigen Grinsen begleitet, das auch seine Augen erreichte. Er senkte die Stimme: »Wenn Sie ein Geheimnis für sich behalten können: Ich bin in etwa vierzig Minuten mit der reizenden Mrs Butters an der Hintertreppe von Henley Hall verabredet. Können Sie glauben, dass mir Ihre Haushälterin ein Billet-doux in einer Milchflasche hinterlassen hat?«

Eleanors Neugier übermannte sie. »Ach ja, tatsächlich? Was stand denn darin?«

Stanley beugte sich vor. »Sechs Krüge Milch und ein großer Topf Sahne.«

Eleanor lachte. »Unverschämtheit! Ich werde wohl ein ernstes Wörtchen mit Mrs Butters wechseln müssen. Und was Ihre freundliche Offerte angeht: Ich habe es mir anders überlegt und würde sie gern annehmen. Ich wäre Ihnen äußerst dankbar dafür. Ich habe eine ganze Menge eingekauft und mehr bekommen als erwartet, und ... nun, die Details sind nicht von Belang.«

»Unbedingt. Ich kann Ihren Anhänger aufladen, wenn ich die leeren Kisten zur Seite schiebe, und dann liefere ich alles in bester Ordnung bei der berüchtigten Mrs Butters ab. Wie hört sich das an? Da findet sich auch noch Platz für Sie und Ihr Fahrrad, wenn Sie wünschen.«

»Der Anhänger genügt, das wäre fabelhaft, danke. Ich habe jetzt definitiv etwas frische Luft nötig, um auf andere Gedanken zu kommen.«

Eleanor winkte, während sie von ihrer Last befreit losradelte, wild entschlossen, The Hall vor ihm zu erreichen und der Haushälterin zum Dank für seine nette Geste ein Geschenk für ihn zu geben.

Sie fragte sich, ob sie irgendein Handzeichen hätte geben müssen, als sie davongefahren war. Die Regierung hatte gerade erst verpflichtende Handzeichen für alle Fahrzeugführer eingeführt, und sie rechnete fest damit, dass diese bald auch für Fahrradfahrer gelten würden. *Also wirklich, Ellie, wenn diese Politiker einmal angefangen haben, Gesetze zu erlassen, wissen sie nicht mehr, wann es gut ist!*

Da Eleanor in zügigem Tempo unterwegs war, hatte sie schon bald das Ende der Hauptstraße erreicht und nahm die rechte Abzweigung, die am Dorfanger entlangführte. Reihen von Buchen, dem Lieblingsbaum der Grafschaft, sorgten mit ihren Gelb-, Gold-, und Kupfertönen für herbstliche Farbtupfer in der ansonsten noch grünen Landschaft. Ein einzelnes Quaken aus dem Dorfteich ließ sie dort hinüberschauen. Sie bemerkte die welkenden Rohrkolben, die während der heißen Monate noch stolz ihre Köpfe gereckt und deren samtige Enden so weich und einladend ausgesehen hatten. Nun hingegen machten die Kolben einen verwahrlosten und ungepflegten Eindruck. Die Jahreszeit hatte sich eindeutig geändert. Der Sommer war vorüber und würde erst nächstes Jahr wiederkehren.

Sie musste an die Unterhaltung denken, die sie im Laden belauscht hatte: »Keinen Tag älter als vierzig, würde ich schätzen.« Der Schauer, der ihr über den Rücken lief, brachte ihre Lenkergriffe zum Wackeln. Ausgerechnet heute hatte sie sich vorgenommen, nicht über den Tod oder den Lauf der Zeit nachzudenken. Denn der heutige Tag war der 18. Oktober 1920, der zwanzigste Jahrestag des Verschwindens ihrer Eltern. Der Kummer hatte sich gelegt, als sie Anfang zwanzig gewesen war. Das Bedauern darüber, nicht zu wissen, was geschehen war, war jedoch geblieben, obwohl sie inzwischen bereits neunundzwanzig Jahre alt war.

*Komm schon, Ellie. Damit hast du dich schon lange genug auseinandergesetzt!* Sie trat noch schneller in die Pedale und nahm den drei Kilometer langen gewundenen Anstieg nach Henley Hall in Angriff. Sie stellte sich darauf ein, dass ein bestimmtes Mitglied ihres Personals seine Missbilligung ihres Zustands sehr übertrieben zum Ausdruck bringen würde und die anderen an ihrem zerschrammten Arm herumfummeln und ihre zerrissene Kleidung flicken würden, so wie es ihre Mutter immer getan hatte.

Eleanor schüttelte den Kopf, um weitere unerbetene Gedanken zu verdrängen. Die allabendlichen Worte ihrer Mutter kamen ihr in den Sinn: »Vergiss beim Einschlafen nicht, all die schönen Dinge in deinem Leben aufzuzählen, mein Schatz.« Die Erinnerung zauberte Eleanor ein Lächeln auf das Gesicht und ließ sie die eisige Brise des aufziehenden Regens vergessen. Mit neuem Elan machte sie sich daran, den steilen Hügel hinaufzuradeln, und nahm sich vor, genau das zu tun, was ihre Mutter immer gesagt hatte.

*Aber wo anfangen?* Im Vergleich zum Vorjahr war ihr Leben um einiges besser geworden. Sie nickte und machte ein mentales Kreuzchen auf der ellenlangen Liste der Dinge, für die sie dankbar war, während sie an den Hecken vorbeistrampelte. Ihre Dienerschaft war loyal und fürsorglich. Henley Hall bot ihr ein schönes, wenn auch riesiges Zuhause. Clifford, der Butler, den sie ebenfalls geerbt hatte, hielt alles in tadelloser Ordnung, wofür sie sehr dankbar war. Und dann war da noch die Sache mit diesem Gefühl der Rastlosigkeit, das sie in den Wahnsinn getrieben hatte und das ihr schon seit Jahren einzutrichtern versuchte, dass es nur Herzschmerz verursachte, Wurzeln zu schlagen. Dieses Gefühl hatte nachgelassen, und es war ihr gelungen, erste Gehversuche im Aufbau von langfristigen Beziehungen zu unternehmen.

Oh, und dieser Gedanke beschwor das Bild einer weiteren schönen Sache herauf, besser gesagt eines gewissen gut aussehenden Gentlemans. Obwohl sie der steile Aufstieg schwer ins Schnaufen brachte, zog sich ein breites Grinsen über ihr Gesicht. Lancelot oder »der junge Lord Fenwick-Langham«, wie Clifford ihn nannte, war ihr aufgefallen und hatte eine Sehnsucht in ihr geweckt. Eine Sehnsucht, die sie eigentlich begraben hatte, nachdem sich ihr Ex-Gatte als so vertrauenswürdig wie ein Schakal erwiesen hatte. Mittlerweile sprach sie Lord und Lady Fenwick-Langham, Lancelots Eltern, sogar beim Vornamen an.

Sie stellte sich in die Pedale, um die Kehre zu bewältigen, in der sie auf dem Weg hinab ins Dorf vom Rad gestürzt war. Trotz des steilen Anstiegs hatte sie ohne Anhänger und Einkäufe das Gefühl, den Berg regelrecht hinaufzufliegen. *Oh, und vergiss in deiner Auflistung der schönen Dinge Gladstone nicht, Ellie!* Sie teilte ihr neues Zuhause mit der einfältigsten, rührseligsten Bulldogge, die jemals das Licht der Welt erblickt hatte. Der ballverrückte und wurstbesessene »Master Gladstone« war Eleanor bereits treu ergeben und wurde von der gesamten Dienerschaft geliebt. Wer auch immer gesagt hatte, dass es Diamanten seien, die eine Frau glücklich zu machen vermochten, war ganz offensichtlich noch nie von einer Bulldogge mit Küssen überhäuft worden. Bestimmt schlummerte er gerade wieder auf dem Rücken in seinem Steppbett vor dem Küchenherd, während die Damen geschäftig um ihn herumwuselten und er den Raum mit seinem zufriedenen Schnarchen erfüllte.

Das Bild einer getriebenen jungen Frau, die ganz allein einige der denkbar unwirtlichsten Landstriche der Welt durchquert hatte, schoss ihr durch den Kopf. War das tatsächlich die »alte Ellie« aus der Vergangenheit, an die sie da zurückdachte? Immerhin lag diese »Vergangenheit« kaum zehn Monate zurück.

Sie lachte. Eine Konstante aber gab es: Sie war noch immer schlecht darin, nichts zu tun. Sie liebte ihr neues Leben, aber seitdem sie das Anwesen ihres Onkels geerbt hatte, war sie tatsächlich einfach nur eine Hausherrin. Das hatte etwas in ihr zum Leben erweckt, das zuvor jahrelang brachgelegen hatte – und zwar die Begeisterung, die sie mit ihren Eltern für deren Projekte zur Unterstützung notleidender Gemeinschaften auf der ganzen Welt geteilt hatte. Obwohl diese Arbeit ihre Eltern an gefährliche Orte geführt hatte, hatte sie trotz ihrer damals noch jungen Jahre erkannt, wie sehr sie davon erfüllt waren.

Sie nickte vor sich hin. *Das ist es, was dir fehlt, Ellie. Du solltest etwas tun, das etwas verändert, genau wie deine Mutter und dein Vater. Etwas, das Einfluss auf das Leben anderer Menschen hat.*

»Ja!«, rief sie laut, während sie sich über die letzte grausame Steigung des Hügels quälte. Was für eine wunderbare Erkenntnis am Jahrestag des Verschwindens ihrer Eltern! Diese Erkenntnis löste ihre Wehmut angesichts dessen, was hätte sein können, wenn ihre Eltern noch dagewesen wären, für den Moment auf, und sie schickte einen Kuss gen Himmel.

# DREI

Vom Rückenwind angeschoben, flog Eleanor durch den stattlichen Torbogen von Henley Hall. Während sie die lange Einfahrt hinabsauste, ergötzte sie sich an den raschelnden Reihen aus London-Platanen, deren inzwischen rostbraune Blätter sie nicht länger an das Ende des Sommers erinnerten. Eine neue Jahreszeit war angebrochen, ein neuer Anfang. Die neue Ellie war bereit, loszulegen! So kam es, dass sie zwar regendurchnässt, aber in bester Laune und mit vor Anstrengung und Vorfreude geröteten Wangen am Eingang von Henley Hall eintraf.

Wie von Zauberhand öffnete sich die Eingangstür, als sie über die halbkreisförmige Auffahrt mit dem Brunnen in der Mitte strampelte.

»Ah, Clifford, gutes Timing.« Sie bremste so heftig, dass sie seinen übertrieben hochglanzpolierten Schuhen eine kleine Schotterdusche verpasste, als dieser auf ihr Vorderrad zutrat.

»Mylady.« Eleanors Butler machte seine übliche Halbverbeugung und hielt den Lenker ihres Fahrrads fest, während sie abstieg. »Verzeihen Sie mir die Beobachtung, aber es scheint gar, als hätten Sie weniger bei sich als bei Ihrem Aufbruch heute Morgen. War Ihr Einkaufsbummel denn gänzlich erfolglos?«

»Nicht im Geringsten. Abzüglich eines kleinen Stücks Haut auf meinem Arm, eines unbedeutenden Stücks meines Rocks und einiger unnötiger Befestigungen meines Fahrradkorbs.«

Cliffords Blick wanderte von ihrem Fahrrad zu ihrer derangierten Erscheinung. »Mein Irrtum, Mylady. Ich ging fälschlicherweise in der Annahme, Sie hätten das Haus heute Morgen noch mit etwas Schicklichkeit verlassen.« Er zwinkerte ihr zu.

Eleanor versuchte, sich ihr Lächeln zu verkneifen. Das Einzige, was auf Henley Hall noch unkonventioneller war als ihre eigene Wenigkeit, war der Butler ihres seligen Onkels. Der Mann, der genauso gewandt darin war, einem bewaffneten Attentäter Herr zu werden wie einen seltenen Romanée-Conti-Jahrgangswein zu entkorken, war mehr als dreißig Jahre lang der Offiziersbursche, Diener und Freund ihres Onkels gewesen. Den Auftrag, den ihm ihr Onkel auf dem Sterbebett erteilt hatte, die Zufriedenheit und Sicherheit seiner geliebten Nichte zu gewährleisten, wusste er mit einer Mischung aus untadeliger Butlerarbeit, trockenem Humor und eiserner Entschlossenheit zu erfüllen.

Sie verzog das Gesicht. »Sehr lustig! Schön, ich mag einer Weißdornhecke in die Quere gekommen sein, aber das war es auch schon. Und die Hecke zog dabei den Kürzeren, das versichere ich Ihnen. Kommen Sie, lassen Sie uns reingehen. Ich bin bereits durchnässt, aber Ihnen können wir das ja ersparen.« Er machte eine Halbverbeugung und schob ihr Fahrrad in Richtung der Garagen. »Das mit den Schuhen tut mir leid«, murmelte sie.

Im Inneren des Hauses lief ihre Haushälterin Mrs Butters durch den Flur auf sie zu. Eleanor hätte die Frau mit der winzigen Gestalt, der rundlichen Figur, den unzähligen Lachfalten und der mütterlichen Ausstrahlung am liebsten auf

Anhieb umarmt. Da sie jedoch schon bei vielen Gelegenheiten die Grenze zwischen der Hausherrin und den Bediensteten überschritten hatte, verzichtete sie darauf.

»Mylady, ich hoffe, Sie hatten eine angenehme Fahrt? Oh, Sie sind ja klatschnass. Und es scheint, als hätten Sie sich aufs Neue mit einer besonders stacheligen Hecke angelegt. Wer wohl dieses Mal gewonnen hat, mag sich die Geschworenenjury Seiner Majestät fragen?«

Eleanor gluckste. »Nun, wenn man es positiv sehen will, dann bereite ich Ihnen diesmal, anders als in der Vergangenheit, keine zusätzliche Arbeit.« Sie wies auf den langen Riss in ihrem Rock. »Mein Lieblingsstück aus meinem Kleiderschrank ist Geschichte. Schön blöd von mir, es zum Fahrradfahren anzuziehen.«

»Ach, ich glaube, noch ist nicht aller Tage Abend, Mylady. Jetzt wollen wir Sie aber erst einmal abtrocknen und Ihren Arm versorgen. Dann sehe ich mir an, was wir mit Ihrem armen Rock machen können. Schon morgen wird niemand mehr erkennen können, dass Sie sich mit der Hecke in die Haare bekommen haben.«

»Abgesehen von allen Dorfbewohnern, die mir in die Läden und wieder hinaus gefolgt sind, um mir ihr Mitgefühl und Sicherheitsnadeln anzubieten.«

Die Haushälterin nahm Eleanor glucksend Mantel und Hut ab.

»Ach Gott, Mrs Butters, fast hätte ich zwei äußerst wichtige Dinge vergessen! Ein kleiner Auftrag für Sie, wenn ich bitten dürfte, und einer für Clifford.«

»Was immer Sie wünschen, Mylady, was kann ich für Sie tun?«

»Eine halbe Flasche Brandy, bitte. Für den Milchmann.« Sie beobachtete, wie die Augenbrauen der Haushälterin bis zu ihrem Haaransatz emporschnellten.

»Milky Wilkes?«

»Genau der.«

»In Ordnung.« Sie wandte sich zum Gehen, hielt dann aber inne. »Verzeihen Sie, aber ich glaube, das könnte für Gerede sorgen.«

Eleanor zwinkerte ihr zu. »Ich fürchte, Mrs Butters, dafür ist es sowieso schon zu spät.«

Fünfzehn Minuten später war Eleanor in bequemen Hosen samt einem dazu passenden, gemütlichen salbeifarbenen Cardigan mit Dreiviertelärmeln über einer cremefarbenen Seidenbluse zurückgekehrt. Von draußen vor dem Morgensalon war das Geräusch eines Tabletts zu vernehmen, das begleitet von einem Murmeln abgestellt wurde. Ah, das musste ihr Dienstmädchen sein, das den Tee servierte. Eleanor lächelte. Sie wusste ihre Dienerschaft sehr zu schätzen und staunte immer wieder aufs Neue darüber, wie es so wenigen Menschen gelang, Henley Hall auf einem derart hohen Standard zu bewirtschaften.

»Immer herein, Polly«, rief sie.

Die Tür flog auf, schlug gegen die Wand und prallte dann zurück gegen Pollys Kopf, als diese gerade im Begriff war, das Tablett vom Fußboden aufzuheben.

»Guten Morgen nochmal, Ihre Ladyschaft.« Das junge Mädchen knickste unbeholfen auf seinen schlaksigen fünfzehnjährigen Beinen. »Ich wollte ja klopfen, ehrlich.«

»Danke, Polly. Donnerwetter, dieses Gebäck sieht ja fantastisch aus!« Eleanor klatschte in die Hände. »Ich bin richtig ausgehungert nach meiner Fahrradfahrt.«

»Von Mrs Trotman soll ich Ihnen ausrichten«, begann das Dienstmädchen und starrte für einen Augenblick an die Decke, »dass in den Stangen Birne, Walnuss und Sultaninen drin sind und die Teigtaschen mit in Brandy eingelegtem Apfel und Holunderblü–, nein, Holunderbeeren gemacht sind.«

Eleanor wies auf den Kaffeetisch zwischen den beiden cremefarbenen Damastsofas, während sie die gerahmte Fotografie ihres seligen Onkels mit seiner geliebten Bulldogge wohlweislich in Sicherheit brachte. »So, schon etwas mehr Platz. Besser, nicht?«

»Ja, wunderbar, danke schön.« Polly stellte das Tablett ab und starrte bestürzt auf die Teelache darauf. Augenblicklich ließ sie den Kopf hängen und flüsterte: »Ich gebe ja wirklich mein Bestes, Ihre Ladyschaft, mein aller-, allerbestes.«

Eleanor, die Tränen befürchtete, klopfte dem Mädchen auf die Schulter. »Das weiß ich doch, Polly. Deshalb habe ich auch darum gebeten, dass dir die äußerst heikle Aufgabe übertragen wird, mir meinen Tee zu servieren. Ich finde, du hast tolle Arbeit geleistet.«

Polly blickte verstohlen und wenig überzeugt auf. Eleanor bemerkte, dass sich ihr Blick auf die Bandage heftete, die aus ihrem Ärmel hervorlugte. »Polly, du wirst nie erraten, was mir heute Morgen widerfahren ist! Mein Schnürsenkel hat mich im Stich gelassen und dafür gesorgt, dass ich von meinem Fahrrad in eine Weißdornhecke gestürzt bin und mein ...« Sie beugte sich zu ihr hinüber. »... mein Rock am Sattel meines Fahrrads hängengeblieben ist!«

Die Hände des Dienstmädchens flogen zu seinem Mund. »Ihre Ladyschaft, das muss ja ein Anblick gewesen sein, alles sichtbar für jeden!«

Eleanor nickte. »Es war äußerst undamenhaft, Polly. Ich hing über meinem Fahrrad und habe mein Hinterteil entblößt wie eine Zielscheibe.«

Das Entsetzen des jungen Mädchens schlug in Hysterie um, als es hinter vorgehaltenen Händen anfing zu kichern. »Das tut mir so leid, Ihre Ladyschaft, aber es ist doch eine lustige Vorstellung, nicht wahr?« Sie verstummte, die Augen weit aufgerissen vor Sorge, dass sie womöglich einmal mehr zu weit gegangen sein könnte.

»Nein, Polly, es war nicht lustig, es war rasend komisch. Glücklicherweise hat mich außer den Vögeln in der Hecke niemand gesehen.«

»Hossa! Da haben Sie an diesem Morgen ja wirklich unter einem guten Stern gestanden, Ihre Ladyschaft.«

Eleanor lächelte, als das junge Mädchen ging. Sie schätzte Pollys entzückende Arglosigkeit und ihr aufrichtiges Bestreben, ihr Bestes zu geben.

---

Im Morgensalon ließ sich Eleanor von Mrs Butters auf den neuesten Stand bringen.

»Ah ja, dann hat es Mr Wilkes also mit all meinen Einkäufen nach hier oben geschafft. Kam der Brandy gut an?«

Als sie die geröteten Wangen ihrer Haushälterin zur Kenntnis nahm, hielte sie inne. Vielleicht hatte Stanley Wilkes mit seinem Scherz, dass es sich bei der Milchbestellung auf der Türschwelle um ein Billet-doux gehandelt habe, gar nicht so Unrecht gehabt?

Sie gab sich der Träumerei hin, selbst ein Billet-doux von einem gewissen Gentleman zu erhalten. Seit dem Verschwinden ihrer Eltern hatte ihre Bewältigungsstrategie darin bestanden, sich in ihr eigenes Schneckenhaus zurückzuziehen. Die Dienerschaft hatte sich daran gewöhnt und wartete stets geduldig darauf, dass sie wieder daraus hervorgekrochen kam. Wenige Augenblicke später stellte sie fest, dass Mrs Butters sie fragend anblickte.

Eleanor schüttelte den Kopf. »Wo wir gerade von Würsten sprechen« – was niemand getan hatte – »wo steckt denn unsere schlafmützige Bulldogge? Er hat mich begrüßt, als ich hereingekommen bin, jetzt aber lässt er mich im Stich!«

Mrs Butters schüttelte den Kopf. »Er trottet durch den Obstgarten und hilft Joseph bei der Apfellese.«

»O weh, dann wird es dieses Jahr wohl keine Apfelmarmelade geben!«

»Keine Sorge, Mylady, es werden noch genug davon übrig bleiben, außerdem werden wir noch einige aus dem Dorf hinzukaufen müssen.«

Eleanor sah sich verwirrt. »Werden wir das? Aber wieso denn? Wir haben doch selbst einen ganzen Haufen eigener Apfelbäume.«

»So ist das eben, Mylady.«

»Ah, ja, natürlich.« Eleanor schüttelte den Kopf. »Ich gebe mir ja wirklich alle Mühe, nachzuvollziehen, wie die Dinge hier funktionieren, aber manchmal ...« Sie hob geschlagen die Hände.

Mrs Butters schenkte ihr ein beruhigendes Lächeln. »Und das gelingt Ihnen ausgezeichnet, wenn man doch bedenkt, dass Sie ihm Ausland großgezogen worden sind, Mylady. Die Gepflogenheiten auf dem Lande können ganz schön verwirrend sein, wenn man nicht gerade aus diesen Regionen stammt. Wenngleich ...«, fügte sie eilig hinzu, »... Sie zu einem der wenigen Anlässe, zu denen man Sie aus diesem Mädcheninternat geholt hat, einen Sommer hier auf The Hall verbracht haben. Und das macht Sie, wie ich finde, zu einem Ehrenmädchen vom Lande.« Sie wandte sich zum Gehen, hielt aber unvermittelt inne. »Ach, übrigens, Mr Clifford erwähnte, dass er einige Akten für Sie habe, die Ihrer Aufmerksamkeit bedürfen.«

»Das hört sich fürchterlich langweilig an, aber schicken Sie ihn doch bitte zu mir, sobald er so weit ist.«

Eleanor zuckte zusammen, als sie ein leises Hüsteln aus dem Korridor vernahm.

»Mrs Butters, ich bitte Sie, meine nächste Einkaufsliste um einen unentbehrlichen Posten zu ergänzen«, sagte sie bestens aufgelegt.

»Gewiss doch, Mylady, was darf's denn sein?«

»Eine große Kuhglocke für Mr Clifford.«

Die Haushälterin machte einen Knicks und stahl sich aus dem Zimmer, während sie versuchte, ihrem Blick auszuweichen, und ihr Kichern noch im Flur widerhallte.

Eleanor wandte sich ihrem Butler zu.

»Wie ich sehe, kommen Sie mit einer Flut von Briefen und den Haushaltsbüchern, Clifford. Wie groß ist denn der Sumpf aus garstigem Papierkram, den ich heute Morgen durchwaten muss? Sollte ich mir wohl besser Gummistiefel anziehen?«

Er ließ ihr diesen einen Blick zukommen, den sie nicht einzuordnen wusste, der sie allerdings daran zweifeln ließ, ob er über einen Sinn für Humor verfügte. Urplötzlich kam ihr das belauschte Gespräch aus dem Laden in den Sinn.

»Ehe wir loslegen: Ich habe heute Morgen im Dorf etwas Besorgniserregendes gehört.«

»Ja, Mylady?«

»Es –«

Sie wurden vom Läuten der Türglocke unterbrochen.

# VIER

Die vergoldete Kaminsimsuhr im Gesellschaftszimmer schlug Viertel vor, als Eleanor eintrat. Ihre Besucherin, die steif in einem hochtaillierten Wollkostüm dagesessen hatte, schreckte wie von der Tarantel gestochen auf. Die Frau Ende dreißig betätschelte ihr mausbraunes Haar und steckte eine verirrte Strähne zurück in den straffen Dutt in ihrem Nacken.

»Bitte meinen unangemeldeten Besuch zu entschuldigen, Lady Swift.«

»Keine Ursache«, sagte Eleanor. »Ah, da kommt der Tee. Bitte, schenken Sie doch ein, Clifford.«

Während Clifford ihren Besuch nach Milch- und Zuckerpräferenzen befragte, nutzte Eleanor die Gelegenheit, um einen weiteren verstohlenen Blick auf die Visitenkarte der Frau zu werfen: »Miss Dorothy Mann, Women's League« war darauf in ordentlicher, wenn auch individueller Handschrift zu lesen.

Als die Zeremonie des Teeausgießens vollzogen war, verschwand Clifford im hinteren Teil des Raums, nachdem er Eleanors Nicken korrekterweise als »Hierbleiben, ich bin womöglich auf Rettung angewiesen!« interpretiert hatte.

Eleanor lehnte sich tief in ihr weiches kapitoniertes Sofa in

Creme und Silber zurück und balancierte dabei vorsichtig ihre Tasse in den Händen. »So, Miss Mann, was verschafft mir das Vergnügen?«

»Das Vergnügen ist ganz meinerseits, Lady Swift. Mein Besuch ist offizieller Natur, müssen Sie wissen, da ich, äh ... Vertreterin der Women's League von Chipstone bin. Ich bin mit einem ... Vorschlag zu Ihnen gesandt worden.«

*Einem Vorschlag?* Eleanor blinzelte. »Sie sehen mich verwirrt, aber durchaus interessiert. Fahren Sie doch bitte fort.«

Miss Mann nahm einen tiefen Atemzug.

»Wie Sie sicherlich wissen, war Mr Aris Ihr örtlicher Parlamentsabgeordneter.«

»In der Tat. Ich habe ihn und seine Gattin kürzlich bei einem Dinner kennengelernt und die Nachricht seines Hinscheidens heute Morgen mit Bedauern zur Kenntnis genommen.«

Miss Mann nippte an ihrer Teetasse. »Nun, seit Mr Aris' kürzlichem ...«

»Ach du meine Güte, geht es Ihnen gut?«

Clifford trat mit einem Glas Wasser heran, um den plötzlichen heftigen Hustenanfall der Besucherin zu lindern, während Eleanor ihr auf den Rücken klopfte.

Mit roten Augen und feuerroten Wangen japste die Frau nach Luft, als wäre sie einen Monat lang in eine Kiste gesperrt gewesen. »Ach herrje, wie unschicklich! Ich bitte um Verzeihung, Lady Swift. Ich fürchte, ich habe mich an meinem Tee verschluckt.« Sie setzte sich auf, hustete und schluckte schwer. »Mir geht es schon viel besser, danke. Ähm, wo war ich noch?«

Eleanor reichte Clifford das Wasserglas zurück. »Bei Mr Aris' kürzlichem Ableben?«

»Ah, ja. Mr Aris' unerwartetes Dahinscheiden macht Nachwahlen erforderlich, die in Kürze stattfinden werden. Mr Aris war ein unabhängiger Abgeordneter und sehr wohlwollend im Bezug auf unsere Sache. Wir haben nun die Gelegenheit, selbst einen unabhängigen Kandidaten zu nominieren.«

Eleanor nickte. »Ich verstehe.« Sie rief sich die Fetzen der Unterhaltung in Erinnerung, die sie im Dorf aufgeschnappt hatte.

»Lady Swift, die Zeiten ändern sich. Man höre und staune, erst diesen Monat wurde den ersten Frauen der volle Zugang zum Studium in den heiligen Hallen der Universität von Oxford gewährt.«

Eleanor nickte. »Ich weiß, ich habe gelesen, dass die Damen, die dort zuvor studiert haben, aber nicht befugt waren, Abschlüsse zu erlangen, diese nun nachholen dürfen.«

Miss Mann nickte ebenfalls. »Ganz genau, aber die Veränderungen gehen zäh und ungleich vonstatten. Die Verabschiedung des Representation of the People Act vor zwei Jahren mag einigen Frauen das Wahlrecht gegeben haben, jedoch hat das Gesetz in schwerwiegenderer Konsequenz zu einer noch größeren Kluft zwischen Männern und Frauen geführt.« Ihre blassen Wangen erröteten. »Wie kann es sein, dass eine Frau dreißig Jahre alt sein muss, um zu wählen, wohingegen Männern bereits ab einundzwanzig Jahren das Wahlrecht zusteht? Das ist beschämend!«

»Gewiss, ich stimme Ihnen zu. Obwohl ich Henley Hall geerbt habe, steht mir nicht das Recht zu wählen zu, jedoch benötigen Veränderungen Zeit«, gab Eleanor zu bedenken. »Und dank Frauen wie Ihnen, die sich dieser Sache verschrieben haben ...«

Ihre Besucherin setzte ihre Tasse ab. »Ach herrje, ich bitte um Verzeihung, aber wenn unserem Kandidaten nicht gerade Erfolg beschieden sein sollte, wird es in dieser Region niemanden mehr geben, der sich für die Belange der Frauen stark macht.«

»In der Tat! Und Sie könnten auf meine Stimme zählen,

nur dass ich eben, wie gesagt, nicht befugt bin, zu wählen. Ironischerweise. Wer ist denn eigentlich Ihr Kandidat?«

Miss Mann beugte sich eifrig nach vorn.

»Das ist es ja gerade, Lady Swift, wir haben die perfekte Person dafür gefunden. Wir sind alle sehr aufgeregt. Es wird ein wegweisendes Ereignis sein.« Sie räusperte sich. »Was meinen Sie?«

»Nun, ich wünsche Ihnen allen erdenklichen Erfolg. Nach welchem Namen muss ich in der Flut aus Wahlinformationen, die zweifelsohne bald hier eintreffen wird, denn Ausschau halten?«

»Lady Swift.«

»Ja, bitte?«

»Nein, nach Lady Swift, meine ich. Oder, Pardon, bevorzugen Sie womöglich eine andere Art der Ansprache?«

Eleanor kratzte sich am Hinterkopf. »Miss Mann, verzeihen Sie, aber liegt hier womöglich ein Missverständnis vor?«

Clifford, der hinter ihr stand, gab ein besonders dezentes Hüsteln von sich. Eleanor starrte erst ihn und dann die Besucherin an, die mit erwartungsvoller Miene auf der Vorderkante ihres Lehnstuhls saß. Dann fiel der Groschen.

»Ich? Sie wollen, dass ich antrete?« Eleanor ließ sich atemlos in das Sofa zurücksinken.

Miss Mann nickte energisch. »Aber ja! Verzeihen Sie mir die Direktheit meiner Beobachtung, aber Sie gelten als fortschrittliche Frau. Stellen Sie sich nur einmal vor, was Sie für die Menschen vor Ort und die Rechte der Frauen bewirken könnten. Die erste weibliche Abgeordnete der Chilterns und der Cotswolds. Ja, sogar die erste in Großbritannien geborene Frau überhaupt in der Funktion einer Parlamentarierin!«

Eleanor dachte an die Hochstimmung zurück, die sie am Ende ihrer Fahrradfahrt verspürt hatte. Hatte sie sich nicht gerade erst vorgenommen, am Jahrestag des Verschwindens ihrer Eltern in deren Fußstapfen zu treten? *Aber Politik!*

Eleanor erschauderte. Das war, als würde man versuchen, ein Huhn in einen Fuchszwinger zu stecken, falls es so etwas überhaupt gab.

Miss Mann hatte recht, für das Jahr 1920 war sie tatsächlich eine fortschrittliche Frau. Sie hatte auf dem Fahrrad die Welt umrundet (wenn auch nicht als erste Frau) und in Südafrika ihren Lebensunterhalt als Wegbereiterin für den weltweit führenden Reiseveranstalter Thomas Walker verdient. Sie rühmte sich, wilden Tieren, streitlustigen Beamten und tückischem Terrain furchtlos entgegenzutreten, weil sie dabei in ihrem Element war.

Seit ihrer Rückkehr nach England in die höfliche Gesellschaft allerdings fühlte sie sich heillos überfordert. In der Welt der Politik mit ihrer Hinterhältigkeit, ihrer Doppelmoral und ihren vorsintflutlichen Traditionen würde sie zweifelsohne mit Mann und Maus, schlimmstenfalls mit Clifford und Gladstone, untergehen. Sie war auf Unterstützung angewiesen, und zwar schnell. Sie sah zu Clifford hinüber, der jedoch vorgab, mit seinen Manschetten beschäftigt zu sein.

Dann sprudelten die Worte nur so aus ihr heraus: »Aber ich kann doch gar nicht Abgeordnete werden, schon allein aufgrund meines Titels nicht. Schließt dieser derartige Dinge nicht aus? Clifford, als wandelndes Lexikon können Sie mir in dieser Frage doch sicherlich aushelfen.«

Er trat einen Schritt vor. »Es tut mir leid, Mylady, aber Sie könnten ungeachtet Ihres Titels antreten. Die Adelsleute der Peerage of Ireland durften schon immer im House of Commons sitzen. Der Act of Union, der im Jahr 1801 in Kraft trat und das Vereinigte Königreich erschuf, gestattete ihnen zwar keinen der Sitze im House of Lords, schloss sie allerdings nicht von der Teilhabe im Unterhaus aus. Der wohlbekannte Premierminister des neunzehnten Jahrhunderts, Lord Palmerston, war ein solcher adeliger irischer Lord, der einen Sitz im House of Commons innehatte.«

Eleanor starrte ihren Butler fassungslos an. *Hatte er den Verstand verloren?* »Das ist ja alles ganz famos, Clifford, nur entstamme ich bedauerlicherweise nicht der Peerage of Ireland.« Sie ließ ihrer Besucherin, die sich von dieser Information verdächtig unbeeindruckt zeigte, ein entschuldigendes Lächeln zukommen.

Clifford gab ein leichtes Hüsteln von sich. »Tatsächlich, Mylady, hielt Ihr seliger Onkel Lord Henley einen zweiten Titel, der ebenfalls auf Sie übergegangen ist. Jenen einer kleinen Baronetcy in Westirland, der es Ihnen ermöglichen würde, ins Parliament einzuziehen, wenngleich Sie dafür womöglich Ihren englischen Titel aufgeben müssten.«

»Aha, ich verstehe ...« Sie war nicht allzu überrascht. Seit ihrer Ankunft auf Henley Hall setzte Clifford sie in regelmäßigen Abständen über irgendwelche eigentümlichen Vermächtnisse ihres seligen Onkels in Kenntnis, über die er sie aus unerfindlichen Gründen nicht vorher hatte unterrichten können. Sie hob eine Augenbraue. Clifford mochte eine Bibliothek auf zwei Beinen sein, doch selbst er wäre ohne ein Mindestmaß an Recherche nicht zu einer derart elaborierten Antwort imstande gewesen. Und ihren Titel aufgeben? Obschon Eleanor keinen gesteigerten Wert auf ihren Adelstitel legte, fühlte sie durch das Tragen des Familiennamens Swift eine Verbindung zu ihren Eltern, die sie nicht bereit war aufzugeben.

Sie richtete das Wort erneut an Miss Mann. »Nun, diese, äh ... Hürde scheint also überwindbar zu sein.« Sie nahm einen tiefen Atemzug. »Allerdings, und das tut mir furchtbar leid, bin ich mir ganz und gar nicht sicher, die richtige Frau für diesen Posten zu sein. Ich bin kein politisches Wesen. Ich fürchte wirklich, dass ich Ihnen und Ihrer Sache einen schlechten, ja gar einen Bärendienst erweisen würde, wenn ich Ja sagen würde.«

Ihre Besucherin machte ein langes Gesicht. »Aber Lady Swift, wir zählen auf Sie.«

»Und das dürfen Sie auch, und zwar in allen Angelegenheiten, in denen ich behilflich sein kann. Nicht jedoch durch meine Kandidatur bei dieser Nachwahl.«

Sie erhob sich.

Miss Mann erhob sich ebenfalls. »Bitte überlegen Sie sich das noch einmal. Die Zukunft der Frauen in unserem Wahlkreis liegt in Ihren Händen. Wir haben noch bis morgen Nachmittag Zeit, um eine Kandidatin zu ernennen. Wollen Sie bis dahin nicht zumindest noch einmal darüber nachdenken?«

Eine kleine Stimme in Eleanors Hinterkopf sagte ihr, dass sie gerade dabei war, ihr jüngstes Versprechen an sich selbst zu brechen. Sie seufzte. »In Ordnung, ich werde über Ihr Angebot nachdenken und Ihnen morgen meine Antwort mitteilen.«

Als Clifford, nachdem er Miss Mann hinausgeleitet hatte, zurück in den Raum trat, hatte Eleanor sich bereits einen gut nachzuvollziehenden Korridor durch den hochflorigen gemusterten Teppich gebahnt.

»Wie merkwürdig!«

»Merkwürdig, Mylady?«

»Sie haben recht.« Sie nickte nachdenklich. »Das war geradezu verflixt absonderlich.«

Er schaute sie verwirrt an.

»Ach, kommen Sie! Sie wollen mir doch wohl nicht weismachen, dass Sie heute Morgen aufgewacht sind und sich gefragt haben, ob Ihre Ladyschaft an diesem Tage vielleicht fürs Parlament zu kandidieren gedenkt?«

»Nein, nicht unmittelbar nach dem Aufwachen, Mylady.«

Sie überprüfte sein Gesicht auf irgendeine Regung, doch seine Mimik gab nichts preis.

»Nichtsdestotrotz scheinen Sie den Morgen damit verbracht zu haben, sich mit obskuren Gesetzen zu beschäftigen, die genau jene Eventualität ermöglichen!«

Clifford hüstelte. »Tatsächlich, Mylady, liegen Sie hier richtig.«

Sie fuhr herum. »Clifford! Sie erwarten ja wohl nicht von mir, dass ich glaube, dass Sie Miss Manns Besuch vorausgeahnt haben?«

»Selbstverständlich nicht. Nachdem Sie zu Ihrer Einkaufstour aufgebrochen waren, habe ich sie angerufen, um ihr diesen Vorschlag zu unterbreiten.«

Sie sackte auf dem Sofa zusammen und starrte ihn mit fragendem Blick an.

Clifford fuhr sich mit dem Finger über seinen gestärkten weißen Kragen. »Ich habe heute Morgen von Mr Aris' Hinscheiden gehört. Bedauerlicherweise zu spät, um die Nachricht an Sie weiterzugeben.« *Das war die Erklärung,* dachte Eleanor. Clifford fuhr fort: »Ich wusste, dass Nachwahlen ausgerufen werden würden und dass Mr Aris der einzige namhafte Mann in der Region gewesen war, der sich für die Rechte der Frauen eingesetzt hatte. Also schlussfolgerte ich, dass die Women's League nach einer weiblichen Kandidatin Ausschau halten würde. Sie möchten mir die Mutmaßung nachsehen, Mylady, aber Sie waren die naheliegende Wahl.«

Eleanor warf die Hände in die Luft. »Clifford, obwohl wir beide einander erst seit etwas weniger als einem Jahr kennen, hatte ich bislang den Eindruck, dass Sie mich ziemlich gut einschätzen können. Wie können Sie also behaupten, dass ich ›die naheliegende Wahl‹ sein soll?«

Clifford gab ein sanftes Hüsteln von sich. »Vielleicht haben Sie recht. Die junge Dame, die damals auf The Hall eingetroffen ist, mag sicherlich nicht die naheliegende Wahl gewesen sein, aber ...« Er räusperte sich. »Als Sie vorhin von Ihrer Fahrt ins Dorf zurückgekommen sind, war Ihr Enthusiasmus von einer solchen Lebhaftigkeit, dass ich den Schluss zog, dass Sie womöglich ... eine Veränderung in Betracht gezogen haben?«

»Clifford ... Ich ...« Sie errötete. »Mir war nicht bewusst, dass Sie über die Funktionsweise meines Seelenlebens ähnlich gut Bescheid wissen wie über jene des Rolls-Royce.«

Eine peinliche Stille trat ein. Clifford justierte seine Manschettenknöpfe, und Eleanor zupfte die Knöpfe ihres Cardigans zurecht. »Ach, zum Kuckuck!«, schoss es aus ihr heraus. »Ja, Sie haben ja recht.«

Er nickte. »Das hatte ich gehofft. Im Hinblick auf das Datum.«

Eleanor verspürte einen Kloß in ihrem Hals. Ihre Worte kamen nur im Flüsterton hervor: »Sie meinen ... Ihnen war bewusst, dass heute der zwanzigste Jahrestag des Verschwindens meiner Eltern ist?«

Er nickte. »Es hat mich schon seit vielen Wochen beschäftigt, Mylady.«

Um Worte verlegen, spürte sie, wie ihr die Tränen in die Augen schossen. »Das bedeutet mir eine Menge«, brachte sie hervor. »Und vielleicht, Clifford, vielleicht können Sie mir ja eines Tages mehr über meinen Onkel erzählen. Er ist so häufig in meinen Gedanken, und doch habe ich so wenige Erinnerungen an ihn, die Dinge für mich erklären.«

»Mit Vergnügen, Mylady.« Er richtete das Teetablett. Wohl mehr, um seine Hände zu beschäftigen, als um zu gewährleisten, dass das Milchkännchen in einer Achse zu der Teekanne und der Zuckerdose ausgerichtet war, dachte sie. »Nun denn«, fuhr er fort, »das war also ein ziemlich passender, wenn auch arrangierter Besuch von Miss Mann, möchte man folgern? Vielleicht möchte Ihre Ladyschaft ihren Vorschlag noch einmal überdenken?«

Sie schüttelte den Kopf. »Ach, Clifford, haben Sie schon einmal einen Fisch gesehen, der nach dem Fang drei Meilen weit landeinwärts geworfen wurde? Denn ein entsprechendes Bild würde ich bei dem Versuch abgeben, mich in der unergründlichen Welt der Politik zu behaupten. Inklusive des üblen Geruchs. Vielleicht ist Ihnen bislang noch nicht aufgefallen, dass es mir nicht gerade in die Wiege gelegt wurde, mich immer angemessen zu verhalten.«

Sie sah ihn kurz an.

»Nein, bitte nicht! Das war eine rhetorische Frage. Ich vermute, wenn ich Ja sage zur Women's League, würde die ganze Sache in einem kurzen und umdamenhaften Zerwürfnis enden. Sie würden mich mit Sicherheit verstoßen, was die Sache der Frauen wohl kaum in einem positiveren Licht dastehen lassen würde. Und, wie mir meine ständigen Fauxpas immer wieder vor Augen führen, bin ich noch immer die Neue hier, die noch kein Verständnis für die hiesigen Gepflogenheiten hat. Die wenigen Sommer, die ich als Kind hier verbracht habe, qualifizieren mich noch lange nicht als Einheimische. Ich habe nicht die blasseste Ahnung, was die werten Damen dieser Region wirklich wollen oder brauchen. Alles in allem bin ich davon überzeugt, dass es eine wahrlich entsetzliche Idee wäre, dieses Angebot anzunehmen.«

Clifford neigte seinen Kopf. »Eindrucksvoller Triumph, Mylady, wenn ich das so sagen darf.«

Sie runzelte die Stirn. »Triumph, Clifford?«

»In der Auseinandersetzung mit Ihnen selbst. Es ist gar nicht leicht, so viele Einwände gegen sich selbst zu finden.«

Eleanor spürte, wie Zweifel in ihr aufkamen. *Ist das der eigentliche Grund, Ellie? Versuchst du nur, dich herauszuwinden, weil du dich nicht traust, den nächsten Schritt zu gehen?*

Sie stand auf. »Ich werde eine Nacht darüber schlafen. Das ist das Beste, was ich tun kann. Ich würde es mir nie verzeihen, überstürzt zu handeln, und so alles am Ende nur für alle Beteiligten schlimmer zu machen.«

»Gewiss, Mylady.« Clifford griff nach dem Teetablett und wandte sich dann wieder zu ihr. »Allerdings gibt es ungeachtet dessen, ob Sie sich entscheiden, Miss Manns Angebot anzunehmen oder nicht, eine weitere Komplikation, über die ich Sie bislang noch nicht unterrichten konnte.«

# FÜNF

Eleanor folgte Clifford in die Küche, wo sie von einer Frau in einem Wollschal überrascht wurde, die sie auf Mitte fünfzig schätzte und die auf einem der hochlehnigen Stühle Platz genommen hatte. Ihr grau meliertes Haar, das sich aus ihrem hohen Dutt gelöst hatte, umrahmte ihr blasses und aufgedunsenes Gesicht wie ein breitkrempiger Hut.

»Die Damen.« Clifford nickte Mrs Trotman, Mrs Butters und der mysteriösen Besucherin zu, die bei Eleanors Eintreten allesamt aufgesprungen waren. Polly ließ die Kasserolle, die sie eben noch abgewaschen hatte, ins Wasser plumpsen und rieb sich hastig die Hände an ihrer Schürze trocken.

Eleanor lächelte in die Runde. »Guten Nachmittag, allerseits.« Beim Klang ihrer Stimme öffnete Gladstone die Augen, erhob sich aus seinem gemütlichen Bett und drückte sich gegen ihre Beine, damit sie seine Ohren kraulte. »Hallo, mein Lieber. Na, hast du ein schönes Nickerchen gehalten, nachdem du Joseph bei der Ernte all dieser Äpfel unterstützt hast?«, flüsterte sie.

»Mylady.« Clifford trat einen Schritt vor und wies auf die Fremde in der Gruppe. »Das ist Mrs Martha Pitkin.«

»Erfreut.« Eleanor lächelte herzlich und nahm die roten Ränder um die feuchten blauen Augen der Frau zur Kenntnis.

»Ihre Ladyschaft.« Mrs Pitkin knickste steif. »Es tut mir wirklich leid, Sie zu behelligen.« Sie unterdrückte ein Schluchzen und zog ein Taschentuch aus dem Ärmel ihrer Baumwollbluse.

Eleanor blickte verlegen zu Clifford, der die drei Bediensteten diskret bat, den Raum zu verlassen.

Mrs Butters schob Polly zur Hintertür. »Der Tee ist fertig und das Shortbread ist abgekühlt, steht bereits auf dem Tisch, Mr Clifford.«

Mrs Trotman hing ihre Schürze an den Haken neben dem Herd und drückte auf dem Weg nach draußen Mrs Pitkins Arm, bevor sie zu den anderen stieß. Hinter ihr schloss sich die Tür leise.

Da Eleanor sich hinsichtlich der entsprechenden Etikette unschlüssig war, deutete sie auf den Stuhl, von dem sich Mrs Pitkin soeben erhoben hatte. »Bitte nehmen Sie doch Platz. Wie wäre es mit einer Tasse Tee?«

»Große Güte, sich vor der Herrin des Hauses hinzusetzen ist ja schon schlimm genug, aber auch noch Tee mit Ihrer Ladyschaft trinken, das geht doch nicht!«

»Nun, ich bin völlig ausgetrocknet«, log Eleanor im Versuch, der offensichtlich verwirrten Frau ihre Befangenheit zu nehmen. »Im Übrigen haben mich die Wände dieser Küche womöglich schon des Öfteren beim Teetrinken mit den Damen beobachtet, glücklicherweise aber hat das bislang niemand herausbekommen, das sollte also in Ordnung gehen.«

»Sehr aufmerksam, Mylady, wenngleich ich Sie dafür um Verzeihung bitten muss, hier überhaupt ohne Ihre Erlaubnis erschienen zu sein. Das ist nicht richtig.«

»Wirklich, keinerlei Ursache.« Eleanor nickte Clifford zu, den Tee auszuschenken. »Mrs Pitkin, gehe ich recht in der Annahme, dass Sie eine Freundin von Mrs Trotman sind?«

»O ja, Mylady, Sie ist schon seit Ewigkeiten meine beste Freundin. Sie war vor vielen Jahren sehr gut zu mir, wissen Sie, als meine Mutter in die Nervenheilanstalt eingeliefert worden ist, Gott segne sie, und seitdem sind wir miteinander befreundet.« Sie tupfte sich die Augen mit ihrem Taschentuch trocken. »Deshalb bin ich hierhergekommen …« Sie ließ schluchzend den Kopf hängen. Gladstone gab ein leises Winseln von sich und tapste zu ihr hinüber, um ihr den Kopf auf den Schoß zu legen. Während sie ihm mit der Hand über den Rücken strich, fiel eine Träne auf seine Nase hinab.

Eleanor schob die Teetasse näher an Mrs Pitkin heran. »Kommen Sie, nehmen Sie einen Schluck und probieren Sie das Shortbread, ich bestehe darauf.«

Mrs Pitkin nahm den Tee mit zitternden Händen entgegen und lächelte matt. »Habe mich etwas gesammelt, Mylady, es tut mir so leid.«

»Gut! Aber es gibt wirklich keinen Grund, sich zu entschuldigen. Erst einmal, weil jede Freundin von Mrs Trotman auf Henley Hall willkommen ist, da es schließlich unser aller Zuhause ist.«

»Mrs Trotman hat schon oft erzählt, wie gutherzig Sie sind.«

»Danke, und ich kann von Mrs Trotman und den anderen Damen nur das gleiche behaupten. Zweitens allerdings habe ich den Eindruck, dass Ihnen irgendetwas zu schaffen macht. Sind Sie gekommen, um mich um Hilfe zu bitten?«

»O nein! Du lieber Himmel, das wäre ja noch schöner. Eine schäbige alte Köchin, die eine Hausherrin wie Sie behelligt, um Sie um Hilfe zu bitten, und dann auch noch eine, die sich selbst in derartige Schwierigkeiten gebracht hat. Ojemine!« Dies führte zu weiterem Tränenvergießen und Naseschnäuzen. »Ich bin gekommen, weil ich nicht wusste, wohin, und Mrs Trotman –«

Clifford hüstelte dezent. »Dürfte ich vielleicht aushelfen, Mrs Pitkin?«

Sie nickte dankbar und nahm einen Schluck von ihrem Tee.

»Sehr wohl.« Clifford wandte sich Eleanor zu. »Mrs Pitkin war über viele Jahre hinweg die Köchin auf Farrington Manor.«

Die Frau unterdrückte ein Schluchzen. »Sie mussten mich gehen lassen, Mr Clifford. Ich kann es verstehen. Den Lord und die Lady trifft keine Schuld, wenngleich ich nichts Falsches getan habe, das schwöre ich.«

»Farrington Manor?«, fragte Eleanor nach. »Was für ein Zufall! Ich bin mit Lord und Lady Farrington morgen zum Lunch verabredet.«

Clifford nickte. »In der Tat, Mylady. Vielleicht sollte ich erklären, dass Mrs Pitkin nach Mr Aris' Tod vom Dienst ›befreit‹ worden ist.«

Mrs Pitkin entfuhr ein leises Stöhnen. Sie legte ihre Hände auf den Tisch und blickte Eleanor aus trübseligen Augen an. »Mylady, ich schwöre beim Grab meiner Mutter, dass ich es nicht getan habe.«

Eleanor versuchte, ihre Worte mit Bedacht zu wählen. »Was nicht getan haben?«

»Ihn umgebracht!« Ihre Schultern fingen an zu beben.

Eleanor blickte hilflos zu Clifford und formte mit den Lippen eine Frage: »Umgebracht?«

Er nickte. »Es wird angenommen, dass Mr Aris nach dem Verzehr von Erdnüssen verstorben ist, Mylady.«

»Und seine Allergie dagegen war wohlbekannt?«, fragte sie und war sich ziemlich sicher, dass sie die Antwort bereits kannte.

Mrs Pitkin richtete sich ruckartig auf, sodass Gladstone nach hinten schlurfte, um sich zu Eleanors Füßen niederzulassen. »Aber das ist es ja gerade, Mylady. Ich bin immer vorsichtig und kenne die Küche des Herrenhauses in- und auswendig. Das wäre mir niemals passiert. Ich kann mit verbundenen

Augen Schokoladenfudge zubereiten, mit oder ohne Erdnüsse. Das Rezept ist von mir. Und ich habe eigenhändig sämtliche Erdnüsse aus der Speisekammer entfernt und Mr Clements gebeten, sie in der Butlerkammer zu verstecken, um sicherzustellen, dass keine Unfälle passieren. Und ich habe mich mehrmals vergewissert, dass sämtliche Arbeitsflächen und Hände sauber waren. Es ist ein riesiger Aufwand, wenn Mr Aris zum Essen kommt. Ich begreife nicht, wieso der Lord und die Ladyschaft ihn überhaupt einladen, nein, das will mir nicht in den Kopf hinein.«

»In der Tat.« Sie erinnerte sich an die Unterhaltung, die sie im Dorf belauscht hatte. »Und doch wurden Erdnüsse in Mr Aris' Dessert gefunden?«

»Genau, in seinem Fudge, Mylady. Laut der Polizei. Der arme Gentleman ist verstorben, mit dem Gesicht in seiner Dessertschale. O weh, was für eine Art, dahinzuscheiden, vor den Augen all dieser feinen Ladys und Gentlemen! Gott sei seiner Seele gnädig.«

Während in Eleanor die Einsicht reifte, dass dies ein außergewöhnlicher Tag war, blickte sie zu Mrs Pitkin hinüber, die einmal mehr ihren Tee umrührte und dabei wiederholt schniefte und ihre Augen trockentupfte.

*Menschen zu helfen muss ja nicht gleich bedeuten, in einen weiteren Mordfall verwickelt zu werden, Ellie. Das kannst du auch der Polizei überlassen.* Doch diesen Vorsatz machten Mrs Pitkins folgende Worte schnell zunichte.

»Mr Aris war bereits einige Male zuvor auf Farrington Manor zu Gast gewesen. Warum sollte Lady Farrington glauben, dass ich seine Mahlzeiten zu all diesen Anlässen immer sorgfältig zubereitet haben und zu diesem letzten Anlass hingegen darauf aus gewesen sein soll, ihn mit einem Anfängerfehler zu erledigen? Weil er mal eine Bemerkung darüber gemacht hat, was ich gekocht habe? Wenn ich jedes Mal Anstoß daran nehmen würde, wenn am Tisch kritische Worte über die Küche gefallen sind, dann hätte ich eine ganze Tafelrunde voller Morde auf dem Kerbholz.« Sie schüttelte den Kopf. »Ich arbeite schon Zeit meines Lebens als Köchin, Mylady. Sie könnten mir jederzeit die Augen verbinden und eine Wäscheklammer auf die Nase klemmen, ich würde trotzdem jede noch so kleine Geschmacksnuance einer Speise herausschmecken. Ich könnte Ihnen haargenau sagen, aus welchen Zutaten sie besteht, wie frisch sie ist und wahrscheinlich sogar auch, ob sie vom Anwesen oder von außerhalb stammt. Ich kenne mein Metier in- und auswendig. Ich habe in meinem Leben schon tausend Löffel abgeschmeckt, und es befanden sich keine Erdnüsse in diesem Fudge.«

Eleanor runzelte die Stirn. »Mrs Pitkin, gab es denn jemals andere Zwischenfälle oder vielleicht eine Verwechslung der Zutaten?«

Die Köchin richtete sich auf. »Niemals, Mylady. Fragen Sie Trotters, oh, ich bitte um Verzeihung, Mrs Trotman, sie weiß, wie ich arbeite. Ich hatte das Vergnügen, vor vielen Jahren eine Küche mit ihr zu teilen, als ich noch auf dem Wendlebury Estate tätig war und die einzige Tochter, Lady Margery, ihren Debütantinnenball gab. Aufgrund der Vielzahl an Gästen wurde Mrs Trotman sozusagen vorübergehend einberufen. So etwas habe ich weder vorher noch nachher je wieder erlebt. Aber das war im Jahr 1906, da war Essen natürlich noch einfacher zu beschaffen.«

»Natürlich«, stimmte Eleanor zu und versuchte, ihre Gedanken zu sortieren. »Auf die Gefahr hin, eine unfeine Frage zu stellen: Was haben Sie nun vor, Mrs Pitkin?«

»Das weiß ich nicht genau, Mylady. Eine Köchin, die entlassen worden ist, weil sie einen Gentleman umgebracht hat … Himmel, selbst wenn mir die Polizei Mr Aris' Tod nicht anlasten sollte, werde ich nie wieder Arbeit finden. Ich habe keine Lust, den Rest meiner Tage im Armenhaus zu verbringen, sofern die mich überhaupt aufnehmen würden, Mylady. Oder, falls sie es nicht tun sollten, zusammengekauert unter einer Brücke den Müll nach essbaren Dingen zu durchforsten.«

Eleanor beugte sich vor und legte der Frau eine Hand auf den Arm. »Grundgütiger! Es gibt keinerlei Grund, so etwas zu denken! Haben Sie denn keine Familie, die Ihnen helfen könnte?«

Mrs Pitkin schlang sich ihren Schal enger um den Hals. »Niemanden. Deshalb habe ich auch Mrs Trotman aufgesucht, sie ist für mich das, was einer Familie am nächsten kommt.«

Eleanor hatte genug gehört. »Mrs Pitkin, obwohl ich eine Lady bin, ist die Dienerschaft hier auf Henley Hall auch für mich das, was einer Familie am nächsten kommt. Also auch Mrs Trotman. Ich würde es mir nie verzeihen, wenn Sie für etwas bestraft werden würden, was Sie nie getan haben.«

Mrs Pitkin stand unversehens auf und griff nach dem Filzhut auf dem Stuhl neben ihr. »Danke für Ihre Zeit, Mylady, ich weiß das sehr zu schätzen, aber meinesgleichen werden bestraft, wie man es auch dreht und wendet. Sie haben mich entlassen, was sie meiner Ansicht nach tun mussten, um sich selbst vor einem Skandal zu schützen. Das ist eben das Schicksal des Hausgesindes. Aber eine Frau in meinem Alter, die auf sich allein gestellt ist und die keine Familie hat, die sie aufnehmen könnte?« Sie lächelte schwermütig. »Die wäre tot besser dran, so viel steht fest.«

Eleanor stand auf und hob die Hand. »Mrs Pitkin, warten Sie! Ich bin mir sicher, dass wir hier Verwendung für Sie finden. Und wenn nicht, dann kenne ich –«

»Zu liebenswürdig, allerdings möchte ich Ihnen keine kostbare Zeit mehr stehlen, sondern Ihnen lediglich fürs Zuhören und für Ihre Gastfreundschaft danken. Es ist herzerfrischend, Mrs Trotman in einem solch vortrefflichen Zuhause wie diesem zu wissen. Guten Tag, Mylady.« Nach einem weiteren steifen Knicks entschwand sie durch die Hintertür, ehe Eleanor oder Clifford sie aufhalten konnten.

---

Eleanor wandte sich Clifford zu. »Wir sollten ihr hinterhergehen. Was, wenn ...«

»Mrs Pitkin ist in guten Händen, Mylady. Mrs Trotman ist soeben aus dem Küchengarten getreten, wo sie, wie ich es ihr für den Fall der Fälle nahegelegt habe, gewartet hat.«

Gladstone, der Mrs Pitkin nach draußen gefolgt war, kam zum Tisch zurückgetrottet. Sein Stummelschwanz war so geknickt wie Eleanors Stimmung.

Sie setzte sich schwerfällig hin. »Ach, Clifford, was für eine furchtbare Situation! Die arme Frau scheint ernsthaft verzweifelt. Denn sie hätte ja allen Grund, Clifford, schließlich ist sie mittellos.« Sie blickte zu ihm auf. »Glauben Sie, dass sie ...«

»Die Wahrheit sagt? Genau wie Sie, Mylady, schwanke auch ich in meinem Urteil. Ich fühlte mich jedoch an die Worte von Voltaire erinnert. Um ihn sinngemäß zu zitieren: ›Besser, man riskiert, eine schuldige Köchin zu retten, als eine unschuldige zu verurteilen.‹«

Eleanor ächzte. »Warum kommen mir die weisesten Worte immer dann zu Ohren, wenn ich eigentlich geschworen hatte, die Rätsel und Morde hinter mir zu lassen?«

»Es ist immer auch möglich, weise Worte zu ignorieren, Mylady.«

»Nicht«, sagte sie, während sie sich erhob, »wenn man ein Gewissen hat.«

»Eine große Last für die Trägerin, ein Segen indes für alle anderen.«

»Danke, aber ich werde heute Nacht vor Sorge darum, was Mrs Pitkin nur tun soll, falls sie nicht von der Verantwortung für diese Tragödie freigesprochen wird, nicht schlafen können.« Vor ihrem geistigen Auge erschien das Bild der verzweifelten Frau am Rande der Chipstone Bridge. Sie seufzte. »Nun, Sie sagten ja, Mrs Trotman sei bei ihr. Ich bin mir sicher, dass sie sich um sie kümmern wird. Richten Sie Mrs Trotman aus, dass sie Mrs Pitkin gern im Gästezimmer im Gesindehaus übernachten lassen kann und ihr noch einmal mein Beschäftigungsangebot unterbreiten soll.«

Er nickte.

»Sieht ganz so aus, Clifford, als ob ich, oder besser gesagt *wir,* einmal mehr in einem potenziellen Mordfall ermitteln. Denn dies gilt es, als Erstes herauszufinden. Ob es sich um Mord oder um ein Missgeschick gehandelt hat.«

Clifford richtete die bereits perfekt sitzenden Nähte seiner weißen Handschuhe. »Gewiss wäre dies vor einer möglichen Einstellung von Mrs Pitkin anzuraten?«

Eleanor rang nach Luft. »Daran habe ich gar nicht gedacht!« Sie zuckte mit der Schulter. »Allerdings scheint es, als würde sie mein Angebot sowieso nicht annehmen. Entscheidend ist doch Folgendes: Entweder ist Mrs Pitkin ein Fehler unterlaufen oder irgendjemand war darauf aus, Mr Aris umzubringen. Und falls man Mrs Pitkin Glauben schenken darf, so scheint die einzig mögliche Schlussfolgerung die eines Mordes zu sein.«

Clifford schürzte die Lippen. »Vielleicht sollte ich mit Abigail sprechen und sie bitten, Augen und Ohren für alle Informationen offenzuhalten, die ihr über den Weg laufen?«

»Hervorragende Idee, Clifford.« Abigail war die Nichte von Sandford, dem Butler der Fenwick-Langhams. Sie arbeitete als Schreibdame auf der Polizeistation von Chipstone, der nächstgelegenen Stadt, und hatte Eleanor und Clifford in diesem Jahr bereits bei der Aufklärung mehrerer Mordfälle unterstützt. »Und ich werde schauen, was ich bei Detective Chief Inspector Seldon in Erfahrung bringen kann. Da die Farringtons äußerst einflussreich sind, gehe ich davon aus, dass die Hauptermittlungen von Oxford aus geführt werden.«

DCI Seldons Büro befand sich in der Hauptpolizeiwache der Stadt. Er hatte die Ermittlungen in dem Mordfall auf

Langham Manor geleitet. Außerdem hatte er eine Schwäche für Eleanor. Da er Lancelot Fenwick-Langham, Eleanors Gelegenheitsschwarm damals als Tatverdächtigen verhaftet hatte, war ihr Verhältnis zum gegenwärtigen Zeitpunkt jedoch etwas unterkühlt. Allerdings war Eleanor sich darüber bewusst, dass sie auf jede Hilfe angewiesen sein würden, die sich ihnen bot, um Mrs Pitkins Unschuld zu beweisen. Sie schüttelte den Kopf. »Allerdings gibt es da eine ganze Fülle von Fragen, die einer Antwort bedürfen, bevor wir Schlüsse ziehen können.«

»In der Tat, Mylady. Wir müssen herausfinden, wann genau dieser Fudge zubereitet worden ist, der Mr Aris' Hinscheiden verursacht hat.«

»Nicht nur, wann er zubereitet worden ist, Clifford, sondern auch, wer abgesehen von Mrs Pitkin Gelegenheit gehabt hätte, daran herumzupfuschen. Wenngleich er auch gut und gern erst am Tisch selbst durch einen Fudge mit Erdnüssen ersetzt worden sein könnte.«

»Natürlich vorausgesetzt, dass die Nachspeise verantwortlich war.«

»Wie meinen Sie das, Clifford?«

»Ich frage mich, ob die Polizei davon ausgeht, dass die Erdnüsse in dem Dessert Mr Aris' Todesursache waren. Was aber, wenn Mr Aris in Wirklichkeit vergiftet wurde?«

»Und der Fudge lediglich der Verschleierung diente?« Sie hob die Augenbrauen. »Das erscheint bei näherem Nachdenken etwas unwahrscheinlich. Ich meine, wieso sollte man sich die Mühe machen, Aris' Fudge mit Erdnüssen zu versehen, um ihn anschließend zu vergiften? Angesichts seiner bereits heftigen Reaktion auf jegliche Erdnussspuren erscheint es fast sicher, dass sie allein letale Wirkung hätten?«

Clifford nickte langsam. »Das ist ein hervorragendes Argument, Mylady.«

Eleanor zögerte. »Glauben Sie ... Sie wissen schon, dass Mrs Pitkin es getan haben könnte ... mit Absicht?«

»Möglich, Mylady. Und dass sie lediglich gekommen ist, um die verzweifelte Unschuldige zu mimen. Ihre vermeintlich verzweifelte Gemütslage wäre dann womöglich nichts anderes als eine Schauspieleinlage.«

»Nun, ich hoffe, dass ich zumindest um Mrs Trotmans willen, bis morgen früh etwas in Erfahrung bringen kann.« Sie ächzte. »Lady Fenwick-Langham wird entsetzt sein, wenn ich ihr Kennenlernlunch mit den Farringtons in eine Mordermittlung mit allem, was dazugehört, verwandle. Das schickt sich mit Sicherheit absolut nicht!«

Clifford räusperte sich. »Ich bin mir sicher, dass es Ihnen gelingen wird, diskret vorzugehen, Mylady.«

# SECHS

Am darauffolgenden Morgen manövrierte Clifford den Rolls-Royce vorsichtig durch die zwei Meilen lange Zufahrt zu Langham Manor. Die Straße, die von uralten Ahornbäumen gesäumt war, deren Laub in herbstlichem Rot, Rosa und Dunkelorange erstrahlte, mündete in einer großen hufeisenförmigen Auffahrt.

Dort angekommen, kam Clifford am Fuße der schwungvollen Steintreppe zum Stehen und wandte sich Eleanor zu: »Frohes Ermitteln, Mylady.«

Da Eleanor die unumstößlichen Ansichten ihrer Gastgeberin zum Thema Pünktlichkeit nur allzu gut kannte, war sie erleichtert festzustellen, dass sie als Erste eingetroffen war. Sandford, der langjährige Butler des Hauses, geleitete sie in das blaue Gesellschaftszimmer, wo sie die Ankunft ihrer Gastgeberin erwarten sollte. Erlesene taubenblaue Stühle mit Tapisserie setzten sich vor der Kulisse aus feinster Prägetapete in Enteneiblau und Silber ab. Auf den Nussbaumtischen waren feine Porzellanstücke ausgestellt, und auf dem Flügel schloss sich eine Auswahl aus silbergerahmten Fotografien zu einem perfekten Kreis. Ihr smaragdgrünes Seidenkleid mit den darauf abgestimmten transparenten Ärmeln kam ihr in dieser beschaulichen Räumlichkeit geradezu eigentümlich schrill vor.

»Die Ladyschaft wird Sie in Kürze empfangen, Mylady.« Sandford nahm ein Silbertablett zur Hand und reichte ihr eine Kristallglasflöte. »Vielleicht wünschen Sie, sich zur Überbrückung der Wartezeit an einem Tröpfchen Champagner zu laben?«

»Lediglich zur Stärkung, danke. Sie kennen mich gut, Sandford. Ich hoffe nur, nicht bereits vor dem Fischgang betrunken zu sein.«

Sandford, der mit Clifford schon seit vielen Jahren gut befreundet war, pflegte Eleanors regelmäßige Fehltritte in Sachen Etikette immer wieder mit einem Zwinkern seiner nussbraunen Augen zu quittieren. Er machte eine Halbverbeugung, auf die Clifford stolz gewesen wäre, und schloss die eichenholzgetäfelten Türen hinter sich.

Eleanor bekam Gewissensbisse angesichts ihres Vorhabens, ihre Gastgeberin über den zusätzlichen Grund ihres Besuchs zu beschwindeln. Wenngleich sie sich, wie sie sich zu trösten versuchte, immer ehrlich freute, Lancelots Eltern zu sehen. Noch dazu war ihr neuer französischer Koch ein Meister seines Fachs!

Während sie wartete, dachte sie über die Informationen nach, die sie bislang in Erfahrung gebracht hatten. Abigail hatte bestätigt, dass die Polizei von Oxford die Ermittlungen um Aris' Tod aufgenommen hatte, wie sie bereits vermutet hatten. Als dies geklärt war, hatte sie auf der Polizeistation angerufen und nach DCI Seldon verlangt. Sie kannte zwar seine direkte Durchwahl, sah sich aber nicht in der Lage, diese zu benutzen. Anfangs war er hinsichtlich Aris' Tod zurückhaltend gewesen, insbesondere da sie abgelehnt hatte, zu offenbaren, weshalb sie sich dafür interessierte. Sie wollte der Polizei nicht verraten, dass sie versuchte, die Unschuld ihrer Hauptverdächtigen zu beweisen. Widerwillig hatte er schließlich eingeräumt, dass er die Ermittlungen leite. Er versicherte ihr, dass die Polizei den Fall im Moment als Unfall mit Todesfolge behandele. Ob Anklage gegen die Köchin erhoben werden würde oder nicht, sei noch nicht entschieden. Und das war schon alles gewesen, was er mitzuteilen bereit gewesen war. Nach dem Austausch einiger peinlicher Höflichkeiten hatte er das Gespräch beendet. Eine leise Stimme in ihr fragte sich, wie ihr Leben wohl verlaufen wäre, wenn sie und der Inspector sich nicht als opponierende Parteien in einer Mordermittlung befunden hätten, die Lancelot, ihren eigensinnigen Schwarm, zum Gegenstand gehabt hatte.

Sie seufzte und besann sich erneut auf die bevorstehende Herausforderung: Wie führte man eine Mordermittlung beim Lunch fort, ohne im hohen Bogen vor die Tür gesetzt zu werden? Sie nippte an ihrem Champagner, der umgehend ein Glucksen in ihrem Bauch hervorrief.

*Ach, verflixt, Ellie, du sollst doch eine Lady auf einem Lunch der feinen Gesellschaft sein!*

Sie schreckte auf, als sich plötzlich die Türen öffneten.

»Meine liebe, liebe Eleanor, wie geht es Ihnen?« Als Lady Fenwick-Langham mit ausgebreiteten Armen in den Raum eilte, wurden ihre dichten grauen Locken und ihre kornblumenblauen Augen von ihrem lavendelfarbenen Seidentaftrock und der dazu passenden Jacke hervorragend in Szene gesetzt.

Eleanor hatte sich mit den Fenwick-Langhams angefreundet, und war schließlich zu deren Liebling geworden, da sie nur drei Monate zuvor geholfen hatte, Lancelot, ihren einzigen Sohn, vor einer Mordanklage zu bewahren.

»Augusta, was für eine Freude, Sie zu sehen! Ich muss sagen, Sie sehen absolut glänzend aus. Vielen Dank für Ihre freundliche Einladung zum Lunch.« Sie überlegte, wie sie Mr Aris' Tod am besten zur Sprache bringen sollte. Und welcher Gang sich wohl am besten dafür anbot, über Mord zu sprechen. »Mit wem werde ich denn heute Nachmittag zu Tisch das Vergnügen haben?«

Ihre Gastgeberin nahm sie beim Arm. »Um brutal ehrlich mit Ihnen zu sein, meine Liebe, habe ich Sie auch zur Unterstützung hergebeten.«

Eleanor blickte sie überrascht an. Es kam nicht häufig vor, dass diese formidable Lady Unterstützung benötigte. »Aber wieso?«

Lady Fenwick-Langham verzog das Gesicht. »Die Sache ist die: Wir sind heute eine ziemlich kleine Gesellschaft, weshalb der Lunch auch im zweiten Speisezimmer stattfinden wird.«

»Wie wunderbar, von dort aus haben wir beste Sicht auf Ihren prächtigen Rosengarten.«

Rosen waren Lady Fenwick-Langhams Leidenschaft. »Durchaus! Nun, zwei unserer Gäste sind ein entzückendes Paar, ich kann es kaum erwarten, Sie einander vorzustellen. Wir kennen Baron Ashley und seine Familie schon seit Jahren. Und er hat eine wunderbare neue Gattin an seiner Seite: die Baroness Lady Wilhelmina.«

Eleanor wartete, denn sie wusste, dass da noch mehr kommen musste.

Lady Fenwick-Langham spreizte ihre Finger. »Nun, Baron Ashley hat aus Liebe, nicht aus Pflichtgefühl geheiratet, womit Harold und ich völlig einverstanden sind. Lord und Lady Farrington, unsere anderen Gäste, sind hingegen der Auffassung, dass der Baron unterhalb seiner sozialen Stellung und auch seines Alters geheiratet habe! Wir sahen uns genötigt, sie einzuladen, weil Harold und ich unser Abendessen auf Farrington Manor am Samstagabend aufgrund von Harolds Gichtanfall absagen mussten.«

»Das tut mir sehr leid«, sagte Eleanor. Dann begriff sie plötzlich. *Das war das Abendessen, bei dem Aris gestorben ist, Ellie.*

Lady Fenwick-Langham winkte ab. »Ach, dem geht es

schon wieder gut. Das liegt an Manet, unserem französischen Koch. Er besteht darauf, diese schwere kontinentaleuropäische Kost zuzubereiten. Das mag zum Abendessen ja schön und gut sein, aber doch nicht zum Lunch! Immer wenn ich ihm sage, dass er tagsüber einfachere Mahlzeiten zubereiten dürfe, rümpft er nur die Nase und meint, dass er dafür nicht zehn Jahre lang studiert habe.«

Eleanor lachte. »Warum besorgen Sie sich nicht einfach einen Koch, der das zubereitet, was Sie und Harolds Gicht verlangen?«

Lady Fenwick-Langham legte ihre Hand auf die Eleanors. »Ich vergesse immer wieder, dass Sie im Ausland aufgewachsen sind und erst seit kurzer Zeit in diesem Lande weilen. Man muss heutzutage einfach einen französischen Koch haben. Und je hochnäsiger, desto besser. Wir können ihn unmöglich gehen lassen. Was sollen wir sonst nur tun, wenn wir Gäste haben?« Sie schüttelte den Kopf. »Sei's drum, in jedem Fall war es eine gute Entscheidung, dass wir abgesagt haben. So wie es ausschaut, sind wir glimpflich davongekommen.« Für einen Augenblick sah sie nachdenklich aus. »Wo war ich? Ach ja, Baron Ashley und seine neue Gattin. Harold und ich halten Lady Wilhelmina für eine bezaubernde junge Frau. Ihr Vater macht beruflich ... Nun, ich habe es vergessen, irgendetwas mit den Händen, glaube ich. Oder er führt ein, zwei Unternehmen, wo von Hand gearbeitet wird. Jedenfalls bin ich Ihnen höchst dankbar für Ihre Unterstützung beim Lunch, da ich weiß, dass Sie eine moderne Sicht auf die Dinge haben und vor allem Liebesheiraten gutheißen.«

Eleanor dachte an ihre eigene kurze und verhängnisvolle Ehe sechs Jahre zuvor zurück. Sie hatte tatsächlich der Liebe wegen geheiratet, nachdem sie sich in einen schneidigen Offizier in Südafrika verliebt hatte. Nur hatte sich bald herausgestellt, dass dieser weder wirklich schneidig noch ein echter Offizier war. Alle hatten vermutet, dass er im Krieg gefallen sei, was sich auch als wahr erwiesen hatte. Nur war natürlich angenommen worden, dass er durch Feindeshand gestorben sei, wohingegen er in Wahrheit von der eigenen Seite dafür erschossen worden war, Waffen an den Feind verkauft zu haben. Sie schüttelte die Erinnerung ab. »Natürlich können Sie auf meine Unterstützung zählen, obschon ich in den Augen Ihrer Gäste vermutlich ebenfalls kein Musterleben führe!«

Lady Fenwick-Langham lachte. »Unsinn! Wir werden auch auf Harolds Unterstützung zählen können. Das heißt, wenn er mal irgendwann von der Jagd zurückkehrt. Ich habe Parsons losgeschickt, um ihn einzufangen und herzuzerren.«

Harold, besser bekannt als Lord Fenwick-Langham, war drei Dingen ergeben: seiner Frau, seinem Sohn und der Jagd – und das nicht notwendigerweise in dieser Reihenfolge. Eleanor empfand seine unprätentiöse Art stets als sehr sympathisch.

»Ist die Jagdsaison denn schon wieder eröffnet?«

»Die Fasanenjagd hat vor wenigen Tagen begonnen, meine Liebe. Und die Rebhuhnjagd, die schlimmste von allen, hat am ersten September begonnen. Eine Saison jagt nun wortwörtlich die nächste! Ich habe mir erlaubt, einige Rebhühner für Clifford einzupacken, die Sie mit nach Henley Hall nehmen können. Ich hoffe, Sie haben nichts dagegen?«

»Natürlich nicht, was für eine freundliche Geste! Es wird mir ein absolutes Vergnügen sein! Ich habe schon seit Ewigkeiten kein Rebhuhn mehr gegessen. Folglich schließt sich Lancelot nicht der Gesellschaft an?«, fragte sie mit bemühter Beiläufigkeit.

»Oje, er ist ein solcher Satansbraten! Er meinte, er müsse an seinem Flugzeug werkeln oder so.«

Eleanor lachte, um ihre Enttäuschung angesichts dieser Nachricht zu verschleiern. Allerdings hätte er ihre geplanten Nachforschungen bezüglich Aris' Todesursache mit seinen permanenten Witzen und Frotzeleien sowieso nur um einiges erschwert.

Lady Fenwick-Langham klatschte in die Hände. »Kommen Sie, meine Liebe, wir wollen die vier auf der Terrasse in Empfang nehmen.«

Draußen wehte Eleanor eine sanfte Brise ins Gesicht, die für einen Herbsttag wie diesen ungewöhnlich warm war. Als sie auf der großen, mit Balustraden versehenen Terrasse ankamen, hatte das erste Paar den Rundgang durch Lady Fenwick-Langhams preisgekrönten Rosengarten gerade beendet und war wieder oben auf der Steintreppe angelangt. Lady Fenwick-Langham setzte ihr makelloses Gastgeberinnenlächeln auf.

»Lord und Lady Farrington, darf ich vorstellen: Lady Swift! Eleanor ist zu einer Freundin der Familie geworden, genau wie ihr lieber, leider verstorbener Onkel es war.«

»Guten Tag.« Eleanor lächelte den beiden zu und tat, als würde sie Lady Farringtons kritische Untersuchung ihrer äußeren Erscheinung nicht bemerken. Das aschblonde Haar der Lady, einer Aristokratin durch und durch, war in enge Wasserwellen gelegt, die ihr alabasterfarbenes Gesicht umspielten. Ihre lange, knochige Gestalt verlieh ihr das Aussehen eines äußerst eleganten Gespensts.

Lord Farrington hingegen wies den gesunden Teint und robusten Körperbau eines Mannes auf, der sich in jüngeren Jahren beim Sport hervorgetan hatte. Seine indifferente Miene trübte seine ansonsten klassisch schön anmutenden Gesichtszüge.

Die Ashleys huschten die letzte Stufe hinauf und lösten ihre Umarmung, um Eleanor die Hände zu reichen. Lady Wilhelminas zierliche Gestalt brachte die hochgewachsene und schlanke Statur ihres Ehemanns neben ihr, der sie um Kopf und Schulter überragte, verstärkt zur Geltung.

»Lady Swift.« Baron Ashley schien Anfang vierzig und damit gut und gern achtzehn Jahre älter als seine Frau zu sein. Er schenkte Eleanor ein warmes Lächeln, das sein ohnehin schon sympathisches Auftreten nur bestätigte. »Wir freuen uns so, Sie kennenzulernen! Wir haben schon so viel von Ihren aufregenden Abenteuern gehört.«

Eleanor lachte. »Alles mit einer Prise erdichtetem Glanz versehen, wie ich hoffe.«

Lady Farrington hob das Kinn und lugte entlang ihrer langen Nase zu Eleanor hinab.

Baron Ashley wies mit stolzem Gesicht auf seine Frau. »Darf ich vorstellen: Lady Wilhelmina.« Als sie zur Begrüßung nickte, wippten Wilhelminas natürliche honigblonde Locken, die lose von einer Blumenhaarspange zusammengehalten wurden, gegen ihre makellosen rosigen Wangen, die ebenso hell erstrahlten wie ihre tiefblauen Augen. Sie war der Inbegriff einer englischen Rose, die sich ihrer eigenen Schönheit gar nicht bewusst zu sein schien.

Da Eleanor die Verunsicherung der jungen Frau bezüglich der passenden Etikette bemerkte, trat sie einen Schritt vor und nahm ihre Hände. »Lady Wilhelmina, meinen Glückwunsch zu Ihrer kürzlichen Eheschließung! Hatten Sie einen wunderschönen Hochzeitstag?«

Genau wie ihr Auftreten war auch ihre Stimme von sanfter Anmut: »Lady Swift, es ist so schön, Sie kennenzulernen, und ja, danke, es war ein unwahrscheinlich schöner und besonderer Tag. Wie ein Märchen, verpackt in einen Traum.«

»So zauberhaft!«, sagte Lady Fenwick-Langham mit einem schwärmerischen Seufzen. »Ein Tag, an den Sie in all den vielen, vielen verheißungsvollen Jahren, die noch vor Ihnen liegen, oft zurückdenken werden. Nun, wollen wir uns dann ins Speisezimmer zurückziehen, um Harolds Ankunft zu erwarten? Ich bitte um Verzeihung, er muss in eine furchtbare Balgerei mit diesen geflügelten Biestern verwickelt worden sein.« Mit einem erzwungen ausgelassenen Lachen wandte sie sich um und ging voran.

---

In Eleanors Augen sah das sogenannte zweite Speisezimmer nicht weniger opulent aus als das Hauptspeisezimmer, in dem sie bereits zuvor gegessen hatte. Die Wände wurden von exquisiten Chinoiserieseidentapeten mit blühenden orientalischen Bäumen sowie bunten Vögeln und Insekten zwischen den Zweigen geschmückt. Beistelltische, auf denen Porzellanvasen mit aufwendigen Details thronten, standen zwischen den Marmorsäulen, die sich bis zu der imposanten Stuckdecke erhoben. In deren Mitte hingen drei funkelnde Lüster, die ausgefallene Muster über die Esstafel warfen, die wiederum in feinstes gestärktes Leinen gehüllt war.

Lady Fenwick-Langham nickte Sandford zu, den Gong anzuschlagen. Sie wies auf den Tisch.

»Wollen wir?«

Während sie ihre Plätze einnahmen, trat der groß gewachsene erste Diener Parsons in den Türdurchgang und nickte Sandford zu.

»Seine Lordschaft trifft soeben ein, Mylady«, verkündete der Butler.

Seine Meldung war überflüssig, denn das unverkennbare Dröhnen der Stimme des Lords war schon zu vernehmen.

»Lunch, ja wie famos! Bin völlig ausgehungert. Das passiert eben, wenn man versucht, ausgefuchste Fasane auszutricksen.« Er strich sich über seinen imposanten Schnurrbart. »Wie geht's uns allen heute Morgen denn so?«

»Wir haben bereits Nachmittag, lieber Harold«, schnaubte seine Frau vom oberen Tischende.

Lord Fenwick-Langham beugte sich vornüber und gab ihr einen zärtlichen Kuss auf die Wange. Er blickte in die Runde. »Sind ja nicht gerade viele heute, nicht wahr? Sind denn schon ein paar Leute ausgebüxt?«

»Harold, setz dich doch bitte! Sandford, einen Fruchtsaft bitte für die Lordschaft.«

Lord Fenwick-Langham zog einen Schmollmund und zwinkerte Eleanor zu. Dann nahm er seinen Platz am anderen Ende des Tisches ein.

Baron Ashley räusperte sich. »Harold, wie ist denn die morgendliche Jagd verlaufen?«

»Erste Sahne, danke, Clarence, altes Haus. Selbst sind Sie ja nicht so der Waidmann, wenn ich mich recht entsinne?«

»Ich habe tatsächlich noch nie das Bedürfnis danach verspürt«, entgegnete Baron Ashley, während er das Lächeln seiner Gattin erwiderte.

Lady Fenwick-Langham klatschte in die Hände. »Wie reizend! Nun haben wir uns endlich alle eingefunden. Lassen Sie uns beginnen.« Ihre Worte waren das Signal für die Dienerschaft, den ersten Gang zu servieren. Hinter jedem Stuhl erschien eine in einen Cutaway gehüllte Gestalt mit einem silbernen Tablett, auf dem sich je eine schmuckvoll verzierte Servierglocke befand, ebenfalls aus Silber, die sodann vor jeden Gast platziert wurde.

Zu ihrem Entsetzen stellte Eleanor anhand ihres Spiegelbilds auf der Glocke fest, dass sie einen Schmutzfleck auf der Nase hatte. *Wo um Himmels willen hast du dir den denn eingefangen, Ellie?* Als sie gerade dabei war, den Fleck diskret mit einer Serviette zu beseitigen, glaubte sie bereits, ungeschoren davongekommen zu sein, ehe ihr Lord Fenwick-Langhams erhobener Daumen das Gegenteil bewies.

Auf Sandfords Nicken hin wurden die silbernen Tellerglocken gleichzeitig gelüftet, um ein Entenkeulenconfit an Sellerie zu offenbaren. Das emsige Klirren von Besteck ertönte am Tisch. Eleanor beobachtete, wie Lady Wilhelmina unsicher die lange Reihe aus Gabeln beäugte, um dann verstohlen zu ihrem Mann zu schielen, der ihr daraufhin diskret die richtige präsentierte.

Die junge Frau nahm einen kleinen Bissen und nestelte dann an ihrer Serviette herum. »Äußerst köstlich, Lady

Fenwick-Langham! Was für eine zauberhafte Freude, hier zum Lunch eingeladen zu sein.«

Die Gastgeberin strahlte. »Liebe Wilhelmina, die Freude ist ganz unsererseits. Und nennen Sie mich doch bitte Augusta.«

Lady Farrington bedachte die junge Frau mit einem dünnen Lächeln. »Da Sie ja erst in unsere Gesellschaft eingetreten sind, hatten Sie vermutlich noch nicht die Gelegenheit, vielen solcher Anlässe beizuwohnen?«

»Nein, in der Tat nicht«, bestätigte Lady Wilhelmina mit scharlachroten Wangen.

»Keine Zeit«, ergänzte Baron Ashley zu ihrer Verteidigung. »Wir waren damit beschäftigt, uns in unserem gemeinsamen Zuhause einzuleben. Nach der Hochzeit hatten wir alle Hände voll zu tun, müssen Sie wissen.«

Lady Fenwick-Langham nickte. »Aber natürlich! Wie bekommt Ihnen das Eheleben auf Schloss Ranburgh, Clarence?«

»Ganz wunderbar«, antwortete Baron Ashley. »Wilhelmina hatte einige spannende Ideen für eine längst überfällige Renovierung. Die Räumlichkeiten hatten schließlich etwas Trostloses und Junggesellenhaftes an sich.«

Lady Fenwick-Langham lächelte der jungen Frau zu. »Wollen Sie uns einige Ihrer Ideen verraten?«

»Oh, oje, ich ... also ...«

Ihr Ehemann kam ihr zur Hilfe. »Wilhelmina würde es niemals zugeben, doch sie ist eine echte Künstlerin. Ich bestehe darauf, dass sie das Schloss mit ihren eigenen Werken füllt.«

Lady Wilhelmina erröte erneut, ließ ihm aber einen liebevollen Blick zukommen.

Eleanor fiel Lady Fenwick-Langhams Appell zur Unterstützung ein und sie wandte sich Lady Wilhelmina zu. »Ich habe mich noch nie an den schönen Künsten versucht, glaube allerdings nicht, dass mir eine davon besonders liegen würde. Geduld ist nicht meine Stärke.«

»Ein echtes Energiebündel, unsere gute Eleanor. Immer auf dem Sprung«, verkündete Harold voller Stolz in die Runde.

Lord Farrington sah Eleanor mit leicht spöttischem Blick an. »Ich habe gehört, Sie sollen eine moderne Lady sein?«

»Das vermag ich wirklich nicht selbst zu beurteilen«, erwiderte sie höflich.

Seine Frau starrte sie schon wieder an. »Lady Swift, verraten Sie es uns: Womit beschäftigt sich eine ›moderne Frau‹ denn heutzutage?«

*Okay, Ellie, das ist deine Chance.* »Nun, die Women's League hat mich gebeten, als unabhängige Kandidatin für die Nachfolge des armen Mr Aris anzutreten.«

Lord Fenwick-Langham schnaubte aus den Tiefen seines Glases. »Nun, wenn Sie gewählt werden, dann unternehmen Sie doch bitte etwas gegen diese fürchterlichen Erbschaftssteuern, ja?«

Sie lachte. »Ich werde es versuchen, allerdings habe ich mich noch gar nicht entschieden, ob ich antreten möchte.«

Lord Farrington schüttelte den Kopf. »Die Regierung dieses Landes sollte jenen überlassen werden, die von Natur aus das Talent dazu mitbringen, und das sind eben nicht die Frauen!«

Lord Fenwick-Langham erhob sich und wackelte zur Getränketafel hinüber. »Meine liebe Eleanor, ich glaube, Sie haben gut daran getan, Nein zu sagen.«

Die Farringtons und Lady Fenwick-Langham nickten übereinstimmend.

Eleanor spürte, wie ihr Gesicht errötete. »Noch ... noch habe ich eigentlich gar nicht ausgeschlossen, dass ich antrete.«

Lady Farrington nickte unterkühlt. »Diese elende Amerikanerin, Lady Astor, hat doch eindeutig bewiesen, dass das Parlament kein Ort für eine Lady ist. Da hat mein lieber Alexander recht.« Sie ließ Eleanor ein schmallippiges Lächeln zukommen. »Wenngleich Sie ihr Gesellschaft leisten könnten, falls Sie gewählt werden würden.«

»Ich bin mir sicher, wir würden uns ausgezeichnet verstehen«, erwiderte Eleanor mit einem süßlichen Lächeln.

Lord Farrington schnaubte laut. »Ob Sie sich wohl auch mit dieser schändlichen Verbrecherin namens Pankhurst verstehen würden? Ich habe gehört, dass sie jetzt wegen Volksverhetzung angeklagt worden ist, nachdem sie die Arbeiter dazu angestiftet hat, die London Docks zu plündern! Inwiefern soll das denn bitte Ihre sogenannten Frauenrechte voranbringen?«

Ehe sie antworten konnte, wurde sie von Lady Fenwick-Langham unterbrochen: »Ich glaube, wir haben an dieser Tafel jetzt ausreichend über Politik gesprochen, bitte, Alexander!«

Lord Farrington verdrehte die Augen, sagte aber nichts. Eleanor hielt ebenfalls den Mund.

»Ganz recht, Augusta, altes Mädchen, lassen Sie uns das Thema wechseln.« Lord Fenwick-Langham wandte sich Lord Farrington zu. »Wie ergeht es Ihnen im Immobilientrubel, altes Haus?«

Lord Farrington schürzte die Lippen. »Der Bestand ist solide genug, allerdings musste ich bei meinem jüngsten Projekt einen empfindlichen Rückschlag hinnehmen. Schreckliches Timing!«

Seine Frau sah zu ihm hinüber uns sagte dann in die Runde: »Es gibt heute so vielfältige Kapitalanlagemöglichkeiten, finden Sie nicht auch? Ich habe sogar schon von vornehmen Persönlichkeiten gehört, die tatsächlich die Unterhaltungsindustrie als solide Option betrachten. Können Sie sich das vorstellen?«

Harold gluckste. »Wir leben in modernen Zeiten, wissen Sie. Irgendwann müssen wir die Hängebrücken herunter- und den Rest der Welt hereinlassen.«

Lady Wilhelminas Augen weiteten sich. Sie öffnete den Mund, überlegte es sich dann jedoch anders und nahm stattdessen einen Schluck aus ihrem Glas.

Lady Farrington starrte Eleanor erneut an. »Vielleicht kann

uns Lady Swift einmal mehr die Sicht der modernen Frau dazu schildern? Einer so weit gereisten noch dazu?«

Ihr Tonfall hatte etwas an sich, das Eleanor sauer aufstieß. Sie mühte sich, mit ruhiger Stimme zu sprechen. »Oh, das bezweifle ich. Ich bin inzwischen ganz das glückliche Mädel vom Lande geworden, müssen Sie wissen.« *Wie kannst du dieses Gespräch nur unauffällig zurück auf Aris' Tod lenken, Ellie?* Dieses Problem räumte Lord Farrington aus dem Weg, der ihr, ohne es zu wissen, zur Hilfe kam.

»Ich kann mir vorstellen, dass Sie bei Ihren Abenteuern auf der ganzen Welt sicherlich die unaussprechlichsten Dinge verspeisen mussten?«

Eleanor ergriff die Gelegenheit beim Schopfe. »Mehr als unaussprechlich, offen gestanden. Obwohl es oft noch nicht einmal als Fleisch oder Gemüse zu erkennen war, war ich dennoch dankbar um die Gastfreundschaft der Menschen. Das einzige Problem bestand natürlich darin«, sagte sie und bat ihre Gastgeberin innerlich um Verzeihung, »dass man nie wusste, ob man eine unerwünschte Reaktion von dem Essen bekommen würde, was insbesondere in den wilderen Gefilden da draußen ein Problem darstellen konnte.«

»Ach du meine Güte, wie bei Aris, dem armen Tropf, meinen Sie?«, fragte Harold. Seine Frau schüttelte den Kopf, doch Eleanor dankte ihm in Gedanken.

Harold fuhr ohne Rücksicht auf seine entsetzte Frau fort: »Und dabei hat der den Großraum London noch nicht einmal verlassen, geschweige denn dass er in die ungebändigte Wildnis dieser Welt vorgedrungen wäre, doch es hat ihm nichts genutzt. Wurde ganz blau um seine Lippen und hat dann im Handumdrehen den Löffel abgegeben. Während des Hauptgangs, nicht wahr, Alexander?«

Eleanor tat ihre Gastgeberin leid, doch sie hatte keine andere Wahl, als diese Gelegenheit aufzugreifen. Allerdings hatte sie keine Zeit, um etwas einzuwerfen, da Lord Farrington ihr zuvorkam.

»Ich würde sagen, sie waren vielmehr lila, Harold. Und es war während der Nachspeise. Es war der Fudge, meinte der Kerl von der Polizei.« Er fuhr sich mit der Hand durchs Haar. »Nicht gerade eine Sternstunde unseres Anwesens, aber da hatten wir die Bescherung nun mal. Solche Dinge passieren eben.«

Aus dem Augenwinkel bemerkte Eleanor, wie Baron Ashley die Hand seiner Frau drückte.

Lord Fenwick-Langham brummte missbilligend. »Natürlich haben wir das Ganze wegen meiner verdammten Gichtarthritis verpasst. Entschuldigen Sie noch einmal, alter Mann, dass ich Sie im Stich gelassen habe.«

Eleanor ergriff ihre Gelegenheit. »Herrje, mein aufrichtiges Beileid! Dem Gentleman und seiner Familie, aber auch Ihnen, Lord und Lady Farrington. Da haben Sie mit Sicherheit eine schreckliche Zeit durchgemacht. Wie aber haben die anderen Gäste reagiert?«

»Die Ladys sind natürlich reihenweise in Ohnmacht gefallen«, antwortete Lord Farrington hochnäsig.

*Wie charmant!* Eleanor versuchte ein Stirnrunzeln zu unterdrücken.

Lord Fenwick-Langham trommelte mit den Fingern auf dem Tisch. »Ist das auch der Grund für Ihre Problemchen mit den Immobilienanlagen, Alexander?«

Lord Farrington nickte. »Aris war einer von den Männern, die man gern zu seinen Bekannten zählte, wenn Sie wissen, was ich damit sagen möchte.«

Eleanor sah eine neuerliche Gelegenheit gekommen. »Ich bin dem armen Mr Aris nur einmal begegnet, ebenfalls bei einem Lunch hier übrigens. War er beliebt in der Gegend?«

Lord Farrington sah sie verwundert an. »Das wäre sein vierter Wahlerfolg gewesen, wussten Sie das nicht?«

Harold nickte zustimmend. »Natürlich. Jetzt werden Sie ein weiteres schickes Abendessen veranstalten müssen, um die Werbetrommel für dieses verdammte Wohnungsbauprojekt zu rühren, sonst wird es wohl niemals verwirklicht.« Sein Glucksen erstarb, als ihn der funkelnde Blick seiner Ehefrau traf.

Lady Farrington setzte ihr Glas mit etwas zu viel Wucht ab. »Tatsächlich, Harold, handelte es sich um ein Benefizdinner. Wir haben Spenden für die Anchorage Mission of Hope and Help gesammelt.«

Eleanor wusste diese Chance zu nutzen und fragte: »Ich hoffe doch, die Tragödie hat sich nicht negativ auf die Großzügigkeit Ihrer Gäste ausgewirkt?«

Lord Farrington wieherte auf. »Ich habe es niemandem erlaubt, den Vorfall als Vorwand zu nutzen, die Hände nicht tief ins Portemonnaie zu stecken, falls Sie das meinen.«

Eleanor versuchte es erneut: »Eine solch bedauerliche Verwechslung! Es handelte sich doch um eine allergische Reaktion auf Erdnüsse, nicht wahr?«

Lady Farrington nickte. »Die Köchin wusste von Mr Aris' starker Erdnussallergie und hat sie ihm dennoch serviert. Sie ist natürlich entlassen worden, und die Polizei entscheidet derzeit, ob Anzeige erstattet wird.«

Eleanor erschauderte. Sie versuchte, ihre Gedanken zu sammeln. »Ich vermute, die Nachwahl wird hart umkämpft sein, schließlich werden sich die Kandidaten vermutlich bessere Chancen ausrechnen, jetzt, da Mr Aris verstorben ist.«

»Carlton, zum Beispiel«, sagte Lord Farrington. »Ich schwöre, dem stand die Freude geradezu ins Gesicht geschrieben, als Aris aus seinem Dessert gezogen wurde.«

*Interessant, Ellie! Diesen Namen solltest du dir merken.*

»Alexander!« Lady Farringtons Stimme durchfuhr ihre Gedanken wie eine Sense.

»Was denn?«, blaffte ihr Ehemann zurück. »Du hast mir

doch den gesamten darauffolgenden Tag lang erklärt, wie lautstark er sich den ganzen Abend über mit Aris gestritten habe.«

»Genug jetzt!«, entgegnete Lady Farrington. »Mr Aris' bedauerlicher Tod hat bereits zu viel Raum in Lady Fenwick-Langhams Lunch in Anspruch genommen. Ich bin mir sicher, dass niemand Interesse an weiteren Diskussionen zu diesem unfeinen Thema hat. Ein anderes Thema also, wenn ich bitten darf.«

Die Gastgeberin nickte dankbar.

Eleanor hatte den Anstand, zu erröten und den Augenkontakt mir ihrer Gastgeberin zu vermeiden.

# SIEBEN

Der Lunch auf Langham Manor lag Eleanor noch schwer im Magen, als Clifford den Rolls-Royce auf der Heimfahrt durch die südlichen Viertel von Chipstone manövrierte.

»Nun, Clifford, hinsichtlich der Fragen, die wir heute Morgen aufgeworfen haben, bin ich kein großes Stück vorangekommen.«

Clifford beugte sich zu ihr und reichte ihr Notizbuch und Stift. Nach ihrer Unterhaltung an jenem Morgen hatte sie alles niedergeschrieben.

Als sie die richtige Seite aufgeschlagen hatte, warf sie einen Blick auf die Liste und stöhnte. »Ehrlich gesagt, bin ich kein einziges Stück vorangekommen. Ich habe lediglich ein paar weitere Fragen hinzuzufügen.« Dann fiel ihr etwas ein. »Nichtsdestotrotz haben wir unseren ersten Verdächtigen.«

Clifford hob eine Augenbraue. »Ich möchte doch meinen, Mylady, dass jeder, der an dem Abend von Mr Aris' Hinscheiden zugegen war und Zugang zu Mr Aris' Nachspeise hatte, zum gegenwärtigen Zeitpunkt verdächtig erscheint?«

»Natürlich, Clifford, das versteht sich von selbst. Wir benötigen eine Liste des Küchenpersonals und aller Personen, die in den Wohn- und Repräsentationsräumen zugegen waren, die an Aris' Nachspeise herumgepfuscht haben könnten. Jedoch habe ich herausgefunden, dass Aris sich einige verbale Schlagabtausche mit Mr Carlton geliefert haben soll, sodass wir diesen zu unserem ersten Tatverdächtigen ernennen können. Und ja, er wohnte dem Essen an jenem Abend bei.«

Sie schrieb »Verdächtige« auf eine neue Seite und ergänzte den Namen »Carlton« darunter. Sie hatte es sich bei Mordermittlungen zur Angewohnheit gemacht, als Gedächtnisstütze eine kleine Skizze für jeden Verdächtigen anzufertigen. Da sie diesen Mr Carlton jedoch noch nicht zu Gesicht bekommen hatte, unterließ sie es in seinem Falle vorerst.

Unter seinen Namen schrieb sie die von Lord und Lady Farrington, die sie jeweils mit einer gerümpften Nase versah.

Als sie aufsah, wurde sie Cliffords erhobener Augenbraue gewahr. »Zudem habe ich herausgefunden, dass Lord Farrington eine Art Geschäftsbeziehung zu Aris unterhielt. Und zwar nicht unbedingt von der Sorte, die man offen eingestehen würde, womit er und seine unterkühlte Gattin definitiv genauso unter Verdacht stehen wie Carlton.«

»Einverstanden, Mylady. Das würde auch erklären, wieso sie so erpicht darauf waren, die Köchin zu beschuldigen.«

»Haargenau! Aber warten Sie, diesem Carlton sind Sie doch mit Sicherheit schon einmal begegnet? Sie kennen hier in der Gegend doch so gut wie jeden.«

»Gewiss, Mr Carlton ist mir bekannt. Er kandidiert schon seit einigen Jahren als Kandidat der Labour Party für Chipstone und den Landkreis. Bislang habe ich mit ihm jedoch lediglich Höflichkeiten auf der Straße ausgetauscht, mehr nicht.« Er sah sie fragend an. »Und obwohl Sie das unfeine Thema von Mr Aris' Hinscheiden an der Essenstafel angeschnitten haben, sind Sie nach wie vor auf Langham Manor geduldet?«

»Allerdings! Lady Fenwick-Langham hat mir zum Abschied eine Umarmung gegeben, die mir die Hummerkroketten geradewegs gegen das Kalbfleisch à la Toulouse gedrückt hat.« Sie rieb sich den Bauch. »Ich bin noch immer so voll, dass ich an nichts anderes denken kann, als auf einer Chaiselongue zu kollabieren.« Sie gähnte so heftig, dass ihr Kiefer knirschte. »Ich glaube, ich muss mir etwas die Beine vertreten.«

»Wenn Sie nichts dagegen einzuwenden hätten, widme ich mich derweil einigen Erledigungen, welche nach Dienstleistungen in Chipstone verlangen, die sich auch auf heute vorverlegen ließen.«

»Perfekt. Hervorragende Idee, Clifford! Wollen wir hier oben an der Hauptstraße anhalten und uns dann in, sagen wir, einer Stunde wieder treffen?«

Da Eleanors Kopf auf Hochtouren damit beschäftigt war, die Lunchdiskussion wieder und wieder zu rekapitulieren, drang das geschäftige Treiben in der Stadt zur Wochenmitte gar nicht zu ihr vor.

Falls Aris' Allergie allgemein bekannt gewesen war, dann hätte ihm jeder an der Tafel ein Stück Fudge mit Erdnüssen unterjubeln können. Jedoch wäre das gewiss nur möglich gewesen, wenn diese Person einen solchen bereits im Voraus zubereitet hatte, oder? Worüber hatten sich Aris und Carlton wohl gestritten? Wer hegte sonst noch einen Groll gegen Aris? Und wieso hatte Lady Farrington sie über den gesamten Lunch hinweg so intensiv angestarrt?

Sie seufzte. Was um Himmels willen musste sie denn tun, um endlich das ruhige Leben führen zu dürfen, das ihr beim Umzug nach Henley Hall vorgeschwebt war? Immerhin befand sie sich hier doch in den verschlafenen Chilterns!

Sie musste an Lady Wilhelminas Leidenschaft für Kunst denken. *Wer weiß, Ellie, vielleicht würde es dein Hirn ja beruhigen, mit Pinsel und einer Palette hübscher Farben herumzustümpern, wenn es mal wieder verrückt spielt?*

Zielstrebig zog sie den Gürtel ihrer langen Wolljacke fester zu und ging hurtigen Schrittes voran. Sie suchte die Ladenzeilen beider Straßenseiten nach einem Geschäft für Künstlerbedarf ab, der sich für eine Einsteigerin mit wenig Geduld eignen würde. *Ja, richtig, Mrs Butters hatte sich doch auf die Eröffnung dieses Ladens gefreut.* Eleanor trat einen Schritt zurück und blickte zum Aushängeschild empor: »Mrs Luscombes Haushaltstextilien- und Kurzwarenhandlung«.

Eleanor fiel ein smaragdgrün-oliv gemusterter Schal aus Crêpe Georgette ins Auge. Sie drückte den Rock ihres Kleides gegen das Schaufensterglas. *Oh, eine perfekte Kombination!* Nun, *den* musste sie einfach haben! Sie eilte hinein und rief fröhlich: »Guten Morgen.«

»Einen Augenblick, bitte«, ertönte eine Stimme hinter einem Paravent. Eine Minute später erschien eine ältliche Dame, die ein schlichtes marineblaues Kleid mit langen Ärmeln und eine eulenartige Brille trug. Ihr dickes weißes Haar war zu einem strengen Dutt gebunden.

»Kann ich Ihnen helfen, Lady Swift?«, erwiderte die Frau kühl, während sie Eleanors Kleidung beäugte, die sie vermutlich als etwas zu pompös für einen Einkaufsbummel durch Chipstone erachtete.

Erst war Eleanor verwundert, dann zuckte sie jedoch innerlich mit den Achseln. Da so viele Menschen, mit denen sie noch nicht bekannt war, wussten, wer sie war, machte ihr das inzwischen nichts mehr aus, wenngleich sie sich nach wie vor davon überrascht zeigte. Da sie sich nicht genötigt sah, zu erklären, dass sie von einem förmlichen Lunch kam und die Frau ohnehin nicht auf einen Plausch aus zu sein schien, deutete Eleanor lediglich auf den Schal im Schaufenster.

»Ich würde diesen smaragdgrünen Schal gern kaufen, bitte. Ich kann dieser Farbe nicht widerstehen! Haben Sie den selbstgemacht?«

Die Frau nickte. »Das habe ich.«

»Dann müssen Sie Mrs Luscombe sein.« Ihre ausgestreckte Hand nahm die Frau mit einem laschen Händedruck in Empfang. Eleanor gab nicht auf und zwang sich, zu lächeln. »Ihr Laden ist neu, nicht wahr? Sind Sie kürzlich erst hierhergezogen?«

Die Frau fasste an das Schneidermaßband, das ihr um den Hals hing. »Ich bin in Little Buckford geboren und aufgewachsen, habe mich aber nach Chipstone verlegt. Hier versorge ich die Damenwelt vor Ort nun mit preisgünstigen und robusten Haushaltstextilien und Nähzubehör. Zudem biete ich einen Reparaturdienst und Änderungsschneiderei an.«

»Wie clever von Ihnen!« Eleanors Gedanken wanderten zu ihrem Kleiderschrank. »Das sind tatsächlich hervorragende Neuigkeiten. Darf ich Sie folglich beauftragen, mir ein passendes Schultertuch für meine Abendgarderobe anzufertigen?«

»Wozu soll es denn passen?«

Eleanor wies zum Fenster. »Na, zu dem Schal, natürlich.«

Die Frau holte tief Luft. »Das ist bedauerlicherweise nicht möglich.«

»Wieso denn das nicht?«

»Weil der Schal aus Crêpe Georgette gefertigt und somit zu dünn für ein anständiges Schultertuch ist.«

»Zu dünn im Sinne von nicht haltbar genug, meinen Sie?«

»Nein, Lady Swift, im Sinne von nicht zurückhaltend genug. Nun, wünschen Sie, den Schal dennoch zu erwerben?«

Eleanor nickte. *Wir leben im Jahr 1920, nicht 1820. Also wirklich! Sind alle Frauen in Chipstone derart altmodisch?*

Sie sah zu, wie Mrs Luscombe den Schal aus dem Schaufenster holte, was augenscheinlich eine Anpassung der gesamten Schaufensterdekoration erforderlich machte. Diese Arbeit legte allerdings den Blick auf ein Wahlplakat frei, das Eleanor von draußen gar nicht aufgefallen war.

In einem weiteren mutigen Konversationsversuch sagte sie:

»Ich habe gehört, dass diese Wahlen ein größeres Ereignis sein könnten als im Vorjahr, Mrs Luscombe?«

Als die Frau das Schaufenster in Ordnung gebracht hatte, wandte sie sich zu Eleanor um: »Wieso denn das?«

»Nun, da sich die anderen Kandidaten im Zuge von Mr Aris' Ableben größere Erfolgschancen ausrechnen dürften. Mr Carlton zum Beispiel. Er ist bereits mehrmals angetreten, habe ich gehört. Vielleicht wird er dort weitermachen, wo Mr Aris aufhören musste und dessen Engagement für Frauenrechte weiterführen?«

Dies rief beißenden Spott hervor. »Ernest Carlton ist der letzte Mann auf der Welt, der irgendetwas anderes als seine eigenen Interessen verfolgen würde! Sie müssen sich auf eine herbe Enttäuschung gefasst machen, falls Sie darauf hoffen, dass er sich für diese Sache stark macht.«

»Das klingt, als würden Sie ihn gut kennen?«, fragte Eleanor ganz direkt.

»Ich war zum Ende seiner Schulzeit hin seine Lehrerin. Anders als sein Schulkamerad Arnold Aris war Ernest Carlton ein anstrengender und berechnender Schüler, der zu einem anstrengenden und berechnenden Mann geworden ist. Er ist ein räuberischer Tiger mit dem unschuldigen Lächeln einer Miezekatze. Schon viel zu viele Frauen sind darauf hereingefallen.« Sie streckte ihr das in Papier eingeschlagene Päckchen entgegen. »Guten Tag, Lady Swift.«

Die Verachtung in der Stimme der Frau ließ Eleanor alle anderen Fragen, die sie noch hatte, vergessen. Als sie nach der Verabschiedung aus dem Laden trat, ließ sie die Wucht eines korpulenten Mannes, der sie anrempelte, nach hinten taumeln.

»Mensch, passen Sie doch gefälligst auf, wo Sie hinlaufen!« Die Nüstern des Mannes, dessen kleine dunkle Augen sich zwischen schlaffen Wangen und buschigen Augenbrauen verbargen, blähten sich auf wie die eines wütenden Stiers.

»Ich bitte um Verzeihung, aber genau genommen sind Sie in mich hineingelaufen«, sagte Eleanor.

»Kokolores!«, echauffierte er sich. Er löste die zwei untersten Knöpfe seiner braunen Weste und bückte sich mit einem Grunzen, um seinen Filzhut vom Gehsteig aufzuheben, ließ ihr ebenfalls zu Boden gefallenes papierumschlagenes Päckchen aber liegen. »Ich war auf diesem Weg unterwegs, Sie drangen in den Fußgängerverkehr ein. Gott sei Dank fahren Frauen nicht Auto!«

»Das tun wir sehr wohl, und zwar überaus kompetent!«

»Noch mehr Kokolores! Belassen Sie es beim Einkaufen. Noch besser: Verlassen Sie das Haus erst gar nicht, dann geht die kleinstmögliche Gefahr von Ihnen aus.«

»Sie sind ja wohl der ungehobeltste Mann, der mir jemals begegnet ist.«

Er zuckte mit den Schultern. »Ich bin nicht da, um neue Freunde zu finden, ich habe dringliche Angelegenheiten zu erledigen.«

Eleanor gestikulierte auf beide Seiten der Hauptstraße von Chipstone. »Ich glaube jeder, den Sie hier sehen können, wähnt sich in dringlichen Angelegenheiten.«

Dies brachte ihn zum Schnauben. »Ach die, die verschwenden lediglich ihre Zeit. Ich hingegen versuche, die Gesellschaft wieder zurück zur Vernunft zu bringen.«

Einen kurzen Augenblick lang frage sich Eleanor, ob die Streitlust dieses Mannes in Wirklichkeit eine Begleiterscheinung des Verlusts seiner Geisteskräfte darstellte.

»Nun, da ich vermute, dass diese Angelegenheit, die ich gerade aufhalte, also furchtbar wichtig sein muss, wünsche ich Ihnen jetzt viel Glück und einen schönen Tag und gehe meinen eigenen Angelegenheiten nach.«

»Das wage ich aber zu bezweifeln! Aufdringliche Frauen wie Sie können doch gar nicht anders, als ihre Nase in Dinge hineinzustecken, die sie überhaupt nichts angehen, Lady Swift.«

Eleanor seufzte. Ein weiterer Wildfremder, der wusste, wer sie war. Sie holte tief Luft. »Vielen Dank für die unaufgeforderte Beurteilung meines Charakters, wenngleich ich in Wirklichkeit gar nicht aufdringlich bin. Natürlich haben Sie jedoch ein Recht auf Ihre Meinung, so haltlos diese auch sein mag.«

»Haltlos, ja?« Er gestikulierte die Straße auf und ab. »Man kann als Mann noch nicht einmal mehr den Bürgersteig entlanggehen, ohne sich in Ihrem Netz der Einmischung zu verheddern. Emanzipation? Ha! Das ist doch nicht mehr als der Versuch, ein bequemes Leben anzustreben und sich verwöhnen zu lassen wie ein verzogenes Kind.«

*Ah ja, dann ist das also sein Problem, Ellie.*

»Es tut mir leid, Mr … eigentlich ist Ihr Name gar nicht von Belang. Frauen spinnen keine ›Netze‹, wir sind ja keine Spinnen.« Sie beugte sich vor und flüsterte: »Wir haben nämlich deutlich weniger Beine.« Dann bückte sie sich, um ihr Päckchen aufzuheben, und stellte beim Aufstehen fest, dass er die Unverschämtheit besaß, ihr den Weg zu versperren.

»Nun«, sagte sie und wies an seiner Schulter vorbei, »Sie sehen ja, wie kompliziert es ist, diese Bürgersteige zu nutzen. Wir blicken beide in die entgegengesetzte Richtung zu jener, in die wir zu gehen wünschen. Ich wiederhole meinen vorherigen und freundlichen Gruß und wünsche Ihnen jedweden Erfolg in Ihren Bemühungen, während ich weiterhin meinen eigenen nachzugehen wünsche.«

»Aber Ihre ›Bemühungen‹ sind ja gerade das Problem. Ich rate Ihnen, diese einzustellen, Lady Swift, ehe Sie es bereuen!«

Eleanor erstarrte. *Wer war dieser Mann?* Und wie hatte er von dem Vorschlag Miss Manns und der Women's League erfahren, sie zu ihrer Kandidatin zu küren? Vorausgesetzt, dass es darum überhaupt ging?

Anscheinend war es ihm unmöglich, ohne einen weiteren

Versuch der Einschüchterung zu gehen. »Ein freundschaftlicher Rat: Hören Sie auf, Fragen zu Mr Aris zu stellen. Das geht Sie nichts an und könnte Ihre Gesundheit in Mitleidenschaft ziehen!«

Er machte auf dem Absatz kehrt und stapfte davon.

Als sie über die Hauptstraße zurückgeeilt war, wurde sie bereits von Clifford erwartet, der mit seiner Taschenuhr in der Hand vor der Motorhaube des Rolls-Royce stand.

Er machte seine übliche Halbverbeugung und öffnete ihr die Beifahrertür. »War Ihr Spaziergang erfolgreich, Mylady?«

»Nein, keineswegs.«

Sie wandte sich zu ihm, während er auf den Fahrersitz rutschte.

»Meinem Magen geht es kein bisschen besser, und vor lauter Grübelei schwirrt mir der Kopf. Clifford, wie bezeichnet man eine Magenverstimmung des Geistes?«

»Geistige Dyspepsie, Mylady?«

»Nun, ich hoffe, dagegen haben Sie auch eines Ihrer unflätigen Gebräue.«

Er klopfte sich die Taschen ab. »Bedauerlicherweise nicht am Mann. Wollen wir?«

# ACHT

Selbst der stürmische Empfang Gladstones, dessen Überschwang sie rücklings auf die Flurbank beförderte, vermochte Eleanors Nerven nicht zu beruhigen. Mit seinen kurzen stämmigen Vorderpfoten auf der grünen Seide ihres Schoßes thronend, schlug er ihr die ramponierte Lederpantoffel gegen die Nase, die er ihr als Willkommensgeschenk apportiert hatte.

»Ach, Gladstone, es tut mir so leid, mein Junge. Ich gehe gerade im Strudel der Ereignisse unter.« Sie vergrub ihr Gesicht in den weichen Falten seiner Stirn und schloss die Augen. Sie seufzten unisono. »Das Leben ist wieder kompliziert geworden. Aber …«, sagte sie und lupfte eines seiner starren kleinen Ohren, um dort hineinzuflüstern: »Wie wäre es mit einer Runde Ballspielen heute Nachmittag, nur du und ich?« Sie richtete sich wieder auf und musste angesichts seines stumpfartigen Schwanzes lächeln, der vor Aufregung zitterte.

»Abgemacht.« Ächzend zog sie sich die Schuhe aus. »Aber erst einmal lege ich besser diesen todschicken Zwirn ab, und dann wird es Zeit für Tee, ich brauche dringend Nervennahrung. Lust auf Leckerli im Morgensalon in zehn Minuten?«

Auf das L-Wort hin entfuhr Gladstone erst ein heiseres »Wuff«, dann drehte er sich in einem unsteten Kreis.

»Ich deute das als Ja.«

Sie hatte bereits die Hälfte der Prachttreppe erklommen, als Clifford ihr von der Küche des Hauses aus kommend entgegentrat.

»Es tut mir leid, aber mein Spaziergang hat mir leider keinerlei neue Erkenntnisse bezüglich Aris' Tod verschafft. Allerdings habe ich herausgefunden, dass Carlton der Ruf eines Schürzenjägers vorauseilt«, rief sie zu ihm hinunter.

»Interessant, Mylady. Sie mögen mir den Themenwechsel verzeihen, ich dachte jedoch, dass Sie vielleicht gern vorgewarnt sein möchten«, erwiderte er von der untersten Stufe aus.

Sie starrte zu ihm hinab. Gladstone stemmte sich seitwärts gegen ihr Bein. »Clifford, doch keine weiteren unerwünschten Neuigkeiten, oder? Bitte sagen Sie mir, dass dem nicht so ist.«

»Das hängt gewissermassen von der noch ungewissen Art des Besuchs ab. Als ich den Rolls-Royce in der Garage abstellte, habe ich gesehen, wie sich jemand dem Ende der Einfahrt näherte.«

»Besuch? Jetzt? Diese ganzen unangemeldeten Besucher bringen ganz schön viel Hektik in meinen Alltag. Überdies habe ich mich mit Gladstone soeben zu Tee und Gebäck verabredet.«

»Vielleicht könnten Sie Ihren Besuch ja dazu einladen, sich zu Ihnen zu gesellen, Mylady?«

»Wirklich, ich bin zu satt, zu müde und nervlich viel zu erschöpft, um Besuch zu empfangen. Ich bin dem ungehobeltsten Mann der Welt begegnet, müssen Sie wissen. Er besaß die Dreistigkeit zu behaupten, dass Frauen wünschten, wie verzogene Kinder behandelt zu werden. Pfui!« Sie wollte sich mit einem ostentativen Plumps auf der Treppe niederlassen, doch dabei verloren ihre seidenbestrumpften Füße den Halt, sodass sie die halbe Treppe hinunterglitt und erst zu Cliffords Füßen zum Stillstand kam.

Er blickte sie ausdruckslos an. »Mir ist schleierhaft, wie der Gentleman nur zu diesem Schluss gekommen ist.«

»Sehr komisch, das Interessante aber habe ich Ihnen noch gar nicht erzählt: Der Mann drohte mir, dass ich aufhören solle, Fragen zu Aris' Tod zu stellen.«

Clifford hob beide Augenbrauen, was ein seltenes Vorkommnis darstellte. »Es sieht so aus, als schlügen Ihre Nachforschungen bereits hohe Wellen, Mylady.«

»Es macht ganz den Anschein, was nahelegt, dass wir noch höhere schlagen sollten. Nun«, sagte sie bestimmt, stand auf und zupfte ihren Rock zurecht, »ich sollte mich jetzt in eine angemessenere und rutschfestere Aufmachung hüllen, um in fünf Minuten den Besuch in Empfang zu nehmen. Wer ist es denn eigentlich?

»Miss Mann, soweit ich weiß, Mylady.«

»Grundgütiger, Clifford! Welche Antwort soll ich ihr nur geben?«

---

Ihre Besucherin stand mit dem Rücken zur Tür vor den Verandafenstern, die einen Blick auf die hinteren Rasenflächen boten. Eleanor, die sich inzwischen Leinenhosen mit ausgestelltem Bein und einen dazu passenden grasgrünen Cardigan angezogen hatte, der ihr so gut stand wie einst schon ihrer Mutter, trat in die Tür. Als sich Miss Mann bückte, um an der Vase mit den weißen Schneebällen und rosa Glattblattastern zu schnuppern, stellte Eleanor fest, dass die Frau von femininerer Gestalt war, als ihr schienbeinlanger marineblauer Wollzweiteiler glauben machte.

Eleanor trat einen Schritt vor. »Guten Tag.«

Die Frau quiekte erschrocken und fuhr herum. »Oh,

verzeihen Sie mir, ich war ganz benebelt.« Sie lächelte nervös. »Guten Tag, Lady Swift. Ich hoffe, Sie haben mich erwartet?«

»Natürlich«, flunkerte Eleanor. »Bitte, nehmen Sie doch Platz.«

»Ihr Garten ist wahrlich großartig. Ein so beruhigender Anblick.«

»Danke schön. Leider kann ich ihn nicht als meinen Verdienst anrechnen. Ich habe ihn zur Gänze dem wundervollen Gärtner meines seligen Onkels, Joseph, zu verdanken. Er ist seine Passion.«

»Aber macht ihn denn der Tod Ihres Onkels nicht zu *Ihrem* Gärtner?«

Eleanor nickte sanft. »Ich fühle mich auf Henley Hall noch immer wie ein Neuankömmling. Manchmal vergesse ich, dass ich hier die Hausherrin bin.«

Miss Mann strich sich mit der Hand über ihren Rock. »Was für eine bescheidene Einstellung, Lady Swift! Sie können sicher verstehen, dass Sie genau deshalb die erste Wahl der Women's League als Repräsentantin aller Frauen dieses Countys gewesen sind?«

Dies brachte Eleanor in Verlegenheit. Glücklicherweise traf just in diesem Moment Clifford mit einem überraschend vollgepackten Teetablett und einer äußerst aufgeregten Bulldogge ein, die er mit einem über die Schwelle ausgestreckten Bein zurückhielt.

»Verzeihen Sie, Mylady, beabsichtigten Sie, Ihr Versprechen an Master Gladstone einzuhalten?«

»Unbedingt!«, antwortete Eleanor und klatschte in die Hände, um ihn zu sich zu rufen, woraufhin Clifford ihn erlöste. »Gladstone, alter Kumpel, wir sind nicht allein beim Tee.«

Auf diese Information hin drehte sich der Hund auf seinen steifen Beinen. Er rauschte mit besonderem Elan auf Miss Mann zu, die er gerade erst wahrzunehmen schien, warf sich auf ihren Schoß und schleckte ihr zur Begrüßung über die Hand.

»Oje!«, brachte sie mit erstickter Stimme hervor.

Eleanor schnitt eine Grimasse in Richtung Clifford. »Miss Mann, ich bitte um Verzeihung. Er ist zuweilen ziemlich stürmisch und, wie ich fürchte, zu sehr in die Jahre gekommen, um irgendwelche neuen Tricks oder gar bessere Manieren zu erlernen.«

Ihre Besucherin wurde in den creme- und silberfarben gestreiften Stuhl zurückgedrückt und reckte die Hände empor, als würde sie jemand mit vorgehaltener Pistole bedrohen. »Mag er vielleicht woanders sitzen?«, stammelte sie.

Clifford nahm das Heft in die Hand. »Master Gladstone, Platz!«

Die Bulldogge legte sich hin und streckte beide Hinterpfoten zur Seite aus.

Clifford stellte das Teetablett auf dem Tisch ab, nahm eine weiße Porzellanschale mit goldenem Rand in die Hand und legte sich ein Handtuch über den Unterarm. Auf Eleanors fragende Augenbraue hin gab er ein diskretes Hüsteln von sich. »Mylady, ich habe mir die Freiheit erlaubt, Master Gladstones Begeisterung für die ›Leckerli‹ zu antizipieren«, sagte er mit einem verschwörerischen Nicken, »und Miss Mann eine Fingerschale mitgebracht.«

»Ach du meine Güte, mir war nicht bewusst, dass Mrs Trotman ihm seine Lieblingsleberleckerli zubereitet hat! Das erklärt auch seinen besonderen Schwung.«

Der Hund näherte sich mit gespitzten Ohren und nahm zu Eleanors Füßen Platz. Sie schnappte sich das Glas von dem Tablett und legte eine Reihe knuspriger grauer Miniaturkekse auf dem Teppich aus. »Guter Junge! Hau rein!« Sie wandte sich erneut ihrer Besucherin zu, die sich die Hände getrocknet hatte und im Austausch gegen das Handtuch eine Tasse Tee in Empfang nahm.

Eleanor lächelte. »Die Show ist beendet. Nun, wo waren wir?«

Miss Mann verspeiste hastig ihren Biskuit und stellte ihre Teetasse ab. »Verzeihung, ich konnte nicht widerstehen. Ich backe selbst leidenschaftlich gern, vermutlich hat Ihre Köchin die zubereitet?«

Eleanor nickte. »Mrs Trotman ist eine Küchengöttin. Ich bin eine lausige Köchin! Obschon mich Mrs Trotman gelegentlich in der Küche helfen lässt, fürchte ich, dass Sie lediglich versucht, höflich zu sein, und ich ihr in Wirklichkeit nur im Weg stehe.«

Miss Mann schüttelte den Kopf. »Das ist genau das, wovon ich spreche, Lady Swift. Wie ich eben erwähnt habe, ist uns von der Women's League aufgefallen, dass Sie Ihren Adelstitel mit äußerster Bescheidenheit tragen. Wir glauben, dass dies die Damen der niedrigeren Stände anspricht, also genau diejenigen, die wir zu erreichen versuchen.«

»Warum nicht eine Dame aus diesem Stand wählen? Sicherlich würde sie bei ihresgleichen mehr Anklang finden?«

Miss Manns Wangen errötete. »Ja. Bedauerlicherweise verfügt innerhalb der Gemeinde aber keine von ihnen über die nötige Bildung oder das entsprechende Renommee.«

»Ah, ich verstehe.« Eleanor sammelte ihre Gedanken. »Allerdings hat das, was ich Ihnen bereits zuvor gesagt habe, Bestand. Ich betrachte mich selbst nicht als die bestmögliche Person, um die Verantwortung an der Spitze zu übernehmen.«

»Aber Sie sind eine riesige Inspiration für die Damen der Women's League. Ihr Ruf als Abenteurerin und Ihr eigenständiger Geist sind nicht unbemerkt geblieben. Sie werden mir doch darin zustimmen, dass es ungerecht ist, dass die Frauen, die Großbritannien während des Kriegs am Laufen gehalten haben, während die Mannsbilder abspenstig waren, nun, nach nur zwei Jahren, wieder als einfache Arbeiterinnen betrachtet werden? Gleiche Arbeit verdient gleiche Bezahlung und gleiche Anerkennung.«

Eleanor nahm einen tiefen Atemzug. »Miss Mann, ich werde das beunruhigende Gefühl nicht los, dass ich nicht die Frau bin, die die Women's League in mir sieht.«

Miss Mann erhob sich. »Lady Swift, ich habe nicht die Absicht, Sie zu überreden oder zu drängen. Deshalb respektiere ich Ihre Entscheidung.«

Eleanor schüttelte den Kopf. »Wie das?« Sie strich sich mit der Hand über den Ärmel ihres Cardigans. »Sie wissen doch noch gar nicht, wie ich mich entschieden habe.«

Miss Mann setzte sich wieder hin. »Aber sagten Sie nicht ...«

»Was ich gesagt habe, war die Wahrheit. Sie müssen wissen, dass ich meine Entscheidung bereits vor Betreten dieses Raums gefällt hatte. Und nicht weil ich mich dem Druck beuge, so gefühlvoll oder eloquent sich jener auch präsentieren mag.«

Miss Manns Augen weiteten sich. »Wollen Sie damit etwa sagen ... dass Sie vorhaben, zu kandidieren?«

»Miss Mann, das hatte ich die ganze Zeit vor.« In Wahrheit war ihre Entscheidung für eine Kandidatur unmittelbar nach ihrer Begegnung mit diesem unangenehmen Mann vor Mrs Luscombes Geschäft gefallen.

Ihre Besucherin rang nach Luft. »Danke, Lady Swift! Das sind wunderbare Nachrichten, ich kann es kaum erwarten, sie mit meinen Kameradinnen zu teilen.« Sie erhob sich wieder. »Ich werde Ihnen jetzt keine weitere Zeit stehlen. Ich melde mich morgen bei Ihnen.«

An der Haustür angekommen, blieb sie stehen. »Es tut mir leid, aber ich glaube, dass ich Ihnen etwas sagen muss.« Sie biss sich auf die Unterlippe. »Vielleicht hätte ich es Ihnen schon vorher sagen sollen.«

Eleanor ging über Cliffords diskretes Hüsteln hinweg. »Oha«, murmelte sie. »Und was genau, Miss Mann?«

»Es gibt hier vor Ort eine mächtige Gruppe aus Regierungsräten und einflussreichen Männern, die eine Kabale geschmiedet haben, um das zu bekämpfen, was sie als die Bedrohung durch die Women's League betrachten. Sie versuchen, ihren eigenen unabhängigen Kandidaten ins Rennen zu schicken, der sich genauso sehr gegen Frauenrechte einsetzt wie sie selbst. Zusammen könnten sie großen Einfluss ausüben. Und Probleme machen. Sie werden von einem gewissen Mr Blewitt angeführt, einem Regierungsrat, lokalen Unternehmer und widerwärtigen Mann.«

»Ich verstehe. Keine Sorge, Miss Mann, ich glaube, dass ich heute bereits das Vergnügen hatte, diesen äußerst charmanten Zeitgenossen kennenzulernen.« Sie beschrieb den Mann, der sich ihr gegenüber so unfreundlich verhalten hatte. Miss Mann bestätigte, dass es sich tatsächlich um Mr Blewitt gehandelt haben musste.

Eleanor nickte langsam. *Wenigstens weißt du jetzt, mit wem und was du es hier zu tun hast, Ellie.* »Ehe Sie gehen, habe ich noch eine Frage.«

»Selbstverständlich.«

»Soviel ich weiß, waren Sie Teil des Abendessens, bei dem Mr Aris sein bedauerliches Unglück widerfahren ist?«

Miss Mann wurde kreidebleich. Eleanor stöhnte innerlich auf. Sie hätte wirklich etwas mehr Feingefühl an den Tag legen können. Das Ganze musste ein ziemliches Trauma für die Frau gewesen sein. Durch ihre Arbeit für die Women's League, die Aris unterstützt hatte, musste sie mit ihm natürlich in gewissem Grade bekannt gewesen sein.

»Es tut mit so leid, Miss Mann, ich hätte Sie wirklich nicht –«

»Schon in Ordnung, Lady Swift.« Sie hatte wieder etwas Farbe im Gesicht. »Es war nur solch ein ... ein ... Schock. Im einen Moment bringt Lord Farrington den Toast aus, und im nächsten bricht Mr Aris einfach zusammen.« Sie wühlte in ihrer Handtasche und zog ein Taschentuch hervor, um ihre Augen abzutupfen.

*Oh, Ellie!*

Instinktiv legte sie den Arm um die andere Frau. »Es tut mir wirklich leid, das war unbedacht von mir.«

Miss Mann rang sich ein Lächeln ab. »Das ist doch kein Problem. Mr Aris war ein guter Mann. Wir von der Women's League werden ihn vermissen.«

Obwohl sie es ihr gern erspart hätte, konnte Eleanor nicht vollständig von ihrem Vorsatz abrücken, ihre Besucherin über die Nacht von Aris' Tod zu befragen. Immerhin stand Mrs Pitkins Zukunft auf dem Spiel. Entsprechend legte sie sich eine abgemilderte Strategie zurecht. »Das glaube ich! Obgleich ihm vermutlich nicht jeder so nachtrauert wie die Women's League.«

Miss Mann blickte jäh auf. »Was wollen Sie damit sagen?«

»Oh, ich habe gehört, dass auf diesem Abendessen einer der anderen Gäste eine Meinungsverschiedenheit mit Mr Aris hatte, und zwar bezüglich –«

»Mr Carlton.« Miss Mann nickte mit funkelnden Augen. »Dieser Mensch hat vor niemandem Respekt. Wir von der Women's League haben nichts mit ihm zu schaffen. Genauso wenig wie Mr Aris.«

»Tatsächlich? Sind Sie mit ihm denn über Ihre Arbeit für die Women's League hinaus bekannt?«

Das Gesicht von Eleanors Besucherin errötete. »Ich denke, Sie werden feststellen, Lady Swift, dass jede klar denkende Frau alles in ihrer Macht stehende tun würde, um die Bekanntschaft mit einem Mann seiner Reputation zu vermeiden. Politisch engagiert er sich nicht unverhohlen gegen Frauenrechte, ganz einfach weil ihm gar nicht bewusst ist, dass Frauen überhaupt existieren, außer um seine persönlichen Vorlieben zu befriedigen.« Sie fasste sich an ihren Dutt. »Sie möchten mir die unfeine Bemerkung verzeihen.«

Eleanor zuckte mit der Schulter. »Bei den wenigen Menschen, denen gegenüber ich seinen Namen erwähnt habe, schien er jedenfalls nicht sonderlich beliebt zu sein.«

»Wie ich selbst schon auf barsche Art und Weise habe lernen müssen, muss man liebenswürdig sein, um geliebt zu werden.« Sie lächelte blass und streckte ihre Hand aus. »Ich glaube kaum, dass Mr Carlton eine ernstzunehmende Bedrohung für Ihren Erfolg darstellt, Lady Swift, jedoch wird er zweifelsohne versuchen, sich lästig zu machen, da bin ich mir sicher.«

Als Miss Mann gegangen war, der Tee von einem stärkeren Getränk abgelöst worden war und Gladstone es sich auf seinem Rücken auf der Chaiselongue vor dem Kaminfeuer im Gesellschaftszimmer bequem gemacht hatte, stieß Eleanor einen Seufzer aus. Ein ereignisreicher Nachmittag lag hinter ihr.

»Jetzt geht das schon wieder los.«

»Darf ich fragen, was genau Sie mit ›das‹ meinen, Mylady?«

»Einen Auftrag. Eigentlich sogar zwei Aufträge, vermute ich.«

»Ich gratuliere zu Ihrer Entscheidung, Mylady. Ich vermute, damit ist der erste Auftrag gemeint. Und der zweite?«

»Danke, Clifford, aber da Sie mich mit in diese Falle gelockt haben, erwarte ich, dass Sie mir helfen, die Sache zu einem erfolgreichen Abschluss zu bringen.«

Clifford verbeugte sich. »Mit Vergnügen, Mylady.«

Sie lächelte, denn nichts anderes hatte sie erwartet. »Der zweite Auftrag besteht darin, alles in unserer Macht stehende zu tun, um der armen Mrs Pitkin zu helfen, natürlich unter der Voraussetzung, dass sie Mr Aris nicht vorsätzlich umgebracht hat.«

»Natürlich.«

»Wie kommt sie zurecht? Ich wünschte, sie hätte zugestimmt, hierzubleiben, wenngleich ich nachvollziehen kann, dass sie vermutlich glaubt, uns schon genug Ärger gemacht zu haben.«

»Darüber würde ich mir nicht allzu sehr den Kopf zerbrechen, Mylady. Nachdem sie sich geweigert hat, hierzubleiben, bestand Mrs Trotman darauf, dass sie bei ihrer Schwester in Chipstone bleiben solle, die versprochen hat, sie im Auge zu behalten. Eines allerdings lässt sich nicht leugnen: Je schneller ihre Unschuld bewiesen ist, desto geringer die Gefahr, dass sie irgendetwas Unüberlegtes tut.«

»Und Mrs Trotman hat ihr einmal mehr mein Stellenangebot übermittelt?«

»Ja, Mylady, aber Mrs Pitkin hat abgelehnt.« Er hüstelte. »Ich kann ihren Standpunkt verstehen. Sie hat ihr ganzes Leben lang als Küchenhilfe und danach als Köchin gearbeitet. Obwohl sie mit Mrs Trotman befreundet ist, ist nur schwer vorstellbar, wie das funktionieren könnte.«

»Aus Angst vor zu vielen Köchinnen und verdorbenem Brei meinen Sie?«

»Haargenau, Mylady. Zudem glaube ich, dass Mrs Pitkin sehr verzweifelt ist und weder rational handelt noch denkt.«

Sie nickte. »Dann sollten wir also besser bald Fortschritte bei unserem zweiten Auftrag machen.«

Irgendetwas an seinem undurchdringlichen Gesichtsausdruck beunruhigte sie. »Was ist los, Clifford?«

Er räusperte sich sanft. »Ich habe mich lediglich gefragt, Mylady, ob es sich tatsächlich um zwei separate Aufträge handelt.«

Sie runzelte die Stirn. »Ich glaube, ich kann Ihnen nicht folgen.«

»Wenn wir Mrs Pitkins Namen reinwaschen wollen, dann müssen wir bis zum möglichen Beweis des Gegenteils davon ausgehen, dass sie die Wahrheit sagt. Es scheint also, als ob irgendjemand Mr Aris bösartigerweise Erdnüsse verabreicht hat, um ihn zu töten. Aus uns bislang unbekannten Motiven. Allerdings zählt die Mehrzahl der Menschen, und damit der Verdächtigen, die an jenem Abend an der Tafel saßen, zu unseren politischen Rivalen. Wenn das Motiv für Mr Aris' Mord politisch motiviert war …«

Eleanor verzog das Gesicht. »Oh, Mist! Aus dieser Perspektive habe ich das Ganze noch gar nicht betrachtet. Wenn diese frauenfeindliche Kabale nur halb so schlimm ist, wie Miss Mann behauptet, dann ist es durchaus möglich, dass sie Aris beseitigen wollten, da dieser sich für die Women's League engagierte.«

Clifford räusperte sich. »Wie ungünstig muss dann wohl ihre Sicht auf Sie sein, Mylady, nun, da Sie an Mr Aris' Stelle getreten sind und möglicherweise dem Erfolg ihres Kandidaten im Wege stehen?«

Eleanor schnaubte. »Ich glaube kaum, dass mir irgendjemand hohe Erfolgschancen einräumt, Clifford. Bislang hat es erst eine Frau ins Parlament geschafft. Und bei allem Respekt vor Mrs Astor, aber sie wurde von den Anhängern ihres Ehemanns gewählt, nachdem dieser ins House of Lords eingezogen war. Sie tat dies mit der Vereinbarung, dass sie den politischen Kurs ihres Ehemanns fortführen und ihn nur vertreten würde, bis er ins House of Commons zurückkehrt.«

»In der Tat, Mylady, ich habe lediglich Vermutungen angestellt.«

Sie nickte. »Gegenwärtig haben wir keinerlei Hinweis darauf, dass Mr Aris aus politischen Gründen gestorben ist. Tatsächlich wissen wir so gut wie nichts.« Ihre Miene hellte sich auf. »Aber überlegen Sie doch mal. Durch eine Kandidatur erhalte ich Zugang zu den Menschen, die Aris am besten kannten. Ich glaube, ich werde mit Carlton anfangen. Selbst die höfliche und sanftmütige Miss Mann scheint ihn für einen Schurken zu halten.«

»Dürfte ich Ihnen die Förderung einer weiteren Beziehung nahelegen?«

»Zu wem denn?«

»Lady Farrington.«

»Muss das sein? Sie mag mich überhaupt nicht und war unhöflich genug, mir das auch zu zeigen.«

»Bedauernswert, Mylady. Allerdings wohnt sie zufällig am Tatort, und wie Sie erwähnt haben, war ihr Ehemann doch in einige geheime Machenschaften mit Mr Aris verstrickt, richtig?«

»In Ordnung, Clifford. Ich besorge mir eine Einladung nach Farrington Manor, und Sie hecken derweil eine List aus, um sich unter das Personal zu mischen.«

Er machte seine übliche Halbverbeugung. »Beides ist bereits veranlasst, Mylady.«

»Was? Wie das?«

»Während Sie sich Miss Mann gewidmet haben, hat Lady Farrington angerufen. Ich habe in Ihrem Namen zugesagt. Sie sind morgen um drei Uhr zum Tee auf das Anwesen der Farringtons geladen. Und ich habe den leisen Verdacht, dass den Rolls-Royce auf dem Grundstück eine höchst inkonveniente Panne ereilen wird.«

»Eine, die Sie im Handumdrehen beheben können, sobald wir die benötigten Informationen gesammelt haben?«

Er nickte. »Und wenn wir zurück sind, können wir abschätzen, wo genau wir uns innerhalb unserer Ermittlungen befinden.«

»Einverstanden. Und nebenbei bemerkt: Falls ich Lady Farringtons giftige Zunge überlebe, dann sollte die Welt der Politik ein Kinderspiel werden.«

»Ich werde dafür Sorge tragen, dass das Handschuhfach des Rolls-Royce mit einem Fläschchen des feinsten französischen Brandys samt dazu passendem Kristallschwenker bestückt sein wird.«

»Ausgezeichnet! Und ich werde den ganzen Weg nach Hause hinweg darüber schimpfen, wie grässlich und hochnäsig sie gewesen ist.«

»Sehr wohl, Mylady. Ich freue mich schon sehr darauf!«

»Schwindler!«

# NEUN

Am darauffolgenden Nachmittag begab sich Eleanor nach Farrington Manor. Wie von Clements, dem Butler, angewiesen, nahm Eleanor auf einer roten Samtchaiselongue Platz, von der aus vermutlich schon Henry VIII. die zahlreichen Hinrichtungen seiner Frauen angeordnet hatte. Die ockerfarbenen Wände, die sich über drei hohe Stockwerke bis hinauf zu einer kunstvollen Glaskuppel erstreckten, trugen nicht unwesentlich dazu bei, dass der Raum an eine mittelalterliche Waffenkammer erinnerte. Schwerter, Schilde, Piken und Musketen waren in akribisch angeordneten fächerförmigen Arrangements bis hinauf in die umbrüstete zweite Etage zur Schau gestellt. Dort verteidigte ein Regiment aus Rüstungen auf silbernen Pferden die Marmorbalustrade, die sich einmal um die gesamte Halle zog. Im Mittelpunkt des Raums duellierten sich zwei weiße Marmorritter auf Sockeln, deren Rösser sich theatralisch aufbäumten.

Das Echo von Absätzen auf dem weißen Marmorfußboden hallte in der riesigen Halle wider, sodass es schwer war, nachzuvollziehen, aus welchem der vielen Durchgänge das Geräusch stammte. Eleanor hoffte auf ein kurzes Aufeinandertreffen.

»Lady Swift, es ist so schön, Sie hier zu sehen.« Die forsche Stimme ließ sie mit ihrem schönsten Gästelächeln aufblicken.

»Ah, Lady Farrington. Vielen Dank für die Einladung.« Trotz ihrer verhältnismäßig langen Beine musste Eleanor auf dem samtenen Sitzmöbel nach vorn rutschen, um mit den Füßen den Boden erreichen, aufstehen und ihrer Gastgeberin zur Begrüßung entgegentreten zu können. »Das ist eine beachtliche Halle, ich habe mir schon ausgemalt, was für Geschichten sich hier wohl bereits ereignet haben mögen.«

Lady Farringtons aschblonde Wasserwellen zuckten nicht einmal, als sie einen flüchtigen Blick in den riesigen Raum warf. »Alexander gefällt es. Sehr maskulin natürlich. Es spricht den Krieger an, für den er sich tief in seinem Inneren noch hält.«

Eleanor heuchelte höfliches Interesse. »Wirklich faszinierend.«

»Nein, Lady Swift, es ist, als würde man in einem verfluchten Museum leben! Folgen Sie mir.«

Eleanor, die sich wie die unerbetene Cousine vom Lande fühlte, richtete den Kragen ihres Georgette-Serge-Teekleids und folgte Lady Farringtons elfenbeinfarbenem Seidenkleid.

Ihre Gastgeberin, ganz die anmutige Dame des Hauses, geleitete sie durch kilometerlange Flure, die in regelmäßigen Abständen von Treppenaufgängen und kunstvollen Nischen unterbrochen wurden, die wiederum mit museumsreifen Wandteppichen und goldgerahmten Ölgemälden geschmückt waren.

Obzwar Eleanor sich auf der Fahrt zum Anwesen der Farringtons einen vagen Plan zurechtgelegt hatte, beschlichen sie angesichts Lady Farringtons unterkühlter Art leichte Zweifel, ob dieser tatsächlich aufgehen würde.

Schließlich blieb Lady Farrington vor einer sechsflügligen Eichentür stehen, die sich an der Wand des exquisitesten Gesellschaftszimmers, das Eleanor je gesehen hatte, zusammenfaltete.

»Wow!«, stieß sie hervor, als sie sich umsah und ihr die magische Atmosphäre das Gefühl verlieh, auf Zehenspitzen in das exotische Zelt einer Prinzessin getreten zu sein.

»Das spricht die Heldin in der Not in mir an«, erklärte Lady Farrington mit überraschender Ehrlichkeit, während sie ihre langen Glieder in einen Ohrensessel mit Löwenfüßen niederließ, dessen Bezug die gleiche Farbe wie ihr Kleid aufwies. »Am Ende schlummern doch in uns allen hoffnungslose Romantiker.«

»Seide aus Samarqand«, bemerkte Eleanor mit aufrichtiger Wertschätzung, während sie die grazil gemusterten Vorhänge, Kissen und Stuhlbezüge begutachtete. Jedes Stück stellte eine kunstvolle Variation des Elfenbein-, Jade-, und Goldthemas dar, das dem Raum seine kühle Opulenz verlieh.

»Sie überraschen und erfreuen mich, Lady Swift.« Ihre Gastgeberin legte den Kopf zur Seite. »Ich war mir nicht sicher, ob Sie dem Ruf gerecht werden würden, der Ihnen vorauseilt. Aber ich muss zugeben, dass ich mich wohl geirrt habe.«

Eleanor nahm gegenüber von Lady Farrington Platz. »Welchem Ruf?«

»Nur keine Bescheidenheit. Meiner Meinung nach ist das nämlich keine besonders reizvolle Eigenschaft.«

Das Dienstmädchen erschien mit einem Tablett mit kräftigem türkischem Kaffee in goldumrandeten Tassen und einem Silberteller voller mit Puderzucker bestäubter Mandeln und Datteln, das es auf dem Nussholztisch in der Mitte zwischen einer Ausgabe von *Stolz und Vorurteil* und einem silbergerahmten Foto der Farringtons an ihrem Hochzeitstag platzierte.

Eleanor nutzte den Augenblick, um zu entscheiden, wie sie diese Zusammenkunft gestalten wollte. Lady Farrington war weit davon entfernt, die zarte Porzellanpuppe zu sein, für die man sie aufgrund ihres blassen Teints und ihrer knochigen Gestalt fälschlicherweise hätte halten können.

»Ich werde das merkwürdige Gefühl nicht los, dass Sie Nachforschungen über mich angestellt haben.«

In Lady Farringtons Stimme lag etwas, das Eleanor nicht so recht einzuordnen wusste. »Natürlich. Warum sonst glauben Sie, dass ich Sie so bald nach unserem Kennenlernen eingeladen habe?«

»Ich gebe zu, dass ich überrascht war.«

»Und erleichtert«, erwiderte ihre Gastgeberin.

*Wo in aller Welt führt dieses Gespräch hin, Ellie?*

Sie nippte an ihrem Kaffee und genoss die aufkeimende Erinnerung an ihre Zeit im lebendigen Asien, der Heimat des Unerwarteten, die das Getränk heraufbeschwor. *Nun, Farrington Manor erweist sich als ein Haus voller Überraschungen.* Lady Farrington schien ihr Schweigen einen Augenblick lang falsch einzuschätzen und verriet daher unerwarteterweise ihr Motiv.

»Ich habe Nachforschungen angestellt, nicht zu Ihren Reiseabenteuern, sondern was Ihre Mitwirkung bei der Aufklärung zweier Mordfälle aus jüngster Zeit angeht.«

Eleanor konnte sich die naheliegende Antwort nicht verkneifen. »Kein Wunder«, sagte sie lächelnd.

Lady Farrington lachte und schien sich ein klein wenig zu entspannen. »Mr Aris ist während unserer alljährlichen Benefizveranstaltung verstorben. Heutzutage scheint es ja üblich zu sein, über die Gerüchte hinwegzusehen, die mit einem Skandal einhergehen, ich bevorzuge jedoch die Strategie, ihnen direkt zu begegnen und sie geschickt aus dem Weg zu räumen. Ich kann Getratsche nicht ausstehen.«

»Es kann sehr abträglich sein, habe ich gehört«, sagte Eleanor.

Lady Farrington nickte. »Insbesondere, wenn man ... Geschäftsbeziehungen unterhält.«

Eleanor rief sich Lord Farringtons Verweis darauf in Erinnerung, dass Aris ein Mann gewesen sei, den man gern zu seinen Bekannten zählte. »Gehen Sie in der Annahme, dass Mr Aris einem Verbrechen zum Opfer gefallen ist?«

»Ja und nein. Diese Angelegenheiten sind so lästig.«

Eleanor war sich nicht sicher, ob sie sich damit auf Benefizveranstaltungen bezog oder auf Gäste, die ungelegenerweise vor versammelter Gesellschaft das Zeitliche segneten. »Lästig?«, fragte sie.

»Kleine Zusammenkünfte sind immer am schlimmsten, insbesondere dann, wenn sie aus Individuen bestehen, die lediglich bestrebt sind, mit den richtigen Menschen am richtigen Ort gesehen zu werden. Und man den ganzen Abend charmant und liebenswürdig sein muss, wenn man sich angesichts der Themenwahl beim Abendessen und der mangelnden Etikette eigentlich nur schütteln möchte. Ich meine, sich auf einer Veranstaltung zu streiten! Wenn Alexander nicht so dringend darauf bestanden hatte, dass Aris' Unterstützung unabdingbar für sein neuestes Projekt sei, hätte ich die beiden rausgeworfen.«

»Hieß der andere Streithahn vielleicht Ernest Carlton?«

»Er hat etwas äußerst Abscheuliches an sich.« Lady Farrington nickte. »Man ist ja daran gewöhnt, dass Anhänger der Unterklassen versuchen, die Leiter des gesellschaftlichen Erfolgs zu erklimmen, so steil sie auch sein mag. Mr Carlton aber scheint ihre Sprossen ohne Widerwillen und tatsächlich sogar absichtsvoll hinuntergerutscht zu sein, um jene einzunehmen, die von der Arbeiterklasse besetzt sind.«

*Ob ihr Ehemann beim Mittagessen bei den Fenwick-Langhams wohl darauf angespielt hatte, als er andeutete, dass Carlton sich über Aris' Tod gefreut habe?*

»Haben Sie zufällig mitbekommen, worum es bei diesem Streit ging?«

»Einfacher zu beantworten wäre die Frage, worüber sie nicht gestritten haben. Da ich voll und ganz damit beschäftigt war, den Rest der Tafel von diesem misslichen Verhalten abzulenken, ist der Großteil meinen Ohren entgangen. Ich hatte den Eindruck, dass das Ganze auf eine uralte Geschichte zwischen den beiden zurückging, möchte meine Hand aber nicht dafür ins Feuer legen.«

Eleanor rief sich eine weitere Bemerkung Lord Farringtons in Erinnerung. Sie versuchte, die Frage so nonchalant wie möglich zu stellen: »Vielleicht war Carlton mit der Art des Immobilieninvestments, das Mr Aris mit Ihrem Ehemann in Erwägung zog, nicht einverstanden?«

Lady Farrington schüttelte den Kopf. »In dieser Sache hatten Carlton und Aris ganz ähnliche Ziele.« Sie ließ Eleanor einen vielsagenden Blick zukommen. »Es gibt allerdings keinen Grund, die Lupe auszupacken, Lady Swift. Es gilt, jeden leisesten Hauch eines Skandals hinsichtlich Aris' Tod auszumerzen. Obwohl ich mir sicher bin, dass sich die Köchin eines verbrecherischen Flüchtigkeitsfehlers schuldig gemacht hat, wird es Gerede geben. Es hat keinen Zweck, der Polizei zu trauen. Es gab mal eine Zeit, als man sich noch darauf verlassen konnte, dass sie mit einem zusammenarbeitet und dass das Wort einer Lady mehr zählt als das eines Bediensteten.« Sie sah einen Augenblick lang wehmütig aus. »Man konnte auf die Diskretion der Behörden zählen, seit dem Krieg allerdings, nun ...« Sie machte eine wegwerfende Handbewegung. »Sie hingegen, Lady Swift, sind von unserem Stand und können diese Dinge verstehen. Deshalb werde ich Sie bei Ihren Ermittlungen unterstützen, indem ich Ihnen alle Informationen gebe, die ich bekommen kann.«

»Ich danke Ihnen. Ich nehme Ihr Angebot gern an, mir dabei zu helfen, die Umstände von Mr Aris' Tod aufzuklären, Lady Farrington. Aber bin ich denn wirklich so durchschaubar?«

»Ganz im Gegenteil. Im Anschluss an unseren Lunch auf Langham Manor begann ich, meine Intuition infrage zu stellen. Ich war mir unsicher, was Ihre mitfühlende Anteilnahme an unserem verhängnisvollen Abendessen bedeutete. Da ich jedoch, wie gesagt, keinen Skandal dulde, habe ich meine eigenen Ermittlungen über Sie angestellt. Selbstverständlich hat mich das, was ich herausgefunden habe, erfreut.«

»Von wem denn, wenn ich fragen darf?«

»Dürfen Sie nicht«, entgegnete sie brüsk. »Nun, Sie können mir jegliche Frage stellen, unter dem Vorbehalt, dass ich sie womöglich nicht beantworten werde.«

Eleanor ließ sich nur ungern Vorschriften machen, allerdings zählten Mrs Trotman und, was noch schwerwiegender wog, Mrs Pitkin auf sie und Clifford. Sie zwang sich zu einem Lächeln und zückte ihr Notizbuch. »Zunächst einmal, wieso bieten Sie mir tatsächlich Ihre Hilfe an?«

Lady Farrington lächelte schmallippig. »Ich habe Ihnen ja bereits gesagt, dass ich keinen Skandal wünsche und möglicherweise nicht jede Ihrer Fragen beantworten werde.«

Da Eleanor spürte, dass Lady Farrington offensichtlich ein anderes Motiv hatte, das sie ihr aber nicht verraten würde, beschloss sie, ihre Taktik zu ändern. »So, dann fangen wir mit der Frage an, was für einen Schokoladenfudge dieser Aris gegessen hat. Hat Mrs ... Ihre Köchin ihn häufig zubereitet?«

»Ja, Alexander mochte ihn besonders gern. Nur dass die Köchin bei der Zubereitung normalerweise eben Erdnüsse hinzufügte.«

»Ich habe gehört, dass Mr Aris hier schon vormals zum Abendessen zu Gast gewesen war. Das muss doch ein schrecklicher –«

»Aufwand gewesen sein mit seiner Allergie? Absolut! Warum wir uns also trotzdem darauf eingelassen haben?«

Wenn es etwas gab, das Eleanor noch mehr hasste als Vorschriften, dann war es die Vorwegnahme ihrer eigenen Gedanken. Clifford war ein Meister darin. »Ja, das habe ich mich gefragt. Und da ich jetzt ganz direkt mit Ihnen sein kann, will ich geradeheraus fragen: Hatte es womöglich etwas mit dem Immobilieninvestitionsvorhaben zu tun, in das Aris und Ihr Ehemann involviert waren?«

Lady Farrington lachte trocken. »Touché! Als Parlamentsabgeordneter dieser Region war Aris ein nützlicher Mann, der sowohl auf lokaler Ebene als auch in Whitehall Einfluss nehmen konnte. Er stimmte zu, weil er aus ethischer und auch aus monetärer Sicht an das Projekt glaubte. Alexander hingegen geht es dabei nur ums Geld.«

»Weshalb Lord Farrington beim Lunch neulich auch meinte, dass Aris einer von den Männern sei, die man gern zu seinen Bekannten zählt?«

»Genau! Sie haben letztes Jahr doch bestimmt vom sogenannten Addison Act gehört, wie die Zeitungen es genannt haben?«

»Leider war ich letztes Jahr in Südafrika und entsprechend verhindert.«

»Gewiss«, antwortete Lady Farrington ohne Sarkasmus. »Dieses Wohnungsbaugesetz wurde verabschiedet, um die Kommunen mit der Pflicht zu belasten, besseren Wohnraum für die Unterschicht zur Verfügung zu stellen.«

Eleanor lächelte. »Äußerst vorbildlich.«

Lady Farrington schnaubte. »Der Krieg mag hinter uns liegen, Lady Swift, aber die meisten Männer, die damals an die Front geschickt wurden, litten unter der Beeinträchtigung ihrer Gesundheit und körperlichen Fitness infolge ihrer schlechten Unterbringung. In diesen unsicheren Zeiten sind sich unsere Machthaber darüber bewusst, dass die Zeit des Friedens möglicherweise nicht von Dauer ist. Im Falle eines erneuten Krieges müssen unsere Soldaten aus gesünderen Verhältnissen kommen, weshalb die Regierung auf der Räumung der Slums und dem Bau besserer Wohnungen durch die Kommunen besteht. Das geschieht nicht aus Herzensgüte!«

Eleanor schürzte die Lippen. »So formuliert klingt es ziemlich gefühllos.«

»Ja, aber die Familien, die Zugang zu den neu gebauten Sozialwohnungen erhalten, werden davon dennoch immens profitieren, glauben Sie nicht?«

»Doch, ich denke schon.«

»Außerdem werden Alexander und ich ebenfalls immens profitieren, da diese Häuser auf unserem Landbesitz gebaut werden.«

»Ah ja! Das erklärt auch, wieso Aris –«

»Es wert war, sicherzustellen, dass keine Erdnüsse in seine Nähe gelangten? Ja. Wenn man allerdings eine Allergie hat, die so stark ist, dass sie tödlich sein kann, dann ist es nur eine Frage der Zeit.«

Eleanor schüttelte innerlich den Kopf im Angesicht von Lady Farringtons Gefühllosigkeit. »War Mr Aris' Allergie tatsächlich so stark ausgeprägt?«

Larry Farrington steckte sich eine Zigarette an. Sie bot Eleanor ebenfalls eine an, die allerdings ablehnte. Ihre Gastgeberin zog an ihrer Zigarette und stieß den Rauch in einem langen, dünnen Schwall aus. »Wenn man die Art und Weise bedenkt, in der er darüber gesprochen hat, wann immer er eine Einladung zum Essen bei uns angenommen hat, hätte man meinen können, dass es ihn bereits umgebracht hätte, mit einer Erdnuss in einem Zimmer zu sein. Männer! Zuweilen verhalten sie sich wie die Kinder.«

Eleanor hastete zur nächsten Frage: »Wer unter Ihren Gästen an jenem Abend wusste von Mr Aris' Allergie?«

Lady Farrington zuckte mit der Schulter. »Nun, es war zumindest gemeinhin bekannt, dass er keine Erdnüsse aß.«

*Verflixt, Ellie, das ist keine große Hilfe.* »Also gut, wer von Ihren Gästen könnte gewusst haben, dass Ihre Köchin ...«, sie warf einen Blick in ihr Notizbuch, »... Schokoladenfudge zubereiten würde?«

Sie bemerkte, dass sie Hunger verspürte und griff nach einer Mandel und einer Dattel.

Lady Farrington sah Eleanor mit einem Anflug widerwilliger Anerkennung an. »Wie ich sehe, sind Sie auf diesem Gebiet wirklich keine Anfängerin mehr.« Sie überlegte einen Augenblick lang und klopfte die Asche ihrer Zigarette über einem silbernen Aschenbecher ab. »Die meisten Gäste haben einem oder zwei der vorherigen Anlässe beigewohnt, vermute ich, ob die Köchin dabei aber Fudge zubereitet hat, das weiß ich nicht mehr. Selbst wenn dem so gewesen wäre, hätte das nicht bedeutet, dass sie es wieder tun würde.«

Eleanor schielte auf ihre Fragen: Bislang hatte sie noch keine einzige Antwort gefunden.

»Kennen Sie irgendeinen Grund, aus dem irgendjemand –«

»Mr Aris hätte umbringen wollen?« Lady Farrington lachte kurz. »Ich hatte mir eher vorgestellt, dass Sie das herausfinden würden? Sie und dieser Butler. Ich habe gehört, dass er Sie bereits bei Ihren vorigen Ermittlungen unterstützt hat.«

Eleanor zuckte mit der Schulter. »Fabelhaft unschicklich, nicht wahr?«

Lady Farrington gestikulierte in Richtung des Glockenseils. »Ich gehe davon aus, dass Sie den Raum sehen möchten, in dem Mr Aris gestorben ist? Glauben Sie, dass Ihr Butler genügend Zeit hatte, meine Dienerschaft in die Mangel zu nehmen?«

»Das möchte ich tatsächlich«, bestätigte Eleanor freudig. »Aber wa–?«

Lady Farrington erhob sich so mühelos, als wäre sie leicht wie eine Feder. »Wenn Sie Ihren Butler schon ein Ammenmärchen von einer Autopanne konstruieren lassen, dann sollte besser kein Rolls-Royce darin vorkommen.«

Eleanor rang sich ein Lächeln ab.

Der Butler der Farringtons erschien. Lady Farrington instruierte ihn, Eleanor zu Clifford zu bringen, und wandte sich dann ihr zu: »Ich muss mich jetzt einigen Angelegenheiten widmen, deshalb wird unser Clements Sie hinausgeleiten, wenn Sie fertig sind. Ich hoffe, Sie werden Ihrem Ruf gerecht,

Lady Swift.« Sie wandte sich halb ab und dann erneut ihr zu. »Und ich würde Sie bitten, meinem Ehemann gegenüber nichts von alldem zu erwähnen. Alexander hat im Moment schon genug Probleme. Das muss also unter uns bleiben.«

---

Nachdem sie zu Clifford geführt worden war und Clements den Raum verlassen hatte, flüsterte Eleanor: »Höchst sonderbar ist das alles. Lady Farrington hat uns nicht nur die Erlaubnis zum Herumschnüffeln erteilt, sondern auch angeboten, mir sämtliche Informationen weiterzugeben, die sie erreichen.«

Clifford antwortete mit ebenfalls gesenkter Stimme: »In der Tat, Mylady. Mr Clements, der Butler, hat bereits eine Gästeliste für die Nacht von Mr Aris' Tod angefertigt, inklusive des Sitzplans.«

Er reichte sie Eleanor, die einen Blick auf die Liste warf.

*Lord Farrington*
*Lady Farrington*
*Mr Oswald Greaves*
*Mr Ernest Carlton*
*Mr Arnold Aris*
*Miss Dorothy Mann*
*Mr Stanley Morris*
*Mr Duncan Blewitt*
*Mr Vernon Peel*
*Lord und Lady Fenwick-Langham (abgesagt)*

Sie übertrug die Namen sorgfältig auf eine neue Seite in ihrem Notizbuch.

Clifford wartete, bis sie fertig geschrieben hatte, und fügte dann hinzu: »Er hat mich ferner informiert, dass Lady

Farrington das Personal instruiert habe, uns sämtliche Informationen zur Verfügung zu stellen, die wir benötigen.«

»Das wird ja immer seltsamer! Aber gut, dann machen wir uns das eben zunutze.« Sie studierte erst die Namen auf der Liste und dann den Tisch. »Nun, Clifford, wenn wir Mrs Pitkin Glauben schenken, dann muss der Fudge mit den Erdnüssen hier oben am Tisch aufgetaucht sein, nicht etwa in der Küche. Was bedeutet, dass die Personen, die links und rechts von Mr Aris saßen, die beste Gelegenheit hatten!«

Clifford nickte. »Das ist eine schlüssige Theorie, Mylady. Bedauerlicherweise ist sie hinfällig, da ich soeben darüber informiert worden bin, dass die versammelte Gesellschaft noch vor den Toasts den Tisch verließ, um sich die Beine zu vertreten. Danach war die Tischordnung wohl durcheinander.«

»Verdammt!« Eleanor sah wieder auf die Liste. »Nun, ich habe mich bei Lady Farrington erkundigt, wer im Vorhinein gewusst haben könnte, dass die Köchin Fudge zubereiten würde, und sie meinte, das könne niemand wirklich gewusst haben. Wenn es aber niemand gewusst hat, dann –«

»Dann hätte niemand ein mit Erdnüssen gefülltes Substitut zubereiten können. Es sei denn, anstatt das erdnussfreie Stück durch eines mit Erdnüssen auszutauschen, hat jemand dem erdnussfreien Stück auf Mr Aris' Teller irgendwie Erdnüsse hinzugefügt.«

Sie dachten beide einen Augenblick lang über diese Möglichkeit nach, um dann gleichzeitig den Kopf zu schütteln.

»Zu riskant und kompliziert«, sagte Eleanor. »Ich glaube, wir müssen davon ausgehen, dass jemand im Vorhinein ein ›spezielles‹ Stück Fudge mit Erdnüssen zubereitet hat.«

Clifford nickte. »In der Tat. Das bedeutet, dass jemand am Tisch gewusst haben muss, dass Mrs Pitkin Fudge zubereiten würde. Und doch scheint es, als ob es niemand gewusst haben kann.«

Eleanor nickte und drehte sich um. »Wohin führt die?«, fragte sie und blickte auf eine Tür.

»Die Gesellschaft am Tisch wird gesehen haben, wie ihre Mahlzeiten durch diese Tür gebracht wurden. Meines Wissens führt sie direkt zur zweiten Butlerkammer.«

Eleanor verzog das Gesicht. »Die zweite Butlerkammer! Henley Hall ist mir schon groß genug. Hier würde ich mich fühlen wie eine Erbse in einer stillgelegten Konservenfabrik.«

»Henley Hall ist deutlich überschaubarer, Mylady.«

»Mehr als das, Clifford. Es ist wie ein Zuhause. Lady Farrington hat selbst gesagt, dass sie sich hier fühle, als lebe sie in einem Museum. Es fühlt sich alles andere als wohnlich an.«

Clifford nickte. »Ich glaube, das ist den angespannten Verhältnissen zwischen oben und unten geschuldet. Auf Henley Hall setzen Sie auf wunderbare Weise die von Ihrem Onkel ins Leben gerufene Tradition fort, die Harmonie unter den Bediensteten stets aufrechtzuerhalten.«

»Danke schön, Clifford. Obgleich ich glaube, dass ich dies erst erreicht habe, nachdem ich aufgehört habe, Sie nach meiner Ankunft des versuchten Mordes an mir zu bezichtigen.«

»Fürwahr, Mylady. Die Sache ist die: Das Verhältnis zwischen Lady Farrington und dem Personal ist bestenfalls erbittert. Binnen drei Jahren hat sie drei Küchenhilfen und genauso viele Diener, Zimmermädchen und Gärtner verschlissen.«

Eleanor seufzte. »Wieso sind manche Leute nur so kompliziert? Nun, was konnten Sie unten in Erfahrung bringen?«

»Abgesehen von der Gästeliste und den Namen der Bediensteten an jenem Abend habe ich etwas in Erfahrung gebracht, das mit dem vorliegenden Fall zu tun haben könnte – oder auch nicht.«

Eleanors Augen weiteten sich. »Sprechen Sie weiter!«

Er gab ein diskretes Hüsteln von sich. »Auf die Gefahr hin, den Eindruck zu erwecken, dass das Personal indiskret ist: Es gibt Gerede. Gerede darüber, dass es ein bedeutendes Zerwürfnis zwischen der Lord- und der Ladyschaft gebe, das seit Mr Aris' Ableben zu einer regelrechten Kluft geworden sei.«

Eleanor pfiff leise. »Sie war nicht sonderlich schmeichelhaft gegenüber ihrem Ehemann, muss ich sagen. Warum also ...« Eleanor kratzte sich gedankenversunken an der Nase. »Ah ja! Mit Aris' Tod haben sie einen mächtigen Unterstützer verloren, den sie brauchten, um sicherzustellen, dass dieses Bauprojekt auf ihrem Land realisiert werden würde. Vielleicht ist das Ganze ernster, als sie mir weismachen wollte. Vielleicht sind sie verschuldet und benötigen das Geld vom Verkauf des Landes, um einen Bankrott abzuwenden? Ich kann mir vorstellen, dass dies eine ohnehin schon schwierige Beziehung enorm belasten würde.«

»Genauso würde auch ich die Situation ermessen, Mylady.«

Eleanor schüttelte den Kopf. »Was immer noch nicht erklärt, wieso sie will, dass wir herausfinden, wer Aris umgebracht hat, wenn sie die Schuld bereits der Köchin in die Schuhe geschoben hat. Und wieso sie die Tatsache, dass sie uns hilft, vor ihrem Ehemann geheim halten möchte.« Sie blickte sich verzweifelt im Zimmer um. »Wir kommen nicht weiter. Wegen der Tür zur zweiten Butlerkammer da drüben und der hohen Anzahl an Dienern, die hier an diesem Abend ein- und ausgingen, wissen wir noch nicht einmal mit Gewissheit, ob der Mörder einer der Gäste oder der Bediensteten gewesen ist.«

»Diesbezüglich ist das Glück uns und Mrs Pitkin tatsächlich hold gewesen.«

Eleanor unterbrach ihre Untersuchung des Tisches und fuhr herum. »Nun, das ist doch mal eine schöne Abwechslung. Was haben Sie herausgefunden?«

»Falls Sie sich erinnern, bestand Mrs Pitkin darauf, alle Erdnüsse wegzuschließen.«

»Ja, sie meinte, dass sie Mr Clements gebeten habe, sie in die Butlerkammer einzuschließen.«

»Haargenau, Mylady, und Mr Clements hat das untermauert. Und Mrs Pitkin hat auch darauf bestanden, dass das Personal sämtliche Küchenoberflächen putzen und sich ausgiebig die Hände waschen sollte.«

»Womöglich um sich selbst ein Alibi zu verschaffen, Clifford. Sie wissen schon, falls sie selbst diejenige war, die ...«

»Möglicherweise, Mylady, allerdings hat eines der Küchenmädchen bestätigt, dass sie Mrs Pitkin bei der Zubereitung des Fudges geholfen habe. Dann habe Mrs Pitkin sie allein gelassen, um die Dekoration der oberen Schicht abzuschließen – das Wappen der Farringtons in rotem Zuckerguss, meine ich. Das Küchenmädchen besteht darauf, während der Zubereitung des Fudges die ganze Zeit über bei Mrs Pitkin gewesen zu sein. Und im Anschluss daran sei Mrs Pitkin mit anderen Pflichten beschäftigt gewesen und nicht mehr zurückgekehrt, während das Küchenmädchen den Fudge dekoriert habe.«

Eleanor runzelte die Stirn. »Bestimmt hat das Küchenmädchen das alles auch der Polizei erzählt?«

Clifford nickte. »Wie gesagt, Mylady, die angespannten Beziehungen zwischen oben und unten, Sie verstehen?« Er senkte die Stimme. »Ich kann mir kaum vorstellen, dass Lady Farrington wollte, dass diese Information publik wird, allerdings kann Mrs Pitkin auf mehr Unterstützung unter den Bediensteten zählen, als sich Lady Farrington vermutlich vorstellt. Nachdem ich in die Tiefen des Weinkellers geführt wurde, erzählte man mir unter dem Versprechen strenger Geheimhaltung, dass das Küchenmädchen angewiesen worden sei, der Polizei zu erzählen, dass Mrs Pitkin den Fudge fertiggestellt habe. Und ihr gesagt worden sei, dass sie Mrs Pitkins Unschuld so oder so nicht bestätigen könne.«

Eleanor rang nach Luft. »Wer hat sie angewiesen, das zu sagen?« Doch Eleanor wusste es bereits.

»Lady Farrington, unter Androhung der sofortigen Entlassung ohne Empfehlungsschreiben. Mehrere weitere Bedienstete erhielten wohl ähnliche Drohungen. Wie Sie wissen, Mylady, kommt eine Entlassung wie die von Mrs Pitkin ohne Empfehlung einer Fahrkarte –«

»Direkt ins Armenhaus gleich!« Eleanor erschauderte. »Was aber geschah mit dem Fudge, nachdem das Küchenmädchen die Dekoration abgeschlossen hatte?«

»Sie überreichte ihn dem Diener, der bereits darauf wartete. Anscheinend war der Fudge verspätet fertig geworden und wurde daher direkt zur Tafel gebracht, wo er zur Schau gestellt und anschließend in mundgerechte Stücke zerteilt und auf den Beilagentellern der Gäste serviert wurde. Es hat wohl Tradition, dass der Schokoladenfudge, der ja vom Familienwappen geziert ist, zu einer Art von Toast nach dem Dessert verspeist wird. Jedes Stück ist nur ein winziger Happen.«

»Und wurde der Fudge ummittelbar eingenommen?«

»Diese Frage habe ich mir auch bereits gestellt, Mylady. Nein, der Fudge wurde auf dem Teller der Gäste nebst dem Dessert serviert.«

»Gab es Reste?«

»Ein paar wenige Stücke – diese wurden auf dem größeren der beiden Serviertische platziert.«

»Ich verstehe.« Eleanor klopfte sich gedankenverloren auf ihre Schneidezähne. »Dann kann Mrs Pitkin nicht schuldig sein, oder? Nicht nur weil ihre Version vom Rest des Personals untermauert worden ist, sondern auch, weil ... Es sei denn ... Moment mal ...« Sie runzelte die Stirn. »Hat die Polizei die Fudgereste untersucht?«

Clifford schüttelte den Kopf. »Ich verstehe jedoch, worauf Sie hinauswollen. Wenn sich in den verbliebenen Stücken keine Spuren von Erdnüssen befanden, dann ist Mrs Pitkin unschuldig.«

Eleanor nickte. »Ja, denn dann müssen die Erdnüsse hinzugefügt worden sein, nachdem der Fudge angeschnitten wurde – und das kann Mrs Pitkin unmöglich getan haben.« Sie legte erneut die Stirn in Falten. »Aber DCI Seldon ist doch für diesen Fall zuständig. Der weiß, was er tut.«

Clifford nickte. »Der Chief Inspector ist tatsächlich ein feiner Polizist, Mylady, aber er kann lediglich das getestet haben, was vorlag.«

Eleanor rang nach Luft. »Sie meinen ...«

Clifford nickte abermals. »Nach Mr Aris' Tod wurde die Dienerschaft gebeten, bis zur Ankunft der Polizei in der Küche zu warten. Sämtliche Gäste hatten ihren Fudge aufgegessen – es waren, wie gesagt, lediglich Häppchen –, als der Diener aber nachsah und die Überbleibsel von der Anrichte holen wollte, waren sie –«

»Verschwunden!«

# ZEHN

Am nächsten Morgen machte sich Eleanor zielstrebig auf den Weg ins Gesellschaftszimmer, um dort ein herzhaftes Frühstück einzunehmen. Der Wahlkampf würde all ihre Konzentration, Energie und weitere Dinge in Anspruch nehmen, die wahrscheinlich wichtig waren, von denen sie aber keine Ahnung hatte.

Nichtsdestotrotz war sie entschlossen, während des Wahlkampfs ihre Ermittlungen Mrs Pitkin zuliebe fortzuführen, gerade jetzt, da sie ihre Unschuld zumindest für sich selbst glaubhaft bewiesen hatten. Eleanor hatte DCI Seldon kontaktiert und ihm erzählt, was sie herausgefunden hatten. Clifford hingegen hatte zur Vorsicht gemahnt und darauf hingewiesen, dass das Wort der Bediensteten noch immer gegen das von Lady Farrington stehe. Und ihr Ehemann war ein Earl, der im House of Lords saß. Selbst wenn DCI Seldon ihnen Glauben schenkte, konnte er nichts ausrichten. Ihm waren die Hände gebunden. Es blieb ihnen keine andere Wahl, als Aris' Mörder eigenhändig zu identifizieren und das Ganze als Fait accompli zu präsentieren.

Nach Miss Manns Enthüllung hatte sie Carlton sowie den

widerwärtigen Mr Blewitt als Verdächtige identifiziert. Auch die Farringtons befanden sich auf der Verdächtigenliste, wenngleich es schien, als ob ihnen in geschäftlicher Hinsicht ein lebendiger Aris nützlicher gewesen wäre. Im Hinblick auf all das beschloss sie, dass sie an diesem Morgen auf eine tüchtige Stärkung angewiesen war, wenn sie vorhatte, in ihrem Wahlkampf oder bei ihren Ermittlungen Fortschritte zu machen.

Im Morgensalon lupfte sie die silbernen Servierglocken der drei Servierteller auf der Anrichte: Würste, Eier, Kartoffelgratin und Toast. Genau das, was sie jetzt benötigte, um ihr Hirn dafür vorzubereiten, ernsthafte Hinweise und Geschwätz, das jeglicher Grundlage entbehrte, voneinander zu unterscheiden.

Ein zögerliches Klopfen ertönte an der Tür.

»Komm rein, Polly.«

Das Dienstmädchen stieß die Tür mit der Schulter auf und kam atemlos und mit rotem Kopf hereingewankt, ein Tablett mit einem weiteren Servierteller und zwei silbernen Töpfen in den Händen. Die Löffel, die die Küche sicherlich akkurat in ihren zugehörigen Töpfen drapiert verlassen hatten, wackelten nun bedenklich nah an den Topfrändern hin und her und drohten, den flüssigen Inhalt in alle Himmelsrichtungen zu katapultieren.

Eleanor erblasste. »Grundgütiger, Polly! Bist du auf dem Weg hierher etwa gestolpert?«

»Nein, Ihre Ladyschaft, ich fühle mich dackelwohl.«

»Pudel, Polly.«

»Ach, Sie wünschen sich einen neuen Hund, Ihre Ladyschaft? Einen Pudel? Ob Master Gladstone sich wohl mit dem verstehen wird?«

»Nein, Polly, die Wendung, nach der du suchtest, lautet … Egal, es spielt keine Rolle. Was hast du denn da?«

Das junge Mädchen bugsierte das Tablett umständlich auf die Anrichte. Eleanor hob eine Augenbraue. »Noch mehr Würste! Hat Gladstone vor, dem Frühstück beizuwohnen?«

Polly blickte verwirrt drein. »Bitte um Verzeihung, Ihre Ladyschaft, aber Mrs Butters sagte, dass er unbedingt in seinem Körbchen bleiben solle. Er schnarcht vor dem Küchenherd, sollte mich nicht wundern, wenn er sich wieder die Nase versengt. Er mag es nicht, wenn wir ihm eine kalte Kompresse auflegen, aber er lernt einfach nix dazu.«

Das junge Mädchen verstummte plötzlich und hielt sich die Hand vor den Mund. Durch die Spalten zwischen ihren Fingern flüsterte Polly: »Ich hab's schon wieder vermasselt, nicht wahr? Warum vergesse ich das nur immer?« Während sie sich bei jedem ihrer Worte gegen die Stirn schlug, stammelte sie im Stakkato: »Darf. Nicht. Mit. Der. Ladyschaft. Plaudern!«

Eleanor sprang vom Tisch auf und legte ihren Arm um das junge Mädchen. »Natürlich darfst du mit mir plaudern, Polly. Immerhin habe ich dir doch eine Frage gestellt, nicht wahr?«

Polly sah erleichtert auf, gab dabei aber ein langes, lautes Schniefen von sich. »Das ist so verwirrend, Ihre Ladyschaft. Ich versuche ja, die Oben-Unten-Regeln so gut es geht zu verstehen, ehrlich.« Sie machte einen Knicks und verschwand aus dem Zimmer.

»Ich doch auch, Polly«, raunte Eleanor ihr hinterher.

---

Eleanor hatte sich fürs Radfahren entschieden, doch die heftigen Windböen machten die wenigen Meilen bis ins Dorf zu einer echten Tortur – und das obwohl der Weg fast durchgängig bergab führte. Indes wurde so ein Großteil der Kalorien des riesigen Frühstücks verbrannt, das Eleanor verspeist hatte, und der Blick ins Tal in seiner herbstlichen Pracht entschädigte sie für alle Mühen.

Als sie die winzige Hauptstraße erreichte, stöhnte sie laut auf. Wie hatte es nur so weit kommen können, dass sie sich jetzt für die Rechte der Frauen engagierte und gleichzeitig versuchte, einen Mord aufzuklären? Der einzige Lichtblick bestand darin, dass sie und Clifford nach den Enthüllungen über Lady Farrington, die ihre Bediensteten gezwungen hatte, zu lügen, und über das Verschwinden des übrig gebliebenen Fudges, von Mrs Pitkins Unschuld überzeugt waren. Und sie im Umkehrschluss beide von der Schuld eines Gasts der Abendessenstafel überzeugt waren. *Eines Gasts oder Gastgebers*, berichtigte Eleanor sich selbst.

Obwohl es bereits Donnerstag war und Clifford somit seinen freien Tag hatte, hatte er angeboten, ihr beim Wahlkampf in Little Buckford zu helfen. So sehr sie sein Angebot und seine unerschütterliche Loyalität und Unterstützung auch zu schätzen wusste, konnte sie sich nicht mit dem Gedanken anfreunden, dass ihr jemand bei ihrer ersten Wahlkampfveranstaltung über die Schulter schaute.

Sie beschloss, die politische Couleur einiger Dorfbewohner auszuloten, um nebenbei ein paar geschickte Fragen zu Aris' Tod einzustreuen. Und zu Carltons möglichem Motiv dafür, ihn umzubringen. Obwohl sie noch immer den Rest der Gästeliste mit Clifford durchgehen musste, ließ sie der Zwist zwischen den beiden Streithähnen, die sich in aller Öffentlichkeit gezankt hatten, nicht los.

Sie hielt am Dorfanger an und umklammerte ihren glückbringenden smaragdgrünen Schal, der drohte, quer durchs ganze Land geblasen zu werden.

Es war gar nicht so, dass sie glaubte, auf Glück angewiesen zu sein. Jeder in Little Buckford kannte sie und war somit fast verpflichtet, sie zu unterstützen. Zumindest war das der Grund, den sie Clifford genannt hatte, als sie ihn gebeten hatte, sich erst in zwei Stunden mit ihr zu treffen, um Chipstone gemeinsam in Angriff zu nehmen. Eine Ortschaft wie Chipstone war im Vergleich zu Little Buckford ein gänzlich anderes Unterfangen.

Sie warf einen Blick auf die Flugblätter in ihrem mittlerweile fachgemäß reparierten Korb. Miss Mann hatte ihr etwas

Literatur an die Hand gegeben, um zu gewährleisten, dass sie gut vorbereitet war, allerdings waren Eleanors Augen beim Lesen ganz glasig geworden. Sie war nicht überzeugt davon, dass sie auf irgendetwas davon zurückgreifen und dabei, nun ja, authentisch und aufrichtig klingen können würde. *Oder einfach nach dir selbst, Ellie.*

Sie stöhnte lautstark und schüttelte den Kopf. Einerlei, sie war einfallsreich und willensstark. Und authentisch war sie sowieso. Die Frauen hatten Hilfe verdient, und sie schickte sich an, an vorderster Front für ihre Sache einzutreten. Miss Mann hatte sie zum nächsten Treffen der Women's League gebeten, um dort ihre Kandidatur zu besprechen. Da es jedoch erst in ein paar Tagen so weit war, hatte Eleanor – törichterweise, wie sie mittlerweile selbst befand – darauf beharrt, den Stein ihrer Kandidatur selbstständig ins Rollen zu bringen. *Ach Ellie, du und dein vorlautes Mundwerk!*

Sie zückte die Taschenuhr ihres Onkels und rechnete aus, dass die lieben Dörfler schon bald die Lästereien vor ihren eigenen Haustüren einstellen und in die Stadt kommen würden, um vor der Haustür von jemand anderem weiterzutratschen. Dies würde ihr ein aufmerksames Publikum bescheren. Das Leben in einem kleinen Dorf hatte sie eine Sache gelehrt: Die Lokalnachrichten wurden über die Buschtrommeln verbreitet, die wiederum von Klatsch befeuert wurden.

Sie würde die Dörfler einfach informieren, dass sie als unabhängige Kandidatin mit Unterstützung durch die Women's League antreten würde. Anschließend würden sie die Nachricht ihres noblen Engagements für die Gleichstellung der Frau und die anderen Erkenntnisse aus der Literatur verbreiten, die sie nicht vergessen durfte, ihnen mitzuteilen.

Ehe sie entscheiden konnte, ob sie am nahegelegensten oder dem am weitesten entfernten Punkt der Hauptstraße beginnen sollte, wurde sie von einer winkenden Hand abgelenkt.

Eleanor winkte zurück, woraufhin sich Reverend Gaskell, der Vikar der örtlichen Kirche St Winifred, zu ihr gesellte.

Nach einigem allgemeinem Geplauder fühlte sich Eleanor selbstbewusst genug, um ihre Kandidatur zur Sprache zu bringen.

»Reverend, ich habe Ihnen etwas furchtbar Aufregendes mitzuteilen.«

Sie verkündete schwungvoll ihre Neuigkeit, von der sich Reverend Gaskell seltsamerweise alles anderes als begeistert zeigte.

»Oje, das ist aber wirklich eine Überraschung.« Sein Tonfall verriet ihr, dass er eigentlich »eine Enttäuschung« meinte. Er starrte zu Boden und scharrte verlegen mit den Füßen. »Die Sache ist die, Lady Swift, ich bin nicht der Ansicht, dass Spaltungen, sei es in politische Parteien oder in Geschlechter, jemals viele gute Dinge nach sich ziehen werden.«

Eleanor sah sich verblüfft. »Aber das ist doch genau das Gegenteil von dem, was die Women's League erreichen will. Wir wollen vereinen, nicht spalten. Ich hatte eigentlich gehofft, auf Ihre Stimme zählen zu können.«

Reverend Gaskell schüttelte behutsam den Kopf. »Grundgütiger, nein! Ich bin Vikar, Mylady. Bestimmt ist Ihnen der Römerbrief, Kapitel dreizehn, Vers eins bekannt? ›Denn es ist keine Obrigkeit außer von Gott; wo aber Obrigkeit ist, ist sie von Gott angeordnet.‹ Nein, nein! Ich kann nicht wählen, lediglich beten, dass ein aufrichtiges Herz dem besten Mann oder der besten Frau zum Siege gereicht.«

»Dann wollen wir hoffen, dass dies der Fall sein wird, Reverend. Der arme Mr Aris schien ja gewiss die Unterstützung der Bevölkerung gewonnen zu haben.«

»Gott sei seiner Seele gnädig.« Reverend Gaskell schüttelte den Kopf. »Er war ein herausragendes Beispiel für einen empathischen und großzügigen Bürger, sein Tod ist ein herber Verlust für uns alle.«

»Kannten Sie ihn gut?«

»Ja, er gehörte zur Gemeinde von St Swithun. Er war stets bereit dazu, jenen zu helfen, die weniger begünstigt waren als er selbst, wenn sich dazu Gelegenheit bot. Ich habe mich sehr darüber gefreut, dass er sich dazu entschlossen hatte, etwas von seinem jüngst erlangten Wohlstand an unsere Waisenkasse abzutreten. So liebenswürdig! Guten Tag, Lady Swift.«

Fest entschlossen, sich von diesem frühen Rückschlag nicht entmutigen zu lassen, schob Eleanor ihr Fahrrad zum ersten Laden der Hauptstraße. Im Gehen fragte sie sich, ob Aris' jüngst erlangter Wohlstand irgendeine Rolle bei seinem Mord gespielt haben könnte. Hatte es sich dabei vielleicht um eine Zahlung von Lord Farrington dafür gehandelt, diesen Wohnungsbauplan auf seinem Grund realisieren zu lassen?

Durch die geöffnete Ladentür von Brenchley Stores konnte sie eine kleine Menschentraube ausmachen: die perfekte Zielgruppe.

Sie ging auf den Tresen zu und winkte fröhlich. »Mr Brenchley, ich wünsche Ihnen einen besonders schönen guten Morgen.«

»Lady Swift, Sie scheinen ja ausgesprochen gut gelaunt. Wie kann ich Ihnen helfen?«

»Tatsächlich, Mr Brenchley«, erwiderte sie laut genug, um von allen Kunden gehört zu werden, »komme ich mit der Bitte, Ihren ohnehin schon vorzüglichen Dienst an unserer wunderbaren Gemeinschaft noch weiter zu verbessern, indem Sie dieses Plakat in Ihrem Laden aushängen.«

Brenchley lächelte. »Das lässt sich sicherlich einrichten. Was für eine Veranstaltung halten Sie denn ab?«

Hinter den Regalen zu ihrer Rechten vernahm Eleanor zwei zwitschernde Stimmen und ein geflüstertes »Oh, eine Gartenparty auf Henley Hall!«

*Falsch ... allerdings keine schlechte Idee, falls du gewinnst, nein, sobald du gewonnen hast, Ellie.* Sie versuchte, sich diese Idee für einen späteren Zeitpunkt vorzumerken.

»Eigentlich geht es darum, Mr Brenchley, dass ich als Parteilose bei den Wahlen antrete. Ich hoffe, die hervorragende Arbeit fortführen zu können, die der arme Mr Aris begonnen hat.« Sie zögerte eine Sekunde lang, gewann dann aber ihren Mut zurück. Tödlichen Raubtieren im Dschungel entgegenzutreten, war bedeutend weniger nervenaufreibend als das hier! »Daher ... also, ja, wäre ich Ihnen sehr dankbar, wenn Sie dieses Plakat aushängen könnten, um die Menschen auf diese ... äh, aufregende Nachricht aufmerksam zu machen.«

Brenchley blickte verwirrt drein. Tatsächlich war er so perplex, dass er seinen Arm nicht ausreichend bewegte, um das Plakat entgegenzunehmen.

»Ach du meine Güte ...« Er rieb sich die Stirn. »Lady Swift ...« Er schweifte erneut ab. An seiner Seite war unbemerkt sein Sohn John erschienen, der betreten zu Boden starrte.

Eleanor hob zweifelnd eine Augenbraue. »Stimmt etwas nicht?«

Er schaute seinen Sohn an und schob dann seine Hände in die tiefen Taschen seiner Ladenschürze. »Entschuldigung, Mylady, aber in der Wahlkampfperiode halte ich es immer mit Neutralität. In meinem Gewerbe zahlt es sich aus, sich aus solchen Dingen herauszuhalten. Es tut mir leid.«

»Aber wenn Sie Wahlkampfmaterial von jeder Partei aushängen würden, die darum bittet, dann wäre es doch fair, meinen Sie nicht?«

Er seufzte. »Ich bitte abermals aufrichtig um Entschuldigung, aber an diesem Kampf möchte ich mich nur ungern beteiligen.«

Eleanor war verblüfft, nahm die Tatsache aber hin, dass es sich hierbei lediglich um eine weitere Hürde handelte, die es zu überwinden galt. Sie lächelte freundlich. »In Ordnung, ich kann Ihre Position nachvollziehen. Das ist allerdings eine Schande, da ich alle Damen aus unserer Gemeinde, auch Ihre liebe Gattin, wissen lassen wollte, dass sie in ihrem Kampf um Gleichberechtigung auf mich zählen können.«

Dies zog ein kollektives erschrockenes Schweigen nach sich.

Eine Stimme rief von der Tür aus nach ihr: »Lady Swift? Verzeihen Sie, wenn ich Ihre Zuhörerschaft störe, aber ich bleibe gern auf dem neuesten Stand, was politische Angelegenheiten anbetrifft.«

Eleanor starrte die Frau an, die sie nicht zuzuordnen wusste, obgleich sie ihr irgendwie bekannt vorkam. War dies mal wieder eine dieser Situationen, in der jeder wusste, wer Eleanor war, sie jedoch umgekehrt sehr wenig über ihre Dorfgenossen zu wissen schien? *Verflixt, noch immer die Neue im Ort!* Aha! Dieser Gedanke half ihrem Gedächtnis auf die Sprünge. Sie betrachtete das langärmlige marineblaue Kleid der Frau, deren dickes weißes Haar zu einem akkuraten Dutt gesteckt war, und nahm ihre runden Brillengläser zur Kenntnis.

»Mrs Linscombe!«, rief sie fröhlich. »Wie geht es Ihnen?«

»Luscombe. Und hinreichend gut, danke der Nachfrage, wenngleich ich potenziell pikiert bin von der Tatsache, dass irgendjemand ohne mein Wissen oder meine Zustimmung in meinem Namen Krieg führt.« Ihre letzten Worte bliesen eine frostige Kälte durch den Laden.

Eleanor lächelte weiterhin. »Von Krieg hat kein Mensch gesprochen, Mrs Luscombe. Lassen Sie es mich erklären ... Die Women's League hat mich gebeten, zu kandidieren, und falls ich erfolgreich sein sollte, werde ich die Gelegenheit nutzen, um die Rechte der Frauen voranzubringen, nicht nur auf lokaler Ebene, sondern national.«

Mrs Luscombes Lippen formten einen schmalen Strich. »Tatsächlich? Und haben Sie die Damen unserer glücklichen Gemeinde denn auch gefragt, ob sie diese ›Gleichberechtigung‹ überhaupt anstreben? Denn ich glaube, dass Sie dann feststellen würden, dass wir mit der Art und Weise, wie die Dinge hier funktionieren, sehr zufrieden sind.« Auf Mrs Luscombes Lippen erschien ein schmallippiges Lächeln. »Lady Swift, ich bin mir sicher, dass Mr Brenchley nichts dagegen einzuwenden hat, wenn die Damen Ihnen jetzt ihre Meinung dazu mitteilen?«

Eleanor widerstand dem Impuls, kehrtzumachen und davonzulaufen. Sie wiederholte das Mantra, das ihr Vater ihr immer wieder vorgesagt hatte, wenn sie einer fremdartigen Kreatur in irgendeinem exotischen Land oder auf einer wilden Insel begegnet waren, auf der sie gerade Station machten: »Komm schon, Ellie, es hat mehr Angst vor dir als du vor ihm!«

Eleanor sah hinüber zu Brenchley, der dreinblickte wie ein verschrecktes Kaninchen, das von einem Rudel hungriger Löwen umzingelt war. Doch genau darin hatte auch das Problem bei dem Ratschlag ihres Vaters gelegen: Als sie in Südafrika angekommen war, musste sie nämlich feststellen, dass die meisten der in diesem Lande heimischen Kreaturen nämlich definitiv NICHT mehr Angst vor ihr hatten als umgekehrt. Brenchley erwiderte ihren Blick mit einem mitfühlenden Zucken seiner Augenbrauen, um sich dann mit erhobenen Händen Mrs Luscombe zuzuwenden. »Nur zu, die Damen.«

Mrs Luscombe wies auf zwei der anderen Damen im Laden. »Mrs Jenkins, Mrs Browne, streben Sie nach der Möglichkeit, von sieben Uhr morgens bis acht Uhr abends zu arbeiten, so wie Ihre Ehemänner? Und selbige womöglich zu Hause zu lassen, um die Kinder großzuziehen und den Haushalt zu führen?«

»Um Gottes willen, nein!«, skandierten sie gemeinsam. Die pummeligere der beiden errötete und stupste ihrer Freundin in die Rippen. »Stell dir nur vor, diese Unordnung, Ida! Was das bloß für ein Chaos wäre!« Ein kollektives Schaudern ging durch die versammelte Menge.

Eleanor versuchte, das Gespräch zurück in sichereres Fahrwasser zu lenken. »Nun, das ist ja nur ein Beispiel. Fangen wir doch damit an, dass Sie alle bereits mit einundzwanzig Jahren wählen könnten, wie die Männer. Warum sollten Sie warten müssen, bis Sie dreißig sind, um ein Mitspracherecht zu erhalten?«

Eleanor hörte, wie sich hinter ihr jemand räusperte. »Bei allem Respekt, Lady Swift, ich darf wählen, allerdings bleibt mir keine Zeit, um die Zeitungen zu studieren, wenn ich mich nebenher noch um Kind und Kegel kümmern muss. Und den meisten jüngeren Dingern auch nicht, die versuchen, Kinder großzuziehen.« Dies wurde mit lautstarkem Nicken quittiert. »Ich verlasse mich darauf, dass mir mein Tom das mitteilt, was ich wissen muss. Wenn ich wählen gehe, dann sagt er mir, wen ich wählen soll.«

Es gab allgemeine Zustimmung und ungläubige Ausrufe angesichts der Vorstellung, dass eine verheiratete Frau anders abstimmen könnte als ihr Ehemann. Der Konsens wurde von einer mittelalten Frau mit rosigen Wangen und weichen braunen Locken unter einem grauen Filzhut zusammengefasst: »Da haben wir zum ersten Mal seit langem Friedenszeiten, und schon brechen wir einen Krieg zwischen uns und unseren Mannsbildern vom Zaun!«

Eleanor hatte genug gehört. Das Wort »Krieg« war nun bereits zum zweiten Mal gefallen. Sogar sie erkannte, dass der richtige Augenblick gekommen war, um den Rückzug anzutreten. »Danke, die Damen! Und Ihnen, Mr Brenchley, bin ich höchst dankbar für die freundliche Bereitstellung Ihres wunderbaren Ladens für unsere erhellende Diskussion. Falls irgendjemand noch Fragen haben sollte oder bestimmte ... äh, Anliegen besprechen möchte, dann wissen Sie ja alle, wo Sie mich finden können.«

Mit einem kurzen Nicken in Richtung von Mrs Luscombe floh Eleanor hinaus an die frische Luft und ging dabei über das aufrührerische Gezeter hinweg, das hinter ihr losbrach.

*Nun,* gestand sie sich selbst ein, *die Dörfler vertreten wohl eine etwas konservativer ausgeprägte Meinung, als du dachtest, Ellie.* In Chipstone, dem betriebsamen Städtchen, würde sie heute Nachmittag mit Clifford an ihrer Seite hoffentlich besser abschneiden.

Dass Chipstone auch nur eine kleine Marktgemeinde war, die von Leuten mit der gleichen Mentalität wie jener der Menschen aus Little Buckford bewohnt wurde, ließ Eleanor für den Moment wohlweislich außer Acht. Schließlich bestand ihre einzige Alternative darin, das Handtuch zu werfen, und sie hatte keinerlei Absicht, sich selbst oder die Women's League zu enttäuschen.

*Und auch Mutter und Vater nicht, Ellie.*

# ELF

Eleanor gestand sich ein, dass es ein gutes Gefühl war, diesmal jemanden an ihrer Seite zu wissen. Während eines Wahlkampfes mit simultanen Mordermittlungen sprach nichts gegen ein klein wenig mitfühlende Gesellschaft. Sie spähte zu Clifford auf dem Fahrersitz, dessen makellos gebürstete Melone beinahe den Dachhimmel des Rolls-Royce touchierte.

Er riss sie aus ihren Gedanken: »Was schlagen Sie vor, Mylady, wo wollen wir loslegen?«

Ermutigt von dem »Wir« in seiner Frage, öffnete sie ihren Mund und starrte dann aus dem Fenster, um festzustellen, dass sie sich *schon wieder* keinen Plan zurechtgelegt hatte. Sie hatte Chipstone lediglich wenige Male besucht, um Dinge zu besorgen, die es in Little Buckford nicht zu kaufen gab. Ach ja, und um die fabelhafte Teestube Winsomes für ihren preisgekrönten Fruitcake zu besuchen. Sie nahm sich vor, Clifford und sich selbst mit einigen Stücken davon zu belohnen, sobald sie die ganze Stadt für sich gewonnen hatte, und begann, ihre Möglichkeiten abzuwägen.

Sie kannte niemanden, außer die Polizisten der Polizeistation, die sie unlängst (korrekterweise) der Korruption bezichtigt hatte, und eine Bande von Lausbuben, die noch nicht alt genug zum Wählen waren und somit ebenfalls keine geeignete Wahlklientel darstellten. Sollte sie also willkürlich Leute auf der Straße anhalten? Clifford kannte so gut wie jeden, allerdings wollte sie sich nicht zu sehr auf ihn verlassen. Immerhin war *sie* ja die Kandidatin. Sie musste sich an vorderster Front präsentieren. *Also, Ellie, wendest du dich an Ladenbesitzer mit einem prominenten Schaufenster, um deine Plakate aufzuhängen? Oder wirfst du einfach erst einmal ein paar Flugblätter in die Briefkästen?*

»Lassen Sie uns doch ganz am Ende anfangen, Clifford! Ich übernehme die linke Straßenseite und Sie die rechte?«

»Sehr wohl, Mylady.«

Nachdem er geparkt hatte, lupfte Clifford ehrerbietig seine Melone und überquerte mit einem säuberlich gestapelten Bündel Flugblätter in seiner lederbehandschuhten Hand die Straße.

*Nun denn, Ellie, wer soll dein erstes Ziel sein?*

Zu ihrer Linken entstieg Rauch aus der Pfeife eines schnauzbärtigen ältlichen Mannes in einer hochdekorierten Militäruniform, der an einem Gehstock lehnte. In Anbetracht seines vorgerückten Alters rechnete sie nicht damit, dass er ihrer Sache gegenüber wohlwollend eingestellt sein würde. In jedem Fall würde sie in den Hörtrichter bellen müssen, der von einem Lederriemen an seiner Schulter baumelte. Nicht gerade der eleganteste Kampagnenauftakt.

Eleanor taxierte die ersten Läden und beschloss, mit dem Uhrmacher, dem Schuster und dem Porzellanwarenhaus loszulegen. Dann aber fiel ihr ein Schild in einer Nebenstraße ins Auge: Lesekabinett. Alle sind willkommen.

*Na klar, Ellie, das wird doch von der Feministin aus der Laientheatergruppe geführt!*

Als sie wenige Minuten später zum nächsten Laden weiterging, sah sie, wie eine Frau im Lesekabinett die Flugblätter zerfetzte und sie in einen Papierkorb neben ihrem Schreibtisch beförderte. Mrs Brody, die Feministin aus der Laientheatergruppe, die das Kabinett führte, war leider nicht dagewesen.

Da sie einen neuen Ansatz brauchte, machte Eleanor vor dem Uhrmacher halt. Ob sie womöglich besser daran tat, ihre eigene Beteiligung herunterzuspielen? Nun, das war doch ein Plan! Sie würde die Flugblätter verteilen, ohne die Tatsache in den Vordergrund zu stellen, dass die Women's League offensichtlich den Verstand verloren haben musste, sie als Kandidatin aufzustellen. Sie spähte zu Clifford hinüber, der gerade vor einer Gruppe von Damen auf der anderen Seite des Bürgersteigs seinen Hut zog. Sollte sie ihn vielleicht besser zurück zum Rolls-Royce beordern?

*Dazu fehlt dir im Moment noch die Courage, Ellie!*

Stattdessen betrat sie die Uhrmacherwerkstatt und flötete herzlich: »Wunderschönen guten Morgen!«

»Es soll sich allerdings zuziehen und bald regnen«, lautete die Antwort. »Bin sofort bei Ihnen.« Weißes Haar und Falten rahmten die außerordentlich große Brille auf dem nahezu versteinert wirkenden Gesicht, das sich ihr präsentierte. Als der Mann den Vorhang öffnete, der den vorderen vom hinteren Teil des Ladens trennte, kam ein Plakat der Labour Party zum Vorschein, das sich über die gesamte Wandbreite erstreckte. »Ja, Miss?«

Sie starrte auf den Anstecker, der seine Schürze zierte: »Labour wählen«.

»Könnten Sie sich die Taschenuhr meines seligen Onkels einmal ansehen? Ich glaube, sie geht etwas nach?«

Voller Scham darüber, sich so schnell einer weiteren Chance verwehrt zu haben, Wahlkampf zu betreiben, versuchte sie sich damit zu trösten, dass sie zumindest in den Ermittlermodus wechseln konnte. Dieser Mann wusste möglicherweise etwas über Carlton, immerhin war selbiger der Kandidat der Labour Party.

Während der Uhrmacher in einer Schublade stöberte, hüstelte sie diskret. »Machen Sie sich große Hoffnungen darauf, dass Mr Carlton diese Wahl gewinnt?«

Der Uhrmacher drehte sich um und zuckte mit der Schulter: »Es geht nicht darum, dass Carlton der Beste ist, nur haben wir leider keinen anderen!« Er sah mit bohrendem Blick zu ihr auf. »Ich traue Mr Carlton nicht, obwohl er ein Labour-Mann ist, genau wie ich. Er wäre gut beraten, sich daran zu erinnern, dass wir alten Leute ein langes Gedächtnis haben.« Er streckte ihr die Taschenuhr entgegen. »Drei Shilling, bitte.«

Augenscheinlich genoss Mr Carlton kein sonderlich hohes Ansehen, was ihn aber natürlich noch lange nicht zum Mörder machte.

Vor dem Schaufenster des Schuhmachers schreckte sie auf, als ihr ein grimmig dreinblickender Riese in einer Lederschürze aus dem Schatten des Stiefelhalters an der Wand entgegentrat. Der Mann, der einen Hammer in der Hand hielt, funkelte sie an. Hinter ihm schienen zwei weitere Männer zu zanken, von denen einer mit einer Schere in der Größe einer Schafschere herumfuchtelte. Hier vielleicht doch nicht, entschied sie und eilte weiter zum Porzellanwarenhaus nebenan, wo sie sich freute, diverse Damen beim Stöbern und Tratschen anzutreffen.

*Perfekt!*

Inmitten des kunstvoll ausgestellten Tischgeschirrs zu moderaten Preisen, das sich auf Anrichten mit Tellerbords und Tischen mit Gingham-Tischdecken stapelte, spitzte Eleanor die Ohren, als der Name Aris fiel.

»Natürlich war ich noch nicht vorstellig, um mein Beileid zu bekunden, diese Mrs Aris wird es bestimmt nicht gern sehen, wenn ich bei ihr auf der Türschwelle stehe. Mein John schlägt sich zwar wacker, aber nicht gut genug für Leute wie sie.«

»Allerdings muss es schwer sein für sie. Ich weiß ja, man sagt immer, na, du weißt schon, aber trotzdem …«

Eleanor schloss nonchalant zu der Kommode neben den beiden Frauen auf. In Anbetracht der Unmengen schwarzen Kajals um ihre Augen und des auffälligen Lippenstifts taxierte Eleanor die beiden auf Anfang dreißig.

Die größere Frau lehnte sich gerade zu ihrer Freundin hinüber. »John hat erzählt, dass es am Wirtshaus gestern Abend Gerede gab. Die Leute meinen wohl, dass es vermutlich diese Farringtons gewesen sind.«

Eine weitere Frau mit einem kleinen Kind auf der Hüfte trat heran und gesellte sich zu ihnen. »Guten Morgen! Sprechen Sie über das, was ich denke?«

»Der ganze Ort spricht darüber, was denken Sie denn?«

Das neueste Mitglied der Menschentraube blickte vielsagend in die Runde. »Das mit der Köchin war kein abgekartetes Spiel. Die hat schon einmal in Schwierigkeiten gesteckt.«

»Woher wissen Sie das?«

»Von Mary vom Postamt. Die bekommt alles mit. Die feinen Leute verschicken andauernd Telegramme. Ist doch nicht ihre Schuld, dass sie sich an den Inhalt der Nachrichten erinnern kann, oder?«

»Sie meinen, das ist nicht das erste Mal, dass sie jemandem den Garaus gemacht hat? Ich habe von ihrem Schlag Mensch gelesen. Das kann zur Gewohnheit werden.«

Die schweigsamste der Damen wurde sich der Tatsache bewusst, dass Eleanor unmittelbar neben ihnen stand. »Guten Morgen?«, sagte sie mit fragendem Unterton.

»Guten Morgen, die Damen, bitte entschuldigen Sie, dass ich Ihre Unterhaltung über die großen Neuigkeiten mitbekommen habe. Schockierend, nicht wahr?«

Die Frauen tauschten erst einen Blick aus und starrten sie dann an.

Die größte der Frauen ergriff wieder das Wort: »Schockierend? Vielleicht. Mr Aris mag ein hohes Ansehen genossen haben, aber wer Ärger sucht, findet ihn auch, wie meine Mutter immer zu sagen pflegte.«

Eleanor beugte sich vor. »Grundgütiger, von möglichen Parlamentsmitgliedern würde man besseres Verhalten erwarten, nicht wahr? Aber vermutlich steigt die Macht den Menschen zu Kopf.«

»Die Macht war es nicht, die ihn zu einem Kräftemessen auf einer öffentlichen Veranstaltung veranlasst hat. Gewisse Dinge gehören sich meiner Meinung nach einfach nicht. Mein John hat das vor wenigen Wochen alles mitbekommen. Meinte, der andere Kerl habe selbstgefällig gelacht, woraufhin sich Aris auf ihn gestürzt habe wie ein Frettchen.«

Eleanor setzte ein gewinnendes Lächeln auf. »Das, werte Damen, ist der Grund, weshalb ich glaube, dass wir eine Frau brauchen, die sich für unsere Bedürfnisse einsetzt. Wir wollen doch einfach, dass jemand die notwendige Arbeit erledigt, oder nicht? Wir haben kein Interesse an Hahnenkämpfen. Darum habe ich mich entschlossen, anzutreten.«

Die Frauen schnappten unisono nach Luft.

»Sie meinen, Sie sind ...« Die kleinste der Frauen kicherte.

Eleanor drückte jeder der drei Frauen eilig ein Flugblatt in die Hand. Nachdem sie ein weiteres davon in die klebrigen Finger des kleinen Knirpses gesteckt hatte, nickte sie freundlich zum Abschied. »Reizend, Sie alle kennengelernt zu haben. Melden Sie sich, falls Sie irgendwelche Fragen haben sollten.« Sie wandte sich zum Gehen. »Ach, und wie lautet der Name des Mannes mit den Spuren von Frettchenbissen, nach dem ich Ausschau halten sollte?«

Die selbst ernannte Sprecherin der Damenrunde blickte von ihrem Flugblatt auf: »Oswald Greaves.«

»Fabelhaft!« Sie prägte sich den Namen ein und ergriff die Flucht.

Nun, da sie die eine Seite der Hauptstraße mit in jedweder Hinsicht überschaubarem Erfolg hinter sich gebracht hatte und von Clifford weit und breit keine Spur war, verspürte Eleanor keine allzu große Lust mehr darauf, bis zum Ende weiterzumachen. Sie hatte nicht mehr erreicht, als dass eine Reihe Flugblätter widerwillig entgegengenommen worden war und man sie darüber belehrt hatte, wieso das Parlament eine Männerdomäne sei und bleiben müsse.

Nur die wenigsten Leute schienen etwas Positives über Carlton zu sagen zu haben. Ärgerlicherweise hatte sie allerdings auch nur sehr wenige nützliche Informationen erhalten. Eleanor erfuhr gerade, dass die Leute den Kandidaten jedweder politischen Überzeugung größtenteils gleichgültig oder gar offen feindselig gegenüberstanden.

»Zu freundlich«, rief sie dem Gemüsehändler über ihre Schulter nach, der ihr hinausgefolgt war, um ihr die Vorzüge der Wahrung familiärer Werte zu erläutern. Augenscheinlich hatte es keinerlei Sinn, Frauen das Recht zum Wählen zuzugestehen, da sie weder das Bedürfnis danach noch das Verständnis dafür hatten.

Sie winkte ihm freundlich nach und machte sich auf den Weg zu einem Paar, in das sie größere Hoffnungen setzte.

Sie hatte den Laden bereits einmal zuvor besucht, um die Hilfe des Paars bei der Suche nach einem verschlagenen Mörder in Anspruch zu nehmen. *Nun, welcher war es noch?* Sie schirmte ihre Augen mit einer Hand ab und spähte die Straße hinunter. Ah! Schweinefüße, die in Reihen im Schaufenster hingen – das musste das Lebensmittel- und Krämergeschäft sein.

Das grobe Mauerwerk der Ladenfront verbarg sich hinter einem verblüffenden Sortiment von Artikeln, das auch die allgegenwärtigen Schweinefüße umfasste, die sie bereits bemerkt hatte. Es schien, als würde sich ganz Chipstone regelmäßig davon ernähren. Sie drängte sich an Kartoffelsäcken und großen Paraffinölflaschen vorbei.

»Guten Morgen, Mr Wright.«

»Guten Morgen, Miss. Oh ... bitte um Verzeihung, Mylady. Maud!«, rief der vierschrötige Mann hinter der Theke nach hinten. »Meine Frau kommt gleich.« Er summte verlegen vor sich hin und versuchte, Eleanors Blick zu meiden, bis schließlich eine zierliche Frau an seiner Seite erschien.

»Du Trottel!«, raunte sie ihm zu. »Guten Morgen, Mylady. Wie geht es Ihnen?« Maud Wright schnappte sich die wilderen Strähnen ihres grauen Haars und bändigte sie mit einer Haarklammer.

»Ich bin in Bestform, genau wie Sie beide, hoffe ich?«

»Uns geht es gut, lieben Dank. Sind Sie erneut auf der Suche nach Alfie? Er hat uns von all dem Nervenkitzel erzählt, den Sie ihm und seinen heiteren Kriegern vor wenigen Monaten beschert haben.«

Eleanor lachte. »Nicht alle Tage bin ich auf die Hilfe einer tapferen Jungsbande bei der Jagd nach einem Mörder angewiesen.«

»Das war eine üble Geschichte«, murmelte Frank und starrte erneut auf den Tresen.

Obgleich sie die beiden kaum kannte, fühlte sich Eleanor in der Gesellschaft dieses Paars wohl. Sie versuchte, ihr Alter einzuschätzen. Sie könnten sowohl Ende vierzig als auch Anfang sechzig sein.

»Verzeihen Sie die Frage, Mrs Wright, aber haben Sie erwachsene Kinder?«

Maud Wright errötete, und Eleanor bereute ihre Frage sofort. »Frank und ich, nun ja, es gibt eben nur uns beide, nicht wahr, Liebling?«

Er umschloss ihre Hand und drückte sie.

»Ach du liebes bisschen, das tut mir leid! Ich wollte nicht herumschnüffeln, nur ein Schwätzchen halten, oje!«

»Kein Problem, Mylady. Kein Grund zur Entschuldigung. Das Leben ist manchmal unergründlich, in diesem Fall betrifft es uns, aber dafür sind wir mit vielen anderen Segnungen beschenkt.« Maud lächelte Eleanor an. »Nun, was kann ich heute für Sie tun, Mylady?«

Zurück auf dem Gehsteig kam Eleanor zu dem Schluss, dass ihr eine deprimierende Heimfahrt nach Little Buckford bevorstand, sofern Clifford den Mordfall nicht gerade auf wundersame Art und Weise gelöst und sämtliche Frauenrechtssympathisanten im Umkreis ausfindig gemacht hatte. Selbst die Wrights hatten ihr nur widerwillig eines der Plakate abgenommen. Maud Wright hatte angedeutet, dass ihnen eine Partei zusage, die sich stärker nach den Bedürfnissen der Ladeninhaber aus der Arbeiterklasse richte, doch sie wusste, dass mehr dahintersteckte.

Nachdem Eleanor ihnen dafür gedankt hatte, dass sie ihnen von ihren politischen Ambitionen hatte erzählen dürfen, hatte Frank Wright angedeutet, dass der tatsächliche Grund für ihre Sorgen in der Ungewissheit dessen liege, was im Parlament geschehe.

»Daumen drücken, dass uns die friedlichen Zeiten erhalten bleiben ... um all der Knaben willen, die vor der zweiten Amtszeit dieser Regierung alt genug sein werden, um eingezogen zu werden.«

»Amen!«, fügte Maud Wright an, während sie seine Hand tätschelte.

Da Eleanor keine passende Antwort parat hatte, trat sie den Rückzug an.

Doch jener kleine Akt der Zuwendung erinnerte sie an ihre anstehende Wiedervereinigung mit dem einzigen Menschen, der sie stets aufzuheitern vermochte. Sie hatte gerade den Blick nach oben gerichtet, um die ersten Wolken des angekündigten Regens zu beobachten, als Clifford plötzlich an ihrer Seite stand.

»Keine Fragen, bitte«, sagte sie verdrießlich.

»Vielleicht vermag ein Informationsfetzen, der unsere Ermittlungen voranbringen wird, Ihre Laune zu erheitern. Ich habe herausgefunden, dass die Herren Aris und Carlton einst dicke Schulfreunde waren.«

Eleanor runzelte die Stirn. »Ich dachte immer, dass Kinder diejenigen sind, die sich zanken, nicht erwachsene Männer, die sich seit Ewigkeiten kennen. Ich frage mich, was ihr Verhältnis dermaßen verschlechtert hat, dass sie sich so verbissen miteinander stritten, und das auch noch in aller Öffentlichkeit?«

»All die geschürzten Lippen, erhobenen Augenbrauen und weiteren anschaulichen Bemerkungen geleiten mich zu der Mutmaßung, dass Jahre später eine Frau im Mittelpunkt ihres Zerwürfnisses stand.«

»Clifford, Sie haben ja getratscht wie ein Waschweib! Unerhört, aber gute Arbeit. Auch ich habe Neuigkeiten. Allem Anschein nach hatte Aris eine öffentliche Auseinandersetzung mit Oswald Greaves. Dieser Name ist gefallen ...«

»Soweit ich weiß, tritt Mr Greaves für die Communist Party of Great Britain an, Mylady.«

»Ah ja!« Sie blickte zur Seite und stellte sich ihren unergründlichen Butler in seinem eleganten schwarzen Mantel, seiner Krawatte und seiner Melone umringt von schnatternden Damen vor. Doch weder dieses Bild noch der Wust an Informationen, den sie für die Ermittlungen zusammengetragen hatten, vermochten ihre Stimmung aufzuhellen. Sie fühlte sich ziemlich entmutigt. »Nun, wir werden mit Greaves sprechen müssen, aber nicht heute.«

Sie nahm die noch immer zahlreichen Flugblätter in seiner behandschuhten Hand zur Kenntnis und klatschte die ihren deprimiert in seine andere. »Danke, Clifford, insbesondere für Ihre Unterstützung. Es scheint mir, als seien Sie gegenwärtig mein einziger Verbündeter. Bitte genießen Sie jetzt in Ruhe den Rest Ihres Tages. Ich werde mich später selbst auf den Rückweg zu The Hall machen.«

Er nahm den Regenschirm zur Hand, der ihm am Handgelenk baumelte, und streckte ihn ihr entgegen.

»Die passenden Erfrischungen werden dort auf Sie warten, Mylady.«

# ZWÖLF

Derart vernachlässigt war Eleanor Joe's Taxi Yard gar nicht in Erinnerung gewesen. Dicke Nesseln wucherten aus alten Reifen und um die zerschlissene Rückbank eines Autos, die an einer steinernen Mauer lehnte. Rings um die ungepflasterte Fläche stapelten sich verrostende Fahrzeugteile. Selbst die Gebäude sahen aus, als hätten sie ihre beste Zeit hinter sich.

»Hallo, ist da wer?«, rief Eleanor quer über den Hof. *Stille.* Dann glaubte sie ... ja, das war das Geräusch von Werkzeug.

»Joe? Lancelot? Huhu, jemand zu Hause?«

Sie steuerte auf die riesige Holzscheune zu, die Lancelot mietete, wenn sein Flugzeug Daphne repariert werden musste.

Die Tür rechter Hand war angelehnt. Als sie eintrat, schlug ihr der Geruch von hundert Jahre altem Staub und Schimmel entgegen. Und lag da etwa auch der Gestank längst verschwundener Hühner oder Schweine in der Luft? *Pfui Teufel!* Sie stöhnte. Sie hatte es sich ein klein wenig glamouröser vorgestellt, sich auf einen Schönling mit Adelstitel und eigenem Flugzeug einzulassen.

Sie rief in die Finsternis hinein: »Lancelot? Bist du da?«

Doch das Blinzeln einer Schleiereule in den Dachsparren über ihr war die einzige Antwort, die sie erhielt.

»Verdammt!« Sie neigte den Kopf und blickte auf Lancelots Flugzeug, das in dieser riesigen Scheune überraschend klein erschien. Das düstere Scheunenlicht vermochte es nicht, den libellenblauen Anstrich und die filigranen Holzarbeiten des Holzpropellers in Szene zu setzen. Sie tätschelte ihren Bug und strich mit dem Finger über den Lack. »Hi, Daphne. Wir haben uns einander nie richtig vorgestellt.« Das Aussprechen dieses Namens zauberte ihr ein Lächeln aufs Gesicht. Was für ein rührseliger Narr Lancelot doch war, seinem Flugzeug einen Namen zu geben. »Gut, dass ich nicht eifersüchtig bin, sonst würde ich meinen, dass er dich mehr liebt als mich.«

Sie reckte ihren Hals ins Cockpit, konnte jedoch lediglich die oberste Reihe der Instrumententafel ausmachen. Sie zerrte eine Trittleiter von einer nahegelegenen Mauer heran, stieg hinauf, kletterte auf den Pilotensitz und musste kurz nach Luft schnappen. Auf dem Kopilotensitz stand ein Picknickkorb.

*Oh, Ellie! Hat er eine andere Frau auf einen Flug mitgenommen?* Sie blickte mürrisch auf Daphne. »Sei ehrlich zu mir, von Frau zu Frau.« Doch das Flugzeug gab nichts preis.

»Captain Sherlock, bitte um Erlaubnis, an Bord kommen zu dürfen?«

Sie zuckte zusammen, als sie Lancelots grinsendes Gesicht erblickte.

»Was, oh, ja, sicher!«

Er fuhr sich mit der Hand durch sein feuchtes, zerzaustes blondes Haar und schwang glucksend ein Bein über den Cockpitrand. »Du verfolgst mich, stellst mir nach wie der Fuchs dem Huhn und schlägst dabei an den überraschendsten Orten auf. Und dann nimmst du auch noch meine gute alte Daphne in die Mangel, um sie dazu zu bringen, dir alles über die heimlichen Liebesverhältnisse ihres Herren zu verraten. Ein klein wenig unter der Gürtellinie! Daphne ist die loyalste Freundin, die ich jemals hatte.«

Eleanor wollte seinen blöden Scherz mit einem Lachen quittieren, doch ihr Mund war zu trocken und die Falte auf ihrer Stirn wollte nicht weichen. »Du bist ein schrecklicher Gauner, Lord Fenwick-Langham, der mit dem empfindlichen Zartgefühl einer Dame spielt.«

»Empfindlich! Du! Meine Liebe, du bist in etwa so zerbrechlich wie ein Nashorn.«

»Soll das etwa ein Kompliment sein?

»Nur für eine Frau mit dem Zartgefühl eines Ambosses.«

Sie rümpfte die Nase, als überlegte sie, wie sie seine Antwort aufnehmen sollte. In Wirklichkeit aber war sie heimlich entzückt.

»Lancelot?«

»Ja, süße Frucht?«

»Kannst du für einen Augenblick vernünftig sein?«

»Keine Chance! Tut mir leid, dich enttäuschen zu müssen, aber ich glaube, mit Ernsthaftigkeit bin ich einfach nicht gesegnet. Mater hat genug davon für die ganze Familie.«

»Womöglich ist das auch der Grund dafür, wieso das Leben für Frauen so anders ist.«

Er rieb sich mit einem Finger übers Auge. »Womöglich.«

Sie verschränkte die Arme. »Lancelot, was hältst du wirklich von der Gleichstellung der Frauen?«

»Wirklich?«

»Ja, wirklich, wirklich.«

»Ehrlich gesagt, Sherlock, kann ich nicht behaupten, je viel darüber nachgedacht zu haben.« Auf ihr Augenverdrehen hin strich er ihr mit dem Daumen über die Wange. »Allerdings interessiere ich mich sehr dafür, wie ihr Mäuschen behandelt werdet, großes Indianerehrenwort.«

Sie schüttelte den Kopf. »Mäuschen? Du willst Frauen doch wohl nicht ernsthaft mit Nagetieren vergleichen.«

»Besser Mäuschen als Rüschchen oder Höschen, findest du nicht? Wie dem auch sei, du müsstest doch eigentlich diejenige sein, die sie versteht, oder etwa nicht? Ich hingegen bin ein Mann, wenn auch ein ziemlicher fescher, zugegebenermaßen.« Er wandte ihr seine Schokoladenseite zu, als würde er für ein Foto posieren, und setzte ein gekünsteltes Lächeln auf.

Sie stieß sein Gesicht weg. »Nun, diesbezüglich ist das letzte Wort noch nicht gesprochen!«

»Also wirklich, du rückst mich ja in ein fürchterlich schlechtes Licht, das ist so ungerecht! Ich habe doch lediglich gesagt, dass du dich, weil du ja schon auch irgendwie eine Frau bist, in einer besseren Position befindest.«

»Schon auch irgendwie eine Frau?« Das war in einem deutlich schrilleren Ton hervorgekommen, als beabsichtigt. »Lord Fenwick-Langham, willst du damit etwa andeuten, dass ich in Wirklichkeit ein Mannweib bin?«

»Oh, nicht doch!« Er beugte sich vor und berührte ihre Lippen sanft mit den seinen, was sie zum Beben brachte. »Nein, ganz im Gegenteil. Du bist wie eine unwiderstehliche amazonenhafte Aphrodite, die jemand mit Blattgold überzogen hat.«

»Lancelot, ich habe mich entschlossen, für das Parlament zu kandidieren.«

Er lachte. »Ich weiß, alte Frucht, die Straßen von Chipstone sind doch mit deinen Flugblättern gepflastert: ›Lady Swift, fortschrittliche Verkörperung von diesem oder jenem‹. Ich dachte ja eher, du hättest dich in diese Angelegenheit rund um diesen Abgeordneten eingemischt. Die Tatsache, dass er mit dem Gesicht nach unten in seinem Dessertteller verendet ist, mag nicht vollumfänglich durch einen Herzinfarkt zu erklären sein.«

»Nun, er hatte eine Erdnussallergie. Und ja, stimmt schon, vielleicht betreibe ich diesbezüglich auch die ein oder andere Nachforschung.«

»In welche du zweifelsohne auch den armen Clifford mit hineinziehst, tss, tss! Also, Sherlock, Detektivin am Tage und Parlamentsabgeordnete ... ja, wann denn eigentlich? Wie beabsichtigst du, auf halbwegs ehrbare Art und Weise irgendetwas Fortschrittliches zu verkörpern und nebenbei in einem möglichen Mordfall zu ermitteln?«

»Ich bin gut im Jonglieren und Organisieren. Nun gut, das Organisieren ist vielleicht eher Cliffords Aufgabe. Wie auch immer, ich weigere mich, mit dir zu zanken, dafür bin ich zu sehr damit beschäftigt, für wichtige Dinge zu kämpfen.«

»Ach so, ich dachte ja immer, dass Mädels besser im Zanken als im Kämpfen sind.«

Sie stieß heftiger gegen seinen Arm als beabsichtigt.

Lancelot rieb sich die Stelle. »Autsch! Lady Swift, du bist einfach einsame Klasse. *Welche* Klasse das sein mag, das weiß ich allerdings beim besten Willen nicht.«

Sie wandte sich ab. »Ich werde schrecklich beschäftigt sein mit dieser Wahlsache. Erst der Wahlkampf, dann die ganzen Debatten und dann muss ich ja auch von meinem Platz in den muffigen Hallen des Parlaments weiterkämpfen.« Sie blickte ihn aus dem Augenwinkel an. »Du wirst mich vermutlich vergessen und dich von jemand anderem ablenken lassen.«

»Höchstwahrscheinlich.«

Sie fuhr herum und sah ihn an.

»Spaß«, murmelte er, während er ihr Kinn umschloss und sich ihre Nasen berührten.

»Das ist nicht fair. Jetzt fühle ich mich wie ein kleines Mädchen.«

Lancelot hielt ihrem Blick stand. »Sherlock, ich habe es dir doch schon einmal gesagt: Das, was mich an dir so fasziniert, ist, dass du ganz anders bist als die anderen Frauen. Du bist köstlich sonderbar.«

»Danke? Allerdings ist es mir ernst mit dieser Wahl.

Menschen benötigen Hilfe, Frauen insbesondere. Das mag jetzt vielleicht etwas überschwänglich klingen, aber ich glaube, ich habe in meinem ganzen Leben noch nie etwas Sinnvolles getan, nicht wirklich. Anders als meine Eltern. Bis zu ihrem Verschwinden haben sie ihr Leben der Hilfe von Menschen in Übersee gewidmet.«

Sie dachte an jenen fürchterlichen Tag zurück. Sie und ihre Eltern waren für einen Zeitraum, der Eleanor wie eine Ewigkeit vorgekommen war, in Peru gewesen. Sonst hatten sie immer häufig das Land gewechselt. Ihre Eltern hatten dabei geholfen, nach Jahren voller Unruhen das Bildungs- und Sozialsystem des Landes wiederherzustellen. Doch nicht alle wollten diese Reformen und die damit einhergehende Stabilität. Eines Nachts wurde sie von einer der Einheimischen geweckt. Die Frau hatte wild gestikulierend auf sie eingeredet. Da Eleanor nur wenig von dem lokalen Dialekt verstand, war sie durch die Tür nach nebenan ins Schlafzimmer ihrer Eltern gestürzt, nur um festzustellen, dass die Bettdecken zurückgeworfen und ihre Eltern verschwunden waren. Sie hatte sie niemals wiedergesehen.

Sie vernahm Lancelots Stimme.

»Unsinn! Du hast so vielen Menschen geholfen. Nimm mich, zum Beispiel. Wenn du nicht wärst, säße ich noch immer in einer Gefängniszelle oder Schlimmeres.«

Sie seufzte verzweifelt. »Ja, schon, aber hier stehe ich nun, kann mich glücklich schätzen, gereist zu sein und außerordentliche Sehenswürdigkeiten und mehr gesehen zu haben, und doch habe ich dabei rein gar nichts bewirkt.«

»Dummes Zeug, du hast bewirkt, dass der Kontostand von Mr Thomas Walker in die Höhe geschossen ist! Du hast seinem Reiseunternehmen zu einem fulminanten Erfolg verholfen und dein eigenes Geld verdient.«

»Aber es geht doch nicht ums Geld.«

»Da kann ich nur zustimmen, liebliche Frucht. Ich würde ohne mit der Wimper zu zucken auf das Erbe des stattlichen Besitzes verzichten. Und auf den Adelstitel. Das alles ist eigentlich nur ein Klotz am Bein. Allerdings würde die arme alte Mater auf der Stelle verscheiden, wenn ich ihr das so sagen würde, Gott segne sie.« Er fasste sie bei den Schultern. »Schau, ich habe dir unzählige Male gesagt, wie lieb ich dich habe, aber du bist so unmöglich unabhängig und beschäftigt und noch so vieles mehr, dass du mich zugleich faszinierst und enttäuschst. Aber …«, fuhr er fort und legte den Kopf schräg, »du hast etwas Wichtiges zu erledigen. Und einen Mord aufzuklären. Das ist offensichtlich. Dementsprechend schlage ich Folgendes vor: Lass uns das Beste aus der Zeit machen, die wir haben.« Er nahm ihre Hand und legte ein goldenes Satinschleifchen mit einem winzigen Amulett um ihr Handgelenk.

»Brilli! Das ist so goldig.«

»Als ich es sah, musste ich es mir sofort an dir vorstellen. So, Daphne hat jetzt schon genug Schwärmereien ertragen müssen. Dem armen Mädchen ist womöglich schon speiübel. Was hältst du davon, wenn wir nun das Picknick einnehmen würden, das ich für uns geplant habe?«

»Au ja, fliegen wir etwa dorthin?«

»Heute nicht, es tut mir leid, Daphne lahmt auf der Hinterhand. Wie alle Frauen ist sie ziemlich wartungsintensiv und jederzeit anfällig für einen Schwächeanfall. Ich will ja nicht gerade bei unserem ersten geflügelten Rendezvous eine Bruchlandung hinlegen.«

Sie holte tief Luft. *Ein Rendezvous, Ellie!* »Oh, Augenblick mal, du möchtest doch nicht etwa hier picknicken?«

»Doch, unbedingt.« Er musterte die staubige, von Spinnweben überzogene Umgebung. »Es trieft doch geradezu vor Romantik.«

»Es trieft vor allem Möglichen! Du willst mich wohl veralbern?«

»Natürlich, ich mache nur Spaß. Es ist total widerlich hier, aber da Joe so ein feiner Kerl ist, lässt er mich treiben, worauf ich Lust habe.«

Er sprang elegant von seinem Flugzeug hinunter und hob die Arme, um ihre Taille zu umfassen.

»Wie galant! Habt Dank, edler Rittersmann.«

»War mir ein Vergnügen, Madame, wenn Sie nur um Himmels willen aufhören würden, sich so zu winden.«

Sie fielen übereinander zu Boden, Eleanor lag auf ihm. »Wie du siehst, können auch Frauen Alphatiere sein! So, wohin gehen wir jetzt?«

»Zu meinem Geheimversteck. Komm, Sherlock.« Er zwinkerte ihr zu, packte ihre Hand und zog sie auf die Beine.

Sie stürmten aus der Scheune, und Eleanor musste in der grellen Nachmittagssonne die Augen zusammenkneifen. »Nanu, der Regen hat sich ja vollständig verzogen.«

»Das habe ich so veranlasst.« Lancelot grinste und legte seinen Arm um ihre Schulter, während er mit der anderen den Picknickkorb umherschwang.

Sie blickte sich um. »Wo steckt eigentlich Joe? Ich habe ihn schon ewig nicht mehr gesehen. Hier sieht es selbst für einen Taxihof etwas verwahrlost aus, findest du nicht auch?«

»Ist mir gar nicht aufgefallen, altes Mädchen. Aber der arme Kerl hat seine liebe Mühe damit, alles unter einen Hut zu bringen. Mrs Joe geht es, nach allem, was man so hört, ziemlich schlecht. Er verbringt mehr und mehr Zeit damit, sich zu Hause um sie zu kümmern.«

»Meine Güte, was hat denn die Ärmste?«

»Woher um Himmels willen soll ich das denn wissen?«

Eleanors Gedanken sprangen von Mrs Joe zu Mrs Aris. Sie wusste, dass sie selbige zum Tode ihres Ehemanns vernehmen musste, schob es aber auf, weil ihr die Vorstellung nicht behagte, eine frisch gebackene Witwe zum möglichen Mord an ihrem Ehemann zu befragen. Sie biss sich auf die Unterlippe und bemerkte dann, dass Lancelot sie fragend ansah.

»Du wirst jetzt doch nicht etwa plötzlich ganz ernst und langweilig, oder?«, fragte er mit jammerndem Unterton.

Sie schüttelte den Kopf. »Ich musste nur an die arme Mrs Aris, ihren Ehemann und den schrecklichen Mo–, Tod denken.«

»Verdammt, was kann ich nur tun, um für dich interessanter zu sein als irgendein Sportsfreund, der den Löffel abgegeben hat?«

»Brilli, du bist unmöglich!«

»Nein, liebe Frucht, das ist nur die Wahrheit.« Er zupfte an dem Amulett an ihrem Handgelenk. »Das tut dem Ego eines Mannes nicht gut, weißt du. Können wir jetzt los oder machst du wieder auf geheimnisvolles Fräulein, das plötzlich davonlaufen muss, um irgendetwas fürchterlich Wichtiges zu erledigen?«

»Nein. Ich muss mit Oswald Greaves sprechen, aber der kann warten, zumal er mich ja noch nicht einmal erwartet.«

»Greaves? Etwa der Greaves, der vor Gericht gezerrt worden ist, weil er die falschen Beziehungen hatte?«

»Keine Ahnung. Zum gegenwärtigen Zeitpunkt ist er für mich nur ein Name. Wie meinst du das, er wurde vor Gericht gezerrt?«

»Pater war einmal Friedensrichter. Echt lächerlich, wo er doch ein solcher Weichling ist! An ihm war Hopfen und Malz verloren. Allerdings kann ich mich daran erinnern, dass er meinte, seinen Richterhammer über ein Mann namens Greaves geschwungen zu haben.«

»Ach du meine Güte, weshalb stand Oswald Greaves denn vor Gericht?«

»Dieser Aris hat versucht, ihn dafür einbuchten zu lassen, dass er Kommunist ist.«

»Dann muss ich ihm definitiv einen Besuch abstatten.« Sie hob ihr Haupt. »Es gibt inzwischen auch Friedensrichterinnen, falls du das noch nicht wusstest. Ein Fortschritt für die Gleichstellung.«

»Die halten sich in ihren Roben bestimmt für schick, was?«, spottete er und wich ihrem Hieb gekonnt aus. »Sherlock, versprichst du mir, deinen Sinn für Humor nicht zu verlieren, falls du Parlamentarierin werden solltest?«

Sie nickte. »Zeig mir dieses ›Geheimversteck‹ und ich verspreche dir sogar, den gesamten Nachmittag über unbeschwert zu sein.«

»Abgemacht.« Er tat, als würde er sich in die Handfläche spucken und schüttelte ihr die Hand, um diese sodann zu küssen und mit seinen Fingern zu umschließen.

Als sie Joe's Taxi Yard verließen, erblickte sie eine junge Frau, die quer über die Straße von ihnen wegeilte. Sie huschte in eine kleine Arztpraxis an der Straßenecke. Eleanor dachte an die Unterhaltung in der Metzgerei von Little Buckford und an Johnnys Mutter zurück, die sich kaum die Arztgebühr von sieben Shilling und erst recht nicht die Medizin für ihren Sohn leisten konnte. Eleanor fragte sich, ob die junge Frau, die sie soeben in die Arztpraxis huschen gesehen hatte, in der Lage war, für ihre Behandlung oder ihr Rezept aufzukommen.

Und was war mit Mrs Joe? Würden sie und ihr Mann die Kosten für die Medizin stemmen können, wenn ihre Krankheit von langer Dauer sein sollte und ihr Ehemann sein Geschäft vernachlässigte, um nach ihr zu sehen? Sie seufzte auf und fragte sich, wie lange sie ihr Versprechen Lancelot gegenüber, unbeschwert zu sein, aufrechterhalten können würde.

Sie spazierten die Straße hinunter und bogen dann auf einen schmalen grasbewachsenen Pfad ab. Lancelot wies auf einen Niederwald mit orangebraunem Farnkraut. »Gib Acht auf die

Kreuzottern. Vermutlich wollen sie noch etwas Sonne tanken, bevor sie sich zu ihrem Winterschlaf einkringeln.«

»Ich wusste ja gar nicht, dass du ein solcher Wildtierexperte bist.«

»Tja! So was lernt man eben als kleiner Junge. Selbst wir reichen Kinder haben eine Zeit lang im Dreck gewühlt. Wie auch sonst hätte ich diesen Ort finden sollen?«

»Was hast du hier draußen denn nur getrieben, so ganz allein? Langham Manor liegt doch meilenweit entfernt von hier.« Um Orientierung bemüht, drehte sie sich im Kreis.

»Dreieinhalb Meilen, um genau zu sein. Ich hatte eine Gouvernante, die sich für eine begabte Aquarellmalerin hielt. Unter dem Vorwand, mir Geografielektionen erteilen zu wollen, hat sie meine Eltern dazu überredet, mich hier rauszuschleppen. Während sie den ganzen Tag über malte, habe ich mich bestens amüsiert, Waldverstecke gebaut und Felsen erklommen. Das war die schönste Zeit meines Lebens ... abgesehen von heute.«

Durch eine Lücke im Geäst erspähte sie feuersteinerne Dörfchen, die sich vor dem neblig-blauen Horizont an die hügeligen Chiltern Hills schmiegten.

Lancelots »Geheimversteck« entpuppte sich als ein Baumhaus, das sich hoch oben in der Gabel einer uralten Stieleiche verbarg. Da der Baum in voller herbstlicher Pracht erstrahlte, hielt Eleanor beim Hinaufklettern inne, um seine goldenen, rostbraunen und gelben Blätter zu bestaunen.

»Ich wette, als du das hier vor all den Jahren gebaut hast, hättest du dir niemals träumen lassen, hier eines Tages mit einem Mädchen zu sitzen.«

»Mädchen! Pfui!« Lancelot hielt sich die Nase zu und zog eine Grimasse.

»Von euch Jungs haben wir damals nichts anderes gehalten. Fürchterlich eklig und stinkig!«

»Wohingegen heute einige von uns unwiderstehlich gut aussehend und mannhaft sind und Schwindelgefühle hervorrufen, indem sie dir in die Augen blicken.«

»Dann ist es ja gut, dass ich keine Höhenangst empfinde, du Esel! Danach hast du nämlich gar nicht erst gefragt, ehe du mich hier hochgezerrt hast.« Sie zupfte an dem goldenen Band, das er um ihr Handgelenk gebunden hatte.

»Ich bin mir nicht sicher, ob ›gezerrt‹ das passende Wort ist.« Er wies auf den Weidenkorb. »Zeit fürs Picknick. Einmal aufmachen bitte, Sherlock.«

Eleanor kämpfte mit den Riemen. »Ich hoffe, dass da drin mehr als nur Champagner ist, ansonsten habe ich ernsthafte Zweifel daran, dass wir in der Lage sein werden, heile diesen Baum hinunterzukommen.«

»Na ja, dann müssten wir eben die ganze Nacht Sterne gucken und miteinander kuscheln, damit uns warm bleibt.«

Die Vorstellung behagte ihr, doch sie runzelte die Stirn. »Ja, aber wetten, dass Clifford mich auf wundersame Weise aufspüren und mitten am Abend auftauchen würde? Und zwar nur, um mich darüber zu informieren, dass es nicht ratsam sei, ohne eine richtige Bettdecke zu schlafen, und ich den Essensplan vollständig über den Haufen geworfen habe?«

Lancelot bog sich vor Lachen und nahm die Champagnerflasche, die sie ihm entgegenhielt.

»Die ist beim Transport nach hier oben ganz schön durchgeschüttelt worden.« Er entkorkte sie und hielt sie dann Eleanor an den Mund, um sie den Schaum abtrinken zu lassen, wovon sie augenblicklich Schluckauf bekam.

»Was hast du gesagt, altes Mädchen?«

»Nun, ich habe mich nur gefragt, du weißt schon, ob du dich hier oben schon mit vielen Frauen vergnügt hast?«, fragte sie und errötete.

*Warum, o warum nur, hast du das gefragt, Ellie?*

Er nahm ihre Hand und küsste sie. »Süße Frucht, was meinst du wohl, wie viele Mädels ich hier hinauf hätte locken können? Bis heute habe ich noch niemanden getroffen, der mutig genug war, es zu versuchen. So, nun reich mir den Schampus und die Pasteten, und dann stoßen wir darauf an, wie köstlich sonderbar du bist.«

# DREIZEHN

Am darauffolgenden Morgen hielt der Rolls-Royce vor einem schmalen hölzernen Gebäude, das sämtliche Merkmale einer alten Wassermühle trug, obgleich weit und breit kein Fluss in Sichtweite war. Clifford gestikulierte in Richtung der steilen Treppe, die zu einer fensterlosen Tür führte.

Im stickigen vierten Stockwerk ebendieses Hauses saß Oswald Greaves über einen langen, von Papieren und Tintenfässchen übersäten Tisch gebeugt.

Eleanor klopfte an die geöffnete Tür. »Guten Tag.«

Die gekrümmte Gestalt war derart konzentriert, dass sie weiter vor sich hin murmelte und eifrig ihren Füllfederhalter über das Papier kratzen ließ.

»Mr Greaves?«

Er nickte sich selbst zu und tauchte seinen Füllfederhalter in eines der Tintenfässchen, ohne von seiner Arbeit aufzublicken.

Eleanor blickte Clifford schulterzuckend an und trat einen Schritt vor. »Mr Greaves!«

Der Mann fuhr auf seinem Stuhl herum, die Hand an seine Brust gepresst. »Was? Was für ein Schreck ... Oh, hallo! Hatte heute gar nicht mit Studenten gerechnet. Was für einen Tag haben wir heute?« Seine Stimme klang in Anbetracht seines weichen, jungenhaften Gesichts und seiner hellgrünen Augen unerwartet rau.

»Es ist Freitag, aber wir sind gar keine Studenten.«

»Ach so! Dann bitte ich um Entschuldigung, ich bin gerade voll und ganz hiermit beschäftigt.« Er wies auf die Papiere auf seinem Schreibtisch.

Eleanor trat an seine Seite. »Mr Greaves, wir sind sozusagen Kollegen. Vielleicht haben Sie von mir gehört? Ich komme im Namen der Women's League.«

Er sah auf. »Ich habe ein schreckliches Gedächtnis für Gesichter. Sind wir uns bereits begegnet? Ich kann mich nicht ...«

Sie ging in die Hocke, um auf Augenhöhe zu gelangen. »Ich bin erst nach der Debatte im Gemeindehaus am Montag ernannt worden, dementsprechend sind wir uns noch nicht begegnet. Bis jetzt.«

Er sah sie an und griff nach seiner Drahtgestellbrille. »Montag, Montag ... ach ja, die Debatte.« Er räusperte sich. »Es ist eine furchtbare Angewohnheit, allerdings schalte ich bei diesen elenden Anlässen immer völlig ab. Jedoch sind diese Veranstaltungen meist sehr gut besucht, sodass ich am Ende stets einige interessierte potenzielle Konvertiten gewinnen kann.« Er kratzte sich mit seinem Füllfederhalter am Kinn und bemerkte dabei gar nicht, dass sein Gesicht und sein Hemdkragen mit Tintenklecksen besprenkelt wurden. »Welchen Kandidaten unterstützen Sie nochmal?«

Eleanor runzelte die Stirn. *War er mit Absicht so begriffsstutzig?* »Keinen, Mr Greaves. Ich trete selbst zur Wahl an, genau wie Sie.«

»Tatsächlich? Dann viel Glück und so weiter, allerdings muss ich nun weitermachen.« Er schlug mit einer Hand auf die Papiere, wobei er einen großen Stapel zu Boden fegte.

»Mr Greaves, ich wollte lediglich vorbeischauen, um Ihre Bekanntschaft zu machen. Vermutlich werden wir uns bei künftigen Debatten noch häufiger über den Weg laufen.«

Er drehte sich um und kaute nun auf dem Ende seines Füllfederhalters herum. »Aber bedeutet das denn wirklich, dass wir uns kennenlernen müssen? Ich sehe keine Notwendigkeit dafür. Zu viel zu tun.«

Eleanor rümpfte die Nase. »Ja, ich auch. Alle Hände voll zu tun. Insbesondere seit dem Tode von Mr Aris.«

Als Aris' Name fiel, ließ er seinen Stift sinken. »Aris, ja, natürlich. Wirklich furchtbar traurig. Kann nicht gerade behaupten, dass wir immer einer Meinung gewesen sind, aber das bedeutet nicht, dass die Welt ohne ihn ein besserer Ort ist.«

»Wirklich? Sie überraschen mich.«

»Wieso das, wenn ich fragen darf?«

»Ach, mir ist lediglich zu Ohren gekommen, dass Sie eine öffentliche Auseinandersetzung mit Mr Aris geführt haben. Und dass Mr Aris versucht haben soll, Sie hinter Schloss und Riegel zu bringen?«

Greaves gluckste. »Ja, dieser dämliche alte Bock!«

»Sie scheinen seine Bemühungen, Sie und Ihre Partei zu vernichten, ja reichlich gelassen hinzunehmen, Mr Greaves.«

»Finden Sie? Ich gebe Ihnen einen Rat, wenn Sie nichts dagegen haben.« Er spreizte die Finger seiner feingliedrigen weißen Hände. »Fürchte nicht die, die nicht mit dir übereinstimmen, sondern die, die nicht mit dir übereinstimmen und zu feige sind, es dir zu sagen.«

»Karl Marx?«

»Napoleon, aber nah dran.«

»Und Mr Aris, so vermute ich, war niemals zu feige, Ihnen zu sagen, dass er nicht mit Ihnen übereinstimmte?«

»Haargenau.«

Da sie die Antwort bereits kannte, fragte sie ganz unbedarft:

»Waren Sie denn vielleicht auf der Benefizveranstaltung zugegen, während der Mr Aris verstorben ist?«

»Hmm … Aris hat sich immer bei den Reichen und Adligen eingeschleimt. Hätte auch gut und gern einer von ihnen sein können, so wie der sich gebarte. Diese ekelhafte Demonstration.«

»Sie mögen mir die Verwirrung verzeihen, aber über welche Art von Demonstration sprechen wir hier?«

»Des Reichtums. Des Privilegs. Des Status. Widerlich!« Er schlug auf seinen Schreibtisch.

Eleanor mutmaßte, dass er zum Lachen vermutlich in den Keller ging, und fragte sich, wieso die Farringtons ihn wohl eingeladen hatten. »Äh, ja, aber haben Sie vielleicht irgendetwas Verdächtiges gesehen?«

»Was hätte ich denn schon sehen sollen? Lord Farrington rief ihn dazu auf, seine Rede zu halten, doch ehe er dazu kam, ist Aris über seinem Teller zusammengebrochen.« Er stieß eine Art Schnauben aus. »Ich habe gesehen, dass Carlton eine regelrechte Show abgezogen hat, um ihn wiederzubeleben, ganz der Scharlatan, der er eben ist.«

»Wohingegen Sie Mr Aris gegenüber keinerlei Groll zu hegen scheinen?«, erwiderte Eleanor mit einem freundlichen Lächeln. »Nun, Mr Greaves, ich danke Ihnen für Ihre Zeit. Ich lasse Sie dann an Ihrer, äh … Sache weiterarbeiten.«

»Oswald, bitte. Förmlichkeiten aller Art sind mir fremd.«

»Das gilt auch für mich, nennen Sie mich also doch bitte Eleanor.«

Er sprang von seinem Stuhl auf, während Clifford ihm den Papierstapel reichte, den er vom Fußboden aufgesammelt hatte. »Wo zum Teufel kommt der denn her?«

Eleanor blinzelte. »Der ist schon die ganze Zeit hier. Sie sind wohl der einzige lebende Mensch auf Erden, der Clifford, den Butler meines Onkels beziehungsweise nun meinen Butler, nicht kennt?«

Greaves schüttelte den Kopf. »Butler?« Er blickte abwechselnd von Eleanor zu Clifford. »Wer zum Henker sind Sie denn nun?«

Sie schüttelte den Kopf. »Ich bin Eleanor. Eleanor Swift. Mein Name findet sich überall auf dem Wahlkampfmaterial. Er ist kein Geheimnis.« Sie streckte ihm das Flugblatt entgegen, das Clifford ihr gereicht hatte.

Greaves nahm es in Augenschein und zückte dann seine Brille, um es erneut zu betrachten. »Lady Swift. Lady – also von Adel? Privilegiert?«

»Nun, es scheint ganz so.«

Er gab ihr das Flugblatt zurück. »Dann sind Sie der Feind!«

# VIERZEHN

»Es ist Mittag. Was du heute kannst besorgen, das verschiebe nicht auf morgen, nicht wahr, Clifford?«

»Dann wollen wir hoffen, dass Mr Carlton bereit ist, uns zu empfangen, Mylady.« Er zupfte den Bund seiner ledernen Fahrerhandschuhe zurecht und lenkte den Rolls-Royce auf die Straße in Richtung des letzten Winkels von Chipstone. »Ich möchte Ihnen zu Ihrer erfolgreichen Befragung von Mr Greaves gratulieren.«

»Danke schön. Ich habe ihn bereits auf unsere Verdächtigenliste gesetzt. Nun, da wir Mrs Pitkin Gott sei Dank ausschließen können, haben wir vier Verdächtige beisammen: Lord und Lady Farrington, die ich gemeinsam zähle, den Labour-Kandidaten Ernest Carlton, den fiesen Blewitt und jetzt eben Oswald Greaves.« Sie klappte ihr Notizbuch zu und seufzte. »Zum Kuckuck! Irgendwie hat Greaves mir das Gefühl gegeben, dass ich niemals erfahren werde, ob er die Wahrheit sagt, sofern ich nicht gerade die Kunst des Gedankenlesens erlerne.«

Sie starrte aus dem Fenster auf den Anfang der langen Reihen aus einfachen Häusern, die diesem Teil von Chipstone eine triste Anmutung verliehen. Clifford bremste scharf vor einem verwahrlosten braunen Hund, der vom Gehsteig aus vor ihr Fahrzeug gehumpelt war. Eine Frau, deren Haar mit einem Schal zusammengebunden war, klopfte gleichgültig einen Teppich aus, der von einer behelfsmäßigen Wäscheleine hing. Sie unterbrach ihr Werk, um zu ihnen aufzublicken. Verärgert drehte sie sich wieder herum und drosch weiter halbherzig auf den Teppich ein.

Eleanor biss sich auf die Unterlippe. »Ich habe noch einen weiten Weg vor mir, bis ich diese Damen verstehen werde, Clifford.«

»Gut möglich, Mylady, allerdings bin ich überzeugt davon, dass sich fast jeder von ganzem Herzen wünscht, in Sicherheit zu sein und dass der Gerechtigkeit Genüge getan wird. Wenn wir den Mord an Aris aufklären, dann wird Ihnen das zumindest für eine Frau – und zwar für Mrs Pitkin – gelungen sein.«

»Dann an die Arbeit! Vielleicht tut uns Carlton ja den Gefallen, zusammenzubrechen und zu gestehen?«

»Das wäre sicherlich eine große Hilfe, Mylady. Außerdem wären wir so pünktlich zum Mittagessen zurück auf The Hall.«

»Lady Swift, Sie verzeihen, aber meine Sekretärin hat es versäumt, mich über Ihre Besuchsabsicht zu informieren.«

»Nun, dann schelten Sie sie nicht allzu sehr, ich habe es nämlich versäumt, mich im Voraus anzumelden.«

Ernest Carlton schenkte ihr ein Lächeln, das nicht bis zu seinen Augen hinaufreichte. Eleanor nahm sein Gesicht in Augenschein und taxierte ihn auf Mitte bis Ende vierzig. Auf viele Frauen musste er irrsinnig attraktiv wirken, mutmaßte sie. Er wies auf einen ausgesessenen kapitonierten Lehnstuhl aus dunkelgrüner Seide in seinem ansonsten schlichten weißen Arbeitszimmer.

»Ich verstehe ... Nun, vermutlich ist eine Kanne Tee erforderlich?«

»Zu freundlich, aber nur wenn das keiner Verbrüderung mit dem Feinde gleichkommt«, gab sie eingedenk Greaves' Abschiedsworten zu bedenken.

»Keineswegs.« Er rief in den Flur hinaus: »Mr Jones, Besucher! Fünfzehn Minuten!«

Da sich Eleanor unsicher war, ob damit der Zeitraum, der ihr für das Gespräch zugestanden wurde, oder die Zeit bis zum Servieren des Tees gemeint war, beschloss sie, am besten direkt zur Sache zu kommen.

»Was für ein reizender Arbeitsplatz.« Sie gestikulierte mit einem Arm in Richtung des einzigen Fensters, das auf die Rückwand des Wirtshauses nebenan gerichtet war.

»Dies ist lediglich meine Geschäftsstelle. Sie haben Glück, mich hier anzutreffen.«

»Ja, ich Glückspilz. Das hier ist Clifford, mein –«

Ernest Carlton nickte. »Mr Clifford.«

Eleanor seufzte. »Sie kennen sich?« Ihr fiel ein, dass Clifford etwas in der Art erwähnt hatte. Es schien, als ob jeder Mensch innerhalb des beobachtbaren Universums mit dem Butler ihres seligen Onkels bekannt war.

Carlton sah zu der blauen Kaminuhr aus Porzellan auf. »Lady Swift, Ihr seliger Onkel war ein bedeutender Wahlberechtigter dieses Wahlbezirks. Mein Beileid zu Ihrem Verlust.«

»Vielen Dank. Er scheint großen Eindruck hinterlassen zu haben.«

»Und ein hübsches Vermächtnis. Behagt Ihnen das Leben auf Henley Hall?«

»Allerdings! Nun, wenn Sie mir die Frage verzeihen mögen, in welchem Geschäftsgebiet sind Sie tätig?«

»Immobilien.«

»Fabelhaft! In welcher Funktion, wenn ich fragen darf?«

Er antwortete mit einem schmallippigen Lächeln. »Die

Angaben zu den geschäftlichen Interessen der Gegenkandidaten sind während der gesamten Wahlperiode auf Nachfrage im Rathaus einsehbar.«

»Ach du meine Güte, ich bin nicht hier, um herumzuschnüffeln, Mr Carlton, ich bin nur nicht sehr gut im Plaudern. Mr Aris hingegen war das genaue Gegenteil, habe ich mir sagen lassen. Womöglich wird ein Gegenpart, der sich in knappen Worten artikuliert, auf Debatten sehr erquicklich sein?«

»Der Tee wird erquicklich sein, Lady Swift. Auf den Tisch da drüben bitte, Mr Jones, danke.«

Eleanor fuhr unbeirrt von Carltons Verschlossenheit fort: »Was für ein Schlag, Mr Aris auf diese Weise zu verlieren.«

»Auf was für eine Weise?«

»Na, so plötzlich und unerwartet? Höchst ungelegen für –«

»Ich bin zu der Feststellung gelangt, dass der Tod, wann auch immer er eintritt, für die einen immer ungelegen kommen mag, was hingegen nicht zwangsläufig auch für andere der Fall sein muss.« Carlton lehnte sich in seinen Stuhl zurück und schlug die Beine übereinander.

Eleanor machte weiter. »Das muss ein großer Schock gewesen sein. Meines Wissens saßen Sie doch direkt neben Mr Aris, nicht wahr?«

»Sie haben Ihre Hausaufgaben gemacht, Lady Swift.«

Sie nickte. »Gute Vorbereitung ist bereits die halbe Miete, meinen Sie nicht?«

Carlton blickte verdutzt drein. »Ich kann nicht ganz folgen?«

»Wenn ein Mann zusammenbricht und auf derartige Weise verstirbt, direkt neben einem, wären die meisten Menschen doch schockiert. Noch dazu war die Art seines Todes höchst –«

Carlton schnitt ihr mit einer Geste seiner Hand das Wort ab. »Lady Swift, darf ich Sie etwas fragen?«

»Oh, ja bitte, nur zu!« Eleanor nippte an ihrem Tee. Der starke und übersüßte Trunk ließ sie erschaudern.

»Was führt Sie zu mir?«

»Ich bin nur aus Höflichkeit gekommen. Ich könnte mir gut vorstellen, dass es bei der Wahl unweigerlich zu einem Kopf-an-Kopf-Rennen zwischen uns beiden kommen wird.«

Carlton bedachte zunächst Clifford und dann Eleanor mit einem skeptischen Blick. »Ach tatsächlich? Das ist eine Möglichkeit, die Dinge zu sehen.«

»Nun, mit dem Ableben des armen Mr Aris müssen Ihre Erfolgsaussichten bei der anstehenden Wahl beträchtlich gestiegen sein, vermute ich.«

»Sehr spitzfindig von Ihnen. So viel also zu den feinen Manieren. In der Vergangenheit hat Aris mich nur mithilfe von Wahlmanipulation in nicht unerheblichem Ausmaß geschlagen. Da hiermit bei der kommenden Wahl nicht zu rechnen ist, sind meine Chancen vermutlich tatsächlich gestiegen.«

Sie lächelte ihm zu. »Meine Güte, Sie meinen, dass bei der Stimmauszählung getrickst wurde? Ich gestehe, dass mich die Zweifel an einer natürlichen Ursache im Falle von Mr Aris' Tod in höchstem Maße beunruhigen. Ob ich mich wohl auf Schritt und Tritt werde umsehen müssen, sobald ich Abgeordnete für Chipstone bin?«

»Falls, Lady Swift, falls Sie triumphieren sollten. Das Rennen ist noch nicht eröffnet.«

»Ganz recht! Allerdings saßen Sie an dem Abend, an dem er gestorben ist, doch wie bereits erwähnt direkt neben Aris. Sind Sie sicher, dass Ihnen nichts Ungewöhnliches aufgefallen ist?«

»Von meinem Platz aus nicht. Eine ganz normale Benefizveranstaltung eben. Ich habe davon schon unzählige besucht.« Er blickte ihr in die Augen. »Nichts, das mir auch nur im Geringsten merkwürdig vorgekommen wäre.«

Sie vernahm Cliffords Hüsteln und zückte die Taschenuhr ihres Onkels. »O du liebe Zeit, so spät schon? Ich habe Sie bereits viel zu lange aufgehalten, ich bitte um Entschuldigung.«

Sie erhob sich und streckte ihm ihre Hand entgegen. »Es war mir ein Vergnügen.«

Er erhob sich mit ihr. »Lady Swift, wenn Sie wirklich herausfinden wollen, wer Grund dazu hatte, dem seligen Mr Aris etwas anzutun, dann würde ich Ihnen raten, es bei seinem ehemaligen Geschäftspartner Mr Peel zu versuchen. Guten Tag.«

# FÜNFZEHN

Draußen vor Carltons Büro wandte sich Eleanor an Clifford: »Glauben Sie tatsächlich, dass Aris die Wahlen nur durch Wahlmanipulation für sich entscheiden konnte? Für mich klang das ziemlich stark nach Missgunst.«

Clifford nickte. »Da stimme ich Ihnen zu, Mylady. Ich bin mir sicher, dass sich sämtliche Parteien unseriöser Taktiken bedienen, derer sich Mr Aris, wie ich fürchte, schlicht gewiefter zu bedienen verstand als Mr Carlton.«

»Genau mein Gedanke. Carlton macht auf mich den Eindruck eines Mannes, der es für sein gottgegebenes Recht hält, im Leben immer alles zu bekommen, was er will.«

»Und eines Mannes, der von der Enttäuschung darüber aufgefressen wurde, dass sich ebendies nicht bewahrheitet hat?«

»Haargenau, Clifford.«

Der Karren eines Kohlehändlers rumpelte auf sie zu und erklomm den Bürgersteig, um zwei Kinder zu umkurven, die mit einem Reifen auf der Straße herumtollten.

Eleanor und Clifford gelang es gerade noch, durch ein Gartentor auszuweichen, ehe die Wagenräder ihre Füße überrollt hätten.

In diesem Augenblick sprang die Haustür hinter ihnen auf und ein rundliches Hinterteil in Flanellhosen, die von marineblauen Hosenträgern gehalten wurden, die asymmetrisch über einen handgestrickten Pullover spannten, bewegte sich rückwärts dort hinaus.

»Guten Morgen«, rief Eleanor.

Ein lächelnder mondgesichtiger Mann wandte sich ihnen zu. »Guten Morgen.«

Der Mann zerrte heftig am Griff einer kinderwagenartigen Apparatur, die der Karikaturist William Heath Robinson sich nicht besser hätte ausdenken können. Er ächzte. »Manchmal bleibt er stecken, das tut er wohl.«

Clifford trat einen Schritt vor. »Gestatten Sie mir, Ihnen zu helfen, Chester?« Er hielt eine Seite fest, und als er bis drei gezählt hatte, gaben die beiden Männer dem Griff einen beherzten Ruck, der die Hinterräder über die Türschwelle beförderte. Eleanor linste in den Kinderwagen.

»Oh, Grundgütiger!«, sagte sie und hielt sich eine Hand vor den Mund.

Clifford behielt seine unerschütterliche Miene bei. »So, jetzt können Sie weiter.«

Der mondgesichtige Mann strahlte. »Äußerst freundlich, schönen Dank, Mr Clifford. Wenn Sie uns nun entschuldigen möchten, wir begeben uns jetzt auf einen kleinen Spaziergang, nicht wahr, Ladys und Gentlemen?«

Eleanor und Clifford traten einen Schritt zurück, um dem Mann den nötigen Platz zu gewähren, das Gefährt zu wenden, wodurch sich ihnen ein freier Blick auf den Berg aus kunterbunten Kätzchen in seinem Inneren bot. Die rundliche Gestalt beugte sich über den Haltegriff und kraulte einen roten Kater am Kinn. »Was meinst du, Thomas, wollen wir heute in den Park oder raus auf die Felder?« Auf Thomas' Miauzen hin nickte er und schritt weiter auf das Tor zu. »Okay, dann also raus auf die Felder. Also, Abmarsch allerseits. Esther und Miriam, Pfoten rein, wenn ich bitten darf.«

Eleanor wartete, bis das Gartentor ins Schloss gefallen war, bevor sie sich zu Clifford umwandte. »Sie kennen diesen Mann?«

Clifford schenkte ihr ein seltenes Lächeln. »Jeder kennt Mr Cecil Broughton.«

»Haben Sie ihn nicht ›Chester‹ genannt?«

»Das ist vor Ort Mr Broughtons Spitzname. Er wird von allen nur Chester genannt.«

»Warum nicht Katzenkasper?« Auf Cliffords missbilligenden Blick hin hob sie abwehrend die Arme. »Was denn? Da tummelten sich doch mindestens zwei Dutzend Katzen in dieser Apparatur.«

»Vermutlich weit über dreißig, Mylady. Allesamt außergewöhnlich gut umsorgt und aus Barmherzigkeit adoptiert.«

»Er rettet Straßenkatzen?«

»In der Tat. Man hat ihn schon des Öfteren stolz erklären hören, dass er noch nie eine bedürftige Katze abgewiesen oder eine, die sich als launisch entpuppte, wieder ausgesetzt habe.«

»Aber was stellt er mit ihnen in dieser Kreuzung aus Kinderwagen und Rollwagen nur an?«

Clifford starrte sie an. »Er fährt sie spazieren.«

»Und das finden Sie also völlig normal, ja? Und was wird dann aus all den Ratten, wenn er so großmütig sämtliche Straßenkätzchen aufnimmt?«

Clifford neigte den Kopf. »Da es nun keine Straßenkatzen mehr gibt, die sie in Schach halten könnten, haben sich diese vor Ort zu einer ernsthaften Bedrohung entwickelt. Sie marodieren in großen Meuten durch die Gassen.« Er hob eine Augenbraue. »Wollen wir?«

Eleanor, die plötzlich bemerkte, wie hungrig sie war, blickte die Straße hinauf und hinab. »Wir gehen jetzt schon seit Stunden unserem Detektivspiel nach!«

»Derer drei, um genau zu sein, Mylady.«

»Höchste Zeit also für eine schöne Kanne Tee in der Teestube Winsomes, oder nicht?«

»Formidable Idee, Mylady, allerdings hätte ich da einen anderen Vorschlag, wenn es Ihnen recht ist?«

Sie zuckte mit der Schulter.

»Wir sind nur eine Straße von dem Büro der Anwaltskanzlei Aris and Peel entfernt.«

»Sie cleveres Kerlchen! Wollen wir?«

Die Tür zu dem Büro verlieh dem georgianischen Gebäude mit Backsteinfassade mit ihrem dunkelgrauen Anstrich eine besonders stolze Anmutung.

»Man möchte meinen, dass Mr Peel kein gesteigertes Bedürfnis nach einer ausgiebigen Trauerzeit verspürt hat, Mylady«, sagte Clifford unter Verweis auf die brandneue glänzende Messingplakette: *Anwaltskanzlei von Dr. jur. V. Peel, Rechtsanwalt.*

Von Aris' Name hingegen war weit und breit keine Spur.

Eleanor runzelte die Stirn. »Aber Aris ist doch erst vor wenigen Tagen verstorben?«

Im Inneren des sterilen Wartezimmers herrschte eine höchst abweisende Atmosphäre. Eleanor nahm die kahlen weißen Wände und die harten Holzstühle in Augenschein. Während sie sich zu Clifford hinüberlehnte, flüsterte sie: »Ich dachte ja immer, dass unsere Rechtspfleger gern auf großem Fuße leben. Hier allerdings hat man eher das Gefühl, auf der Anklagebank zu sitzen.«

Die stupsnasige Sekretärin, die sie hineingeführt hatte, erschien abermals in der Tür. Ihr Gebaren entsprach der nüchternen Atmosphäre des Büros. Sie schob ihre schmale Brille auf der Nase hoch. »Mr Peel wird Sie jetzt empfangen. Er hat in sieben Minuten einen weiteren Termin.«

Eleanor strahlte. »Ach ja? Toll, so viel zu tun haben.«

Ein unscheinbarer Mann in einem unscheinbaren Anzug erhob sich von seinem Schreibtisch. Sie stellte fest, dass er im Stehen fast genauso groß war wie im Sitzen, nämlich keinen Zentimeter größer als einen Meter fünfzig. »Lady Swift, ich bin Vernon Peel. Vor einundzwanzig Jahren bin ich als Anwalt vor Gericht zugelassen worden. Bitte beachten Sie, dass ich mich strikt an das Gesetz halte.«

Eleanor versuchte, den wenig tröstlichen Gedanken zu verdrängen, dass dieser Mann vermutlich über genauso wenig Humor verfügte wie Oswald Greaves, und ließ sich auf den harten Holzstuhl vor seinem Schreibtisch nieder.

»Mr Peel, lassen Sie mich gleich zur Sache kommen, denn ich weiß ja, wie beschäftigt Sie sind. Sind Sie sich darüber bewusst, dass ich als unabhängige Kandidatin den durch Mr Aris' Hinscheiden auf bedauerliche und plötzliche Art und Weise geräumten Platz einnehme?«

»Das bin ich tatsächlich, wenngleich mir der Zusammenhang zu Ihrem Besuch unklar ist. Arnold hat seine politischen Angelegenheiten völlig von unserer Rechtspraxis getrennt.«

»Natürlich.« Eleanor dachte angestrengt über einen geeigneten Einstieg nach. »Nichtsdestotrotz müssen Sie ihn in seinem beruflichen Leben gekannt haben wie kein zweiter, besser noch als seine politischen Gefährten. Soweit ich weiß, waren Sie für einige Zeit Geschäftspartner?«

Peel rümpfte die Nase. »Acht Jahre und sieben Monate.«

»Wie großartig! Oh, verzeihen Sie, mein Beileid, selbstverständlich. Es muss sehr schwer für Sie gewesen sein, zum Zeitpunkt seines Todes vor Ort gewesen zu sein, noch dazu unter derart tragischen Umständen.«

Mr Peel nahm Platz und presste die Hände mit den Fingerspitzen gegeneinander. »Danke. Es war natürlich ein Schock. Warum aber interessieren Sie sich für meinen ehemaligen Partner, Lady Swift? Falls Sie seine Beliebtheit oder Ähnliches unter seiner Wählerschaft ergründen wollen, dann ist der naheliegendste Ort für derlei Nachforschungen da draußen«, sagte er und gestikulierte zum Fenster. »Beim Wahlvolk.«

»Unbedingt!« Sie beugte sich über den Schreibtisch und nahm dabei nicht wahr, wie er auf seinem Stuhl zurückwich. »Ich bin zu Ihnen gekommen, weil ich gar nicht erst die Abkürzungen vor Ihrem Namen lesen brauchte, um zu wissen, dass Sie nicht nur ein vorbildlicher Anwalt, sondern auch ein intelligenter Mann sind.«

Eleanor bemerkte aus dem Augenwinkel, dass Clifford sich diskret die Manschettenknöpfe zurechtzupfte.

Mr Peel runzelte leicht die Stirn. »Sprechen Sie weiter.«

»Wie Sie wissen, verlief Mr Aris' politische Karriere äußerst erfolgreich, immerhin wurde er mehrmals wiedergewählt. Aus der rückständigen Position einer Frau heraus versuche ich, so viel wie möglich von seinem Ansatz und seiner Haltung zu adaptieren, um so sein Erbe fortzuführen. Ich will Ihnen nichts vormachen, Mr Peel, ich strebe danach, mit lauter und klarer Stimme für die Wählerschaft einzutreten.«

»Ich verstehe.« Er spähte sie mit offensichtlichem Misstrauen an. »Mein nächster Mandant wird in Kürze eintreffen, Lady Swift. Ich kann Ihnen nicht mehr sagen, als dass Arnold ein aufrichtiger, engagierter und sachkundiger Mann von überzeugenden Werten und noch überzeugenderen Ansichten gewesen ist. Allem Anschein nach sind Ihre Nachforschungen aber noch nicht sehr weit gediehen, ansonsten wüssten Sie, dass er in letzter Zeit einige unpopuläre Entscheidungen getroffen hat, die ihn einige wichtige Unterstützer gekostet haben, und zwar nicht nur auf politischer Ebene.«

Eleanor schüttelte den Kopf. »Dann stimmt es also.«

»Was denn?«

»Oh, Verzeihung, habe ich das etwa laut gesagt? Ich musste nur plötzlich daran denken, dass ich gehört habe, dass der arme Mr Aris möglicherweise keines natürlichen Todes gestorben sein könnte. Aber etwas Verdächtiges hätten Sie ja bemerkt Ich habe kürzlich eine Tasse Tee mit Lady Farrington getrunken und sie hat mich ausdrücklich darauf hingewiesen, dass auch Sie dieser Benefizveranstaltung beigewohnt haben.«

Peel setzte sich gerader hin. »Ach ja, hat sie das? Wie vielversprechend«, schloss er fahrig.

»Jegliche verdächtige Umtriebe wären Ihnen ja selbstredend aufgefallen. Vielleicht ist Ihnen nach diesem fürchterlichen Ereignis irgendetwas in den Sinn gekommen? Ist es nicht seltsam, wie es dem Gehirn gelingt, Dinge wieder und wieder durchzugehen, um irgendwann in einem unerwarteten Moment eine Antwort zu finden?«

»Ich verfüge über ein äußerst scharfes und wachsames Auge, Lady Swift. Mir ist nachträglich nichts ›in den Sinn gekommen‹, wie Sie es formuliert haben. Etwas Verdächtiges wäre mir bereits an Ort und Stelle aufgefallen. Da ich allerdings nichts feststellen konnte, während Arnold seine Mahlzeit einnahm, bin ich nicht der Auffassung, dass sein Ableben irgendetwas Verdächtiges an sich hat.«

»Das ist beruhigend. Dann handelt es sich wohl lediglich um haltlose Gerüchte. Dennoch ist es so traurig, dass es nicht gelungen ist, Mr Aris wiederzubeleben, obgleich Mr Carlton ihm doch so unmittelbar zur Hilfe gekommen ist.«

Peel schüttelte den Kopf. »Es war Lord Farrington, der als Erster an Arnolds Seite eilte. Von Mr Carlton war zu diesem Zeitpunkt weit und breit keine Spur.«

»Mr Carlton war bereits gegangen, sagen Sie? Ich habe gehört, Mr Aris und Mr Carlton hatten während des Essens eine Art Streit?«

Peel zuckte mit den Schultern. »Arnold und Mr Carlton waren immer in irgendeine Art von Streit verwickelt.«

»Was für eine Schande! Einstmals sollen sie unzertrennlich gewesen sein, habe ich mir sagen lassen.«

»Das muss vor meiner Zeit gewesen sein, Lady Swift. Ah,

meine Sekretärin ...« Er wies mit der Nase zur Tür, an die geklopft wurde.

Eleanor stand auf und reichte ihm die Hand. »Mr Peel, Sie haben mir sehr weitergeholfen. Es war gar eine regelrechte Erleuchtung. Vielen Dank, dass Sie sich die Zeit genommen haben.« An der Tür hielt sie inne. »Oh, eine letzte Frage: Falls ich jemals auf Ihre Rechtsdienstleistungen angewiesen sein sollte: Auf welches Gebiet ist Ihre Kanzlei spezialisiert?«

»Wirtschafts–, Versicherungs– und Strafrecht.«

»Ich vermute also, dass Mr Aris in ergänzenden Gebieten des Familien-, des Erb- und – was gibt es da noch? – des Insolvenzrechts tätig war?«

Er gestikulierte leidenschaftslos in Richtung Tür. »Haftpflicht- und Immobilienrecht. Guten Tag, Lady Swift.«

Draußen vor der Tür zog sich Eleanor den Kragen ihrer Jacke hoch, um sich vor der kühlen Luft zu schützen. »Ich glaube, wir sind soeben Zeugen von Mr Peels gewieften Ablenkungsfähigkeiten geworden, Clifford.«

Clifford nickte. »In der Tat, Mylady. Dürfte ich anregen, seinen Namen auf unsere Verdächtigenliste zu setzen? Und seine Bemerkung, dass Mr Carlton verschwunden sei, während man versuchte, Mr Aris wiederzubeleben, ist interessant, vorausgesetzt, sie entspricht der Wahrheit.« Er wurde vom Klang der Glocke des mittelalterlich anmutenden Rathausturms unterbrochen.

»Dürfte ich vorschlagen, die Einzelheiten nach Ihrem wohlverdienten Tee nebst Fruitcake in der Teestube Winsomes zu besprechen? Es sei denn, Sie bevorzugen in Anbetracht der dafür angemesseneren Uhrzeit, zu Mittag zu essen?«

»Warten Sie es nur ab, Clifford. Die Unmengen an Fruitcake, die ich zu vertilgen beabsichtige, werden der Definition eines ›Mittagessens‹ definitiv gerecht werden. Es handelt sich dabei einfach um die göttlichste Speise auf dieser Erde, dicht hinter sämtlichen Köstlichkeiten, die Mrs Trotman hervorzuzaubern vermag selbstredend.«

»Wenn Sie meinen, dass Sie dies ausreichend für Ihre erste Wahlkampfkundgebung zu stärken vermag, die in exakt anderthalb Stunden beginnt ...«

Sie stöhnte auf, schlug sich dann aber aufs Handgelenk. *Wohl kaum die beste Einstellung, Ellie.*

»Dann besorgen wir uns doch einen der Tische auf der Empore bei Winsomes, dort können wir all unsere bisherigen Ermittlungsergebnisse zu diesem Fall besprechen. Verflixt! Wo ist nur mein Notizbuch?«

Clifford fasste in die Innentasche seines Mantels. »Meinen Sie vielleicht das hier, Mylady?«

»Da ist es ja! Danke schön. Neben Carlton ist Vernon Peel mein liebster Verdächtiger. Er verbirgt definitiv etwas.« Sie winkte ihm mit dem Notizbuch zu. »Wie schade, dass die Pfadfinderbewegung erst vor so kurzer Zeit ins Leben gerufen worden ist! Ich glaube ja, wenn Lord Baden-Powell sich das Ganze bereits ein paar Jahre früher ausgedacht hätte, dann hätten Sie das Zeug zum Star der Bewegung gehabt. Sie sind der Inbegriff des Mottos ›Allzeit bereit‹.«

»Ich nehme den Kern Ihrer Aussage als Kompliment, Mylady, wenngleich ich mir nicht sicher bin, dass die Uniform mir gut zu Gesicht gestanden hätte. Denn ›Kleider machen Leute‹, wie Twain bereits von Shakespeare paraphrasierte.«

Eleanor nickte. »Ja, aber Sie haben den zweiten Teil des Zitats ausgelassen: ›Nackte Leute haben kaum oder gar keinen Einfluss auf die Gesellschaft.‹ Cleverer Zeitgenosse ... So, wo lang geht es zum Mittagessen?«

# SECHZEHN

»Ruhe, bitte!«, gebot der rundliche knallrote Sergeant-at-Arms und rief den Saal mit einem Schlag seines Hammers auf den Rand der langen Kandidatentafel zur Ordnung. Er ließ seinen Blick schweifen und richtete das Wort sowohl an den Kreis der Kandidaten als auch an das dicht gedrängte Publikum. »Dies soll eine gesittete Debatte werden. Bestmögliches Benehmen, wenn ich bitten darf, ansonsten finden Sie sich umgehend draußen vor der Tür wieder. Anwesenheitsappell: Kandidaten, ich bitte Sie aufzustehen, sobald Ihr Name aufgerufen wird. Für die Communist Party of Great Britain, Mr Oswald Greaves. Danke, Mr Greaves. Für die Labour Party, Mr Ernest Carlton, ich danke Ihnen. Unabhängige Kandidatin anstelle von Mr Aris, Lady Eleanor Swift, äh, danke, Mylady. Zur Ordnung! Ruhe! Für die Liberal Party, Mr Stanley Morris. Ruhe! Ich bestehe auf …«

*Drei Stunden!* Nach drei von Tischpoltern und hitzigen Wortgefechten erfüllten, Kopfschmerzen bereitenden Stunden war die ganze Debatte in ein regelrechtes Geraufe ausgeartet. Eleanor hatte genug. Kein Mensch hatte ein einziges Wort von ihrer Rede verstanden, da war sie sich sicher.

Sie stahl sich leise und unbemerkt durch das Gedränge davon und schob sich durch die rempelnde Menge, die noch immer versuchte, die Bühne zu stürmen. Dabei hatte alles noch ganz gut angefangen. Eleanor hatte ihrem ersten Treffen der Women's League beigewohnt und die Damen hatten sie zu der Debatte begleitet. Doch dann ...

Sie brauchte frische Luft, und sie brauchte Clifford, der am besten wie von Zauberhand erscheinen sollte, um sie weg von alldem hier zu bringen. Vor allem aber musste sie ihre Gedanken ordnen.

*Wie um alles in der Welt konnte das Ganze nur so schnell aus dem Ruder laufen, Ellie?*

Während sie die Vortreppe des Rathauses hinabstieg, erwiderte sie das Interesse eines Reporters der *Chipstone Gazette* mit einem Kopfschütteln. Sie blickte die Straße auf und ab. Wo um Himmels willen steckte Clifford nur? Auf der untersten Stufe der Treppe beschlich sie das unzweideutige Gefühl, beobachtet zu werden. Als sie über ihre Schulter blickte, sah sie ein vertrautes faltiges Gesicht unter einem Strohhut hervorlugen. Der Hut der Frau wurde von einem lila-weiß-grünen Band gehalten. Das waren die Farben von Mrs Brodys militanter Frauengruppe.

»Mrs Brody, wie geht es Ihnen?« Eleanor versuchte, ihr freundlichstes Lächeln aufzusetzen.

»Absolut bestens, danke schön.«

»Fühlt es sich nicht wie eine Ewigkeit an, seit wir zusammen in der Laientheatergruppe von Little Buckford gespielt haben?«

Mrs Brody rümpfte die Nase. »Wenn wir damals das von mir vorgeschlagene Stück gespielt hätten, dann hätten wir mehr als nur Unterhaltung geboten. Wir hätten –«

»Ja, vielen Dank für Ihre Einsichten. Vielleicht aber sollte man alten Groll am besten begraben und vergessen?«

Mrs Brody lachte. »Nun, mit Aris hat jemand definitiv einen Groll begraben, und zwar gründlich.«

Eleanor zuckte zusammen. »Sie glauben, sein Tod war kein Unfall?«

Mrs Brody hob die Achseln. »Ziemlich günstiger Zeitpunkt, nicht wahr? Jeder weiß doch, dass Aris Carlton bei den letzten beiden Wahlen geschlagen hat. Was jedoch nicht jeder weiß: Dies ist Carltons letzte Chance. Seine Partei hat verkündet, ihn auszuschließen, falls er diese Wahl erneut verlieren sollte.«

»Lasten Sie Mr Carlton etwa an, Mr Aris ermordet zu haben?«

»Was ich damit sagen will, Lady Swift: Dieser Kerl Carlton ist zu allem fähig. Er ist nicht nur ein Heuchler, sondern auch ein Schürzenjäger. Selbst vor der Frau von Stanley Morris hat er nicht haltgemacht. Es überrascht mich eigentlich, dass Carlton nicht der Tote ist. Fragen Sie Morris, der arme Tropf weiß über alles Bescheid! Carlton hat ihn komplett zum Narren gehalten, und seine Frau ebenfalls, genau wie er es bereits bei all den anderen zuvor getan hat.«

Sie wandte sich um und blickte zurück zum Rathaus, wo die Polizei gerade damit beschäftigt war, die gegnerischen Lager voneinander zu trennen. »Sieht ganz so aus, als hätten meine Damen ganze Arbeit geleistet.« Auf Eleanors überraschtes Keuchen hin schmunzelte sie. »Meine Gruppe hat das Handgemenge nicht angezettelt, wir haben lediglich die Flammen geschürt. Sie haben doch wohl nicht daran gezweifelt, dass wir Sie unterstützen würden, oder? Wir brauchen eine Frau an der Spitze, und allem Anschein nach sind Sie die beste, die uns zur Verfügung steht, Gnade uns der Himmel!«

Ehe Eleanor antworten konnte, machte sie sich davon und verlangsamte ihren Schritt nur, um einen Mann anzufunkeln, der den Hut vor ihr zog, als sie auf die Hauptstraße einbog.

Ein Hüsteln verkündete Cliffords Ankunft. »Man möchte meinen, Sie hätten Ihre erste Anhängerin gewonnen.«

Eleanor verzog das Gesicht. »Bin ich nicht schrecklich beliebt?« Sie ließ ihr Kinn einen Augenblick lang zur Brust sinken und stieß einen langen Atemzug aus. »Was für ein Tag! Drei Befragungen, drei widersprüchliche Geschichten, drei weitere Motive, zwei weitere Verdächtige auf der Liste sowie ein desaströser und demütigender erster Versuch, auf der Wahlkampfveranstaltung das Wort an die Wählerschaft zu richten, was ...« Sie fasste sich ans Ohr. »... wohl dauerhaft mein Gehör geschädigt hat. Ich fürchte, die Tatsache, dass mich Mrs Brodys radikale Frauengruppe unterstützt, wird meiner Wahlkampagne den Todesstoß versetzen!«

Während sie auf den Rolls-Royce zugingen, wandte sie sich Clifford zu. »Obschon sie meine Wahlkampagne unabsichtlich zum Scheitern bringen mag, hilft sie unseren Ermittlungen unendlich weiter! Ich glaube, die Zeit ist gekommen, Mrs Aris einen Besuch abzustatten, um ihr mein Beileid auszusprechen.«

Unterwegs erzählte Eleanor von Mrs Brodys Behauptung, dass Carlton Aris umgebracht habe, da dieser ihn bei vorigen Wahlen dreimal geschlagen habe.

»Was, wie Mrs Brody richtigerweise bemerkt hat, ein alter Hut ist, Clifford. Im Gegensatz zu der Tatsache, dass Stanley Morris, der Kandidat der Liberal Party, eine von Carltons Eroberungen gewesen sein soll. Morris' Ehefrau, besser gesagt. Auch Miss Mann meinte, er sei ein unverbesserlicher Schürzenjäger. Und Morris hat offenbar davon erfahren und sich mit Carlton überworfen.«

Clifford wechselte den Gang, und sie ließen die Hauptstraße hinter sich. »Interessant, Mylady ... wenn Mr Carlton und nicht Mr Aris ermordet worden wäre.«

Eleanor sank ernüchtert in ihren Sitz zurück. »Auch wieder wahr, Clifford ...«

# SIEBZEHN

Eleanor hielt vor einem Herrenhaus im Queen-Anne-Stil mit gepflegten Gartenanlagen an. Als das Tor hinter ihr ins Schloss fiel, erschien ein Hausmädchen in einer makellos gestärkten Schürze auf der Eingangsstufe.

»Kann ich Ihnen helfen?«

»Mrs Aris, bitte.«

»Ich werde nachsehen, ob die gnädige Frau zu Hause ist. Ihre Karte?«

Anders als viele Adelsdamen hatte Eleanor sich nie die Mühe gemacht, Visitenkarten drucken zu lassen, da sie diese als prätentiös erachtete. Anstatt ihr dies zu erläutern, gab sie vor, in ihrer Jackentasche umherzutasten. »Wissen Sie, ich habe in letzter Zeit so viele Privatbesuche gemacht, dass ich befürchte, sie sind mir ausgegangen. Ich bin Lady Swift«, sagte sie mit besonderer Betonung auf »Lady«.

Das Hausmädchen knickste und entschwand. Eleanor wünschte, Clifford wäre an ihrer Seite, allerdings musste dieser bei all dem, was gerade auf der Tagesordnung stand, einige Erledigungen machen. Gelegentlich vergaß sie, dass er neben den Mordermittlungen und dem Wahlkampf auch The Hall am Laufen hielt. Das Hausmädchen kehrte zügig zurück und führte Eleanor durch den Mittelgang. Sie gingen an der großen Treppe vorbei in einen hübschen Wintergarten mit bodentiefen Schiebefenstern, durch die das Licht in langen Säulen auf die türkisfarbenen Wollteppiche fiel.

»Lady Swift, wie schön, Sie zu sehen!« Mrs Aris, groß und elegant, war in ein erlesenes kornblumenblaues Kleid und zwei Ketten aus schwarzen Perlen gehüllt. Sie trat einen Schritt vor.

»Mrs Aris, verzeihen Sie meinen unangekündigten Besuch. Ich möchte Ihnen mein verspätetes Beileid zum Ausdruck bringen und Ihnen jedwede Unterstützung anbieten.«

Sie streckte ihr die Sumpfcalla im Topf entgegen, die sie unterwegs bei einem Blumenhändler entdeckt hatte.

»Wie freundlich! Was für eine hübsche Blüte, ich habe den perfekten Blumentopf für sie. Clare, Tee, bitte. Trinken Sie Earl Grey, Lady Swift?«

»Nur unter äußerster Nötigung, fürchte ich.«

Dies brachte Mrs Aris zum Schmunzeln. »Clare, zwei separate Kannen. Wollen wir uns setzen? Seit Arnolds Tod habe ich mich in dieses Zimmer verkrochen. In einem derart hellen Raum fällt es schwer, sich allzu betrübt zu fühlen.«

Eleanor ließ sich auf dem Sofa nieder. Sie sah die Witwe mit aufrichtigem Mitgefühl an. »Das ist bestimmt nicht leicht gewesen, insbesondere, da alles so ... plötzlich passiert ist.«

Mrs Aris starrte auf ihre Hände und betastete ihren Ehering, den sie gegen den Verlobungsring mit einem geschliffenen Saphir drehte.

Eleanor war unbehaglich zumute. Warum hatte sie es nur für eine gute Idee gehalten, eine trauernde Witwe auszufragen? *Ach herrje, Ellie, das sind wohl nicht gerade deine Sternstunden!*

Die Ankunft des Tees unterbrach die peinliche Stille. Als das Hausmädchen die Tassen und Untertassen aus feinem

Porzellan auf dem niedrigen Tisch zwischen den Sofas abstellte, fiel Eleanor die Obsession ihrer Gastgeberin für die Farbe Blau auf. Während sie den Blick durch den Raum schweifen ließ, konnte sie nicht einen Tupfer einer Farbe ausmachen, die nicht aus dem Farbspektrum zwischen Himmelblau und Ozeanblau stammte.

»Mrs Aris, Sie haben ja ein vortreffliches Auge für das Einrichten mit einer einzigen Farbe. Das erzeugt eine wunderbar beruhigende Atmosphäre.«

Ihre Gastgeberin zwang sich zu einem blassen Lächeln. »Arnold meinte immer, ich würde es übertreiben. Er sagte, es fühle sich an, als lebe man unter Wasser. Im Rückblick betrachtet muss es sehr beengend auf ihn gewirkt haben.«

»Nachsicht ist etwas Wunderbares.«

»Mein Gatte war ein bemerkenswerter Mann, Lady Swift. Ehrgeizig, leidenschaftlich und hingebungsvoll. Zu spät erkennen wir die Fehler, die wir machen. ›Der Narr, der auf seiner Torheit besteht, wird weise werden‹, auch wenn es nicht den Anschein macht.« Sie lachte unbeholfen. »Sagt Ihnen William Blake zu, Lady Swift?«

»Der ist für mich in etwa so wie Earl Grey: ziemlich stark und sehr blumig.«

»Guter Punkt, gelegentlich könnte er einen gehörigen Spritzer Zitrone vertragen.«

Eleanor nestelte an dem zarten Henkel ihrer Tasse herum. *Tja, wer A sagt …*

»Sie möchten die Frage verzeihen, Mrs Aris, ich will nicht taktlos sein … aber … haben Sie den Verdacht, dass es bei dem Tode Ihres Ehemanns … nicht mit rechten Dingen zugegangen sein könnte?«

Die Frau erstarrte und ergriff ihre Teetasse. »Wie kommen Sie denn nur auf so etwas?«

»Oje, allein wegen der Wahl Ihres Blake-Zitats! Es tut mir

leid, ich muss Ihre Gedanken falsch interpretiert haben! Das hat man davon, wenn man eine Lyrikbanausin ist.«

Mrs Aris blickte hinüber zu ihrem Hausmädchen, das soeben mit der Neuanordnung einer Unzahl blauer Kissen fertig geworden war und sich nun dem Abstauben einer Reihe indigoblauer Orchideen widmete.

»Clare, das kann warten, danke. Das wäre für den Moment dann alles.«

Das Mädchen hob seinen Korb voller Wischlappen an, machte einen Knicks und wirkte eindeutig enttäuscht darüber, den Rest der Unterhaltung zu verpassen.

Als die Tür hinter Clare ins Schloss fiel, rutschte Mrs Aris an den Rand des Sofas vor, um Eleanor über den Tisch hinweg in die Augen zu sehen. »Lady Swift, ich möchte Sie nicht beunruhigen, doch die Welt der Politik ist grausam. Arnold hatte ein dickes Fell und war von seiner Zielstrebigkeit derart verblendet, dass er nicht erkannte, was für gefährliche Feinde er sich im Lauf der Zeit gemacht hatte.«

»Glauben Sie, dass er bedroht worden sein könnte?«

Mrs Aris' Lippen formten ein betrübtes Lächeln. »Unzählige Male, aber Arnold ließ sich davon nicht beeindrucken. Wenn ihn irgendjemand hätte zum Schweigen bringen wollen, dann hätte der- oder diejenige sehr scharfe Geschütze auffahren müssen. Arnold wäre für niemanden von seiner Meinung abgewichen, noch nicht einmal für Blewitt, diesen entsetzlichen Kerl, der auf allerlei hinterlistige Tricks zurückgriff, um ihn auszubooten. Und alles nur, weil Blewitt Arnolds Engagement für die Frauenrechte unterbinden wollte. Duncan Blewitt meint, uns Frauen solle man allesamt in die Küche sperren. Und dann stand eines Tages noch dieser Kommunist Greaves auf der Türschwelle und hat sich furchtbar aufgeführt, aber Arnold hat ihn davongejagt.«

Eleanor wurde hellhörig. »Interessant ... Aber die Polizei ist überzeugt davon, dass alles in Ordnung sei, und der Arzt, der am, Tat– ... äh, am Ort des Geschehens war, hat nichts Seltsames bemerkt?«

Mrs Aris schüttelte den Kopf. »Nein, Arnold hatte eine Erdnussallergie. Sie war so stark, dass schon eine winzige Menge davon potenziell lebensgefährlich für ihn war.«

»Ist die Allergie Ihres Mannes gemeinhin bekannt?«

»Er hat sie kleingeredet. Er betrachtete sie als Schwäche. Wenn ihn jemand danach gefragt hat, machte er sich einen Jux daraus.« Sie lächelte Eleanor zu und zuckte mit der Schulter. »Männer!« Sie seufzte. »Sei's drum. Diejenigen, die ihm am nächsten standen, so wie die Farringtons etwa, wussten davon. Als wir frisch verheiratet waren, habe ich mir ständig Sorgen deswegen gemacht. Mir behagte es gar nicht, wenn er auswärts aß, doch nach beinahe sechzehn gemeinsamen Jahren hat meine Wachsamkeit nachgelassen.« Sie strich sich den Rock ihres Kleids oberhalb der Knie glatt. »Und jetzt, wo es passiert ist, habe ich mich entschlossen, es so zu akzeptieren, wie es ist.«

Die Seelenruhe der Witwe erstaunte Eleanor. »Eine wahrlich bewundernswerte Einstellung. Entschuldigen Sie abermals, falls ich irgendwelche Wunden aufgerissen haben sollte.«

»Das ist schon in Ordnung. Die Zeit heilt sie alle, heißt es doch immer.« Erneut lachte sie verlegen. »Was habe ich denn auch für eine Wahl? Die Vergangenheit lässt sich nicht ändern. Nichts davon ...«

»Ich bewundere Ihre Besonnenheit, insbesondere in dieser schweren Zeit. Es wäre sehr leicht, irgendjemandem die Schuld zuzuschieben.«

Mrs Aris sah ihr in die Augen. »Es war ausreichend vielen Leuten bekannt, dass es schwierig sein würde, genau zu sagen, wen man dafür verantwortlich machen könnte. Ich glaube jedoch, dass es ein argloser, wenn auch verhängnisvoller Fehler vonseiten der Köchin der Farringtons gewesen ist.« Sie schniefte ganz leicht. »Sie fühlt sich vermutlich schrecklich.«

Eleanor kämpfte mit ihrem Gewissen. Sie hatte es sich zum

Ziel gemacht, den Mörder des Ehemanns dieser armen Frau zu finden, so viel stand fest. Und doch wollte sie ihr nicht noch mehr Schmerzen bereiten, da sie sich offenbar dazu entschieden hatte, nicht zu glauben, dass die Todesumstände ihres Mannes verdächtig waren.

*Wenn du diesen Mord aufklären wirst, Ellie, dann wirst du das tun müssen, ohne die Trauer dieser Frau weiter zu stören.* Sie nahm den letzten Schluck aus ihrer Teetasse. »Mrs Aris, vielen Dank für Ihre liebenswürdige Gastfreundschaft. Ich wollte lediglich meine Aufwartung machen und Ihnen versichern, dass ich beabsichtige, die herausragende Arbeit Ihres Ehemanns fortzuführen.«

Ihre Gastgeberin erhob sich und reichte ihr die Hand. »Bleiben Sie auf der Hut, Lady Swift. In der Politik gibt es weder Liebe noch Ehre. Sie bringt in den Menschen die unbarmherzigsten Züge zum Vorschein.«

Eleanor nickte. »Ja, das habe ich auch schon erlebt, selbst unter jenen, von denen ich dachte, dass sie die Kandidatur einer Frau unterstützen würden.«

»Mrs Brody?« Die Worte schienen ungewollt aus Mrs Aris hervorgeplatzt zu sein.

Eleanor erstarrte. »Nun, ich hatte damit eigentlich die Frauen von Chipstone und Little Buckford im Allgemeinen gemeint. Wieso erwähnen Sie ausgerechnet Mrs Brody?«

»Sie ist dafür bekannt, nun ja …« Sie wandte den Blick ab und fixierte Eleanor erneut. »Verzeihen Sie, es ist nur … Sie war mehrere Jahre lang treue Anhängerin und ehrenamtliche Mitarbeiterin meines Mannes.«

»War?«

»Sie hatten vor einiger Zeit ein Zerwürfnis. Und ich glaube, sie ist an dem Abend auf Farrington Manor erschienen, um Unheil zu stiften, aber Arnold hat sie entdeckt und rauswerfen lassen. Wir haben es ja schon beim Tee besprochen: Die Irrungen und Wirrungen von Meinungen und Wahrnehmungen können unergründlich sein. Vielen Dank für Ihren freundlichen Besuch.«

Eleanor runzelte die Stirn, während sie ihre Jacke aus den Händen des Hausmädchens in Empfang nahm. Sie hatten nicht ein einziges Wort über die Irrungen und Wirrungen von irgendetwas verloren ...

# ACHTZEHN

Eleanors graue Seidenpyjamahosen raschelten gegen das Geländer, als sie langsam die Treppenstufen hinabschritt.

»Ach jemine!« Mrs Butters lehnte sich gegen die Holzverkleidung im Flur. »Sie haben mir ja einen Heidenschreck eingejagt.«

Eleanor lächelte verlegen. »Es tut mir leid, dass ich Sie so erschreckt habe. Vermutlich bin ich früher auf den Beinen als gewöhnlich.«

Die Haushälterin warf einen Blick auf die Standuhr in der Nische. »Es ist erst kurz vor halb sieben, Mylady. Polly hat das Feuer noch nicht entfacht, im Morgensalon dürfte es kälter sein als in der Speisekammer.«

Clifford, der bereits makellos gekleidet und herausgeputzt war, kam Mrs Butters zur Hilfe. »Würden Sie sich gern zu Master Gladstone ins Wohnzimmerchen gesellen, Mylady? Mit einem warmen Kännchen Tee und einer Decke, bis die Frühstücksvorbereitungen abgeschlossen sind?«

»Wunderbar, danke schön! Hört sich verlockender an, als zwischen Schinkenkeulen und Käselaiben in der Speisekammer auszuharren. Na, ist unser Schlummerbär da drin?«, erkundigte sich Eleanor. Sie spähte durch die Tür und schmolz beim Anblick der schlafenden Bulldogge dahin, die sich auf dem Chesterfieldsofa ausgestreckt hatte und deren Pfoten und Hängebacken von der Jagd nach imaginären Hasen zusammenzuckten.

Clifford hüstelte. »Dürfte ich mich nach dem Grund Ihres Wachseins zu dieser ungewöhnlich frühen Stunde erkundigen, Mylady?«

»Ich konnte einfach nicht schlafen. Mir geht Aris' Mord nicht aus dem Kopf. Und diese verflixten Wahlen ... Ich kann nicht länger im Bett liegen und an die Decke starren. Also, Tee und eine Decke wären zauberhaft. Aber bringen Sie das Frühstückstablett einfach hier hinein, sobald es fertig ist, dann können Sie es sich sparen, den Morgensalon einzudecken, und schneller zu mir stoßen. Ich bin auf Ihre Erkenntnisse angewiesen. Wir sind ein Team, wenn es um Ermittlungsarbeit und dergleichen geht, erinnern Sie sich?«

»Sehr wohl, Mylady.«

Im Wohnzimmerchen hatte Eleanor eine erfolglose Auseinandersetzung mit Gladstone, der zu bequem war, auch nur den kleinsten Winkel des Sofas für sie freizugeben. Er grub seine spitzen Knie in die Polster und versteifte sich derart, dass sie ihn nicht bewegen konnte. Letztlich gelang es ihr, sich gerade genug Platz auf dem Polster zu sichern, um sich im Schneidersitz mit einem Knie in der Luft darauf niederlassen zu können.

Mrs Butters klopfte an die Tür und mokierte sich darüber, dass sich ihre Herrin von einer Bulldogge ausbooten ließ.

»Hier, vielleicht ist Ihnen in diesem langen Wollcardigan und dieser Decke etwas wärmer, bis das Feuer brennt, Mylady.«

»Fantastisch!«

»Und zeigen Sie mal her Ihre Füße. Für die habe ich auch etwas.«

»Warum wollen Sie meine Füße sehen?«

Die Haushälterin errötete. »Das meinte ich nicht buchstäblich. Kennen Sie denn das Kinderlied nicht?«

Eleanor schüttelte den Kopf.

»Ihre Mutter hat es Ihnen sicherlich früher vorgesungen: ›Zeigt her eure Füße, zeigt her eure Schuh‹«, sang Mrs Butters.

Ganz unerwartet schossen Eleanor die Tränen in die Augen. Fast flüsternd sagte sie: »Jetzt erinnere ich mich. Ich mochte die Waschfrauen immer so.«

»Ich auch.« Mrs Butters schenkte ihr dieses mütterliche Lächeln, das sie all ihre Sorgen für den Moment vergessen ließ.

Eleanor spürte etwas Warmes an den Zehen. »Mensch, ist das behaglich! Ist das etwa eine Wärmflasche?«

»Nein, Mylady, Ihr seliger Onkel unterstützte den Fortschritt der Moderne, war der undichten Gumminähte aber überdrüssig und stieß daraufhin auf eine einfachere, effizientere Lösung. Es handelt sich um zwei Hälften eines Blumentopfs, der im Küchenherd erwärmt worden ist. Die bleiben über Stunden warm.«

Dies brachte Eleanor zum Glucksen. »Ehrlich gesagt ist dieses Dasein als Hausherrin gänzlich anders, als ich es mir vorgestellt habe, Mrs Butters. Hier sitze ich nun, eingewickelt in eine Decke, meine Füße in Blumentöpfe gesteckt und einer störrischen Bulldogge schutzlos ausgeliefert.«

»Darf ich Ihnen ein Geheimnis verraten, Mylady? Je älter ich werde, desto mehr stelle ich fest, dass nichts so ist, wie ich es mir vorgestellt habe. Das Frühstück ist in Windeseile bei Ihnen, wenn Sie sich nur noch einen winzigen Augenblick ablenken können.«

Und was für ein Frühstück es war!

»Donnerwetter!« Eleanor klatschte in kindlicher Freude in die Hände. »Welch Geniestreich!«

Sie hielt das kunstvoll geformte Brotboot an seinen knusprig-krustigen Rändern in die Höhe. Die Füllung bestand aus einem Eier-Käse-Soufflé, das großzügig mit üppigen Speck-, Tomaten-, Pilz- und Blutpuddingstückchen garniert war. Gladstones Nase fing an, sich zu regen, und er schlug erst neugierig ein Auge auf, um sich dann mit einem unschuldigen Gesichtsausdruck auf einer Pfote aufzurichten.

»Du gehst leer aus, du kleiner Gierschlund! Das ist ein Kunstwerk, keine Mahlzeit. Wie hat unsere wunderbare Köchin dieses Gericht getauft?«

»Das ist das Trotman'sche Frühstücksschleppschiff«, entgegnete Mrs Butters steif.

Eleanor fing an zu lachen, bemerkte dann aber die Miene ihrer Haushälterin. »O weh! Hat es in der Küche etwa gekracht?«

»Lediglich eine kleine Meinungsverschiedenheit, Mylady. Es ist nur, na ja, es war doch meine Idee. Nur ein Name ist mir nicht eingefallen ... und das mit dem Blutpudding vielleicht auch nicht.« Sie verstummte und biss sich auf die Unterlippe.

»Also, ich liebe es. Wie wäre es, wenn wir dieses gemeinsame Meisterwerk in Ladys' Launch umtaufen? Es sieht aus wie eines dieser eleganten *slipper launches,* eines dieser holzvertäfelten Motorboote, die auf der Themse verkehren.«

Mrs Butters nickte lächelnd. »Dann also Ladys' Launch. Danke, Mylady.«

Clifford wartete, bis Eleanor aufgehört hatte zu schmatzen. Gladstone hatte sich indessen wieder aufs Ohr gelegt, verdrießlich darüber, nicht den kleinsten Happen abbekommen zu haben.

»Wissen Sie, Clifford, so eins müssen Sie unbedingt mal probieren. Das war schlicht himmlisch!«

»Danke, Mylady, aber morgens bevorzuge ich etwas erheblich Leichteres, insbesondere vor sieben Uhr.«

Sie starrte ihn an. Obwohl sie seit nunmehr fast sechs Monaten auf The Hall lebte, war seine persönliche Routine für sie noch immer ein Buch mit sieben Siegeln. Irgendwo tief in ihm drin musste sich doch ein normaler Mann verbergen. Einer, der deftiges Essen mochte, mal einen über den Durst trank und im Kreise guter Freunde in dröhnendes Gelächter ausbrach?

Wie auch der Rest des Haushalts war Clifford es gewohnt, dass seine Herrin immer mal wieder in ihre eigene Welt abdriftete. »Ich glaube, Mylady, Sie hatten mich gebeten, zu Ihnen zu stoßen, um das Ableben von Mr Aris zu besprechen?«

»Ja, ja! Es wäre mir eine große Hilfe, wenn Sie sich setzen würden.«

Er zog einen Holzstuhl mit hoher Rückenlehne heran.

»Nun, da wir es uns beide bequem gemacht haben«, begann sie und nahm kopfschüttelnd zur Kenntnis, dass er sich steif wie ein Stock auf die Vorderkante des Stuhls ihr gegenüber gesetzt hatte, »lassen Sie uns doch diesem elenden Mordfall weiter auf den Grund gehen.«

»Wie schnell scheinen wir zu dieser Situation zurückgekehrt zu sein.«

Sie nickte. »Wissen Sie, mir ist klar geworden, dass das Dorfleben wie ein Mühlweiher ist. An der Oberfläche erscheint alles ruhig und normal, doch darunter lauern Untiefen aus Skandalen, Schande und Schmach.«

Cliffords Mundwinkel zuckten. »Ist es nicht denkbar, dass manche Menschen auch einfach nur ein beschauliches Leben auf dem Lande leben, Mylady?«

Sie dachte darüber nach. »Bestenfalls eine Handvoll. Die überwiegende Mehrheit setzt sich aus drei Gruppen zusammen: denjenigen, die unaussprechliche Taten begangen haben, denjenigen, die davon träumen, solche Taten zu begehen, und denjenigen, die bösartigen Klatsch über die ersten beiden Gruppen verbreiten.«

Er verbeugte sich. »Meinen Glückwunsch, Sie haben soeben den guten Charakter der gesamten Landbevölkerung vernichtet.«

Eleanor schüttelte den Kopf. »Keineswegs, Clifford, ich meinte damit nicht nur diejenigen, die auf dem Lande wohnen. Nun sind wir aber so weit abgeschweift, dass ich ganz vergessen habe, was ich sagen wollte. Warten Sie! Das war es. Ja ...«

Sie nahm das Notizbuch und den Stift zur Hand, die Clifford ihr neben den Teller gelegt hatte, und schlug die Seite auf, auf der sie die Liste all jener niedergeschrieben hatte, die am Abend von Aris' Tod an der Tafel gesessen hatten. Ursprünglich hatte sie eine Verdächtigenliste auf einer anderen Seite mit einer kleinen Kritzelei für jeden der Verdächtigen eröffnet. Nun überlegte sie, neue Zeichnungen anzufertigen, beschloss dann aber, ausnahmsweise darauf zu verzichten. Es gab Wichtigeres zu tun.

»So, Clifford, dann wollen wir einmal alle Leute durchgehen, die in der Nacht von Aris' Tod am Tisch saßen, nicht nur unsere Verdächtigen, und dann überprüfen, ob wir am Ende wieder bei derselben Liste ankommen, mit der wir angefangen haben? Einverstanden?«

»Einverstanden, Mylady.«

»Gut, Mr Oswald Greaves.«

»Aris hat versucht, Mr Greaves hinter Gitter zu bringen und seine Partei auflösen zu lassen.«

»Und er hat uns belogen, Clifford. Uns hat er gesagt, dass er nie wütend auf Aris gewesen sei, während Mrs Aris mir erzählt hat, dass er wütend vor ihrer Tür erschienen sei.«

»Das ist gewiss genug, um ihn auf unserer Verdächtigenliste zu lassen, Mylady.«

»Weiter geht es mit Ernest Carlton. Der Mann war der ewige Zweite hinter Aris und steht laut Mrs Brody kurz davor, von seiner Partei hinausgeworfen zu werden. Das ist meiner Meinung nach ein Motiv, Aris zu töten. Jetzt, da Aris aus dem Weg geschafft ist, sind seine Chancen auf einen Wahlsieg deutlich gestiegen. Es gibt keinen Preis für den zweiten Platz, wie ich auf der St Mary's School schmerzlich lernen musste. Ehrlich, jeder Test, jeder sportliche Wettkampf fühlte sich an wie ein Käfigkampf.«

»Da wussten Sie noch nicht, was für eine ausgezeichnete Vorbereitung dies für Ihre anstehende politische Karriere darstellen sollte, Mylady.«

»Es war die Hölle, und ich bin nicht gerade ein Mauerblümchen, wenn es darum geht, das zu bekommen, was ich will. Carlton scheint jedenfalls gemeinhin unbeliebt zu sein, noch dazu ist er ein bekannter Frauenheld, obschon das, wie Sie bereits aufgezeigt haben, für Aris' Tod nicht relevant sein dürfte. Weiter zu Blewitt, dem nächsten auf unserer Verdächtigenliste.«

»Mr Blewitt steht an der Spitze einer Kabale, die beabsichtigt, Mr Aris' liberale Frauenrechtspolitik mithilfe eines Kandidaten von deutlich anderer Gesinnung zunichtezumachen. Grund genug für einen Mord?«

Eleanor nickte. »Ich bin dem Kerl begegnet, und er hat mir mit körperlicher Gewalt gedroht, falls ich weiter zu Aris' Tod ermittle. Er erschien mir wie ein Mann, der seine eigene Großmutter ermorden würde, falls sie ihm sein Ei zu hart kocht!« Sie spähte hinab auf ihre Liste. »Das deckt die ersten drei unserer Verdächtigen ab. Alle anderen am Tisch scheinen kein Motiv dafür zu haben, Aris tot sehen zu wollen.«

Clifford nickte.

»Gut, und lassen Sie uns Lord und Lady Fenwick-Langham von der Liste streichen, da sie ja nicht einmal anwesend waren.« Sie tat dies nicht ohne Genugtuung. *Zwei Namen weniger auf deiner Liste, Ellie.* Sie ging die Liste weiter durch. »Lord und Lady Farrington.«

Clifford räusperte sich. »Aris unterstützte Lord Farringtons Vorhaben, eine große Wohnsiedlung auf Bauland zu errichten, das zu Farrington Manor gehört. Seit dem Tod von Aris scheinen dieses Geschäft und damit auch die Finanzen der Farringtons in Schieflage geraten zu sein. Entsprechend macht es den Anschein, als ob weder Lord noch Lady Farrington über ein Motiv verfügten, Mr Aris zu ermorden, sondern dass ihnen vielmehr daran gelegen sein musste, ihn am Leben zu halten, zumindest so lange, bis der Deal in trockenen Tüchern gewesen wäre.«

»Aber ...?«

»Aber Lady Farrington hat das Personal gezwungen, die Polizei zu belügen, allem Anschein nach Beweise vernichtet – den restlichen Fudge – und Sie gebeten, zum Mord zu ermitteln, ohne Lord Farrington etwas davon zu sagen.«

»Ihre Einschätzung dazu?«

»Entweder verwischt Lady Farrington ihre eigenen Spuren oder die von jemand anderem, aber von wem und warum, das vermag ich im Augenblick wirklich nicht zu sagen. Und die Tatsache, dass die Ladyschaft Sie bittet, zum Tod von Mr Aris zu ermitteln, ihr Mitwirken aber vor ihrem Ehemann geheimzuhalten, mutet sicherlich kurios an.«

Eleanor seufzte. »In der Tat. Allerdings lässt sich aktuell wirklich kein mögliches Mordmotiv für die beiden feststellen, und dass sie ihn an ihrer eigenen Tafel umgebracht haben sollen, das erscheint einfach zu unerhört. Jetzt zu Miss Mann. Sie ist die Vorsitzende ebenjener Partei, der Women's League, die Aris unterstützte. Ich weiß nicht, inwiefern sie von seinem Tod profitieren sollte. Der nächste Name auf der Liste ist Stanley Morris, der Kandidat der Liberal Party. Offenbar hatte seine Gattin eine Affäre mit Carlton, nicht mit Aris, sodass sich auch hier kein Motiv erschließt. Zu Vernon Peel ... Nun, Carlton hat angedeutet, dass er Schwierigkeiten mit Aris gehabt habe. Aber erstens glaube ich Carlton kein Wort, und zweitens könnte er versucht haben, Peel zu bezichtigen, um von seiner eigenen Schuld abzulenken.«

Clifford nickte. »D'accord, Mylady. Allerdings beschlich mich während unseres Gesprächs mit Mr Peel das Gefühl, dass er definitiv etwas verbirgt. Reicht das aus, um ihn auf unserer Verdächtigenliste zu lassen?«

»Gute Frage, Clifford.« Sie ließ ihren Blick über die Seite schweifen:

*Lord Farrington – kein Motiv bekannt, benötigte Aris' Unterstützung für ein Bauprojekt auf seinem Grund (drohte im Falle eines Nichtzustandekommens der mögliche Bankrott?)*

*Lady Farrington – ebenfalls kein Motiv, animierte ihre Bediensteten allerdings zum Lügen – wieso (schützt sie jemanden? Wen? Warum?)?*

*Mr Oswald Greaves (Communist Party) – Aris versuchte, ihn hinter Gitter zu bringen und seine Partei verbieten zu lassen*

*Mr Ernest Carlton (Labour Party) – hat dreimal gegen Aris verloren und könnte bei einer erneuten Schlappe von seiner Partei ausgeschlossen werden, hat sich außerdem mit Aris wegen einer Frau zerstritten*

*Mr Arnold Aris (unabhängig) – ist tot (vergiftet durch Erdnüsse)*

*Miss Dorothy Mann (Women's League) – kein Motiv bekannt, denn Aris war der größte Unterstützer der Women's League und der Frauenrechte in der Region*

*Mr Stanley Morris (Liberal Party) – kein Motiv bekannt*

*Mr Duncan Blewitt (Regierungsrat) – Kopf der Kabale, die versucht, den durch Aris frei gewordenen Platz durch einen frauenfeindlichen Kandidaten zu besetzen, aber kein konkretes Motiv bekannt*

*Mr Vernon Peel (Aris' Partner in der Anwaltskanzlei) – kein Motiv bekannt, verbirgt aber definitiv irgendetwas*

~~*Lord und Lady Fenwick-Langham (abgesagt)*~~

»So, wir scheinen es also mit denselben Verdächtigen wie zuvor zu tun zu haben. Greaves, Carlton und Blewitt. Und möglicherweise die Farringtons und Peel. Und das Rätsel, dass der Mörder vorab gewusst haben musste, dass Mrs Pitkin diesen Fudge servieren würde, besteht ebenfalls weiterhin. Denn es scheint, als ob das niemand am Tisch wusste.«

Clifford hob eine Augenbraue. »Bis auf Lady Farrington. Mrs Pitkin wird die Herrin des Hauses gewiss über das abendliche Menü unterrichtet haben.«

Eleanor nickte. »Da ist was dran. Vielleicht sollten wir Lord und Lady Farrington neben Greaves, Carlton und Blewitt also ebenfalls genauer unter die Lupe nehmen.«

Clifford räusperte sich. Eleanor sah auf und traf seinen Blick. »Ja. Ja, ich weiß. Ich schiebe die Befragung von Blewitt vor mir her, wie ich es bei Mrs Aris getan habe, aber aus ganz anderen Gründen. Bei meiner einzigen Begegnung mit Blewitt lief es mir kalt den Rücken herunter, und das war in aller Öffentlichkeit. Ich habe keinerlei Bedürfnis, diesem Mann noch einmal zu begegnen, schon gar nicht auf begrenztem Raum, etwa in seinem Büro.« Sie starrte auf die Kritzeleien in ihrem Notizbuch. »Wie um Himmels willen konnte ich mir nur einbilden, diesen Fall lösen zu können?«

Sie rümpfte die Nase. »Was wollen wir nun unternehmen, Clifford?«

Er schien einen Augenblick lang zu überlegen. »Erstens möchte ich anmerken, dass Ihre Fähigkeiten zur Verbrechensaufklärung erheblich ausgeprägter sind, als Sie es sich zugestehen. Sie sind der Polizei bereits bei mehreren verzwickten Fällen zuvorgekommen.«

»Danke, aber *wir* haben diese Fälle gelöst. Ohne Ihr furchtbar methodisches Vorgehen bei der Analyse und Interpretation jeglicher Hinweise wären die Mörder noch immer auf freiem Fuß.«

»Danke, Mylady. Darf ich folglich anregen, an dieser Stelle die gleiche Vorgehensweise an den Tag zu legen?«

Sie lachte. »Vielleicht sollten wir uns damit selbstständig machen?« Sie schwang ihre Hand durch die Luft, als läse sie die Inschrift eines Schildes: »Swift und Clifford, Privatdetektive.«

Clifford wartete ab, seine Miene war so unergründlich wie immer.

Eleanor kam ein Gedanke: »Wissen Sie was? Wir sollten Mrs Brody ebenfalls auf unsere Liste setzen. Sie hat sich heftig über Aris ausgelassen.«

»Aber Mrs Brody weilte in jener Nacht nicht auf Farrington Manor, Mylady.«

»Doch, das tat sie. Für kurze Zeit. Mrs Aris hat mir erzählt, dass Mrs Brody auf Farrington Manor aufgeschlagen sei, um Unfrieden zu stiften. Man hat sie entfernen lassen.«

Clifford hob eine Augenbraue. »Und warum befindet sie sich dann nicht auf unserer Gästeliste des Abends?«

»Diese Liste entspricht der Sitzordnung am Tisch. Da sie nicht offiziell eingeladen war, befindet sich ihr Name auch nicht auf der Liste. Das einzige Problem ist, dass sie niemals am Tisch war und ging, bevor Aris starb, sodass sich mir nicht erschließt, wie sie die Gelegenheit hätte haben können, ob sie nun ein Motiv besitzt oder nicht.«

Sie setzte den Namen »Pearl Brody« an das Ende der Liste. »Ich finde, wir sollten sie im Auge behalten.« Sie legte ihren Stift ab und seufzte. »Ich weiß nicht, in welchem Geisteszustand sich die arme Mrs Pitkin gegenwärtig befindet. Was ich allerdings weiß, ist, dass wir Aris' Mörder finden und ihre Unschuld so bald wie möglich beweisen müssen, ehe sie sich dazu entschließt, irgendetwas Törichtes zu tun.«

# NEUNZEHN

»Vorsicht!«, brüllte eine körperlose Stimme.

Eleanor kam auf ihrem Fahrrad vor eine rotwangigen Frau zum Stehen, die plötzlich aus der Hecke geschossen kam. »Verzeihung, aber können Sie mir helfen? Die kleinen Bengel sind schon wieder ausgebüxt!«

Die karierte Schürze, die Gummistiefel und das Ferkel unter ihrem Arm verrieten Eleanor, dass es sich bei der Frau um eine Bäuerin handeln musste. Sie lehnte ihr Fahrrad gegen das Tor. »Ja, natürlich. Wie viele sind es denn?«

»Dreizehn, aber den Kümmerling habe ich schon hier.« Dem zappelnden rosa Bündel entfuhr ein entrüstetes Grunzen. »Mein Mann ist da hinten auf dem letzten Feld, wir werden sie folglich allein einfangen müssen.«

»Kein Problem.« Eleanor nahm ihren Schal ab und band ihn zu einer Schlinge. Ein besonders stämmiges Schweinchen, das die anderen als Anführer zu betrachten schienen, wetzte auf sie zu. Sie passte den richtigen Augenblick ab, um die Schlaufe des Schals um den Hals des Ferkels zu werfen, als dieses an ihr vorbeiraste.

Es zog sie gut fünfzehn Fuß weit mit, ehe sie es zum Stillstand gebracht hatte. »Eleanors erster Streich!« Sie strahlte die Bäuerin an. »Die beiden hier waren also der erste und der zweite Streich, drei bis dreizehn folgen sogleich.«

Die Frau lachte. »Stecken wir sie fürs Erste in den leeren Hühnerstall direkt da hinter dem Tor.«

Einige nervenaufreibende und erschöpfende Minuten später hatten sie auch die übrigen Schweinchen eingefangen, die sich nun im Hühnerstall um das Hühnerfutter zankten.

Die Frau klopfte ihre Schürze ab und lächelte Eleanor zu. »Alle Wetter, ich kann Ihnen gar nicht genug danken! Ich habe mir solche Sorgen gemacht, dass sie vom Kohlenwagen oder dem Milchmann erfasst werden könnten, so wie die auf die Straße gestürmt sind.«

»Keine Ursache. Übrigens, mein Name ist Eleanor Swift.«

»Was? Lady Swift? Ich bin wohl von allen guten Geistern verlassen! Was müssen Sie nur von mir denken, dass ich Sie aufhalte und Sie um Ihre Hilfe beim Schweinchenfangen bitte!« Sie nahm Eleanors Schal und Schuhe in Augenschein und verzog das Gesicht. »Bitte kommen Sie doch mit ins Farmhaus und lassen Sie sich etwas von mir borgen, wenngleich ich auch nichts ähnlich Adrettes im Schrank habe.«

Eleanor zückte die Taschenuhr ihres Onkels. »Danke, aber ich bin bereits spät dran.«

Sie sah an ihrer Kleidung hinab. Der Samstagmorgen war mit der Verheißung angebrochen, einer jener seltenen Herbsttage zu werden, an denen sich die englische Landschaft von ihrer zauberhaftesten Seite präsentierte. Entsprechend hatte sie sich in helle Farben gehüllt. Wenn sie gewusst hätte, dass sie heute Ferkel zusammentreiben würde, hätte sie sich diese Mühe nicht gemacht.

»Keine Sorge, ich werde es mit, äh … Champagner auswaschen.« Als ihr aufging, dass sie wie eine Prinzessin klang, zuckte sie beschämt mit den Achseln.

Die Frau lachte. »Dann möchte ich Sie keinen Moment

länger aufhalten, als nötig ist, um mich aufrichtig bei Ihnen zu bedanken, auch im Namen meines Ehemanns. Wir sind die Atwoods, uns gehört die Farm da drüben.« Sie hielt inne. »Ihr Onkel war ein wunderbarer Mann, Lady Swift. Wir haben ihm so viel zu verdanken.«

Und mit diesen Worten ließ sie Eleanor weiterziehen.

Als sie das Flugfeld erreicht hatte, erblickte sie Lancelot auf dem Dach eines Lasters, von wo aus er den Blick suchend über die Straßen schweifen ließ wie ein Kapitän von der Brücke seines Schiffs. Sein Seidenschal flatterte hinter ihm im Wind, als er zur Begrüßung übertrieben salutierte.

»Ahoi, Sherlock! Ich wähnte dich schon von Piraten entführt.« Er schob sein imaginäres Fernrohr mit einem Fingerschnippen zusammen und schwang sich gekonnt hinab.

»Ui!« Er hielt sich seinen Schal vor die Nase. »Ich sage es ja nur ungern, aber irgendwas an dir irritiert meine Nasenlöcher. Trägst du etwa einen neuen Duft?«

Eleanor warf ihre roten Locken zurück. »In der Tat, brandneu aus Paris, weißt du. Es heißt Eau de la Ferme.«

»Nicht Eau de la Merde? Offen gesagt, Sherlock, das könnte uns noch das Picknick verderben!«

Sie schlug ihm auf den Arm. »Mein ›Gestank‹, auf den du gerade so ungalant hingewiesen hast, ist das Ergebnis davon, dass ich eine gute Bürgerin bin und geholfen habe, eine Horde ausgebüxter Schweine einzufangen.«

Lancelot betrachtete sie. »Süße Frucht, erinnerst du dich noch, wie ich dir gesagt habe, dass du köstlich sonderbar bist?«

Sie nickte.

»Nun, ich habe es mir anders überlegt.«

»Oh.« Es gelang ihr nicht, die Enttäuschung in ihrer Stimme zu verbergen.

»Ich habe vielmehr beschlossen, dass du verflixt und rasend verrückt bist!« Er zwinkerte ihr zu. »Wer hat schon mal von einer Lady gehört, die auf der Straße auf Schweinejagd geht wie eine Arbeiterin? Das muss ich einfach Mater erzählen. Sie wird vor Entsetzen sterben!«

»Nichts dergleichen wirst du tun! Zufällig ist mir deine Mutter ziemlich ans Herz gewachsen. Sie steht mir sehr nahe, und zwar nicht erst seit ich dir dein scheußliches Leben gerettet habe. So, wo steht jetzt dieses Lufttaxi, das du mir versprochen hast?«

»Gleich da drüben, hinter den behelfsmäßigen Waschgelegenheiten.«

Lancelots libellenblaues Flugzeug, das am anderen Ende des Flugfelds bereitstand, machte mit seiner zierlichen Anmutung nicht den Eindruck, als ob es sie in den wolkenlosen blauen Himmel befördern könnte. Insbesondere, da das Flugfeld nicht mehr als eine unebene Wiese war, auf der ein gemähter Streifen in der Mitte als Startbahn diente.

Lancelot beugte sich ins Cockpit. »Hier ...« Er streckte ihr einen Strauß zart duftender weißer Schafgarben entgegen, deren Kronen noch einen Hauch von Rosa trugen. Sie ließ ihre Finger über die winzigen Blätter gleiten.

»Holla, danke, werter Herr. Feinstes Unkraut.«

Er schnippte ihr gegen die Nase. »Also wirklich, Sherlock, hast du denn gar keinen Sinn für Romantik? Das sind Wildblumen, genau wie du. Bodenständig und verflixt unkontrollierbar.«

Sie roch an den Blumen. Hatte sie etwa tatsächlich einen Mann gefunden, der sie so mochte, wie sie war? *Oh, Ellie, erhoffe dir besser nicht zu viel!*

Er wies auf den Himmel. »Komm schon, Daphne brennt

darauf, abzuheben. Das arme alte Mädel war wochenlang eingepfercht, während ich damit beschäftigt war, ihr Problem mit dem unbeweglichen Gasgriff zu lösen.«

Sie starrte ihn an. »Brilli, bist du dir sicher, dass es behoben ist? Erinnerst du dich noch an das letzte Mal, als du dieses Problem hattest?«

Er wiegelte ab. »Das war ein schiefes Lenkgestänge, eine völlig andere Baustelle. Und ich war derjenige, der auf Hilfe warten musste, während dein Inspector um dich herumtanzte wie ein ...« Er brach ab und sah weg.

Die Erinnerung brachte Eleanor zum Schmunzeln. Detective Chief Inspector Seldon hatte ihr in der Vergangenheit geholfen, zwei Mordfälle aufzuklären, und dabei gewisse Gefühle für sie offenbart, die sie zu leugnen versuchte. Sie schüttelte den Kopf. »Ich glaube, du bist eifersüchtig, Lord Fenwick-Langham. Sei's drum, dieses Mal wird es niemanden geben, der mich retten kann ... außer dir.«

Lancelot grinste. »Du springst also nicht ab, bevor wir überhaupt in der Luft sind? Denn, um ganz ehrlich zu sein, ich habe nur einen Fallschirm.«

»Was?!«

»Spaß!« Er schlug sich aufs Bein. »Ich habe gar keinen Fallschirm.«

*War das etwa schon wieder ein Scherz?*

Nachdem sie auf dem Einzelsitz hinter Lancelot Platz genommen hatte, wurde ihr klar, dass er es mit seiner Spritztour ernst gemeint hatte. Er beugte sich hinüber und tastete hinter ihr herum. Dabei rutschte sein Hemd aus dem Hosenbund, woraufhin sie beim Anblick seines straffen, muskulösen Bauchs den Atem anhalten musste.

»Also, hier hast du Haube und ...« Er schob ihre Locken zur Seite, um ihr eine Schutzbrille aufzusetzen, »... Eimer. Sehr attraktiv!«

»Eimer?« Sie blickte ihn durch die Brille hindurch an.

»Na, das ist Cockney Rhyming Slang, du weißt schon.«

»Wie soll das denn funktionieren? Mir fällt kein Wort ein, das sich auf ›Eimer‹ reimt und etwas mit ›Brille‹ zu tun hat.«

»Mir auch nicht.« Er grinste, fuchtelte dann aber mit seinem Zeigefinger vor ihrem Gesicht herum. »Jetzt aber zur Sicherheitskontrolle und einigen wichtigen Informationen. Setz dich und hör zu, Lady Swift.«

Sie schluckte. Die Tragweite dessen, was sie im Begriff war zu tun, wurde ihr bewusst. Sie vertraute ihr Leben einem Mann an, der es als urkomisch erachtete, seinen linken und seinen rechten Schuh miteinander zu vertauschen.

»Es gibt nur eine Sache, die du wissen musst, wenn du in einem Zweisitzer wie Daphne fliegst.« Er hob den Lederriemen ihrer Haube an und flüsterte ihr direkt ins Ohr: »Die Champagnerflasche keinesfalls unterhalb von fünfhundert Fuß öffnen!«

Und damit kletterte er hinaus, küsste die Nase des Flugzeugs und stieß den Propeller tüchtig an, bis der Motor sich stotternd in Gang setzte.

»Alle an Bord?«, rief er, als er ins Cockpit zurückgekehrt war. Sie reckte ihren Daumen nach oben und klammerte sich an ihrem Sitz fest, während Daphne sich in Bewegung setzte. Das Flugzeug beschrieb einen großen Bogen und blieb dann stehen. Lancelot hob eine Hand und zählte mit seinen Fingern. »Fünf ... Vier ... Drei ... Zwei ... Eins ... START!«

Dann rumpelten sie durch das hohe Gras. Die Hecke am anderen Ende näherte sich ihnen alarmierend schnell. Gerade als es so aussah, als wäre eine Kollision unausweichlich, hob sich die Nase und sie befanden sich in der Luft.

»Oh, wie ist das schön!« Ihre Hände umklammerten das hintere Cockpit zu beiden Seiten, während sie hinunterblickte. Die Hecken und Steinmauern unterteilten die Felder in bunte kleine Quadrate, die von flauschigen weißen Schafen gesprenkelt waren und ihr das Gefühl gaben, über einem riesigen handgemachten Flickenteppich zu schweben.

Als sie über einen stark bewaldeten Kamm flogen, der in roten und goldenen Herbstfarben leuchtete, holte sie tief Luft.

»Henley Hall!«, brüllte Lancelot über das Dröhnen des Motors hinweg. Ihr Zuhause lag links unter ihnen und sah aus wie ein entzückendes Puppenhaus. Als Nächstes tauchte Little Buckford auf, das mit seiner malerischen Hauptstraße, dem winzigen Kricketplatz und der normannischen Kirche aussah wie ein englisches Musterdorf. Sie lehnte sich hinaus, als könnte sie eine Reihe der liliputanischen Reihenhäuser mit den roten Dächern hinauspflücken, während der Wind durch ihre Finger sauste. Sie hob die Arme, als wären sie Flügel, und jauchzte in den Wind.

»Sherlock! Bleib sitzen! Du gleichst ja einem herumfuchtelnden Tintentisch!«

»Tut mir leid!« Sie lehnte sich in ihren Sitz zurück. Sie hatte schon einmal in einem Flugzeug gesessen, jedoch nicht in einem Modell mit offenem Cockpit für den Kopiloten. Es war unglaublich, und die Aussicht war spektakulär.

»Langham Manor!«, rief Lancelot über seine Schulter.

Als das riesige Anwesen in ihr Sichtfeld rückte, zeigte sie ihm zwei ausgestreckte Daumen. Das großzügige Gelände verlieh der Aussicht die Anmutung eines alten Ölgemäldes. Das Flugzeug drehte ein, und bald schon flogen sie über eine Reihe kleiner Weiler hinweg. Sie zeichnete die gewundenen grauen Bänder der Landstraßen mit ihrem Finger nach und versuchte nachzuvollziehen, wo genau sie sich befanden. Hie und da bemerkte sie die Bewegungen eines Fußgängers. Aus der Luft sah alles aus wie der Inhalt einer zum Leben erweckten Kinderspielekiste; wie ein heimlicher Blick in das, was passierte, wenn sich der Deckel nach der Spielestunde wieder schloss.

Wenige Minuten später sah sie in weiter Ferne zu ihrer

Rechten etwas funkeln. Verblüfft starrte sie in die Richtung. *Die Themse!* Als sie den Fluss erreichten, steuerte Lancelot Daphne so, dass sie dessen Verlauf folgen konnten. In der Tiefe machte Eleanor Ansammlungen winziger weißer Punkte aus, die sie für Familien von Schwänen hielt. Sechs der berühmten Rudermannschaften der Universität von Oxford flitzten vorbei, das Wasser glitzerte auf den Ruderblättern ihrer Riemen. Ein kleines Stück weiter tuckerte eine Flottille der berühmten Salter's-Zeltdampfer unter ihnen entlang, und die Touristen an Bord winkten zum Flugzeug hinauf. Eleanor winkte zurück und fühlte sich dabei ganz wie eine Königin, die ihr Königreich aus einer spektakulären Vogelperspektive genießt.

Kurz darauf deutete sie auf eine Anhäufung märchenhafter Türme am Horizont. »Das ist Oxford! Wir werden in –«

Urplötzlich geriet das Flugzeug mächtig ins Trudeln. Sie machte sich auf das Äußerste gefasst. Was war hier nur los?

Lancelot schien mit der Steuerung zu kämpfen. »Dieses Feld da vorn!« Er winkte wie ein Wahnsinniger. Sie konnte nichts sehen, nickte aber. Dann krampfte sich ihr Magen zusammen und schien sich gegen ihren Rachen zu stülpen. Gewiss stürzten sie gerade ab? Vorn auf dem Pilotensitz hatte Lancelot offensichtlich den Kampf gegen seinen Steuerknüppel verloren. »Könnte ... etwas ... holprig werden. FESTHALTEN!«

Sie blickte über den Rand des Flugzeugs und bereute es umgehend, als sie sah, wie der Boden auf sie zurauschte.

Der Aufprall war weicher als erwartet. Die Räder rumpelten über das gemähte Gras des Feldes, ehe ein kleiner Heuhaufen sie so weit abbremste, dass das Flugzeug anmutig in einen See glitt.

Lancelot jubelte, als sie zum Stillstand kamen. »Das war die beste Landung aller Zeiten! Imposant, nicht wahr, Sherlock?«

Eleanor starrte auf seinen Hinterkopf. Auf ihren Reisen hatte sie schon einige gefährliche Charaktere kennengelernt, doch dieser hier spielte offensichtlich in seiner ganz eigenen Liga. Sie blickte auf das Wasser. »Kann Daphne schwimmen?«

»Natürlich!« Sie kletterten beide hinaus auf den schmalen Flugzeugrumpf. Er hielt ihre Hand und blickte sie besorgt an. »Süße Frucht, deine Hände zittern ja! Du hattest doch nicht etwa Angst, oder? Du wirkst immer so zäh, so kompetent, als könnte dir nichts etwas anhaben.«

Sie stieß einen tiefen Atemzug aus. »Mir geht's gleich wieder gut. Es ist nur so: Das Flugzeug, das ich von Kapstadt nach London genommen habe, um nach dem Tod meines Onkels nach England zurückzukehren, ist dreimal abgestürzt. Das erste Mal dachte ich, dass ich durch den Aufprall sterbe, beim zweiten Mal, dass ich verdurste, und beim dritten Mal, dass ich von wilden Tiere gefressen werden. Bei keinem dieser Anlässe bot sich der Luxus eines Sees zur Notwasserung.«

Lancelot blickte ausnahmsweise ernst drein: »War es ein Flugboot?«

»Nein.«

Er grinste. »Dann wäre es ohnehin gesunken.«

Sie schlug ihm auf den Arm.

»Autsch!« Er rieb sich die Stelle. »Für ein Mädchen schlägst du aber fest zu.« Er floh außer Reichweite. »Nur Spaß! Die arme Daphne wird eine ganze Weile lang feuchte Unterwäsche haben, so viel steht fest.«

Sie kam zu ihm hinüber. »Und wir auch, du Ochse! Was sollen wir denn jetzt machen?«

»Das Picknick genießen?«

Sie saßen noch immer auf dem Flugzeug, und obwohl sie ihn mit seiner grinsenden Visage am liebsten in den See geschubst hätte, weil er so leichtfertig mit, nun ja, mit allem umging, war seine kindliche Freude ansteckend. Wenig später ließen sie sich ein köstliches Festmahl aus Schottischen Eiern und feinen Käse-Gurken-Sandwiches schmecken, die sie mit einer großzügigen Menge Champagner hinunterspülten.

Sie drehte ihr Glas in der Hand und blickte über das Wasser. Ohne ersichtlichen Grund musste sie an die Abende mit ihren Eltern denken, die sie mit Blick auf den kleinen See hinter ihrer Hütte in Peru verbracht hatten.

»Lancelot, fühlst du dich manchmal schlecht, weil du so viel hast, während andere so wenig besitzen?« Sie seufzte. »Entschuldige, ich wollte nicht so bierernst sein, aber der Wahlkampf in Little Buckford und Chipstone hat mir wirklich die Augen geöffnet.«

Er zuckte mit der Schulter. »Was sollte es für einen Sinn haben, das, was man hat, nicht zu genießen? Das erscheint mir etwas undankbar, und, um ganz offen zu sprechen, die Märtyrerin zu spielen passt nicht zu dir.«

Die Bemerkung saß. »Ich spiele nicht die Märtyrerin.«

»Ach nein?«

Plötzlich sprang er auf und winkte mit beiden Armen wie ein schiffbrüchiger Seemann. »Ahoi!«

Von der anderen Seite des Feldes zuckelte ein kleiner Traktor auf sie zu, an dessen Steuer ein missmutig blickender korpulenter Mann saß. Er kam am Ufer des Sees zum Stehen.

»Das hier ist Privatbesitz.«

Lancelot grinste und zückte sein Portemonnaie. »Sehr aufmerksam! Das Problem ist nur«, sagte er und zwinkerte dem Mann zu, »dass ich versucht habe, die Dame hier zu beeindrucken, und ich es dabei wie ein fürchterlicher Idiot übertrieben habe. Ich würde Sie gern dafür entschädigen, dass Sie so freundlich sind, uns hier hinauszuziehen. Und für sämtliche Schäden natürlich auch.«

Die Schultern des Farmers entspannten sich, als Lancelot mehrere Banknoten aus seinem Geldbeutel zog. »Nun, allzu viel Schaden scheint nicht entstanden zu sein, der Herr.« Er kletterte von seinem Traktor und lächelte schief. »Eine Frage hätte ich aber.«

Lancelot rutschte vom Flugzeugrumpf in das hüfthohe Wasser hinunter und watete ans Ufer. Er nickte, während er dem Farmer das Geld aushändigte.

Der Farmer schirmte eine Seite seines Mundes ab und flüsterte: »War die Dame denn beeindruckt?«

Eleanor erhob sich und rief: »Ja, das war sie!«

Die beiden Männer starrten sich überrascht an, und dann schallte Lancelots Lachen durch die Landschaft von Oxfordshire.

Das Abendlicht ließ langsam nach, als Lancelot Eleanor seine feuchte Jacke um die Schultern legte. Als sie sich selbst und Daphne aus dem See gerettet hatten, waren sie beide völlig durchnässt und von Algen und nassem Heu bedeckt gewesen. Der Farmer hatte den Flieger in eine nahe gelegene Scheune geschleppt, und Lancelot hatte einen Kohlenwagen angehalten, dessen Fahrer er im Austausch für die Mitfahrgelegenheit nun mit ihrer Leidensgeschichte unterhielt. Der Fahrer drehte sich immer wieder zu ihnen nach hinten um, um in Augenschein zu nehmen, wie sie da mit herabbaumelnden Beinen auf der offenen Pritsche saßen, während ihnen das Wasser aus den Socken und Strümpfen troff.

Eleanor hielt den ramponierten Strauß Schafgarben und einen Schuh in den Händen, da sie den anderen beim Waten an Land verloren hatte. Ihre feuchten Locken klebten an ihrem kohlestaubverschmierten Gesicht. Lancelot legte seine Hand in die ihre, umschloss ihre Finger, pfiff dabei nonchalant und blickte geradeaus. Sie fühlte sich rundum wohl.

»Sherlock?«

»Hmm?«

»Wirst du noch mal eine Runde mit mir und Daphne fliegen?«

Sie dachte einen Augenblick lang nach. »Nur wenn du Fallschirme, Rettungswesten und Ersatzklamotten einpackst.« Sie schmiegte sich an seine Schulter. »Und, noch viel wichtiger, mehr Champagner.«

# ZWANZIG

Mrs Butters war noch immer in heller Aufregung, als die Rathausuhr am nächsten Tag zwölf Uhr mittags schlug. »Aber, Mylady, Sie waren völlig durchnässt, weiß Gott, worin Sie da herumgeschwommen sind. Ein weiterer Löffel kann nicht schaden.«

Eleanor hörte auf, an dem Anstecker der Women's League herumzufummeln, und starrte ihre Haushälterin im Spiegel an. »Das stimmt. Vielleicht hilft es ja gegen meine belegte Stimme, schließlich muss sie bei der Debatte heute Nachmittag laut und deutlich zu verstehen sein.«

»Wie Sie wünschen, Mylady. Fühlen Sie sich denn gar nicht mehr fiebrig?«

Eleanor drehte sich um und fasste Mrs Butters an den Schultern. »Wissen Sie eigentlich, was für ein Segen Sie sind?«

»Tss, tss, ich war nicht auf Komplimente aus.«

»Ich weiß. Wie üblich versuchen Sie sich besser um mich zu kümmern, als ich selbst. Jetzt wünschen Sie mir aber Glück, denn ich fürchte, dass ich es gut gebrauchen kann.«

---

Die Hauptstraße von Chipstone wirkte, als würde sie Eleanor erwarten. Während Clifford mit dem Rolls-Royce so nah wie möglich vor dem Rathaus zu halten versuchte, steckte sie ihren Kopf aus dem Fenster und begutachtete die beachtliche Menschenansammlung vor der Tür.

»Das ist merkwürdig. Ich hatte ja eher gedacht, dass sich unser Publikum hauptsächlich aus Reportern und ein paar des Kartenspielens überdrüssigen Rentnern zusammensetzen würde. Alle anderen müssten doch eigentlich damit beschäftigt sein, ihr eigenes Leben zu führen, und doch hat sich da eine beträchtliche Menge versammelt.«

»Es gibt eine Menge Ungewissheit angesichts der Geschehnisse in Whitehall, Mylady. Die Regierungskoalition verunsichert die Bürger mit ihren sehr öffentlichen und wiederholten Meinungsverschiedenheiten erheblich. Ich vermute, dass sich das gemeine Volk vergewissern möchte, dass es vor seiner Haustür wesentlich seriöser zugeht.«

»Nun, wenn sie mich wählen, dann wird es das auch.«

»Ein kühnes Versprechen. Darf man fragen, ob dies der Tenor Ihrer heutigen Botschaft sein wird?«

»Nein, eigentlich nicht. Allerdings werden Sie sich gedulden müssen wie alle anderen auch, um herauszufinden, worin dieser besteht.« Als sie aus dem Auto stieg, fügte sie murmelnd hinzu: »Genau wie ich selbst.«

Im Rathaus herrschte dicke, stickige Luft. Eleanor wurde einer Bewegung am Ende des Flurs gewahr. Leider war es nicht Miss Mann, die da auf sie zugelaufen kam, sondern Mrs Brody.

»Lady Swift, exzellent! Sie wollte ich erwischen. Am Donnerstagabend um sieben Uhr sind Sie zu unserem nächsten Treffen im Lesekabinett eingeladen.«

Eleanor gab sich Mühe, freundlich zu klingen. »Mrs Brody,

wenngleich ich die Unterstützung durch Sie und Ihre Damen zu schätzen weiß, kann ich die Methode, die Sie bei dieser jüngsten Debatte an den Tag gelegt haben, nicht gutheißen. So wie Sie mit Ihrer Gruppe Mr Blewitt und die anderen Kandidaten übertönt haben, als diese versuchten, sich an die Öffentlichkeit zu wenden, und dann die Menge angestachelt haben, die Bühne zu stürmen? Ich verstehe ja, wie wohlmeinend Ihre Gruppe ist, aber –«

Mrs Brody brach in Gelächter aus. »Sind Sie wirklich so grün hinter den Ohren, dass Sie sich einbilden, diese Wahlen als Frau ohne Anwendung solcher – oder schlimmerer – Methoden gewinnen zu können?«

Eleanor wehrte sich: »Ich glaube nicht, dass die Anwendung hinterlistiger Methoden unsere Sache voranbringen wird.«

Mrs Brody verschränkte die Arme. »Glauben Sie ernsthaft, dass die anderen Kandidaten so etwas nicht auch ständig tun? Und dass solche Methoden nicht überall im ganzen Land praktiziert werden? Denn falls Sie das glauben, dann haben Sie unsere Hilfe dringender nötig, als ich dachte. Übrigens führt meine Gruppe für die anstehende Debatte ein weitaus extremeres Vorgehen im Schilde. Genau wie auch Ihre Gegner.« Sie schüttelte den Kopf. »Als Nächstes behaupten Sie noch, dass die beste Partei mit anständigen und ehrlichen Mitteln gewinnen wird.«

Eleanor warf ihre roten Locken zurück. »Das behaupte ich nicht nur, das werde ich auch laut verkünden. Politik mag ein mörderisches Spiel sein, aber ich lasse mich nicht dazu herab, mit unfairen Mitteln zu gewinnen.«

Mrs Brodys Erbitterung war offensichtlich. Sie sprach zu Eleanor wie zu einem kleinem Kind: »Verstehen Sie denn nicht, dass das Wahlergebnis ohne unser Einschreiten bereits beschlossene Sache ist? Als Unabhängige und als Frau haben

Sie keine Chance! Ich habe Sie nicht zum nächsten Treffen der Aufwieglerinnen geladen, um Sie zu unterstützen, wie Sie vielleicht glauben, sondern um Sie zur Einsicht zu zwingen. Die Women's League besteht aus einem Haufen alter Damen, die wenig oder gar keine Ahnung davon haben, wie man einer weiblichen Kandidatin zum Sieg verhilft. Insbesondere im Kampf mit einem Kerl wie Blewitt …«

Eleanor kamen Lady Fenwick-Langhams Worte wieder in den Sinn: »Was soll aus diesem Land werden, wenn alle Frauen sich gegenseitig in der Öffentlichkeit verleumden und bekämpfen und im Privatleben herumhuren und -zocken wie die Männer?«

Sie erhob ihre Hand und ihre Stimme: »Dann, Mrs Brody, verliere ich lieber. Verstehen Sie denn nicht, dass Sie durch Betrügereien und krumme Geschäfte lediglich die Männer nachmachen, die Sie zu verachten behaupten?«

Mrs Brodys Augen blitzten auf. »Dann ist es also nicht akzeptabel, sich zu ihren Methoden herabzulassen?«

Diesmal war es Eleanor, die den Kopf schüttelte. »Ich will kein Urteil über die radikalen Aktionen fällen, die Mrs Pankhurst und andere Suffragetten durchgeführt haben, ich weiß, dass die arme Dame gegenwärtig wegen Volksverhetzung im Gefängnis sitzt. Ich stimme lediglich mit den Worten von Miss Mann überein, dass in einem Provinznest wie Chipstone derartige Methoden lediglich die Wähler verprellen. Und das gilt auch für viele der Frauen, denen wir zu helfen versuchen.«

Mrs Brody trat einen Schritt näher. »Sie«, sagte sie und stieß Eleanor gegen den Arm, »leben in einer Traumwelt. Das habt ihr Adelsleute schon immer. Völlig abgehoben, allesamt! Glaubt, ihr könntet bekommen, was ihr wollt, ohne euch dabei die Hände schmutzig zu machen. Nun, ich werde mir meine besudeln, indem ich alles Notwendige unternehme. Und die Schmutzflecken, die mir von dem Kampf für unsere Sache bleiben, halten mein Gewissen nicht davon ab, nachts ruhig zu schlafen.«

Mrs Brody stapfte davon, dann drehte sie sich noch einmal um, um Eleanor ein schmallippiges Lächeln zukommen zu lassen. »Jetzt haben Sie Ihr wahres Gesicht gezeigt, Lady Swift. Wenn Sie nicht auf unserer Seite sind, dann sind Sie gegen uns.«

Eleanor lief ein leichter Schauer über den Rücken. Oswald Greaves' Abschiedsworte kamen ihr in den Sinn: »Sie sind der Feind!« Egal was sie auch tat, es schien, als würde sie sich wirklich überall nur Feinde machen.

Ihr Blick verfinsterte sich. Je mehr Gutes ihre Eltern zu bewirken versucht hatten, desto mehr Feinde hatten auch sie sich gemacht, bis ... Sie schüttelte den Kopf. Es bedurfte schon mehr als ein paar vager Drohungen, um sie davon abzuhalten, das Versprechen zu halten, das sie sich selbst gegeben hatte. *Jetzt, Ellie, gilt es erst einmal, als Siegerin aus dieser Debatte hervorzugehen!*

Sie fuhr voller Elan herum und stieß dabei mit einer Frau zusammen, die direkt vor ihr stand.

Miss Mann rieb sich die Stirn. »Lady Swift, ich bitte um Verzeihung!«

»Nein, das war meine Schuld. Geht es Ihnen gut?«

»Ich glaube schon, danke. Die Debatte beginnt gleich.« Miss Mann zögerte. »Lady Swift, ich schulde Ihnen eine Entschuldigung.« Sie hielt inne, offensichtlich mit sich selbst ringend. »Ich hätte Sie niemals bitten dürfen, zu kandidieren. Denn ... ich habe nie daran geglaubt, dass Sie gewinnen können.«

Nach ihrem Aufeinandertreffen mit Mrs Brody hatte Eleanor keine Geduld mehr für weiteren Nonsens. »Was genau wollen Sie mir damit sagen, Miss Mann? Wenn das der Fall ist, wieso um Himmels willen haben Sie mich dann gebeten, für die Women's League anzutreten?«

Miss Manns Hände zitterten und sie drückte sich einen Stapel Papier gegen die Brust. »Es tut mir leid, ehrlich. Wir hatten das Gefühl, keine Wahl zu haben.« Sie schien neuen Mut gefasst zu haben. »Chipstone ist keine korrumpierte Gemeinde, Lady Swift, hier kann man sich nicht einfach ein paar Schlüsselstimmen kaufen, um gewählt zu werden, anders als in anderen Regionen. Hier muss man die Menschen wirklich davon überzeugen, einen zu wählen, selbst wenn sich die Kandidaten teils fragwürdiger Methoden bedienen, um das zu erreichen.« Sie warf Eleanor einen entschuldigenden Blick zu. »Oje, damit waren natürlich nicht Sie gemeint! Ich meinte damit nur, dass der überwiegende Teil der Wählerschaft dieses Wahlkreises aus der Arbeiterschicht stammt. Und für diese Leute ist Ihre Lebensrealität so weit von ihrer eigenen entfernt wie Fernreiseziele oder Kaviar. Und ... und die Realität besteht eben darin, dass die meisten Frauen entweder so abstimmen wie ihre Ehemänner oder gar nicht.«

»Aber Sie haben sich doch so sehr bemüht, mich zu überreden!« Eleanors Gedanken drehten sich im Kreis. Hatten Mrs Brody und Miss Mann recht? Kämpfte sie einen hoffnungslosen Kampf? Sie schüttelte den Kopf. »Erklären Sie sich doch bitte. Warum um Himmels willen haben Sie mich denn dann ausgewählt?«

Miss Mann holte tief Luft. »Nach Mr Aris' tragischem Tod mussten wir einen unabhängigen Kandidaten aufstellen, um zu versuchen, diesen furchtbaren Kerl Blewitt davon abzuhalten, seinen frauenrechtsfeindlichen Kandidaten durchzubringen. Die Wahrheit ist aber, dass die Siegeschancen unseres Kandidaten in einer derart konservativen Region so oder so sehr gering waren.« Zum ersten Mal sah sie Eleanor in die Augen. »Aber ich versichere Ihnen, dass dies nicht als Vorwurf an Sie gemeint ist. Wir wollten nur verhindern, dass Blewitts Kandidat überhaupt eine Chance bekommt.«

Eleanor war erst schockiert gewesen, dann bestürzt und

nun frustriert. »Augenblick mal! Wenn Sie sich doch ach-so-sicher waren, dass ich von der Mehrheit der Wähler aus der Arbeiterklasse sowieso nicht angenommen werden würde, wieso haben Sie dann nicht zum Beispiel Mrs Brody zu Ihrer Kandidatin gekürt? Vielleicht hätte sie ja zumindest eine kleine Chance gehabt. Soweit ich weiß, hat sie Mr Aris doch über viele Jahre hinweg unterstützt. Sie entstammt auf alle Fälle der Arbeiterklasse und hat mehr als genug zum Thema Frauenrechte zu sagen!«

»Diese Person doch nicht!« Miss Mann tätschelte ihren straff gebundenen Dutt. »Die wollen wir nicht mal in der Nähe der Women's League haben, geschweige denn als Kandidatin.«

Eleanor musste an das denken, was Mrs Aris ihr erzählt hatte. »Aber warum?«

»Warum? Weil diese Frau unmöglich ist! Sie wollte für uns kandidieren, doch wir konnten sie nicht akzeptieren. Sie legt sich ständig mit allen Mitgliedern sämtlicher Parteien an, insbesondere mit Mr Aris und Mr Blewitt. Beide hassten sie gleichermaßen.« Miss Mann blickte sich um und senkte die Stimme: »Mr Aris hat versucht, ihr Lesekabinett schließen zu lassen, weil sie es dazu benutzte, die Frauen von Chipstone zu indoktrinieren, gegen ihre Situation aufzubegehren. Er war der Ansicht, dass dies nicht der Zweck war, zu dem das Geld für das Kabinett bewilligt worden war. Als Mrs Brody hörte, dass er eine formelle Beschwerde beim Gemeinderat eingereicht hatte, ging sie zu seinem Haus und warf die Fensterscheiben mit Ziegelsteinen ein. Sie –«

Sie wurden von dem Aufruf an die Kandidaten unterbrochen, ihre Plätze in der Halle einzunehmen.

Miss Mann schenkte ihr ein entschuldigendes Lächeln. »Viel Glück, Lady Swift. Und machen Sie sich keine Sorgen wegen Mrs Brody und ihrer Gruppe, der Sergeant-at-Arms hat zusätzliche Sicherheitskräfte an den Türen und rund ums Gebäude platziert. Haben Sie Ihre Rede vorbereitet?«

Eleanor zückte ein Kärtchen und winkte damit selbstsicherer, als sie sich fühlte. »Ich bin ausgezeichnet vorbereitet, danke, Miss Mann.« Sie fuhr herum und nahm auf der Bühne Platz.

*Ellie, jetzt wird's ernst!*

# EINUNDZWANZIG

Von dem erhöhten Podest aus blickte Eleanor über die Menge erwartungsvoller Gesichter hinweg und freute sich, dass Clifford anscheinend einen diskreten Platz gefunden hatte, an dem sie ihn und seinen Blick nicht sehen konnte. Die meisten schienen Männer in den Enddreißigern und Vierzigern zu sein, doch auf den hinteren Plätzen hatten sich auch einige Frauen mittleren Alters eingefunden. Sie seufzte. Die jüngsten Worte von Mrs Brody und Miss Mann hatten ihr den letzten Rest an Zuversicht geraubt, den sie durch die aufmunternden Worte an sich selbst in den Minuten zuvor gewonnen hatte.

Sie musterte die Reihe der anderen Kandidaten, sah dabei kurz in Carltons höhnische Augen und schaute weg, nur um Duncan Blewitts verachtungsvollem Blick zu begegnen. Sie vergegenwärtigte sich, dass es sich bei einem der Männer, die hier oben mit ihr auf der Bühne saßen, wahrscheinlich um Aris' Mörder handelte. Urplötzlich verspürte sie das dringende Bedürfnis, aus dem Gebäude zu fliehen. Zu fliehen und alles rund um die Wahlen und die Mordermittlungen zu vergessen. In ihrem Kopf waren die beiden Dinge kaum noch voneinander zu unterscheiden.

Sie zwang sich, tief Luft zu holen und bis zehn zu zählen.

*Komm schon, Ellie! Wenn du hinschmeißen willst, hättest du das früher tun sollen, als du noch die Gelegenheit dazu hattest. Jetzt hast du dich der Sache bereits verschrieben.*

Sie holte erneut tief Luft und suchte in ihrer Tasche nach dem Kärtchen, mit dem sie Miss Mann zugewunken hatte.

Was zum …? Statt des Kärtchens, auf dem sie akribisch ihre Stichpunkte notiert hatte, zog sie eine andere kleine Karte hervor. Die eine Seite war leer, während auf der anderen in schöner gestochener Handschrift folgende Worte standen:

*»Sei du selbst, alle anderen gibt es schon.«* Oscar Wilde.

Sie rang nach Luft. Clifford hatte diese Karte in ihren unmodischen Wanderschuhen versteckt, als sie vor Monaten ihr erstes richtiges Date mit Lancelot gehabt hatte. Seit diesem Tag hatte sie die Karte in ihrem Nachttischschränkchen aufbewahrt. Er musste sie mit ihren Stichpunkten vertauscht haben, als sie im Rolls-Royce gesessen hatten. Sie sah sich das Zitat für einen Augenblick an und formte dann mit den Lippen die Worte »Danke, Clifford.«

Auf der Bühne wurden die Kandidaten nacheinander zum Rednerpult gebeten. Kaum dass jeder einzelne von ihnen das Wort ergriff, schlug die gespannte Erwartung der Menge in Langeweile um. Ohne die Aussicht auf eine Wiederholung des Tumults der ersten Debatte fühlte sich das Publikum um seine Unterhaltung betrogen. Das anfänglich leise Gemurmel verwandelte sich langsam in laute Zwischenrufe.

Der Sergeant-at-Arms schwang wiederholt seinen Hammer.

»Ruhe! Ich mahne zur Ordnung, ansonsten lasse ich den Saal räumen!« Die Menschenmenge gab widerwillig nach.

Als er den nächsten Kandidaten ankündigte, wurde Eleanors Nervenkostüm zusehends dünner. Der Sieg bei dieser Debatte war wichtig, wirklich wichtig. Sie hörte, wie ihr Name aufgerufen wurde, erhob sich und ging wie benommen auf die Mitte der Bühne zu.

Während sie das Meer aus Gesichtern überblickte, versuchte sie, sich zu entspannen. *Tief durchatmen, Ellie, sei einfach du selbst.* Sie schloss die Augen und öffnete sie dann wieder. Die Leute rutschten auf ihren Sitzen umher. Der Sergeant-at-Arms funkelte sie an, erhob seinen Hammer, legte ihn dann aber ab, da sie anfing zu sprechen.

»Guten Tag, allerseits. Nun, ich weiß, dass Sie sich vermutlich fragen, was um Himmels willen ich hier oben zu suchen habe – und um Ihnen die Wahrheit zu verraten«, gestand sie und legte eine Kunstpause ein, »frage auch ich mich das.«

Die Leute sahen mit verwunderten Mienen ihre Sitznachbarn an. Eleanor entspannte sich, und die Worte sprudelten nur so aus ihr hervor: »Ich bin nicht nur die einzige Frau, die heute hier oben steht, sondern obendrein auch noch ziemlich neu in der Gegend. Und, wissen Sie, als ich hier angekommen bin«, erzählte sie mit erhobenen Armen und blickte sich um, »war ich mir gar nicht sicher, ob ich bleiben will.«

Im Saal machte sich Anspannung breit, doch Eleanor nickte langsam. »Wissen Sie, ich bin nur aufgrund des Todes meines Onkels Lord Henley zurückgekehrt, aus einem vagen Pflichtgefühl heraus.« Sie zögerte. »Ich kannte meinen seligen Onkel nicht sehr gut, aber er soll ein wunderbarer Mann gewesen sein, habe ich mir sagen lassen.«

Ermutigt fuhr sie fort: »So, da stand ich nun also, die lange verloren geglaubte Nichte. Ich stand auf den Stufen von Henley Hall und erinnerte mich, dass ich bei meinem letzten Besuch dort noch zu klein gewesen war, um die Klingel zu erreichen.« Die Damen auf den hinteren Rängen tätschelten einander die Hände, ohne die Augen von ihr abzuwenden.

»Und ich muss Ihnen sagen«, fuhr sie fort, während sie die Reihen erneut überflog, »dass ich tatsächlich ziemlich böse auf die meisten von Ihnen bin.«

Die Reaktionen, die folgten, schienen zwischen Bestürzung und Wut zu schwanken.

»Böse auf uns?«

»Wovon redet die denn?«

»Was für eine Frechheit!«

Das Klopfen des Hammers des Sergeant-at-Arms ließ die Menschenmenge zusammenfahren. »Gentlemen, Ladys, lassen Sie Lady Swift fortfahren.« Er blickte sie mit erhobener Augenbraue an. »Ich für meinen Teil würde gern wissen, wie genau ich sie verärgert habe.«

Sie lächelte ihm zu. »Nun, ich dachte, dass mein Plan aufgehen würde, wissen Sie. Ich wollte nur eine kurze Stippvisite machen, um das Nötigste zu erledigen, dann wollte ich wieder in mein bisheriges Leben zurückkehren. Allerdings«, seufzte sie, »habe ich gemerkt, dass ich gar nicht gehen wollte. Ich habe mich Herz über Kopf in dieses schöne County verliebt. Und noch mehr in die unglaubliche Gemeinschaft aus gutherzigen, authentischen Menschen, die hier leben.« Der gesamte Saal schwieg. Selbst Greaves sah von seinem Notizbuch auf. Eleanor blickte über das Meer aus Gesichtern, bevor sie weitersprach: »Darf ich ganz ehrlich mit Ihnen sein? Es ist eine Art Geheimnis, behalten Sie es also bitte für sich.« Alle, einschließlich des Sergeant-at-Arms, beugten sich vor. Eleanor legte die Hände trichterförmig um ihren Mund und flüsterte gerade laut genug, um gehört zu werden: »Ich passe hier nicht rein, ich bin keine von Ihnen.«

Carltons schallendes Gelächter ließ alle aufschrecken. Der Sergeant-at-Arms ließ ihm einen strengen Blick zukommen und schwang den Hammer in seine Richtung. Alle Augen kehrten zu Eleanor zurück, als diese weitersprach: »Sehen Sie, ich bin die Außenseiterin, die Neue und doch ...« Sie ließ ihre Hände zu ihrer Brust schnellen. »Und doch haben Sie mich aufgenommen, als gehörte ich zur Familie. Und die Wahrheit ist …« Sie stockte und schluckte den Kloß in ihrem Hals hinunter »… dass ich mich noch nirgendwo auf der Welt so geborgen gefühlt habe.«

Einige Männer hüstelten, während mehrere der Damen Taschentücher zückten und vorgaben, sich die Nase putzen zu müssen. Eleanor nahm einen tiefen Atemzug. »Und deshalb bin ich so böse auf Sie alle. Ich kann nicht gehen und doch kann ich auch nicht bleiben. Nicht ohne etwas zurückzugeben. Nicht ohne zu versuchen, eine gute Nachbarin und eine herzensgute Freundin zu sein, eben weil Sie mir genau das gewesen sind. Wenn ich das nicht täte, dann wäre ich wirklich nur eine verwöhnte Prinzessin, die ein riesiges Anwesen geerbt hat, nicht wahr?«

Dies rief allgemeine Erheiterung und Ellbogenstöße hervor. »Gentlemen und Ladys, ich kann Ihnen nur eine Sache versprechen, denn ich habe keine politischen Konzepte, ich habe keine Erfahrung in der Politik, habe die Parlamentsmauern noch nie von innen gesehen. Und ich fürchte, ich würde schrecklich aussehen in diesen biederen Roben. Schwarz ist für mich die Farbe des Todes!« Gelächter schallte durch den Saal.

Eleanor senkte die Stimme, doch ihre Worte drangen bis in den hinteren Teil des Saals vor: »Ich mag nicht mein seliger Onkel sein, allerdings glaube ich, dass wir viele Gemeinsamkeiten teilen, von denen Dickköpfigkeit die vielleicht hervorstechendste ist. Aber Sie haben mich dazu inspiriert, in seine Fußstapfen treten zu wollen. Ich muss einfach etwas tun, um mich für all das zu bedanken, was Sie seit meiner Ankunft hier für mich getan haben. Und das kann ich am besten tun, indem ich Ihre Anliegen, Ihre Probleme und Ihre Hoffnungen nach Whitehall trage. Und …« – zum ersten Mal seit ihrem Gang zum Rednerpult erhob sie die Stimme – »… und indem ich alles dafür tue, dass diese verdammt noch mal gehört werden – koste es, was es wolle!«

Eine beachtliche Menschentraube in der zweiten und dritten Reihe sprang auf und applaudierte. Bald schloss sich auch der Rest des Publikums an, klatschte und jubelte ihr zu. Rufe hallten durch den Saal.

»Hört, hört!«

»Dann wollen wir Ihnen doch eine Chance geben, gnädige Frau.«

»Hätte nicht gedacht, dass sie was drauf hat, aber das hat sie wohl!«

»Lady Swift vor!«

Eleanor strahlte in die Menge und warf dem Saal zu ihrer eigenen Überraschung eine Kusshand zu.

Am Rand der Bühne trat Duncan Blewitt gegen einen Stapel Stühle und drehte Eleanor dann den Rücken zu. Als sie sich zur Seite drehte, blickte Ernest Carlton sie mit einem anerkennenden Zucken seiner Augenbraue an. Sie nahm Platz, starrte weiter geradeaus und ignorierte seine geflüsterten Worte: »Hätte nicht gedacht, dass Sie die Gefühlskarte spielen würden, altes Mädchen. Ich sehe schon, Sie müssen gebremst werden. Aber das werde ich schon schaffen …«

# ZWEIUNDZWANZIG

»Um Himmels willen, Polly! Hast du dir wehgetan?«

Ihr Dienstmädchen lag genau dort, wo es gestolpert war, und die Blätter der Zeitungen, die es bei sich getragen hatte, befanden sich nun gefährlich nahe an dem knisternden Kaminfeuer des Raums, der liebevoll das Wohnzimmerchen genannt wurde. Gladstone erhob sich von seinem Platz vor dem marmornen Kamin und streckte langsam seine kurzen, steifen Glieder aus, während er dem Dienstmädchen über die Wange schleckte. Polly blickte auf. »Es tut mir leid, Ihre Ladyschaft, ich war so aufgeregt. War das falsch von mir?«

Eleanor kniete sich hin und fasste dem jungen Mädchen unters Kinn. »Ich glaube, aufgeregt zu sein kann gar nicht falsch sein, oder?«

Polly raffte sich auf die Knie und nestelte am Ende ihres Schürzenbandes herum. Sie flüsterte: »Glauben Sie das echt, Ihre Ladyschaft?«

»Ja, ich halte Aufregung für etwas Wunderbares.«

»Ja, nicht wahr? Ich liebe dieses Blubbergefühl.«

Eleanor lachte. »Blubbergefühl? Fühlt sich Aufregung so für dich an?«

Polly nickte energisch. »Wenn etwas Aufregendes passiert, fühle ich mich, als wären Blubberblasen in mir drin, die immer mehr werden und schäumen und blubbern, so wie Mrs Trotmans Bratensoße auf dem Küchenherd.«

Eleanor konnte sich ein Lächeln nicht verkneifen. Da Gladstone sich mit seinem Kopf gegen ihre Schulter gelehnt hatte, änderte sie ihre Position umständlich in einen Schneidersitz, legte der Bulldogge einen Arm um den Hals und starrte zur Decke empor. »Aufregung ist für mich wie hundert Feuerwerksraketen, die gleichzeitig losgehen, und dabei spielt eine Blaskapelle.«

Polly klatschte verzückt in die Hände.

Ein Hüsteln lenkte ihre Blicke in Richtung Flur, wo Clifford mit einem silbernen Tablett wartete. Sein Gesicht verriet, dass er den Anblick, der sich ihm bot, in höchstem Maße mißbilligte. Das junge Mädchen sprang mit scharlachroten Wangen auf.

Eleanor winkte ihm fröhlich zu. »Guten Morgen, Clifford. Polly und ich waren gerade in eine äußerst belangreiche Diskussion vertieft.«

Er stieg über die Zeitungen hinweg und platzierte das Tablett auf dem Frühstückstisch. »Offenbar so belangreich, dass Sie dafür mit Mitgliedern des Personals sowie Master Gladstone inmitten der Fetzen der Morgenzeitungen auf dem Boden kauern mussten?«

Sie zwinkerte Polly zu. »Ganz genau.«

Clifford schüttelte den Kopf. »Polly, Mrs Trotman erwartet dich sicherlich bereits.«

»Ja, Sir! Es tut mir leid, Mr Clifford, Sir.« Polly huschte in Richtung Küche davon.

Eleanor rief ihr hinterher: »Aber Polly, jetzt hast du mir gar nicht verraten, weshalb du so aufgeregt warst?«

»Wegen der Nachrichten, Ihre Ladyschaft! Alle haben Sie

genauso lieb wie wir!«, rief ihr das Dienstmädchen ohne anzuhalten über die Schulter hinweg zu.

Clifford fuhr sich mit einem weiß behandschuhten Finger über seinen gestärkten Kragen. »Ich bitte um Entschuldigung, Mylady. Ich werde mit Polly sprechen müssen.«

Eleanor befreite sich von Gladstones massiger Gestalt und erhob sich, um ihre Hand auf Cliffords Arm zu legen. »Bitte nicht. Sie gibt sich so viel Mühe, alles richtig zu machen, und ich würde es furchtbar ungern sehen, wenn ihr entzückendes kleines Seelchen Schaden nehmen würde.«

»Wie Sie wünschen.«

»Ihre Worte haben mich allerdings aufhorchen lassen. Gibt es etwa einen Artikel über die gestrige Debatte?«

Clifford hatte begonnen, die Zeitungen aufzulesen und die passendenden Seiten den entsprechenden Veröffentlichungen zuzuordnen. »Nein, Mylady, es gibt eine Vielzahl von Artikeln und die große Mehrzahl davon feiert sie als Lokalheldin.«

»Nein!« Eleanor schwirrte der Kopf. »Tatsächlich? Ich meine, ich stand doch nur da und habe das gesagt, was mir in den Sinn gekommen ist.« Sie lächelte ihm zu. »Aber ich könnte mir vorstellen, dass jemand, der mir nahesteht, das so arrangiert haben könnte.«

»Master Gladstone ist bereits des Öfteren beim Durchwühlen Ihrer Taschen gesichtet worden, Mylady.«

»Netter Versuch.«

»Darf ich diesen Gesprächsfaden unterbrechen, um Ihnen dafür zu danken, dass Sie Ihre Freude über den Zuspruch, den Ihre Rede gefunden hat, gestern Abend so kurz entschlossen mit einer Party für das Personal geteilt haben? Das wurde sehr geschätzt und wird zweifelsohne noch das Gesprächsthema vieler langer Winterabende sein.«

»Es freut mich sehr, dass alle daran genauso viel Freude hatten wie ich. Ehrlich gesagt war es mir ein besonderes Vergnügen, diese Feier zu Hause im Kreise meiner Fam–«, sagte sie, brach ab und zuckte dann verlegen mit der Schulter. »Ich werde versuchen, es nicht zur Gewohnheit werden zu lassen. Also, diese Brötchen mit Wurst und Kräuterpastete, die Mrs Trotman da so schnell gezaubert hat, waren göttlich. Noch heiß und buttrig, frisch aus dem Ofen. Und diese kleinen Dinger mit dem Stilton-Käse und dem Bacon. Ach, und dieser pikante Cheddar zu den Wiesenchampignons, köstlich!«

»Und den hausgemachten Rhabarberwein erachteten Sie als geeignete Begleitung?«

Sie lächelte in seliger Erinnerung. »Das taten wir doch alle, genauso wie den Zwetschgenrum zum Dessert.«

»Nun, die Feierlichkeiten wurden nicht nur sehr geschätzt, sie waren auch wohlverdient. Die Presse hat Ihre offenherzige und bescheidene Botschaft untypischerweise überwiegend positiv aufgenommen.«

»Sehen Sie sich das an!« Sie präsentierte ihm die Titelseite der *County Gazette* und wies auf das Titelfoto, das sie dabei zeigte, wie sie dem Publikum ihre Kusshand zuwarf.

Er las ihr die erste Zeile des Artikels vor: »Die Frage, die sich jeder stellt, lautet nicht, ist Lady Swift bereit für Whitehall, sondern ist Whitehall bereit für Lady Swift?« Seine Mundwinkel zuckten. »Wollen wir's hoffen, Mylady.«

Sie schüttelte den Kopf und setzte sich. »Sie sehen mich begeistert, Clifford, wirklich. Es hätte fürchterlich schiefgehen können. Ich hatte schon fast damit gerechnet, auf der Bühne mit fauligen Kohlköpfen beworfen zu werden.«

Clifford hob eine Augenbraue. »Was einmal mehr beweist, dass Sie mit den Worten Ihrer Rede goldrichtig lagen, Mylady.«

»Inwiefern?«

»Wie Sie ja selbst ganz ehrlich bekannten, sind Sie der Eindringling. In Buckinghamshire werden Kohlköpfe nie vor November geerntet, wie jeder Einheimische weiß.«

Sie lachte und ließ sich auf das Chesterfieldsofa fallen, wobei sie den Tee verschüttete, den Clifford mitgebracht hatte.

Während Clifford den Schlamassel auf dem Teetablett aufwischte, erschien die Haushälterin in der Tür. »Es tut mir leid, Sie zu unterbrechen, Mylady, aber Sie haben Besucher.«

»Wer ist es denn, Mrs Butters?«

Ehe die Haushälterin antworten konnte, traten hinter ihr zwei Polizisten heran.

Eleanor betrachtete sie ohne große Sorge. Sie hatte sich mittlerweile an die Gegenwart der Polizei gewöhnt. »Guten Morgen, die Herren Constables? Oder haben wir es mit zwei Sergeants zu tun? Ich bin unheimlich schlecht darin, zu erkennen, was all Ihre wunderbaren Streifen und Knöpfe zu bedeuten haben. Möchten Sie vielleicht etwas Tee mit mir trinken, während wir uns über den Grund Ihres Kommens unterhalten, was auch immer dieser sein mag?«

Der größere der beiden antwortete: »Inspector und Constable, tatsächlich.« Er tippte sich mit seinem behandschuhten Finger auf die Schulter. »Ich bin Inspector Fawks. Und das«, sagte er und wies auf seinen Kollegen, »ist Constable Wainfleet. Und nein, Tee wird nicht nötig sein, besten Dank.«

»Ich verstehe. Nun, wie kann ich Ihnen weiterhelfen?«

»Indem Sie uns zur Polizeistation begleiten, Lady Swift.«

Eleanors Lächeln verblasste. »In Verbindung womit, Inspector?«

»In Verbindung mit dem Mord an einem gewissen Ernest Carlton, Mylady.«

# DREIUNDZWANZIG

Eleanor schüttelte den Kopf. »Mord?« Langsam dämmerte es ihr. »Aris. Sie meinen Arnold Aris, nicht wahr?«

Inspector Fawks zuckte mit der Schulter. »Wer ist Aris? Der Name des Verstorbenen lautet Carlton. Ernest Carlton. Wer soll dieser Mr Aris sein? Haben Sie etwa getrunken?«

Ihre Hand schnellte zu ihrem Mund. »Carlton! Der kann unmöglich ermordet worden sein. Ich saß doch gestern Abend noch neben ihm.«

Erstmals ergriff der Constable das Wort: »Das mag sein, doch seit heute Morgen ist er so tot wie die sprichwörtliche Maus.«

Inspector Fawks nickte. »Aber das wissen Sie ja bereits, nicht wahr, Lady Swift, da Sie ihn doch ermordet haben. Also versuchen Sie bitte nicht, uns an der Nase herumzuführen. Sparen Sie sich Ihre Schauspieleinlagen besser für den Richter auf. So, und jetzt begleiten Sie uns bitte unverzüglich zum Verhör zur Polizeistation von Oxford.«

Eleanor schwirrte der Kopf. »Die in der Blue Boar Street?«

Inspector Fawks lächelte grimmig. »Sie sind also bereits damit vertraut, ja? Das überrascht mich nicht!«

»Oh, Gott sei Dank!« *Ob Detective Chief Inspector Seldon zugegen sein wird, Ellie?*

Inspector Fawks blickte Clifford forschend an. »Sind Sie sicher, dass Ihre Arbeitgeberin heute Morgen keinerlei Rauschmittel – illegal oder auch nicht – eingenommen hat?«

Clifford nickte. »Ich versichere Ihnen, werte Gentlemen, dass Lady Swift trotz gegenteiligen Anscheins keinerlei Substanzen eingenommen hat, die gesetzeswidriger als gebutterter Toast sind.«

Inspector Fawks schien wenig überzeugt. »Wie Sie meinen. Constable, begleiten Sie Lady Swift zum Wagen.«

Clifford trat einen Schritt vor. »Inspector, ich kann mich für Lady Swifts kürzliche Aufenthaltsorte verbürgen. Vielleicht wünschen Sie ja meine Aussage auf der Wache aufzunehmen.« Er senkte die Stimme: »Sie könnte einen verzögerten Anfall der Hysterie erleiden.«

Inspector Fawks musterte ihn von oben bis unten. »Das ist vielleicht keine schlechte Idee.«

»Insbesondere wo Sie doch letzten Monat von dieser einen Frau gebissen wurden, Inspector«, gab der Constable zu bedenken.

Inspector Fawks verzog das Gesicht und rieb sich am Ellbogen. »Ja, und wir werden Ihre Aussage benötigen. Allerdings werden Sie sich allein auf den Weg dorthin begeben müssen.«

Eleanor ließ Clifford einen dankbaren Blick zukommen. Als der Constable sie beim Arm nahm, schüttelte sie seine Hand ab. »Constable, lassen Sie mich los! Ich füge mich kampflos, lassen Sie also bitte ein klein wenig Anstand walten.« Der junge Polizist blickte hilflos zu seinem Chef.

Inspector Fawks stieß einen schweren Seufzer aus. »Lady Swift, vielleicht sollte ich Sie auf dem Weg nach Oxford darüber aufklären, welche Regeln für Häftlinge gelten.«

Als der Constable sie zum bereitstehenden Polizeiwagen führte, drehte sie sich zu Inspector Fawks um. »Übrigens haben

Sie mir noch keinerlei Hinweise darauf gegeben, wieso um Himmels willen Sie glauben, dass ich irgendetwas mit dem Tod des armen Mr Carlton zu tun haben sollte?«

»Nun, wissen Sie, meiner beruflichen Erfahrung nach haben die meisten feinen Pink…, haben die meisten Adelsleute ein paar ernstzunehmende Feinde, da bilden Sie keine Ausnahme.«

Eleanor starrte ausdruckslos aus dem Autofenster und versuchte, ihre Situation zu begreifen. Irgendjemand hatte ihr eine Falle gestellt. *Aber wer?* Sie seufzte resigniert. Es könnte jeder einzelne ihrer Verdächtigen gewesen sein. Oder auch einer der anderen Kandidaten, der nichts mit Aris' Tod zu tun hatte, aber die Gelegenheit erkannt hatte, sich einer Widersacherin zu entledigen.

»Ach, das ist doch absurd! Ich weiß doch noch nicht einmal, wie Carlton gestorben ist«, rief sie laut.

Auf der Polizeistation in Oxford angekommen, führte der Constable Eleanor in einen kleinen Raum mit einem nackten Holztisch und zwei harten Stühlen, während Inspector Fawks ohne weitere Erklärung verschwand.

Angesichts der Nachricht von Carltons Ermordung stand sie noch immer unter Schock, war allerdings wild entschlossen, sich nicht einschüchtern zu lassen. Sie nahm Platz und trommelte mit den Fingern auf dem Tisch. Zum Glück musste sie nur kurz warten. Eine Welle der potenziellen Erleichterung überkam sie, als sie DCI Seldons große, athletische Gestalt erblickte, die sich unter dem Türrahmen bücken musste, um sich dann im Raum wieder zu voller Größe aufzurichten. Inspector Fawks folgte ihm auf den Fersen.

Er nickte Eleanor zu. »Lady Swift, wünschen Sie –«

»Eine Tasse Tee? Gewiss. Mit zwei Stück Zucker, wenn ich bitten darf.«

Er runzelte die Stirn. »Ich habe keinen Tee angeboten.«

»Ich weiß, und Sie haben ja recht. Vielleicht wäre ein kräftiger Kaffee besser?«

»Lady Swift, Ihnen ist doch bewusst, wieso Sie hier sind?«, fragte Inspector Fawks und blickte dabei DCI Seldon an, der zwar die Augen verdrehte, den Polizisten aber anwies, Eleanors Bitte nachzukommen.

Nur wenige kurze, aber peinlich stille Minuten später nahm sie einen Schluck von ihrem Kaffee, dessen Intensität sie zusammenzucken ließ. »Nun, Inspector Fawks, um Ihre Frage zu beantworten, ob mir der Grund für dieses Verhör bekannt ist: Ja, ich weiß Bescheid. Anscheinend versucht jemand, mir den Mord an ...« Sie schüttelte fassungslos den Kopf. »... den Mord an Mr Carlton in die Schuhe zu schieben. Und es ist die Aufgabe der Polizei, derlei unbegründeten Anschuldigungen nachzugehen.«

DCI Seldon versuchte ein Lächeln zu unterdrücken, während Inspector Fawks die Stirn runzelte. »Dann muss ich Sie wohl etwas weiter aufklären, Lady Swift. Wir haben es hier mit einer äußerst ernsten Angelegenheit zu tun. Ein Mann ist durch die Hand eines anderen Menschen gestorben und zum gegenwärtigen Zeitpunkt deuten unsere Ermittlungen darauf hin, dass Ihre Hand dafür verantwortlich ist.«

DCI Seldon prustete. »Fawks, ich weiß, dass Sie diese Ermittlungen führen, aber ich kann für Lady Swift bürgen. Es ist wahrscheinlicher, dass sie einen Mord aufklärt, als dass sie einen begeht.«

Eleanor ließ ihm ein dankbares Lächeln zukommen. »Danke schön. Und dürfte ich an dieser Stelle fragen, wie Mr Carlton ermordet worden ist?«

Inspector Fawks schüttelte den Kopf. »Nein, Lady Swift, das dürfen Sie nicht. Fragen zu stellen ist meine Aufgabe. Ihre Aufgabe besteht darin, diese zu beantworten. Während Sie Ihren Kaffee genießen.«

Sie starrte ihn an. Versuchte er gerade, diese Guter- Polizist-Böser-Polizist-Nummer abzuziehen, von der sie in ihren Groschenromanen gelesen hatte? Oder war er einfach nur ein klein wenig merkwürdig?

Inspector Fawks klopfte mit seinem Stift auf den Tisch. »Nun, wo waren Sie gestern Abend zwischen acht und neun Uhr?«

Sie runzelte die Stirn. *Zumindest kennst du jetzt den groben Zeitrahmen von Carltons Ermordung, Ellie.*

»Das weiß ich ehrlich gesagt nicht mehr. Ich werde wohl anfangen müssen, ein Tagebuch zu führen, in dem ich jede Minute meines Tages festhalte, wenn das hier zur Gewohnheit wird.«

DCI Seldon hüstelte und verbarg dabei erneut etwas, das verdächtig stark nach einem Lachen klang.

Inspector Fawks beugte sich vor. »Die Frage ist wohl eher, ob Mord zu Ihrer Gewohnheit wird, Lady Swift.«

DCI Seldon grunzte. »Fawks, wenn Sie sich Notizen gemacht hätten, dann wüssten Sie vielleicht, dass Lady Swift, wie ich Ihnen vorhin bereits gesagt habe, eher eine Vorliebe dafür hat, Morde aufzuklären, als diese zu begehen.«

Inspector Fawks ließ DCI Seldon einen verärgerten Blick zukommen. »Das weiß ich zu schätzen, Sir, aber ich muss meinen Hinweisen nachgehen, wie Sie wissen.« Er wandte sich erneut Eleanor zu. »So, da Sie also bereits zuvor mit Morden zu tun hatten – in welcher Funktion auch immer –, müssten Sie ja eine Expertin darin sein, Ihre eigenen Spuren zu verwischen.«

Eleanor musste wohl oder übel zugeben, dass er nicht ganz unrecht hatte. Sie winkte zur Antwort mit der Hand ab.

Inspector Fawks hatte ein Notizbuch aus seiner Jackentasche gezückt und angefangen mitzuschreiben. Er blickte auf. »Also, ich frage Sie noch einmal, wo waren Sie gestern Abend zwischen acht und neun Uhr?«

Eleanor versuchte, sich zu erinnern, was sie zu dieser Zeit

getan hatte, doch sie achtete nur selten auf die Uhrzeit, erst recht nicht, wenn sie zu Hause war. »Ich bin mir sicher, dass ich zu dieser Stunde wieder auf Henley Hall weilte, doch was genau ich getan habe, vermag ich nicht zu sagen.«

»Waren Sie allein, Lady Swift?«

»Ja. Na ja, man ist doch nie allein, Inspector, mein Personal war ebenfalls vor Ort. Sie können für mich bürgen. Ich erinnere mich, gemeinsam mit ihnen ein vorzügliches spätes Abendmahl in der Küche eingenommen zu haben. Clifford erwähnte, dass es etwa zwei Uhr morgens gewesen sei, als wir die Feier beendeten. Anschließend habe ich mich vermutlich mit Gladstone eingekuschelt und bin glücklich eingeschlafen.«

DCI Seldon inspizierte intensiv die Wand, während sie ihre abendlichen Aktivitäten schilderte. Er schien sich ernsthaft zu bemühen, nicht in lautes Gelächter auszubrechen.

Inspector Fawks pfefferte seinen Stift auf den Tisch. »Und trotzdem noch schnippisch, ja?«

»Verzeihung?«

Er lehnte sich zurück. »Erst behaupten Sie, allein gewesen zu sein, dann …«, fuhr er fort, während er einen Blick auf seine Notizen warf, »… geben Sie an, den Abend in Gesellschaft Ihres Personals verlebt zu haben. Und dann haben Sie die frühen Morgenstunden auf einmal noch mit einem gewissen Gladstone verbracht. Handelt es sich bei ihm um ein weiteres Mitglied Ihres Personals?« Ehe sie antworten konnte, warf er ihr einen strengen Blick zu. »Die Verschwendung von Polizeizeit ist ein schwerwiegendes Vergehen. Meiner Meinung nach fast so schwerwiegend wie Mord. Nun, wer ist dieser Mr Gladstone, insofern es sich bei ihm nicht um unseren seligen Premierminister handelt? Womöglich Ihr Liebhaber?«

Trotz der Ernsthaftigkeit ihrer Lage konnte sie ein Lächeln nicht unterdrücken. »Ich bin nur selten beim Herumlümmeln auf dem Sofa mit Mitgliedern meines Personals oder toten Premierministern anzutreffen, Inspector.«

DCI Seldon versuchte abermals vergeblich, sein Lachen als Hüsteln zu kaschieren. »Fawks, ich muss Sie darüber aufklären, dass es sich bei Master Gladstone um die Bulldogge des seligen Lord Henley handelt. Lady Swift hat ihn gemeinsam mit dem Vermögen ihres Onkels geerbt.« Er schaute sie aus wohlmeinenden Augen an. »Ich bin mir sicher, dass er irgendeine nützliche Funktion erfüllt, wenngleich diese überwiegend darin zu bestehen scheint, das Sofa zu besetzen, Würste zu stehlen oder die Hüte nichts ahnender Besucher anzuknabbern.«

»Verstehe«, erwiderte Inspector Fawks knapp, der offenkundig gar nichts verstanden hatte. Eleanor wandte ihren Blick von DCI Seldon ab. »Ja, Inspector. Ich vermute, dass sich mein Butler Clifford inzwischen im Gebäude eingefunden hat. Er kann die Informationen bestätigen, die ich Ihnen gegeben habe.«

»Nicht nötig.« Der Inspector machte sich eine Notiz und sah auf. »Lady Swift, bei Ihrer Festnahme erwähnten Sie, dass Sie glaubten, für den Mord an einem gewissen Mr Aris – und nicht etwa an einem Mr Carlton – festgenommen zu werden?«

DCI Seldon blickte sie fragend an und schickte sich an, zu sprechen, doch sie kam ihm zuvor, mied aber seinen Blick, da dieser sie verunsicherte. »Nun, Inspector, wenn man so viele Menschen ermordet wie ich, wie soll man denn da den Überblick behalten?«

*Ellie, hast du das gerade etwa laut gesagt?* Sie stöhnte innerlich auf. Immer wenn sie sich in nervenaufreibenden oder gefährlichen Situationen befand, platzten die unbedachtesten Antworten aus ihr heraus.

DCI Seldon schien von einem weiteren seiner Hustenanfälle heimgesucht zu werden. Als er seine Fassung wiedererlangt hatte, nickte er Inspector Fawks zu, dessen zusammengepresste Lippen verrieten, dass er wenig begeistert war.

»Erzählen Sie mir mehr von diesem Mr Aris.«

DCI Seldon schaltete sich ein. »Mr Aris ist vor etwa einer Woche einer seltenen Lebensmittelallergie erlegen, Fawks. Ich ermittle derzeit zu seinem Tod – obschon uns entgegen Lady Swifts Behauptung gegenwärtig keinerlei Beweise vorliegen, dass diesem Tod irgendetwas anderes als schwere Fahrlässigkeit zugrunde liegt. Wir erwägen derzeit, ob wir Anklage erheben.«

Inspector Fawks sah sie nach wie vor erwartungsvoll an. »Ich bin Mr Aris und seiner Gattin während eines Mittagessens auf Langham Manor begegnet. Wir haben einander nicht wirklich kennengelernt. Als ich vom Tod ihres Ehemanns gehört habe, habe ich Mrs Aris besucht, um ... um ihr mein Beileid zu bekunden.«

»Verstehe.« Fawks ließ seinen Stift über das Papier kratzen, während er murmelte: »Möglichkeit einer Zusammenarbeit zwischen Mrs Aris und der Beschuldigten.«

Sie beugte sich über den Tisch, da sie sich an seiner Wortwahl stieß. »Inspector, das ist eine Unterstellung. Womöglich haben Sie Ihre wahre Berufung als Journalist verfehlt?«

Er hörte auf zu schreiben. »Tatsächlich habe ich schon immer davon geträumt, Journalist zu werden. Und der Artikel in der Zeitung von heute Morgen über Ihre Rede bei der Debatte hat mir zugesagt.«

Sie schüttelte den Kopf. »Welcher Artikel? Es gab doch so viele.«

»Nun, es gab einen roten Faden, den ich sehr interessant fand. Und zwar, dass jeder einzelne der Journalisten Sie mit folgenden Worten zitierte ...« Er schlug die erste Seite seines Notizbuchs auf und las: »Ich werde gewinnen, koste es, was es wolle.«

Sie verdrehte die Augen. »Das war doch lediglich eine Überspitzung. Rhetorik, Inspector, wenngleich ich gern gewinne ... sehr gern.« Sie sah, wie DCI Seldon zustimmend nickte, und blickte wieder zu Inspector Fawks. »Tatsächlich erinnere ich mich aber auch gar nicht daran, das genau so gesagt zu haben. Und Sie glauben doch wohl nicht im Ernst, dass ich so dumm gewesen wäre, es vorher anzukündigen, wenn ich vorgehabt hätte, Mr Carlton umzubringen? Noch dazu während einer politischen Debatte vor Hunderten von Leuten?«

»Da hat sie recht, Fawks«, sagte DCI Seldon. »Ich kann Ihnen versichern, dass Lady Swift alles andere als dumm ist. Falls sie vorhätte, einen Mord zu begehen, was sie natürlich nicht tun würde«, schob er schnell nach, »dann wäre sie verdammt noch mal ein klein wenig vorsichtiger dabei. Könnte ich Sie jetzt bitte kurz unter vier Augen sprechen?«

Inspector Fawks runzelte die Stirn, nickte aber. »Natürlich, Sir.«

Er stand auf und verließ mit DCI Seldon den Raum. Der junge Constable, den sie bereits kannte, war vor der Tür postiert worden.

Eleanor, die ganz allein mit sich und ihren Gedanken war, wünschte sich, sie hätte Ohrenschützer mitgebracht, um sich selbst nicht hören zu müssen. Die Ungeheuerlichkeit, dass Carlton ermordet worden war, traf sie jetzt mit voller Wucht. Das konnte doch nicht wahr sein! Wie um Himmels willen war es möglich, dass sie nicht nur selbst in eine Mordermittlung verwickelt war, sondern jetzt auch noch zur Verdächtigen in einem weiteren Mordfall geworden war?

Inspector Fawks und DCI Seldon kehrten zurück. Fawks schien die kurze Unterredung mit seinem Vorgesetztem nicht besonders gefallen zu haben. Er deutete auf Eleanors Tasse. »Fertig?«

»Ja, danke, Inspector.«

»Gut, wir dann auch.«

»Sperren Sie mich in eine Zelle? Für wie lange?«

»Zum gegenwärtigen Zeitpunkt habe ich nicht genug Beweise, um Sie festzuhalten, Lady Swift. Die Spur hat sich …«, sagte er und blickte dabei vielsagend in Richtung DCI Seldon,

»… als unglaubwürdig erwiesen. Zudem hat auch Ihr Butler Ihr Alibi bestätigt.«

Sie wollte etwas sagen, doch er erhob seinen Finger. »Allerdings stehen Sie nach wie vor unter Verdacht. Meine Männer werden Sie beobachten. Guten Tag. Constable Wainfleet wird Sie hinausbegleiten.«

»Danke, Inspector.« Sie stand auf und verließ den Raum, während DCI Seldon ihr den Rücken zukehrte.

Auf halber Strecke den Korridor entlang hatte er sie jedoch eingeholt. Er winkte dem Constable zu.

»Von hier aus geleite ich Lady Swift hinaus.«

Als der Constable verschwunden war, stieg DCI Seldon gemeinsam mit ihr die Treppenstufen hinunter und führte sie in einen kleinen Raum. Dieser schien hauptsächlich zur Aufbewahrung weiterer harter Stühle sowie eines muffig riechenden Scheuerlappens samt Eimer in einer Ecke zu dienen.

Er wandte sich ihr zu. »Es tut mir leid, dass Sie hierher verschleppt worden sind, Lady Swift.«

Sie lächelte ihm zu und bemühte sich, nicht zu viel in seinen Blick hineinzulesen. »Inspector Fawks hat nur seinen Job gemacht, da bin ich mir sicher. Und danke für Ihre Hilfe. Ich vermute, Ihr Eingreifen ist der Grund für meine Entlassung?«

Er seufzte schwer. »Fawks ist ein guter Mann, und es ist sein Fall. Ich kann hier nicht meine Autorität spielen lassen, das würde nicht gut ankommen, allerdings habe ich ihn auf ein paar Dinge aufmerksam gemacht.« Er ließ seinen Hut in seinen Händen kreisen. »Lady Swift.« Sie sah zu ihm auf und ihre Blicke trafen sich, doch er schaute schnell wieder weg. Der Klang gestiefelter Schritte und dienstbeflissener Stimmen zerstörte den Augenblick.

DCI Seldon räusperte sich. »Ich kann mich hier unmöglich dabei sehen lassen, wie ich einen Mordfall mit einer möglichen Verdächtigen bespreche.«

»In der Besenkammer noch dazu.«

Er lächelte. »Aber ich stehe in Ihrer Schuld.«

»Ich dachte eher, es wäre andersherum, Inspector?«

Er seufzte erneut. »Vor nicht allzu langer Zeit wäre beinahe ein unschuldiger Mann gehängt worden, wenn Sie nicht eingeschritten wären. Das hätte ich nicht mit meinem Gewissen vereinbaren können, deshalb sage ich Ihnen Folgendes: Seien Sie vorsichtig, äußerst vorsichtig. Bitte. Fawks ist ein ausgezeichneter Kriminalbeamter, aber bislang hat er keinerlei Anhaltspunkte dafür, wer Carlton ermordet haben könnte. Da dieser allerdings bei derselben Wahl antreten sollte wie Sie …«

Sie blinzelte. *Schwebst du womöglich in Gefahr, Ellie?*

Er sprach noch immer: »Meine gegenwärtigen Ermittlungen im Todesfall von Mr Aris deuten bislang auf keine Verbindung zu jenem von Mr Carlton hin. Allerdings ist uns bekannt, dass es einige sehr einflussreiche Menschen gibt, die Mr Aris' Erbe, das in der gestiegenen Toleranz der Frauenrechte besteht, gern rückgängig machen würden.«

Sie nickte. »Es ist mir sehr bewusst, Inspector, dass einige Männer dem Konzept der unabhängigen Frau ablehnend gegenüberstehen.«

DCI Seldon schüttelte den Kopf. »Lady Swift, das hier ist nicht nur eine Frage engstirniger Ansichten. Denken Sie nach. Parlamentsabgeordnete sind Quellen für Gefallen, Geld und Macht. Wenn Ihre Kandidatur den Erfolg eines anderen verhindert, dann haben eine Menge von Menschen mit persönlichen Interessen ein Problem. Es gibt aber auch Hinweise darauf, dass der Mord an Carlton vielleicht nicht politisch motiviert, sondern eher persönlicher Natur war. Die Ermittlungen sind aber noch nicht weit genug vorangeschritten, um diesbezüglich eine verbindliche Aussage treffen zu können.«

Sie stieß einen langen, leisen Pfiff aus. »Er schien wirklich allseits unbeliebt zu sein.«

DCI Seldon blickte ihr in die Augen. »Lady Swift, ich weiß,

dass es keinen Sinn hat, Sie zu bitten oder Ihnen zu befehlen, sich aus diesen Ermittlungen herauszuhalten.« In seiner Stimme lag etwas, das Eleanor erst nicht einzuordnen verstand. *War es ...?* Dann erkannte sie es. *Es war Sorge.* Um sie. Diesmal hielt er ihrem Blick stand. »Doch ich bitte Sie nochmals darum, äußerst, äußerst vorsichtig zu sein, Lady Swift.«

# VIERUNDZWANZIG

Gladstone trottete dicht neben Eleanor her, während sie gemeinsam einen Spaziergang durch die Gartenanlagen unternahmen. Sie war an diesem Tag, dem Morgen nach ihrer Vernehmung, mit einem Gefühl des Unbehagens erwacht, sodass sie zu abgelenkt war, um die strahlenden spätzeitigen Chrysanthemen und die Dahlien am Wegesrand zu bemerken.

Zwei Männer waren ermordet worden, und irgendjemand hatte versucht, ihr die Schuld dafür in die Schuhe zu schieben, zumindest für einen der beiden Todesfälle, so viel stand fest.

Doch irgendetwas daran war faul. Der Polizei einen anonymen Hinweis zuzuspielen, war doch schlicht zu dilettantisch. Glaubte der Mörder tatsächlich, dass dies für eine Verurteilung ausreichen würde? Oder war er nur auf ihre Verhaftung aus gewesen? Trieb hier irgendjemand ein tödliches Katz-und-Maus-Spiel? Sie rief sich Blewitts Worte vor Mrs Luscombes Laden in Erinnerung: »Hören Sie auf, Fragen zu Mr Aris zu stellen. Das geht Sie nichts an und könnte Ihre Gesundheit in Mitleidenschaft ziehen!«

Eleanor, die sich kein bisschen besser fühlte, war gerade dabei, die letzte Ecke des Hauses zu umrunden, als sie Mrs Butters mit jemandem sprechen hörte, dessen Stimme ihr vage bekannt vorkam.

»Komm schon, Elsie, mir kannst du es erzählen. Flüster's mir einfach ins Ohr.«

»Stell die Milch ab und kümmer dich um deine Auslieferungen. Ich habe dir nichts zu sagen.«

»Ein paar Extraliter dazu für dich und die Damen? Oder einen halben Sack von den schönsten King-Edward-Kartoffeln, die du je gesehen hast?«

»Bestechung! Mach, dass du fortkommst!«

Eleanor hielt Gladstone am Halsband fest, während sie um die Steinmauer linste. Mrs Butters hatte die Hände in die Hüften gestemmt und funkelte den Milchmann Stanley Wilkes an, der im Rahmen der Küchentür lehnte.

Er grinste und zog ein Notizbuch aus seiner Schürzentasche hervor. »Sagen wir doch einfach, die Sachen von heute gehen aufs Haus.« Er fuhr sich mit der Hand durch seine rotbraunen Locken. »Falls du's dir doch anders überlegst.«

Mrs Butters trat seinen Fuß aus der Tür. »Ich überlege es mir aber nicht anders, Mr Wilkes. Scheren Sie sich davon!«

»Ach, Mr Wilkes auf einmal?« Seine haselnussbraunen Augen funkelten. »Was ist denn aus Milky geworden?«

Die Haushälterin verschränkte die Arme und wies auf den Milchkarren. »Keine Ahnung, der hat sich in einen rücksichtslosen Gauner verwandelt, der einen Skandal wittert, wo …« Sie bohrte einen Finger in seine Brust. »Wo gar keiner ist. Und notieren Sie sich's in Ihrem Auftragsbuch: Diese Woche keine Milch mehr.«

Die Tür knallte Stanley Wilkes ins Gesicht.

Sobald er außer Reichweite gerumpelt war, drehte Eleanor am Türknauf zur Küche.

»Raus!« Mrs Butters kam zur Türschwelle gerast. »Oh, Mylady. Bitte um Verzeihung, das tut mir so leid. Ich dachte, es wäre schon wieder dieser Lump.«

Eleanor erhob in gespielter Kapitulation die Hände. »Nein, ich bin's nur. Mr Wilkes hat die Flucht ergriffen.«

»Besser so!« Die Haushälterin sah Eleanor an. »Würden Sie Ihren Tee gern in der Küche einnehmen, Mylady? Das hätte ich gar nicht vermutet.«

»Ich würde meinen Tee nicht gern in der Küche einnehmen, Mrs Butters. Ich will ihn unbedingt hier einnehmen. Ich gestehe, mir klammheimlich genau diese Einladung erhofft zu haben.«

Ihre Haushälterin gluckste. »Hört, hört, die Dame des Hauses benötigt eine Einladung zum Tee in ihrer eigenen Küche. Ist das denn die Möglichkeit?«

Gladstone kuschelte sich in sein Bett am Küchenherd und drückte seine Nase zufrieden in eine der Lederpantoffeln aus seiner Trophäensammlung. Eleanor ließ sich auf dem Holzstuhl nieder, den Mrs Butters für sie hervorgezogen hatte.

»Mylady, Sie scheinen mir heute nicht Sie selbst zu sein. Leiden Sie unter dem Wetter? Falls es Kopfschmerzen sind, dann zieht vermutlich ein Gewitter auf, obgleich sich noch gar keine Kriebelmücken gezeigt haben.«

Das freundliche und ungezwungene Gequassel ihrer Haushälterin war genau das, wonach Eleanor sich gesehnt hatte. »Nein, nein, mir geht es bestens. Nun, ich bin ein wenig niedergeschlagen, fürchte ich, was gar nicht zu mir passt.«

»Das tut es gewiss nicht. Aber im Hinblick auf die jüngsten ... äh, Ereignisse ist das wohl kaum verwunderlich.«

Eleanor nahm den Tee entgegen, den Mrs Butters ihr reichte. »Danke schön. Das wird schon wieder. Ich bin mit der dicken Haut eines Nashorns zur Welt gekommen.«

Mrs Butters ging in die Speisekammer und kehrte mit einem Teller voller Marmeladen-Roly-Poly – einer Art Teigrolle mit Marmeladenfüllung – und zwei Servietten zurück. Sie schnitt drei großzügige Scheiben davon ab und legte sie auf ein Blech im oberen Wärmeschrank.

Sie setzte sich auf den Stuhl neben Eleanor und tätschelte ihr die Hand. »Sie mögen mir die unpassende Bemerkung verzeihen, Mylady, aber ich sehe die Dinge etwas anders.«

»Ja?«

Die Haushälterin musterte Eleanors Gesicht. »Ich glaube, in Ihnen steckt eine ganze Menge Nashorn. Vielleicht kommt das von all den Reisen an exotische Orte, die Sie mit Ihren Eltern unternommen haben, als Sie klein waren, und dann später, als Sie Ihren eigenen Weg in der Welt finden mussten. Aber Sie sind auch eine schöne junge Frau, und als solche bekommen Sie schnell Beulen. So etwas musste ich schon einmal miterleben. Und Schurken wie dieser Stanley Wilkes, die versuchen, über die Schwierigkeiten anderer zu tratschen, haben schon deutlich schwächere Frauen als Sie in die Knie gezwungen und dazu gebracht, die Flinte ins Korn zu werfen.«

Das Läuten der Türglocke unterbrach Eleanors Antwort. »Himmel, ich wusste ja gar nicht, wie laut die hier drin ist!«

»Mr Clifford hat schon vor Jahren einige bedachte Anpassungen an den Klingeln vornehmen lassen, Mylady. Inzwischen schellen sie im Personalflügel deutlich lauter, auch in seinem eigenen Büro.«

Eleanor lachte über den Rand ihrer Teetasse hinweg. »In der Stiefelkammer, meinen Sie? Ich habe herausgefunden, dass die sein Refugium ist.«

Mrs Butters nickte. »Jeder braucht einen Ort, an dem er abschalten und etwas Frieden finden kann.«

»Ich nicht, nicht heute Morgen. Ich sehne mich von Herzen nach einer Ablenkung von all dem Nonsens der letzten paar Tage.«

Clifford erschien, und Eleanor bemerkte das subtile Nicken, das er Mrs Butters zukommen ließ. *Verflixt!* Sie war entschlossen, die Geheimsprache ihres Personals zu ergründen, doch sie war ihr nach wie vor ein Rätsel. Sie studierte Cliffords Gesicht, als sie ihn fragte, wer an der Tür stehe.

»Die Presse, Mylady.«

»Was? Hier? Was um Himmels willen wollen die?«

Mrs Butters entschwand diskret in die Speisekammer, während Clifford die Nähte seiner weißen Handschuhe justierte. »Ich würde mich nicht damit befassen, Mylady. Sie werden schon bald wieder ihrer Wege gehen.«

Die Türklingel schellte erneut und ließ sie genauso zusammenschrecken wie beim ersten Mal. Clifford machte keinerlei Anstalten, die Tür aufzumachen, und füllte ihr stattdessen kommentarlos Tee nach.

»Clifford, da gibt es etwas, das Sie mir nicht sagen, habe ich recht?«

Er stellte die Teekanne ab. »Wie es scheint, Mylady, haben die Zeitungen bedauerlicherweise Wind von der Tatsache bekommen, dass Sie im Zusammenhang mit dem Mord an Ernest Carlton festgenommen worden sind.«

Eleanor stützte ihren Kopf in die Hände. »Was für ein fürchterlicher Schlamassel! Wieso habe ich mich nur jemals auf diese verdammten Wahlen und diese Mordermittlungen eingelassen?« Sie sah auf. »Ich wollte es Ihnen schon viel früher sagen: Vielen Dank dafür, dass Sie gestern mein Alibi untermauert haben.«

Er nickte. »Es war mir ein Vergnügen, Mylady. Wenngleich Inspector Fawks anmerkte, dass ich Ihr Alibi wohl auch dann bestätigt hätte, wenn ich Sie in Wirklichkeit mit einer Leiche unter dem einen und einem Sack Zement unter dem anderen Arm angetroffen hätte.«

*Das hätten Sie wirklich*, dachte sie. Sie winkte ihn heran. »Clifford, setzen Sie sich doch bitte und trinken Sie etwas Tee.«

»Sehr wohl, Mylady.«

Wie von einer unsichtbaren Macht dazu aufgefordert, kam Mrs Butters wieder aus der Speisekammer hervor. Sie schob die mittlerweile warmen Roly-Poly auf einen Teller und platzierte diesen in der Mitte des Tischs. Der Duft von buttrigem Teig und Himbeermarmelade stieg ihr in die Nase. Eleanor starrte das Gebäck an, als wäre es mit Gold nicht aufzuwiegen.

Clifford nahm auf dem Stuhl gegenüber von Eleanor Platz und nickte Mrs Butters zu, als diese ihm Tee einschenkte, um sie daraufhin allein zu lassen. Er hüstelte und Eleanor schrak auf. Sie rührte in ihrem Tee. »Verdammt! Dann bin ich also in diesem Haus gefangen, bis die Schlagzeilenjäger verschwunden sind?«

»Keineswegs. Ich vermute, dass die letzten Schmierfinken jeden Augenblick verschwunden sein sollten.«

Sie schnaubte. »Unwahrscheinlich, wenn sie auf eine Exklusivgeschichte über eine weibliche Politikerin in spe hoffen, die des Mordes an ihrem größten Rivalen bezichtigt wird. Ehrlich gesagt überrascht es mich, dass sie keine Picknickstühle und Zelte dabeihaben.«

»Eine gewisse Anzahl scheint sich auf längere Wartezeiten eingestellt zu haben. Ich habe mehrere Feldflaschen und so manchen Klappstuhl bemerkt.«

»Ungeheuerlich! Was gibt einem Journalisten das Recht dazu, eine unschuldige Bürgerin in ihrem eigenen Haus zu belästigen?«

»Das ist, wie ich vermute, die bedauerliche Konsequenz aus dem wachsenden Verlangen dieser Nation nach einem netten kleinen Skandal zum morgendlichen Frühstückstee.«

»Hmm, jetzt, da ich auf der anderen Seite dieser skandalösen Vorwürfe stehe, werde ich solchen Schund von nun an nur noch schonungsloser boykottieren.«

»Eine weitere äußerst weise Entscheidung, Mylady, weshalb ich die Zeitungen von heute Morgen auch zum Anzündmaterial für den Ofen degradiert habe.«

»O weh, Clifford, was stand denn da drin?«

»Nichts von Wahrheit oder Wichtigkeit. Ich möchte nicht, dass es Ihnen Ihr Roly-Poly verdirbt.«

Aber Eleanor legte ihre Gabel weg und ließ die Süßspeise unangetastet. »Kommen Sie, klären Sie mich darüber auf, womit ich es zu tun habe.«

Er gab ein leises Hüsteln von sich. »Irgendjemand hat diese Zeitung hier heute Morgen durch den Briefschlitz geschoben.« Er fischte sie aus dem Kamin. »Ich hatte bislang noch keine Gelegenheit, mich ihr zu entledigen.«

Eleanor nahm die Ausgabe der *Common Cause* zur Hand und musste erst lächeln, als sie den Untertitel im Zeitungskopf erblickte: »Das Presseorgan der Frauenbewegung für Reformen«.

Doch als sie die Karikatur von sich selbst entdeckte, die die gesamte obere Hälfte der Titelseite einnahm, japste sie nach Luft. Sie war mit auf dem Rücken gefesselten Händen dargestellt und fiel gerade nach vorn, da eine Suffragette ihr einen Tritt in den Allerwertesten verpasst hatte. Angesichts der Schlange gezeichneter Frauen, die alle nur darauf warteten, ihr die gleiche Behandlung zuteilwerden zu lassen, knirschte sie mit den Zähnen. Ein Wegweiser zeigte den fiktiven Ort an, an den sie befördert werden sollte: »Schmach an der Schande«.

Am meisten aber ärgerte sie das Diadem, das ihr in einer präzisen Flugbahn vom Kopf geflogen und auf einem Haufen verrottenden Gemüses und schmutziger Lumpen gelandet war. Sie blickte zu Clifford auf. »Im Hinblick auf die Karikatur keine sonderlich geistreiche Schlagzeile, oder was meinen Sie? ›Versprach so viel, hinterließ nichts als Schande. Sie hat die Frauen enttäuscht. Sie hat das Land enttäuscht. Sie hat sich selbst enttäuscht.‹«

Eleanor sank in ihren Stuhl zurück und überschlug die Beine.

»Haben Sie genug gesehen, Mylady?«

»Danke, Clifford, mehr als genug. Bitte verbrennen Sie

dieses Schundblatt zusammen mit den anderen.« Sie nahm einen tiefen Atemzug. »Ich frage mich, wie ich nur in diese unmögliche Situation geraten konnte, Clifford. Vielleicht ist es der größte Fehler meines Lebens gewesen, meine Hilfe anzubieten.«

»Ich war noch nie ein besonders großer Befürworter davon, Schnitzer nach ihrer Größe und Tragweite zu sortieren, Mylady.«

Obwohl sie die Beklemmung in ihrer Brust spürte, formten ihre Lippen ein Lächeln, das jedoch schnell wieder verblasste. Stattdessen stürzte sie sich auf ihr Roly-Poly und fühlte sich augenblicklich besser. »Können Sie fassen, dass Carlton tot ist? Einen Tatverdächtigen eliminiert zu wissen, ist ein höchst schwacher Trost. Zumal wir ja immer noch nicht wissen, ob Carlton für Aris' Tod verantwortlich war. Falls ja, dann gibt es einen zweiten Mörder, der in den Straßen von Chipstone Amok läuft!« Sie rieb sich die Schläfen und seufzte. »Diese Mordermittlungen entgleiten uns, Clifford. Ich habe fast die ganze Nacht lang wach gelegen und bin all unsere Erkenntnisse durchgegangen, und doch ist mir rein gar nichts eingefallen.«

Clifford hüstelte. »Vielleicht sind wir bei unseren Ermittlungen in einer temporären Straßensperre stecken geblieben, Mylady. Jedoch ist mir gestern ein Gedanke gekommen. Ich glaube nicht, dass der anonyme Anruf in dem Glauben getätigt wurde, dass Sie des Mordes an Mr Carlton überführt werden würden.«

»Sondern um meinen Erfolg bei den Wahlen zu verhindern?«

»Möglicherweise. Und möglicherweise nicht durch Mr Aris beziehungsweise Mr Carltons Mörder. Vielleicht handelte es sich um einen Opportunisten unter ihren Gegnern, der die Gelegenheit erkannte, Sie zu diskreditieren?«

Sie nickte. »Ich hatte den gleichen Gedanken. Daraufhin kam mir dieser Hornochse Blewitt in den Sinn!«

»Für jemanden, der raffiniert genug war, den Mord an Mr Aris als Unfalltod zu inszenieren, wäre dies ein höchst dilettantisches Vorgehen. Es sei denn, es diente dazu, Sie von weiteren Ermittlungen zu den Todesfällen von Mr Aris und Mr Carlton abzuschrecken? Wobei uns das zum Vorteil gereichen würde.«

Eleanor neigte den Kopf. »Inwiefern?«

»Um den bedeutenden Strategen Napoleon Bonaparte zu paraphrasieren, wie es bereits Mr Greaves getan hat: ›Störe deinen Feind nie, wenn er gerade Fehler macht.‹ Wenn der Mörder glaubt, Sie erfolgreich von weiteren Ermittlungen abgeschreckt zu haben, dann könnten wir das zu unserem Vorteil nutzen.«

Die Türglocke läutete ein drittes Mal. Clifford machte sich auf den Weg in den Flur, um die Tür zu öffnen.

Sie runzelte die Stirn. »Was tun Sie da? Lassen Sie die Quälgeister um Himmels willen nicht herein.«

Er bückte sich. »Das wird ein anderer Besucher sein, Mylady. Ich glaube, die Reporter müssten inzwischen verschwunden sein.«

Sie spreizte ungläubig die Finger. »Wie können Sie da nur so sicher sein?«

»Mylady, ich habe Silas losgeschickt, um sich ihrer anzunehmen.« Mit diesen Worten verließ er den Raum.

Sie schüttelte den Kopf. Seit ihrer Ankunft auf Henley Hall hatte sie versucht, einen Blick auf den rätselhaften Wildhüter und Wachmann in Personalunion zu erhaschen, bislang jedoch erfolglos. Sie spielte an ihrem Teller herum, bis Clifford zurückgekehrt war.

»Schon wieder die Polizei?«

»Nein, Mylady. Es ist Miss Mann. Sie sagt, sie komme mit einer äußerst wichtigen Nachricht.«

»Na fabelhaft! Also gut, dann führen Sie sie doch bitte ins Gesellschaftszimmer.«

Sie nahm sich einen Augenblick Zeit, um zur Stärkung ihren Tee auszutrinken und den Rest ihres Roly-Poly zu vertilgen. Da sie es tatsächlich als stärkend empfand, verleibte sie sich auch noch die zweite Scheibe ein, um sich schließlich widerwillig davon abzuhalten, die dritte ebenfalls zu verspeisen.

Im Gesellschaftszimmer hatte Miss Mann auf der Kante des Sofas Platz genommen, die Knie dicht beieinander, die Füße geradeaus gerichtet. Eleanor fiel auf, dass die Frau ihr Haar derart straff nach hinten gebunden hatte, dass ihr Gesicht ausgesprochen verkniffen und streng aussah. Sie setzte ein Lächeln auf. »Miss Mann, wie schön, dass Sie vorbeischauen.«

Miss Mann schreckte auf. »Ja, nun, guten Morgen, Lady Swift. Ich hoffe, Ihr Butler hat Ihnen ausgerichtet, dass ich ... dass ich Ihnen eine ... eine äußerst wichtige Nachricht zu überbringen habe.« Sie wirkte aufgewühlt, selbst für ihre Verhältnisse. »Ich hätte eigentlich erwartet, dass Sie meinen Besuch heute Morgen vorausgeahnt haben.« Sie umklammerte die Handtasche in ihrem Schoß. »Lady Swift, die ablehnende öffentliche Berichterstattung der letzten vierundzwanzig Stunden droht, die Women's League völlig in Verruf zu bringen. Und im Lichte Ihrer ... Ihrer ... mutmaßlichen Verstrickung in den Fall von ...« Eleanor befürchtete, dass Miss Mann einen Nervenzusammenbruch erleiden würde, ehe sie den Satz vollenden konnte, doch irgendwie gelang es der Frau, die Fassung wiederzuerlangen. »... von Mr Carltons M-M-Mord«, fuhr sie fort und schluckte, »ist es meine traurige Pflicht, Ihnen mitzuteilen, dass die Women's League Ihre Kandidatur nicht länger unterstützen kann.« Sie erhob sich. »Sie sind verpflichtet, unverzüglich sämtliche Aktivitäten zu unterlassen, die darauf hinweisen könnten, dass sie noch mit der Women's League in Verbindung stehen. Das bedeutet auch, dass Sie sämtlichen

Besitz der Partei, etwa Anstecker, Wahlkampfmaterialien, Grundsatzpapiere und Programmschriften, sofort zurückzugeben haben.«

Obwohl das alles so grotesk war, dass Eleanor es nicht über sich brachte, wütend zu sein, spürte sie den Stachel der Ablehnung tief in sich. Ihre Schultern sackten zusammen, doch sie erholte sich schnell genug, um ihrer Besucherin etwas anderes vorzugaukeln. »Miss Mann, ich bedaure, dass Sie so denken. Hauptsächlich um der Frauen willen, denn ich hatte das Gefühl, dass wir ihnen helfen könnten, wenn wir gemeinsam an einem Strang ziehen. Wie ich sehe, haben Sie Ihre Entscheidung allerdings bereits gefällt.«

Sie betätigte die Klingel. Clifford erschien.

»Ah, Clifford, Miss Mann wünscht zu gehen. Sorgen Sie bitte freundlicherweise dafür, dass ihr sämtliches politisches Gedöns ausgehändigt wird, ja?«

»Es steht bereits im Korridor bereit, Mylady.«

»Gute Arbeit, Clifford! Bitte geleiten Sie Miss Mann zur Tür, wären Sie so nett? Ich will nicht, dass mein Roly-Poly kalt wird.«

# FÜNFUNDZWANZIG

Als Clifford Miss Mann zur Tür gebracht hatte und in die Küche zurückkehrte, war Eleanor gerade damit beschäftigt, ihr drittes Stück Roly-Poly zu verspeisen.

»Verflixt! Clifford, mir ist zum Schreien zumute!«

Er hüstelte sanft. »Es ist äußerst enttäuschend, Mylady, aber ich muss zu Miss Manns Ehrenrettung sagen, dass ihr wohl keine andere Wahl blieb.« Er hüstelte abermals.

Eleanor legte ihren Löffel zur Seite und warf den Kopf nach hinten. »Clifford, ich fürchte, Ihr lästiger Spleen könnte mich heute Nachmittag noch den Verstand kosten.« Auf sein Schweigen hin fuhr sie herum und nahm überrascht zur Kenntnis, was er ihr entgegenhielt. »Na, das ist aber eine hervorragende Idee!«

»Guter Schlag, Mylady«, applaudierte Clifford vom Spielfeldrand aus.

Eleanor drosch den nächsten Tennisball noch härter gegen die gegenüberliegende Mauer des Platzes als bei den ersten zwölf Versuchen.

Clifford klatschte erneut.

Sie griff nach einem weiteren Ball, blieb dann aber wie angewurzelt stehen, als sie das Geräusch splitternden Glases vernahm. »Meine Güte, war ich das etwa?«

»Davon ist auszugehen, Mylady. Allerdings ist Joseph vermutlich im Kräutergarten, nicht im Hauptgewächshaus. Es ist folglich unwahrscheinlich, dass Sie ihn mit einer Glasscherbe aufgespießt haben.«

Eleanor hielt sich die Hand vor den Mund. »Na, wer baut auch einen Tennisplatz direkt neben einem Gewächshaus?«

»Vielleicht jemand, der die Absicht hat, die eher herkömmliche Variante des Spiels zu praktizieren, bei der man den Ball über das Netz schlägt und versucht, ihn innerhalb der Spielfeldmarkierungen zu halten, Mylady?«

Sein Lächeln entspannte sie. »Danke sehr, Clifford. Es wirkt Wunder, sich ein paar Minuten lang an unbeseelten Objekten abzureagieren. Hach, ich fühle mich schon viel besser!«

»Das ist gut. Vielleicht könnte Ihnen eine kleine Stärkung zurück zu alter Form verhelfen, Mylady?«

»Gern, aber Sie müssen meinetwegen nicht zum Haus zurücktigern.« Sie ließ sich auf der weißen Bank am Rande des Platzes nieder und streckte die Beine aus. Sie sah Clifford fasziniert dabei zu, wie er die Sprossen zu dem hohen Schiedsrichterstuhl erklomm und dessen Sitzfläche anhob. Er holte einen Tweedtornister heraus, der aussah, als diene er als schicke Fernglasaufbewahrung. Wieder unten bei ihr angekommen, schnallte er den Deckel ab, woraufhin zwei Kristallgläser und eine Karaffe Oloroso-Sherry zum Vorschein kamen. Ihr Mund stand weit offen.

Clifford setzte sich auf die Kante der Bank. Eleanor klopfte mit der Hand auf den Bankplatz neben sich. »Oh, um Himmels willen, nehmen Sie doch bitte richtig Platz, Clifford! Dies ist nicht die Zeit für Höflichkeiten und Etikette, wir müssen einen Mörder finden.«

Sie seufzte mit vollem Glas in der Hand. »Sie haben eine Menge von dieser scheußlichen Sache vorausgesehen, nicht wahr?«

Er blickte starr geradeaus. »Obwohl er sich selbst nie in dieses Feld vorgewagt hatte, pflegte Ihr Onkel immer zu sagen, die einzige Regel, die in der Politik gelte, sei die, dass es keine Regeln gebe, Mylady.«

»Und doch stützten Sie meine Entscheidung für eine Kandidatur. Sie haben das Ganze sogar regelrecht eingefädelt.« Sie warf einen flüchtigen Blick auf sein Gesicht.

»Mylady, ich habe Ihrem Onkel versprochen, Sie auf jede erdenkliche Weise zu unterstützen. Verzeihen Sie mir die Bemerkung, aber im Angesicht Ihrer vorhergehenden Abenteuer, einschließlich derer des Herzens, wusste ich, dass diese Aufgabe keine leichte sein würde.«

Daraufhin lächelte sie. »Und Sie machen einen ausgezeichneten Job, immerhin haben Sie korrekt vorausgesagt, dass ich einen Eimer voller Tennisbälle und einen starken Sherry benötigen würde. Der schmeckt nicht übel, das muss ich zugeben. Nach Walnuss und Feige mit einem Spritzer einer erlesenen Marmelade.«

»Ihr Onkel behauptete immer, dass man ihn aufgrund seines komplexen Bouquets erst nach dem vierten Glas richtig zu schätzen vermöge.«

Eleanor prustete. »Nun, dann hoffe ich, dass noch viele weitere Flaschen davon an seltsamen Orten auf dem Gelände hier versteckt sind, denn ich fürchte, dass es heute eines ganzen Kellers davon bedarf, um meine Stimmung zu heben.«

Clifford blickte weiterhin geradeaus. Irgendwann unterbrach sie die Stille: »Haben Sie es schon einmal erlebt, wenn einem eine Situation entgleitet? So fühlt sich das gerade an. Hier sitze ich nun und kann mir nicht erklären, wieso ich es jemals als eine gute Idee erachtete, bei diesen dämlichen Nachwahlen anzutreten. Was um Himmels willen habe ich mir nur dabei gedacht?« Sie ließ ihren Tennisschläger kreisen, bis er schließlich zu Boden fiel.

»Vielleicht sahen Sie eine Gelegenheit, Ihren Platz in der Stadt und in dem Dorf zu finden, das Sie gern zu Ihrem Zuhause machen wollten, und obendrein noch anderen zu helfen?«

»Bin ich denn wirklich ein so offenes Buch?«

Er sagte nichts, aber mit den Augen zwinkerte er ihr zu. Sie bückte sich vor und hob den Tennisschläger auf. »Ach, Mist, Clifford, und welch heilloser Schlamassel sind zudem unsere Ermittlungen! Vorgeladen zu einem Verhör zum Mord eines unserer Hauptverdächtigen und nun von der Landespresse bloßgestellt.«

»Und höchst unvorteilhaft karikiert.«

»Ja, das auch. Ich habe in der Öffentlichkeit lächerlich unüberlegte Versprechungen gemacht ...«

»Lauthals und voller Stolz, Mylady.«

»Ja, genau, und ... und nun bin ich von genau jenen Menschen verstoßen worden, denen ich zu helfen versuchte. Ich bin eine Witzfigur.« Aus dem Augenwinkel konnte sie sehen, dass er nickte. »Clifford!«

Er wandte sich ihr zu. »Es ist ein sehr steiniger Weg gewesen. Es mag nur ein schwacher Trost sein, doch es gibt hier in der Region ein Sprichwort, das man als sehr passend empfinden könnte.«

»Nur zu. Ich bin im Augenblick für alles empfänglich, was mir das Salz aus der Wunde zu spülen vermag.«

»›Die Leute hören auf zu stochern, lange bevor die Erinnerung verblasst.‹«

Eleanor starrte ihn an. »Ist der Sherry doch stärker als gedacht? Wovon reden Sie?«

»Soll bedeuten, dass alle anderen schon dabei sind, über die nächste unglückliche Seele herzufallen, die in einen Skandal verstrickt wird, während die Närrin noch damit beschäftigt ist, ihre Wunden zu lecken.«

Sie lachte tief aus dem Bauch heraus. »Närrin? Köstlich! Wo ist denn Ihre übliche Diplomatie geblieben?«

»Verzeihen Sie, Mylady. Ich wollte damit nicht unterstellen, dass ...«

»Das war keine Unterstellung, das traf genau ins Schwarze.«

Er entkorkte den Sherry und schenkte ihr ein weiteres Glas ein. »Ein Rückzug in Würde wäre wirklich keine Schande, Mylady. Nun ja, sagen wir ein Rückzug. Niemand erwartet von Ihnen, Ihre Kandidatur unter diesen Umständen fortzuführen, zumal Sie ja nun keine Fraktion mehr hinter sich haben, die Sie unterstützt. Und was die Ermittlungen um Mr Aris anbetrifft, so fürchte ich, dass diese an einem – Sie mögen mir das Wortspiel, das der Aufhellung dieses düsteren Themas dienen soll, verzeihen –, an einem toten Punkt angelangt sind. Und, wie Sie richtig feststellen, scheinen Sie selbst die Hauptverdächtige im Mordfall Carlton zu sein, Mylady. Demzufolge würde es meiner Ansicht nach niemand monieren, wenn Sie sich sowohl aus den Wahlen als auch aus den Mordermittlungen zurückzögen.«

»Wohl wahr. Danke. Ich pflichte Ihnen bei, es scheint die einzig vernünftige Option zu sein. Ich habe in beiden Angelegenheiten mein Bestes gegeben.«

Sie blickte durch die bernsteinfarbene Flüssigkeit in ihrem Glas und beobachtete seine Reaktion. Er war bei ihren Worten erstarrt.

»Sie meinen also ...?«

»Hmm, ja. Ich werde wohl alles hinschmeißen.«

»Aber, Mylady, sind Sie sich da sicher?«

Eleanor schlug sich aufs Bein. »Ha! Langsam merke ich endlich, wenn Sie versuchen, mich hereinzulegen, Clifford. Sie müssen besser werden. Sie haben gerade alles so schwarz gemalt, dass ich Ihnen fast geglaubt hätte.«

»Ich glaube tatsächlich, dass es so düster aussieht, Mylady.«

»Ich weiß, allerdings hatten Sie ein anderes Motiv, und deshalb …« Sie nahm einen großzügigen Schluck aus ihrem Sherryglas. »… sollte man mir ein Attest ausstellen.«

»Ein Attest, Mylady?«

»Ja, ein Attest, das mich für verrückt erklärt, weil ich mich entschlossen habe, trotz aller Widrigkeiten weiterzumachen.«

Cliffords Schultern entspannten sich. »Gesprochen wie eine echte Henley – und eine Swift! Ihr Onkel – und Ihre Eltern – wären stolz auf Sie, Mylady!«

Eleanor schluckte den Kloß in ihrem Hals hinunter. Ehe sie antworten konnte, ertönte ein vertrauter Klang.

Clifford sah zum Haus hinüber. »Ah ja, der Gong! Vielleicht wünschen Sie, Mrs Trotmans Hasenpfeffer davor zu bewahren, zu einem Schatten seiner ganzen Herrlichkeit zu werden, und beim Mittagessen zu feiern?«

Mrs Butters wartete oben an der Treppe auf sie.

»Vielleicht hätten wir nicht davon ausgehen dürfen, dass Ihr Appetit einer deftigen Mahlzeit gewachsen ist, Mylady?«

Eleanor klopfte ihrer Haushälterin auf die Schulter. »Unsinn! Ich habe einen Bärenhunger. Ich komme sofort.«

Sie spurtete in ihr Schlafzimmer hinauf und zog sich in Windeseile um. Als sie die oberste Schublade ihrer Frisierkommode öffnete, um einen Armreif hervorzuholen, stieß sie einen verärgerten Seufzer aus, als sie einige Flugblätter der Women's League erblickte. »Verflixt, ich dachte, Clifford hätte Miss Mann all diesen Papierkram ausgehändigt!« Nach genauerer Überlegung kam sie aber zu dem Schluss, dass sie es Clifford nicht wirklich anlasten konnte, dass er ihr Schlafzimmer nicht durchsucht hatte, um sicherzustellen, dass sie dort nichts heimlich versteckt hielt. Sie zog den Armreif unter den Flugblättern hervor und schob die Schublade zu. Die Flugblätter konnte sie auch später noch entsorgen. Im Augenblick rief das Mittagessen, und sie fühlte sich völlig ausgehungert.

»Ach, Mrs Trotman!« Sie lächelte der Köchin zu, die fast fertig damit war, den Serviertisch einzudecken, da Clifford anderweitig beschäftigt war. »Wo steckt Polly?« Die Tür öffnete sich einen Spaltbreit, ihr Dienstmädchen flatterte hinein und nestelte an seinem Schürzenband herum. Eleanor klatschte in die Hände. »Ehe ich mich auf dieses wunderbare Essen stürze, an dem Sie alle so tüchtig mitgeholfen haben, möchte ich Sie bitten, mit mir anzustoßen. Clifford, könnten Sie wohl irgendetwas hervorzaubern, das sich dafür eignet?«

Als alle Beteiligten ein Glas in den Händen hielten, fuhr sie fort: »Sie müssen wissen, dass ich einer schändlich unverschämten Zeitung, einer unerwarteten Besucherin und Cliffords erschütterndem Mangel an Diplomatie einen persönlichen Heureka-Moment zu verdanken habe.«

Mrs Butters und Mrs Trotman japsten nach Luft, und Polly blickte sich um, die Verwirrung stand ihr ins Gesicht geschrieben.

»Sie wissen wahrscheinlich bereits, dass unsere Bemühungen, Mrs Pitkins Namen reinzuwaschen, bisher gründlich schiefgegangen sind. Und meine Versuche, als erste weibliche Abgeordnete für Chipstone zu kandidieren, zeitgleich einen ebenso gründlichen Rückschlag erlitten haben.« Sie wandte sich zu ihrer Köchin um. »Nun, Mrs Trotman, bitte versichern Sie Mrs Pitkin, dass wir unsere Anstrengungen für sie nun verdoppeln werden.« Eleanor erhob ihr Glas, und das Personal tat es ihr gleich, jeder nahm einen Schluck. Sie erhob ihr Glas abermals. »Und ich kann Ihnen versichern, dass ich beschlossen habe, mich auch von der Wahl nicht mit eingezogenem Schwanz davonzustehlen. Ob mit oder ohne die Women's League, es gibt Frauen, die jemanden brauchen, der sie vor Ort repräsentiert, und deshalb werde ich meine Kandidatur auch fortführen!«

Clifford zuckte zusammen und hielt sich die Ohren zu, um sie vor den schrillen Zustimmungsschreien der Frauen zu schützen.

Mrs Trotman senkte schließlich ihr Glas. »Also, was gedenken Sie als Nächstes zu tun, Mylady? Ich meine, wie wollen Sie Martha vom Vorwurf des Mordes reinwaschen, wenn Sie doch selbst einer solchen Tat bezichtigt werden, und zeitgleich eine Wahl gewinnen?«

»Noch ist mein Plan in Sachen Exzellenz sehr weit von diesem ausgezeichneten Hasenpfeffer entfernt. Allerdings werde ich mit Clifford eine Spritztour unternehmen, und wir werden gemeinsam versuchen, eine Möglichkeit zu finden, diesen schrecklichen Schlamassel aufzulösen.«

# SECHSUNDZWANZIG

Eleanor starrte in den Außenspiegel des Rolls-Royce, während dieser durch die Ausläufer von Chipstone rollte. »Oh, Clifford, wie albern ich doch aussehe! Wessen Idee war es nur, in Verschleierung das Haus zu verlassen, verraten Sie es mir?«

»Ich habe wirklich keine Ahnung, Mylady.«

»Verflixt!« Sie rückte den kunstvoll gewickelten Schal zurecht, der ihre unverkennbaren roten Locken versteckte, und ließ die stark getönte Sonnenbrille in ihren Schoß plumpsen. »Dann stammte sie also von mir. Allerdings können wir unmöglich riskieren, dass die Zeitungsfotografen mich knipsen –«

»Während Sie zum Tatort Ihres abscheulichen Verbrechens zurückkehren?« Clifford hielt den Wagen an und wies auf die rot angestrichene Haustür des Reihenendhauses.

Als Eleanor aus dem Rolls-Royce stieg und ihre Hand zum Gartentor führte, bemerkte sie ein Zucken der Vorhänge im Erkerfenster. An der Haustür angekommen, hob sie den Klopfer an, und noch ehe sie ihn loslassen konnte, wurde die schwere Stahlblechtafel mit der Gravur »BRIEFE« dicht darunter hochgeklappt, und zwei dunkle Augen, umrahmt von dichtem schwarzem Haar, starrten sie argwöhnisch an: »Verschwinden Sie!«

Eleanor stutzte. »Verzeihen Sie unseren unangemeldeten Besuch, gnädige Frau, wir kommen, um zu helfen«, rief Clifford über Eleanors Schulter hinweg.

»Ich brauche aber keine Hilfe.«

»Aber der arme Mr Carlton hätte diese benötigt«, erwiderte Eleanor. »Sie haben mein tiefstes Mitgefühl.«

Die Augen hinter dem Briefschlitz weiteten sich. »Was wollen Sie damit andeuten? Dass ich meine Pflicht als seine Haushälterin nicht erfüllt habe? Nicht dass es Sie irgendetwas angehen würde, aber ich hätte ihm ohnehin nicht mehr helfen können, der arme Kerl war schon lange tot, als ich ihn gefunden habe.« Die Tür flog auf und eine ausgemergelte Frau Ende fünfzig gestikulierte in Richtung des Gartentors. »So, und jetzt scheren Sie sich davon!« Ihr Zorn verhärtete ihre ohnehin schon gramerfüllten Züge.

Clifford schlug einen sanfteren Ton an: »Die Polizei kann einem in derlei Angelegenheiten ganz schön zu schaffen machen, nicht wahr? Wir haben vollstes Verständnis.«

Die Frau zog sich die Wolldecke enger um ihre Schultern. »Was hat die Polizei damit zu tun? Die ist hier in der Gegend nicht sehr beliebt. Ich habe auch keine Ahnung, was die hier wollten, waren zu sehr damit beschäftigt, Dreck und Laub im ganzen Haus zu verteilen!«

Eleanor nahm ihre Brille ab. »Das tut mir so leid, ich kenne Ihren Namen nicht, aber …«

»Oh, aber dafür kenne ich den Ihren nur allzu gut! Da steht doch glatt Lady Swift höchstpersönlich vor der Tür. Ich habe Sie und alles, was Sie unternehmen, um uns Frauen zu helfen, bejubelt. Was für eine Ehre, Sie hier zu begrüßen.« Die Frau blickte an Eleanor vorbei. »Und Mr Clifford, Sie ebenso.«

»Guten Tag, gnädige Frau.«

Sie wandte sich wieder Eleanor zu. »Es ist ein Risiko für

Sie, hierherzukommen, nicht wahr? Wo die Zeitungen doch behaupten, dass Sie diejenige gewesen seien, die dem armen Mr Carlton den Garaus gemacht hätten?«

Eleanor senkte die Stimme: »Genau das ist der Grund unseres Kommens. Man hat mich reingelegt!«

Clifford trat einen Schritt vor. »Mrs Eltham, Sie sind sich dessen womöglich nicht bewusst, aber es gibt eine Verschwörung, die Lady Swift davon abhalten soll, sich zur Wahl zu stellen. Und wir glauben, dass womöglich ein Zusammenhang zu Mr Carltons höchst tragischem Ableben besteht.«

Mrs Eltham schnappte nach Luft. »Warum haben Sie das nicht gleich als Allererstes gesagt?« Ihr Blick schweifte die Straße auf und ab. »Kommen Sie schnell rein, bevor diese Zeitungsfritzen vom Zechen in der Bierstube um die Ecke zurückkehren.«

»Danke schön.« Eleanor huschte ins Haus. Nachdem auch Clifford eingetreten war, bemerkte sie, dass der Flur geschmackvoller eingerichtet war, als sie es von einem Mann wie Carlton erwartet hätte. Er war ihr so kühl und berechnend erschienen. Sie hatte sich sein Zuhause deutlich steriler und unpersönlicher ausgemalt. Stattdessen betonten creme- und maulbeerfarbene Tapeten das satte Pflaumenblau des kapitonierten Zweisitzersofas unter dem Gemälde zweier ungestümer Hengste, die über eine wilde Ebene tänzelten.

»Am besten kommen Sie gleich mit in den Salon.« Mrs Eltham geleitete sie über den glänzenden Dielenfußboden in einen Raum, in dem der gleiche Stil aufrechterhalten wurde. Neben einer erstaunlichen Vielzahl von Textilien gab es einen großen Spiegel über dem Kamin, der die matte Nachmittagssonne reflektierte, deren Strahlen wiederum durch eine ausgefallene Leuchte aus Kristallglas tanzten.

Eleanor ließ sich nieder, während Clifford zögerlich den ihm zugewiesenen Platz auf dem Sofa einnahm.

Eleanor setzte ihr schönstes Lächeln auf. »Wie lange

arbeiten Sie schon als Haushälterin für Mr Carlton, Mrs Eltham?«

»Seit sechs, nein, seit sieben Jahren. War ein passabler Dienstherr, aber ein richtiger alter Pedant, bei dem alles immer auf eine ganz bestimmte Art und Weise zu sein hatte, insbesondere, was das Essen anbelangt. Herr Etepetete habe ich ihn getauft, und im Lauf der Zeit wurde es immer schlimmer. Unlängst habe ich ihm gesagt, dass er sich doch jemand anderen suchen solle, der ihm seine Mahlzeiten zubereitet – ich hatte keine Zeit für seinen ganzen Stuss, nicht in den wenigen Stunden, in denen ich hier bin.«

Eleanor, die sich davon nach ihrer Begegnung mit Mr Carlton in dessen Büro nicht überrascht sah, nutzte eine Pause in Mrs Elthams Monolog, um eine weitere Frage zu stellen: »Sie sagten, dass die Polizei gekommen sei. Hat Inspector Fawks Ihre Aussage aufgenommen?«

Die Haushälterin nickte. »Was für ein arroganter Fatzke! Als ich hier so saß, dachte ich bei mir, dass eigentlich er derjenige sein sollte, der mit eingeschlagenem Schädel auf dem Fußboden liegt. Er hat mit mir gesprochen, als wäre ich der Klumpen Dreck, den ich an der Unterseite seines Stiefels kleben sah.« Sie schnaubte. »Und den ich dann wohlgemerkt später auf den Knien robbend wegputzen musste.«

Clifford gab einige verständnisvolle »Tss«-Laute von sich, ehe er das Wort ergriff: »Danach verspürten Sie vermutlich keine große Lust mehr, ihm viel zu erzählen?«

»Haargenau, Mr Clifford, und das tat ich auch nicht. Ich habe dichtgemacht und nur so viel gesagt wie nötig, um Mr Carlton gerecht zu werden. Es geht die Polizei gar nichts an, wem er womöglich Geld schuldete, ob er eine Liebhaberin hatte oder was auch immer der Inspector sonst noch wissen wollte. Er hielt mich für bescheuert, also habe ich die Bescheuerte gemimt.«

»Ich bin mir sicher, Mr Carlton hätte Ihre Diskretion zu schätzen gewusst«, sagte Clifford.

Eleanor versuchte, ihre Worte mit Bedacht zu wählen: »Soweit ich weiß, war Mr Carlton Junggeselle? Verzeihen Sie mir, aber ich hätte mit einer etwas ... maskulineren Einrichtung gerechnet?«

»Lediglich die Räumlichkeiten, in denen er Gäste empfing, sind so schick dekoriert. Ich bin ja kein Klatschweib, aber sagen wir mal so, ihm war aufgefallen, dass die Damen entspannter sind, wenn alles hübsch angemalt ist.«

»Ah!«, sagte Eleanor.

»Aber es war ja nicht an mir, irgendetwas dazu zu sagen. Ein paarmal hätte ich allerdings beinahe hingeschmissen. Es wurde so schlimm, dass ich fürchtete, die Polizei könnte in dem Glauben vorbeikommen, dass es sich hier um eines dieser ›Häuser‹ handele.« Sie tippte sich an die Nase.

»Der Weg zur wahren Liebe kann in der Tat lang und kurvenreich sein«, sagte Clifford.

Mrs Eltham schnaubte. »Aber auf Liebe war der doch gar nicht aus! Ansonsten hätte er ja immer nur eine gleichzeitig gehabt, und nicht jeweils eine für jeden Wochentag.« Sie fächerte ihre Hände auf. »Nun, augenscheinlich sind manche Männer einfach so. Und es gibt Frauen, die halten sie für unwiderstehlich, wenngleich ich nicht verstehen kann, weshalb. Unabhängig davon, welcher Klasse sie entstammen.«

»Gehe ich recht in der Annahme, dass Sie nicht hier leben?«, fragte Clifford.

»So ist es. Deshalb war ich auch nicht zugegen, als es passiert ist.« Sie zog ein Taschentuch aus ihrer Tasche und tupfte sich die Mundwinkel ab. »Ich bin hier an jenem Abend um Viertel nach neun aufgeschlagen, um ihm sein Abendessen aufzuwärmen, sein Bett zu machen und die Sachen fürs Frühstück anzurichten. So wie immer eben – wenn er keine Gäste hatte, versteht sich, was er an diesem Abend wohl nicht vorhatte.« Sie runzelte die Stirn. »Allerdings ist dennoch eine Frau erschienen.«

Eleanor unterbrach ihre Betrachtung des Zimmers. »Eine Frau, sagen Sie? Können Sie sie näher beschreiben?«

Mrs Eltham schüttelte den Kopf. »Ich habe sie nicht zu Gesicht bekommen, weiß nur, dass eine da war. Konnte das Parfüm riechen.«

Eleanor spähte durch die Tür in den Flur hinaus. »Wo genau wurde der arme Mr Carlton denn gefunden? Könnten Sie uns sagen, was Sie gesehen haben, sofern Sie das nicht zu sehr aufwühlt?«

»Wenn es Ihnen hilft, herauszufinden, wer das getan hat, dann sehen Sie es sich doch am besten selbst an.«

Eleanor nickte. Mrs Eltham hakte ihren zitternden Arm bei ihr unter: »Schön war's nicht, Lady Swift.«

Am hintersten Ende des Flurs blieb die Haushälterin stehen und wies auf eine weiße Holztür: »Er befand sich in seinem Büro, wenngleich er es ›Studierzimmer‹ genannt hat. Da er da drin aber nie irgendetwas studiert hat, habe ich es immer als sein Büro bezeichnet.«

»Darf ich?«, fragte Eleanor mit einer Hand am Türknauf.

»Nur zu. Inzwischen ist alles sauber gemacht worden. Nicht etwa, dass die Polizei da sorgfältige Arbeit geleistet hätte. Was für ein Bild: Ich, wie ich auf meinen Knien die letzten Überbleibsel meines Arbeitgebers mit Eimer und Bürste beseitige! Der arme Kerl lag da mitten auf dem Boden, als ob er gerade auf dem Weg nach draußen gewesen war, als er attackiert wurde.«

Eleanor spürte, wie sich Mrs Elthams Arm löste, als sie durch die Tür in das mittelgroße Zimmer trat. Es erinnerte deutlich mehr an die schmucklosen weißen Wände und billigen Regale des Büros, in dem sie Carlton zuvor befragt hatten. Am

Kamin standen ein einfacher Holztisch, der zur Tür ausgerichtet war, und ein Stuhl mit quadratisch angeordneten Beinen, der darunter geschoben war.

Vor einer Wand stand ein schiefer Holzschrank, der verdächtig nach einem alten Kleiderschrank aussah. An der gegenüberliegenden Wand hing eine umfunktionierte, mit Friese bespannte Pokertischplatte, an die eine Auswahl von Karten geheftet war. Sie nahm das Schiebefenster in Augenschein. »Meinen Sie, der Schurke könnte hier eingestiegen sein?«

Die Haushälterin winkte ab. »Da hätte er aber verdammt gute Arbeit geleistet! In all den Jahren seit ich hier arbeite, war dieses Fenster stets verrammelt. Ich schätze mal, dass er durch die Hintertür gekommen ist. Oder aber, dass Mr Carlton ihn durch die Haustür hineingelassen hat, wenngleich auf der Straße niemand gesehen worden ist. Die Polizei hat alle Nachbarn befragt, obwohl ich ihnen in fünf Minuten alles hätte erzählen können, wo wir doch alle über die Zäune miteinander darüber gesprochen haben.«

»Hat die Polizei irgendetwas mitgenommen?«

»Nun, Mr Carlton. Streng genommen haben sie mehr Zeug gebracht als mitgenommen, haben überall ihr verflixtes Fingerabdruckpulver hinterlassen und das ganze Haus verdreckt.«

»Wissen Sie zufällig, ob die Polizisten irgendwelche Fingerabdrücke sicherstellen konnten?«

»Nun, meine haben sie genommen, um sie mit irgendetwas abzugleichen, entsprechend gehe ich davon aus, ja. Dieser Fawks meinte, dass der Mörder Handschuhe getragen haben könnte, da Kriminelle heutzutage über Fingerabdrücke und dergleichen Bescheid wüssten.«

»Ist Ihnen aufgefallen, ob irgendetwas fehlt?«

»Nein, aber die Polizei hat mich das bestimmt ein Dutzend mal gefragt. Sie haben noch Mr Carltons Kricketpokal mitgenommen. Sie meinten, der Mörder hätte ihn damit geschlagen.

Auf die Rückseite des Kopfes.« Sie führte ihr Taschentuch zur Nase.

Auf Eleanors Zögern hin winkte Mrs Eltham ab. »Ach, nur keine Scheu, stöbern Sie drauflos! Das kann Mr Carlton jetzt auch nicht mehr schaden.«

Eleanor warf einen kurzen Blick auf Clifford, der ihr mit einem leichten Nicken antwortete.

Er räusperte sich. »Mrs Eltham, dürfte ich Sie bitten, mir die Hintertür zu zeigen? Vielleicht stoßen wir auf irgendetwas, das die Polizei übersehen hat.«

Als sich ihre Schritte entfernt hatten, drehte sich Eleanor langsam um und inspizierte das spärlich eingerichtete Zimmer. Das Problem war nur, dass sie keinerlei Ahnung hatte, wonach sie suchen sollte. Die Schreibtischschubladen offenbarten nicht mehr als die üblichen Utensilien zum Briefeschreiben sowie einen leeren Flachmann. Auch der Schrank enthielt nur einige Schreibwaren und wenig anderes. Sie klopfte von innen gegen die Rückwand, dann schob sie ihre Hand hinter den Schrank, um nach etwas Verborgenem zu tasten.

Nichts.

Die Karten an der Wand zeigten die Gegend rund um Chipstone in unterschiedlichen Maßstäben und Ausschnitten. Auf den Vorder- und Rückseiten fanden sich weder geheimnisvolle Notizen noch schwarze Kreuze, die auf den Standort eines vergrabenen Schatzes hindeuteten. Sie schüttelte den Kopf.

*Komm schon, Ellie, du bist hier nicht in einem Groschenroman!*

Die Ablagen auf dem Kaminsims enthielten lediglich eine unbezahlte Rechnung von einer Schneiderei, die Zeitungen aus den letzten vier Wochen mit dem Vermerk ZU ZAHLEN und eine Reihe von Einladungen zu Dinners, die alle bereits in der Vergangenheit lagen. Ein Stück Papier, das hinter der Reiseuhr hervorlugte, erregte ihre Aufmerksamkeit. Als sie daran zog, entpuppte es sich als Zeitungsartikel, der auf die dringende

Notwendigkeit weiterer Wohnungsbauprojekte aufmerksam machte und am zweiundzwanzigsten Oktober ordentlich aus der *Times* ausgeschnitten worden war.

Sie runzelte die Stirn. Wieso hatte er speziell diesen Artikel ausgeschnitten und aufbewahrt? Sie dachte an Lady Farringtons Enthüllung zurück, laut der Aris ihnen geholfen habe, ein Wohnbauprojekt auf ihrem Grund zu sichern. Wo lag der Zusammenhang? Sie zuckte mit der Schulter, faltete den Zeitungsschnipsel und steckte ihn in ihre Tasche, bevor sie ihre Suche fortsetzte. Carlton hatte sich bei der Befragung in seinem Büro beileibe nicht in die Karten schauen lassen.

Eleanor versuchte, sich in den Kopf des Opfers hineinzuversetzen, zog den Stuhl hervor und nahm am Schreibtisch Platz. Es fanden sich keinerlei Anzeichen eines Kampfes in dem Raum, sodass es ganz so schien, als ob Carlton seinen Mörder gekannt haben musste. Es war nahezu sicher, dass er ihn eingeladen hatte und dann von ihm erschlagen worden war, als er ihm den Rücken zuwandte.

Sie hob den Stuhl an der Sitzfläche an, um ihn unter den Schreibtisch zurückzuschieben, und keuchte auf, als ihr Finger sich in etwas verhakte. Sie schüttelte wütend den Kopf, als sie den Blutstropfen an ihrem Finger registrierte.

*Aua!* Warum um Himmels willen hatte Carlton das nicht reparieren lassen? Er musste doch schon all seine Finger verloren haben!

Sie sank auf die Knie, kippte den Stuhl auf seine Hinterbeine und stieß einen leisen Pfiff aus.

Unter der Sitzfläche erkannte sie, woran sich ihr Finger verhakt hatte: Dort war mit zwei Nägeln ein kleines Kästchen montiert worden. Einer dieser Nägel ragte ein Stück heraus. Eleanor öffnete das Kästchen und japste dann nach Luft.

---

»Tee wäre großartig, Mrs Eltham, zu liebenswürdig!« Cliffords Stimme hallte durch den Korridor zu ihr hinüber.

»Clifford!«, zischte sie, als sie die Spitze seines sorgfältig polierten Schuhs in der Türöffnung erblickte. »Schauen Sie mal!« Sie präsentierte ihm eine weiße Leinenserviette und faltete die eingeschlagenen Ecken auseinander.

»Vier Stücke ... Schokoladenfudge!«

»Von dem Abendessen, dem Aris erlegen ist, meinen Sie?«

»Wahrhaftig, es scheint, als hätten wir das verschollene Dessert aufgespürt.« Clifford, der die Wunde an ihrem Finger bemerkt hatte, reichte ihr ein sauberes Taschentuch.

»Danke.« Eleanor wickelte es um ihren verletzten Finger und legte die Stirn in Falten, während sie den Fudge auf dem Schreibtisch ablegte. »Aber das macht doch keinen Sinn. Wenn Carlton Aris ermordet hat, wieso sollte er dann den Beweis dafür aufbewahren? Das würde doch nur ein Verrückter tun, der geschnappt werden möchte!«

»Und Mr Carlton hat auf mich einen äußerst gerissenen Eindruck gemacht, Mylady.«

»Und er wird ihn wohl kaum gestohlen haben, weil er vorhatte, ihn zu essen. Er hatte zwar ein paar unbeglichene Rechnungen, allerdings glaube ich nicht, dass er so knapp bei Kasse war, dass er Essen stehlen musste.«

»Zumal er ihn ja gar nicht verspeist hat.« Clifford schürzte die Lippen. »Wer könnte sich für diesen Beweis interessieren, abgesehen von der Polizei –«

»Und dem Mörder.«

Er hob eine Augenbraue. »Und, vielleicht jemandem, der den Mörder erpressen wollte?«

»Clifford, Sie cleveres Kerlchen! Er hielt den Fudge hier versteckt, um Aris' Mörder damit zu erpressen!« Sie kniff die Augen fest zusammen. »Was mit ziemlicher Sicherheit bedeutet, dass Aris' Mörder auch Carlton ermordet hat.«

Clifford ließ die Serviette, die den Fudge enthielt, rasch in seiner Tasche verschwinden, als das Klirren von Tassen Mrs Elthams Rückkehr verkündete.

»Es tut mir leid, dass ich weder mit Keksen noch mit Kuchen dienen kann«, sagte sie, als sie das Tablett auf dem Tisch abstellte, »aber Mr Carlton duldete nichts Süßes in seinem Haus. Meinte, er wisse nicht, wieso die Leute zuckerhaltige Dinge essen würden, das würde ihnen nur den Tod bringen ...«

# SIEBENUNDZWANZIG

Eleanor rang nach Luft. »Meine Damen, das sieht schlicht ... fantastisch aus!«

Alle starrten auf den Rolls-Royce, der mit bunten Plakaten und Girlanden geschmückt war. Sie verlas das Plakat, das an der Beifahrertür angebracht war: »Lady Swift. Ein Versprechen. Die Wahrheit!« Sie schloss alle in eine kollektive Umarmung. »Donnerwetter, ich bin ja so dankbar!«

Mrs Butters tätschelte Eleanors Arm. »Es ist uns ein Vergnügen, Mylady. Die Girlanden sind aber Pollys Idee gewesen.«

Die Worte sprudelten dem jungen Dienstmädchen nur so aus dem Mund: »Da ich das mit den Plakaten nicht machen konnte, weil ich doch nicht so gut schreiben kann.« Sie schluckte schwer. »Ich weiß noch, wie Sie uns von dieser Stadt hoch oben in den schönen Bergen erzählt haben, wo alle Häuser aussahen wie winzige Schlösser und alle rausgekommen sind, um sie willkommen zu heißen wie eine Prinzessin. Und ... und all die Menschen und die Esel und die Karren, die mit Ketten aus Regenbogenblumen behängt waren ...« Ihre Worte erstarben, ihr Gesicht war tränenüberströmt.

Da Eleanor und die Damen vor Rührung nicht sprechen konnten, blickten sie hilfesuchend zu Clifford.

»Polly, ich glaube, die Ladyschaft will sagen, dass du haargenau die Blumenkette gebastelt hast, die sie dir beschrieben hat. Gut gemacht!«

Dies gab Eleanor den Rest, sodass sie sich unter dem Vorwand, ihre Wahlkampfmaterialien in Ordnung bringen zu müssen, in den Kofferraum wegduckte. Kurz darauf nahm sie im Augenwinkel Cliffords Beine und ein sauberes Taschentuch wahr.

»Danke schön«, murmelte sie.

»Dann frisch ans Werk, Mylady. Wollen wir sagen in fünf Minuten?«

»Besser fünfzehn Minuten.«

---

Selbst in den Randbezirken von Chipstone war viel Betrieb gewesen, und nun bog Clifford mit dem Rolls-Royce auf die Hauptstraße ab. Auf dem Rücksitz stupsten sich Mrs Trotman, Mrs Butters und Polly gegenseitig an und hielten ihre Hüte fest, völlig aus dem Häuschen, in einem Automobil zu fahren. Gladstone hatte den Rest des Rücksitzes in Beschlag genommen und streckte verzückt die Nase aus dem Fenster, sodass ihm der Wind durch die Hängebacken pfiff.

»Sieht ganz so aus, als wären alle schon auf den Beinen«, sagte Eleanor.

Clifford nickte. »Sodass uns ein hervorragendes Publikum garantiert sein dürfte.«

Er kam neben dem Rathaus auf dem Hauptplatz zum Stehen. Er blickte sie an. »Bereit?«

»Überhaupt nicht.« Sie nahm einen tiefen Atemzug. »Gut, dann wissen also alle, was sie zu tun haben? Wir bauen den Wahlkampfstand genau hier auf. Liebe Damen, Sie verteilen bitte so viele Flugblätter an die Leute, wie Sie nur können. Einverstanden?«

»Einverstanden!«, riefen sie wie aus einem Munde. Gladstone brachte seine Zustimmung mit einem aufgeregten Kläffen zum Ausdruck und schleckte Polly anschließend über die Wange.

Clifford stellte einen genial konstruierten Wahlkampfstand auf, während sich die Damen anschickten, die Kisten mit den Flugblättern aus dem Kofferraum zu holen. Dann behängten sie jeden freien Winkel mit weiteren Plakaten und Girlanden. Als sie fertig waren, überreichte Mrs Butters Eleanor eine smaragdgrüne Seidenschleife.

Sie nahm sie entgegen und bestaunte den aufwendig gestickten Schriftzug. »Lady Swift. Die Wahrheit muss gesagt werden«, verlas sie. »Du liebe Zeit, Mrs Butters, ich weiß gar nicht, was ich sagen soll!«

»Es ist mir ein Vergnügen, Mylady. Für jeden von uns gibt es eine. Master Gladstone inbegriffen. Unsere tragen lediglich Ihren Namen, weil uns die Zeit davongelaufen ist. Und hier haben wir noch eine Kiste voller grüner Schleifen und Anstecknadeln für Leute, die vorbeikommen und sie unterstützen wollen. Ich hoffe nur, dass wir genug davon haben.«

Eleanor blickte hinüber zum Rest ihres Personals, das sich schleifchengeziert hinter dem Stand eingefunden hatte. Mrs Trotman schüttelte gerade den Kopf und steckte Polly die Schleife richtig herum an.

»Aber wo haben Sie denn auf die Schnelle diese grüne Seide herbekommen? Das ist meine absolute Lieblingsfarbe!«

Mrs Butters gluckste. »Erinnern Sie sich noch an das Kleid, das Sie sich an Ihrem zweiten Tag auf The Hall zerrissen haben? Sie meinten, Sie seien durch eine Hecke geklettert, um einen gewissen jungen Piloten auf einem Feld zu abzupassen.«

»Oh, ja ... Lancelot.«

Die Haushälterin zwinkerte ihr zu. »Nun, der Stoff war zu

schön, um ihn in die Lumpensammlung zu geben. Das ist auch schon die Erklärung.«

Zwei Stunden später, die Rathausuhr hatte gerade elf Uhr geschlagen, trat Clifford an Eleanors Seite. »Wir haben eine sehr positive Resonanz erhalten, finden Sie nicht, Mylady?«

»Ich bin verblüfft. Das war eine gewaltige Überraschung.«

»Wenn ich Ihnen nun allerdings den Vorschlag unterbreiten dürfte, dass Sie und ich uns davonstehlen, damit wir uns unseren Verdächtigen widmen können.«

»Clifford! Konnten Sie etwa weitere Informationen sammeln?«

»In der Tat, zwei brisante Häppchen, aber darüber wollte ich Ihnen beim Mittagessen berichten. Wo wir nun aber schon beim Thema sind: Ich habe herausgefunden, dass die Geschäftsbeziehung zwischen Mr Aris und Mr Peel nicht im Guten endete. Um es kurz zu sagen: Es hat den Anschein, als ob sich Mr Aris der Partnerschaft plötzlich entzogen und die besten Mandanten mitgenommen habe. Mr Peel steht kurz vor dem Bankrott.«

Eleanor stieß einen langen, leisen Pfiff aus. »Große Güte! Nun, das wäre ein mögliches Motiv, Aris zu ermorden, allerdings gibt es nichts, was ihn mit Carltons Tod in Verbindung bringt. Wir müssen aber auf jeden Fall noch einmal mit ihm sprechen. Und das andere Informationshäppchen?«

»Für dieses Häppchen können Sie sich bei Mrs Trotman bedanken. Es hat sich herausgestellt, dass Mr Carlton vor einigen Monaten auf dem Markt von Chipstone einen Stand hatte, um für die Labour Party zu werben. Urplötzlich ist Mr Stanley Morris dort aufgetaucht, und hitzige Worte wurden gewechselt. Es gab mehrere Zeugen.«

Eleanor runzelte die Stirn. »Wahrscheinlich wegen der Affäre mit seiner Frau. Gibt es eigentlich einen Mann in dieser

Stadt, dessen Frau Carltons vermeintlichem Charme nicht erlegen ist?«

Clifford schüttelte den Kopf. »Wahrscheinlich nicht. Allerdings ging der Wortwechsel schnell in einen wortwörtlichen Schlagabtausch über. Die Polizei wurde herbeigerufen und Mr Morris unter der Drohung, wegen Ruhestörung angezeigt zu werden, des Marktes verwiesen.«

»Hmm, ich glaube, wir sollten nicht nur mit Mr Peel, sondern auch mit Mr Morris sprechen.«

»Ich stimme von ganzem Herzen zu, Mylady. Dürfte ich das Lesekabinett als Ausgangspunkt vorschlagen? Mr Morris verweilt dort zu dieser Stunde für gewöhnlich.«

Sie nickte. »Kommen Sie, langsam wird es spannend!«

In dem normalerweise stillen Lesekabinett herrschte mehr Trubel, als Eleanor erwartet hatte. Hinter dem kleinen hölzernen Schreibtisch saß eine Frau, die zum Glück nicht Mrs Brody war, und unterhielt sich mit zwei weiteren Besucherinnen angeregt über etwas, das in einem Magazin stand. Vier weitere Frauen drängten sich an einem Ende eines langen Tisches und tratschten, anstatt zu lesen. Ein schlaksiger Teenager mit Brille und kurzen Hosen fuhr mit dem Finger über die Buchrücken der beschaulichen Wissenschaftssektion.

Eleanor nickte in Richtung des Hinterzimmers, wo sie hinter einem Büchertisch ein langes Bein erspäht hatte.

Clifford nickte zurück und flüsterte: »Mylady, haben Sie sich bereits einen Plan zurechtgelegt?«

»Nein, aber die Zeit läuft uns davon und der Mörder führt uns und auch die Polizei an der Nase herum. Wenn wir Mrs Pitkin vor dem Armenhaus oder Schlimmerem bewahren wollen, dann müssen wir den Einsatz erhöhen. Samthandschuhe, Clifford, sind zu diesem Zeitpunkt gehörig unangebracht!« Sie marschierte durch die gewölbte Türöffnung und stolperte dann absichtlich über Stanley Morris' Beine.

»Mr Morris, ich bitte um Verzeihung, wie ungeschickt von mir!«

Er seufzte, reichte ihr aber die Hand. »Keine Ursache, Lady Swift. Sind Sie wohlauf?«

»Allerdings!«

»Dann würde ich es sehr begrüßen, wenn ich mich nun weiter meiner Lektüre widmen könnte, guten Tag.«

Er deutete auf die Akten in seiner Hand und starrte sie angespannt blinzelnd durch seine dicken Brillengläser an.

*Denk nach, Ellie!* Sie erhaschte einen Blick auf die maschinengeschriebenen Seiten.

»Clifford!«, rief sie. »Oh, Verzeihung, leiser, natürlich. Clifford!«, wiederholte sie in der gleichen Lautstärke, »bitte suchen Sie mir das Sitzungsprotokoll der Gemeinderatssitzung von letzter Woche und der Woche davor heraus. Danke sehr.«

Morris stieß hinter seinen Papieren einen weiteren Seufzer aus. »Lady Swift, ich halte das Protokoll der Gemeinderatssitzung in den Händen.«

»Was für ein Zufall!«

»Ist es das?«

Sie nahm auf dem Stuhl neben ihm Platz und ignorierte seinen verzweifelten Blick. »Ich erachte es ja als äußerst wichtig, über alle Ansichten seiner Wählerschaft im Bilde zu sein. Allerdings ist das ganz schön zeitintensiv, finden Sie nicht auch?«

»Nur, wenn ich dabei permanent unterbrochen werde.«

»Da sind wir ganz einer Meinung! Also, worüber haben unsere braven Bürger in letzter Zeit denn so diskutiert?«

Morris starrte sie mit unverhohlener Verärgerung an. Sie zog eine der Seiten aus dem Stapel in seinen Händen. »Ach, sieh da, wusste ich doch, dass das zur Sprache kommen würde. Die Damen des Women's Institute haben um eine Senkung der

Miete für den Stadtratssaal gebeten. Das scheint angemessen, finden Sie nicht? Ist Ihre werte Frau Gattin nicht Mitglied des Women's Institute?«

»Sie war.«

»War? Ach herrje, sie muss ja fürchterlich viel um die Ohren haben! Ich habe sie noch nie bei einer unserer politischen Debatten gesichtet. Es sei denn natürlich, ich habe sie im Publikum übersehen?«

»Das haben Sie nicht.«

»Gut. Aber ich bin mir sicher, dass sie Ihre wichtige Arbeit als Politiker von ganzem Herzen unterstützt?«

Morris schnaubte. »Lady Swift, ich habe mich nicht auf diesen Stuhl in diesem sehr öffentlichen Lesekabinett gesetzt, um mit Ihnen mein Privatleben zu besprechen, vielen Dank.«

»Oje, das tut mir leid! Womöglich habe ich einen wunden Punkt getroffen, Sie mögen verzeihen. Mrs Morris ist zweifellos eine durchweg moderne Frau, die ihre eigenen Entscheidungen trifft.«

»Allerdings!«

Sie neigte sich vor. »Das muss verflixt unangenehm für Sie sein, nicht wahr?«

Morris versteifte sich.

»Nun, ich meine, wenn Ihre Frau sozusagen für die andere Seite stimmt. Jetzt, wo ich darüber nachdenke, habe ich gehört, dass sie der Labour Party nahestehen soll.« Sie tippte sich an die Stirn. »Wo habe ich das denn bloß noch gleich gehört?«

Morris knallte die Akten in seinen Schoß. »Ich vermute, Lady Swift, dass es in der Schankstube gewesen ist, die von den Gewerbetreibenden frequentiert wird. Oder vielleicht in der Teestube, in der sich die Hausfrauen mit zu viel Zeit und zu wenig Arbeit treffen. Oder aber einfach in der Gosse!«

»Mr Morris, ich fürchte, ich habe Sie verstimmt.«

»Natürlich haben Sie das, Sie verdammte Schnüfflerin!«, entgegnete er wutentbrannt. »Sie wissen offensichtlich bereits«, flüsterte er grimmig, »dass meine Frau und Ernest Carlton ein ... ein Verhältnis hatten.« Sein Gesicht errötete.

Eleanor fühlte sich schuldig, rief sich jedoch abermals in Erinnerung, dass die Zukunft einer unschuldigen Frau davon abhing, dass sie die Wahrheit herausfand. »Ehrlich gesagt, Mr Morris, hatte ich nicht die Absicht, Salz in Ihre Wunde zu streuen. Das ist bestimmt nicht leicht für Sie gewesen. Wäre es indiskret von mir zu sagen, dass Sie jetzt, da Mr Carlton tot ist, vielleicht die Chance haben, Ihre Ehe zu retten?«

»Ja, das wäre es.«

»Ja, natürlich wäre es das. Höchst unsensibel!«

»Sie war ja nicht die Einzige, wissen Sie. Ich vermute, dadurch sollte es leichter zu ertragen sein, aber das ist es nicht. Carlton war ein Schurke, ein Schürzenjäger. Ein jämmerlicher Schuft, der Frauen benutzt hat. Und MEINE Frau hat er auch benutzt!«

»Es ist nur ein schwacher Trost, da bin ich sicher, aber ich gratuliere Ihnen zu Ihrer Besonnenheit. Sie haben all diese Debatten auf der Bühne mit Carlton in dem Wissen ertragen, was er getan hat. Grundgütiger, Sie hätten ihn wahrscheinlich am liebsten erwürgt!«

»Jedes Mal, wenn ich sein dämliches, selbstgefälliges Gesicht erblickte.« Er starrte sie an. »Ist er denn erwürgt worden?«

»Ich habe keine Ahnung. Ich dachte, Sie wüssten das vielleicht? Wo waren Sie am Sonntagabend zwischen neun und zehn Uhr?«

Morris lachte beklommen. »Sie sind nicht sonderlich subtil. Und die Polizei hat mich das bereits gefragt. Zu Ihrer Information, und auch um zu gewährleisten, dass Sie Ihre Nase ein für allemal aus meinen Angelegenheiten heraushalten: Ich habe Ernest Carlton nicht umgebracht!«

»Haben Sie denn irgendeine Vorstellung davon, wer ihn ermordet haben könnte?«

Er beugte sich vor und kam dabei ihrem Gesicht ganz nahe. »Vielleicht waren *Sie* es ja, Lady Swift? Dieser Auffassung scheint zumindest die Polizei zu sein. Aber«, sagte er, stellte seine Beine nebeneinander und erhob sich, »wenn Sie es herausgefunden haben, lassen Sie es mich wissen. Ich würde ihm oder ihr«, bemerkte er mit einem vielsagenden Blick, »gern die Hand schütteln.« Er legte ihr die Akten in den Schoß und rempelte Clifford im Hinausgehen an die Schulter.

»Mr Clifford.«

»Mr Morris.«

# ACHTUNDZWANZIG

Als sie gerade in die Straße eingebogen waren, in der sich Vernon Peels Büro befand, wies Clifford durch die Windschutzscheibe des Rolls-Royce auf ebendiesen, der den Gehsteig entlangeilte und alle paar Schritte einen Blick auf seine Taschenuhr warf.

»Mylady, ich vermute, dass Mr Peel in Kürze einen Termin hat. Vielleicht sollten wir ihn abpassen, solange wir die Gelegenheit dazu haben?«

»Unbedingt!«

Clifford brachte den Wagen vor dem georgianischen Backsteinbau, in dem die Kanzlei untergebracht war, zum Stehen. Eleanor sprang hinaus und stemmte sich vergeblich gegen die dunkelgraue Tür. Sie war abgesperrt.

»Was zum Himmel?«

Clifford runzelte die Stirn. »Höchst ungewöhnlich, dass eine Anwaltskanzlei um kurz vor zwölf Uhr mittags noch nicht geöffnet ist.«

In diesem Augenblick kam ihre Zielperson mit beinahe lila Wangen um die Ecke gehuscht.

»Grundgütiger, Mr Peel, geht es Ihnen gut?«

»Was? Ja, nur sehr spät dran. Sie entschuldigen mich.« Er schob sich an ihr vorbei.

»Ihre Sekretärin ist wohl ebenfalls spät dran, Mr Peel.« Eleanor nickte auf die versperrte Tür zu.

Der Anwalt zückte einen Schlüsselanhänger und kämpfte mit dem Schloss. »Meine Sekretärin ist, äh ... temporär versetzt worden.«

Eleanor warf Clifford einen flüchtigen Blick zu. Nachdem er das Schloss bezwungen hatte, stürmte Peel durch die Tür, blieb dann aber wie angewurzelt stehen, als er den Umschlag erblickte, der mit der Schriftseite nach unten auf der Türmatte lag und ein rotes Siegel offenbarte. Ohne sich zu bücken, um ihn aufzuheben, ließ er sich auf den Stuhl seiner Sekretärin plumpsen und stöhnte.

Eleanor folgte im ins Innere. Sie hob den Brief auf und legte ihn vor ihm auf den Schreibtisch. »Gute Güte, sind das etwa schlimme Nachrichten?«

Peel stützte seinen Kopf mit seinen Händen. »Die schlimmstmöglichen«, murmelte er durch seine Finger hindurch. »Was um Gottes willen soll ich denn nun tun?«

Eleanor setzte sich auf die Kante des Schreibtischs. »Stecken Sie in Schwierigkeiten, Mr Peel?«

»Nein, nein, keineswegs.« Er sprang auf. »Ich stehe nur unmittelbar vor der Insolvenz, weiter nichts.« Seine Schultern bebten, während er leise schluchzte.

Eleanor nickte Clifford zu, der rasch das Vorzimmer in Augenschein nahm, in dem sie sich befanden. Er öffnete die oberste Schublade des einziges Möbelstücks – eines Sekretärs – und holte daraus eine Flasche Brandy und ein Glas hervor. Er goß dem verstörten Mann einen großzügigen Schluck davon ein und platzierte ein sauberes Taschentuch daneben. Peel griff nach dem Drink und stürzte die Hälfte davon in einem Zug hinunter. Er verschluckte sich, blickte auf und schüttelte dann den Kopf. »Entschuldigen Sie meinen Mangel an Contenance.

Seit Aris die Kanzlei verlassen hat, ist die Lage äußerst schwierig.«

»Ihre Sekretärin ist gar nicht in eine andere Kanzlei versetzt worden, nicht wahr?«, fragte Eleanor und füllte sein Glas nach.

Peel schüttelte den Kopf. »Ich musste sie gehen lassen. Und wie ich ihr letztes Gehalt begleichen soll, das weiß ich beim besten Willen nicht.« Er seufzte. »Aris hat mich zugrunde gerichtet, als er mit all unseren besten Mandanten abgezogen ist. Mit *all* unseren Mandanten, um genau zu sein.« Er blickte auf das Brandyglas in seiner Hand. »Ich habe es versucht, aber allein schaffe ich es einfach nicht.«

»Wieso ist Aris gegangen?«, hakte Eleanor sanft nach.

»Aus Habgier! Er wollte sich nicht mit der Hälfte der Gewinne zufriedengeben, hat alles für sich allein beansprucht. Das war seine Einstellung zu allem im Leben. Er fand immer irgendeinen Einfaltspinsel, der die Drecksarbeit für ihn übernahm, damit er sich dann, wenn der richtige Zeitpunkt gekommen war, mit dem Hauptgewinn davonstehlen konnte.«

Eleanor biss sich auf die Unterlippe. »Mr Peel, auch ich bin vor Kurzem auf diese Art und Weise missbraucht worden. Ich weiß, wie schlimm das ist.«

Peel stellte sein Glas ab und nickte sanft.

»Hofften Sie, dass Aris seine Entscheidung rückgängig machen und zurückkehren würde?«

Er nickte erneut. »Vermutlich war es einfach nur vager und blinder Optimismus, aber ich hoffte, dass er irgendwann genug von all den Zuarbeiten haben würde, die ich sonst immer für ihn erledigt hatte. Ich bin idiotischerweise davon ausgegangen, dass es auch irgendetwas gab, das er an unserem Arbeitsverhältnis zu schätzen gewusst hatte.«

»Und als er starb …«

»Da starb auch meine Hoffnung auf ebenjene Wiedervereinigung. Ich habe versucht, weiterzumachen, allerdings völlig erfolglos, wie es scheint.«

Clifford räusperte sich.

Eleanor erhob sich. »Mr Peel, wir bedauern Ihre Situation wirklich sehr. Seien Sie versichert, dass ich Sie ohne zu zögern empfehlen werde, sollte ich jemanden treffen, der Ihre Dienste benötigt. Dann werden Sie Ihre Fähigkeiten selbst beweisen müssen, wozu Sie aber bestimmt in der Lage sind. Denken Sie daran, Mr Peel: Die Umstände machen den Mann nicht, sie offenbaren ihn nur. Ich habe vergessen, wer das gesagt hat, aber da ist etwas Wahres dran.«

Peel erhob sich und streckte ihr seine Hand entgegen. »Lieben Dank. Sie haben mich schon ein klein wenig zuversichtlicher gestimmt. Danke, dass Sie sich die Zeit genommen haben.«

»Dafür möchte auch ich Ihnen danken.«

Als sie sich zur Tür wandten, beorderte Peel sie zurück: »Warten Sie! Bitte.«

Eleanor trat zurück an den Schreibtisch. »Können wir Ihnen vielleicht noch irgendwie weiterhelfen?«

»Nein, Lady Swift. Aber ich habe etwas, das Ihnen vielleicht weiterhelfen kann. Sie haben mir deutlich gemacht, dass ich das Richtige tun muss. Ich bitte Sie beide, nehmen Sie doch Platz.«

»Sehr gern, Mr Peel.« Sie lächelte und warf Clifford einen verwunderten Blick zu.

Peel holte tief Luft. »Ich habe die Verschwiegenheitspflicht meinen Mandanten gegenüber in all den Jahren niemals gebrochen, aber was für einen Sinn hat es denn, diese aufrechtzuerhalten, wenn sie nur weiterem Unrecht Vorschub leistet?«

»Allerdings, Mr Peel.« Eleanor ermutigte ihn mit einem Lächeln dazu, weiterzusprechen.

»Ernest Lucius Carlton war ein recht wohlhabender Mann, ungeachtet all seiner Versuche, den Genossen der Arbeiter zu spielen und unter dem Banner der Labour Party auf Stimmenfang zu gehen.«

»Etwas in dieser Richtung hatten wir uns bereits hergeleitet«, sagte Eleanor.

»Vermutlich konnten Sie sich aber nicht herleiten, woher Carltons Vater all das Geld hatte, das er Ernest vermachte?«

Eleanor und Clifford schüttelten den Kopf.

»Land! Hektarweise Land. Erworben von zahlungsunfähigen Farmern nach einer vierjährigen Abfolge von Missernten in den Jahren von 1875 bis 1879. Dank der billigen Getreideimporte aus Amerika waren die Farmen so schnell verschwunden wie die Ernten. Carlton senior war ein gerissener Kerl, müssen Sie wissen. Wenn die Entwicklung des Frachtschiffverkehrs so schnell voranging, schlussfolgerte er, dann würde dies auch für die Entwicklung der öffentlichen Verkehrsinfrastruktur gelten. Und dann konnten die Menschen aus London wegziehen, wodurch eine starke Nachfrage nach Reihensiedlungen entstehen würde. Folglich war er der Erste, der in dieses Geschäft einstieg und profitierte, indem er den armen Seelen für ihr Land gerade genug bezahlte, um sie vor dem Armenhaus zu bewahren.«

Clifford verschränkte seine Finger ineinander. »Nur dass er verstorben ist, ehe er seine Investition zu Geld machen konnte?«

»In der Tat. Er vermachte alles seinem einzigen Sohn: Ernest.«

»Aber mit dem Addison Act von letztem Jahr ...« Eleanor schlug auf Peels Schreibtisch. »... befand sich Carlton doch eigentlich in der besten Position für den Verkauf, schließlich verfügte er über das ideale Land für die Realisierung der Bauten.«

»Eigentlich ja, Mylady«, sagte Clifford. »Und doch ist es Lord Farringtons und nicht etwa Mr Carltons Land, das in dem Vertrag für das besagte Bauprojekt aufgeführt ist. Und der Mann, der das Ganze eingefädelt hat, war ...«

»Aris«, ergänzte Peel matt. »Er hat den Planungsausschuss

davon überzeugt, dass das Land der Farringtons aus mehreren fadenscheinigen Gründen eine geeignetere Standortwahl darstelle.«

»Worauf Sie, als der ehrliche Mann, der Sie sind, den Planungsausschuss aufmerksam gemacht haben?«

Peels Gesicht sah etwas weniger bedrückt aus. »Danke, ja, das habe ich. Das ist auch der wahre Grund dafür, dass Aris unsere Partnerschaft aufgekündigt hat. Wie auch immer, im vorliegenden Fall spielt das keine Rolle. Aris hat sich nämlich auf das wenig geschulte Auge der Mitglieder des Planungsausschusses verlassen. Er nutzte seine Fachkenntnisse im Immobilienrecht, um sie zu täuschen. Und Schmiergeld wird ebenfalls geflossen sein, da bin ich mir sicher. Das war eine weitere von Aris' Spezialitäten.«

Eleanor schwirrte der Kopf. Peel hatte offensichtlich ein Motiv, Aris zu töten. Oder aber, falls er wirklich darauf gehofft hatte, dass Aris in die Kanzlei zurückkehren würde, ein Motiv, ihn am Leben zu lassen. *Aber Carlton?*

Sie versuchte, mit ruhiger Stimme zu sprechen: »Trotzdem schien Mr Aris äußerst beliebt zu sein. Ganz im Gegensatz zu Mr Carlton. Niemand verliert ein gutes Wort über ihn. Wie sieht's mit Ihnen aus, Mr Peel?«

Vernon Peel lachte in sich hinein. »Lady Swift, ich verfüge über mehr als zwanzig Jahre Gerichtserfahrung und habe Hunderte Fälle verfolgt. Wenn ich Carlton ermordet hätte, dann könnte ich meine Spuren sorgfältiger verwischen als die meisten anderen. Allerdings verfüge ich ja kaum über die nötige Kraft, mein Geschäft vor dem Untergang zu bewahren. Ich hatte kein Problem mit Carlton, abgesehen vielleicht von ein klein wenig Neid auf seinen Charme und seine Selbstsicherheit, die mir mein ganzes Leben lang fehlten. Glücklicherweise weilte ich Sonntagabend in Oxford. Ich bin mir sicher, dass sich dafür einige Zeugen finden lassen.« Er zuckte mit der Schulter. »Ich habe mich in Gasthöfen und Herbergen herumgetrieben, auf der Suche nach neuen Mandaten, um das Geschäft am Laufen zu halten. Weit genug entfernt, um niedrigere Preise anzubieten, ohne dass meine Mandanten in Chipstone davon Wind bekommen würden, Sie verstehen.«

»Das verstehe ich, absolut«, sagte Eleanor freundlich und machte sich eine Notiz im Geiste, dass sie bei Abigail nachhaken mussten, ob sein Alibi von der Polizei überprüft worden war. »Ihre Bemühungen, das Blatt zu wenden, sind bewundernswert. Ich hoffe aufrichtig, dass sie von Erfolg gekrönt sein werden.«

Peel rieb sich mit den Händen übers Gesicht und schob sein Glas von sich weg. Er lächelte schwach. »Bitte entsorgen Sie den Rest des Brandys. Der Alkohol wird meine Probleme nicht lösen.«

»Das ist die richtige Einstellung!« Eleanor schüttelte ihm die Hand und gab Clifford zu verstehen, die Flasche auf dem Weg hinaus einzupacken.

»Lady Swift, Sie haben mich ja quasi gefragt, ob ich Grund hatte, Mr Carlton zu töten. Warum haben Sie mir diese Frage nicht im Bezug auf Mr Aris gestellt?«, rief Peel ihnen hinterher, als sie die Tür zur Kanzlei erreicht hatten.

Sie lächelte ihn an. »Weil mir bewusst ist, dass Sie allen Grund dazu hatten.«

---

Draußen angekommen, nahm Eleanor einen tiefen Atemzug. »Clifford, das war fürchterlich unangenehm. Armer Kerl! Haben Sie ihm geglaubt, dass er auf eine Rückkehr seines Partners hoffte?«

»Das habe ich, Mylady. Obschon, wenn er gelogen hat –«

»Haargenau. Für Carltons Tod ist uns kein Motiv bekannt. Jedoch gibt Peels Enthüllung, dass Aris Carlton die Grundlage für dieses Baulandgeschäft entzogen hat, Carlton ein starkes Motiv, Aris zu ermorden.«

Clifford nickte. »In der Tat, Mylady. Das hat Mr Carlton wohl um ein kleines Vermögen gebracht. Und angesichts der bestehenden Feindschaft zwischen den beiden Männern glaube ich, dass Mr Carlton es zudem sehr persönlich genommen haben muss.«

»Er verfügte also über Mittel, Möglichkeit –«

»Und das stärkste Motiv.«

Eleanor nickte langsam. »Carlton hat Aris ermordet.«

Eleanor lehnte sich in den Beifahrersitz des Rolls-Royce zurück. Während sich der Wagen sanft in Bewegung setzte, schloss sie die Augen und stieß einen tiefen Seufzer aus. »Carlton hat Aris nicht ermordet, nicht wahr, Clifford?«

Clifford schüttelte den Kopf. »Nein, Mylady, ich denke, das hat er nicht.«

# NEUNUNDZWANZIG

Clifford betrat den Morgensalon mit einer frisch aufgefüllten Kanne Kaffee. »Sie sind da, Mylady.«

Eleanor hielt mit einem Stück Röstbrot in der Hand inne, das sich auf halbem Wege zu ihrem Mund befand.

»Wer ist da? Ich habe heute keine Zeit für Besucher!«

»Nicht wer, Mylady, sondern was. Mr Rigby hat die Kisten soeben höchstpersönlich abgeliefert.«

»Der Drucker? Donnerwetter! Na, das nenne ich mal Service! Wir hätten sie doch abholen können, wenn wir in Chipstone sind.«

»Da heute Donnerstag ist, nehme ich an, dass Mr Rigby sicherstellen wollte, rechtzeitig in der Kirche sein zu können. Er ist der Ersatzorganist in der Kirche St Winifred's und lässt sich die Gelegenheit, unter der Woche zu spielen, nur ungern entgehen.«

»Ich verstehe. Auch mir ist bewusst, dass heute Donnerstag ist, umso mehr weiß ich zu schätzen, dass Sie Ihren freien Tag für mich verlegt haben. Danke dafür, Clifford. So, jetzt sollten wir aber besser loslegen.«

»Die Damen scharren bereits mit den Hufen, Mylady. Und

ich möchte hinzufügen, dass Master Gladstone dagegen rebelliert, heute allein bei Joseph gelassen zu werden.«

Eleanor musste lachen. »Ich liebe es, wenn ein Hund weiß, was er will! Ich werde zur Entschädigung eine besonders ausführliche Runde Ball mit ihm spielen.«

Ehe Clifford antworten konnte, wurden sie vom Läuten des Telefons unterbrochen.

Einen Augenblick später war er zurückgekehrt: »Detective Chief Inspector Seldon für Sie, Mylady.«

»Hervorragend! Vielleicht gibt es eine neue Entwicklung in dem Fall.«

Und die gab es auch. Allerdings nicht der Art, die sie sich erhofft hatte. »Fahrlässige Tötung? Das kann doch nicht wahr sein!«

DCI Seldons barsche Stimme drang durch den Telefonhörer: »Mir ist durchaus bewusst, dass Sie sich für diesen Fall interessieren, Lady Swift. Und in Anbetracht dessen, dass Sie von Zeit zu Zeit Recht behalten haben und dass Sie, wie ich persönlich glaube, fälschlicherweise des Mordes an Mr Carlton verdächtigt worden sind, gebe ich diese Information streng vertraulich an Sie weiter.«

Eleanor konnte nicht anders, als einen Augenblick lang neuen Mut zu schöpfen. Nicht nur, weil der Inspector glaubte, dass sie nichts mit Carltons Ermordung zu tun hatte, sondern weil er sie mit Respekt behandelte. Und als ebenbürtig. Er nahm sie ernst – etwas, das Lancelot ungeachtet all seiner wunderbaren Eigenschaften niemals tat. Einmal mehr fragte sie sich, wie ihr Leben wohl aussähe, wenn sie und der Inspector ...

DCI Seldons nächste Worte holten Eleanor augenblicklich zurück in die Gegenwart: »Mrs Pitkin ist verschwunden.«

»Verschwunden?«

»Nachdem Anklage wegen fahrlässiger Tötung gegen sie erhoben wurde, sind meine Leute zu der Adresse gefahren, die sie uns gegeben hatte, doch dort war sie nicht anzutreffen. Wissen Sie, wo sie sich aufhält, Lady Swift?«

Eleanor zögerte. Sie wollte die Arbeit der Polizei nicht behindern, doch sie wusste, dass Mrs Pitkin unschuldig war.

»Hören Sie, Inspector, Sie waren immer ehrlich zu mir, deshalb möchte ich mich gern revanchieren. Ich weiß, wo Mrs Pitkin ist, aber wenn sie in ihrem gegenwärtigen Zustand von der Polizei abgeholt und ins Gefängnis verfrachtet wird, dann ist das das Letzte, was sie jetzt brauchen kann. Ich ... ich habe keine echten Beweise, die, nun ja, gerichtsfest wären, aber ich weiß, dass sie unschuldig ist.«

In aller Kürze berichtete sie DCI Seldon, was sie und Clifford herausgefunden hatten. Nachdem sie fertig war, ergab sich eine kurze Pause, bevor sich der Inspector erneut zu Wort meldete: »Lady Swift, wie ich Ihnen bereits auf der Polizeistation gesagt habe, macht es keinen Sinn, Sie zu bitten, Ihre Ermittlungen zu unterlassen. Da wurde ich in der Vergangenheit eines Besseren belehrt. Ich habe zudem herausgefunden, dass Sie einen lästigen Hang dazu haben, richtig zu liegen, und obwohl die Beweise, die Sie angeführt haben, alles andere als schlüssig sind, bin ich bereit, mitzuspielen. Fürs Erste.«

Eleanor war verblüfft. »Das ist äußerst ... barmherzig von Ihnen, Inspector.«

DCI Seldon ächzte. »Meine ... meine Mutter wurde fälschlicherweise des Diebstahls beschuldigt und vom Dienst suspendiert, als ich zehn Jahre alt war. Damals in den 1890er-Jahren waren die Zeiten noch schwieriger als jetzt, und das Wort eines Arbeitgebers, noch dazu eines Adeligen, zählte immer mehr als das einer Bediensteten, weshalb ich Mrs Pitkins Lage nachvollziehen kann. Die Zeiten haben sich zwar geändert, aber sie hätte immer noch keine Chance gegen das Wort von Lady Farrington, schließlich ist ihr Ehemann der Earl of Winslow. Und, nun ja, mir wären dann die Hände gebunden.«

Eleanor war überrascht, dass der Inspector ihr von seiner

Mutter erzählt hatte. Dabei war er doch eigentliche eine sehr reservierte Persönlichkeit. *Die 1890er-Jahre?* Das bedeutete, dass er zwischen dreißig und vierzig Jahren alt sein musste. Sie schüttelte den Kopf. *Nicht abschweifen, Ellie, hier geht es nicht um dich.* »Was also machen wir nun? Ich kann Ihnen die Auskunft, wo sich Mrs Pitkin befindet, nicht verweigern, aber –«

»Lady Swift, lassen Sie uns so tun, als hätte dieses Telefonat nie stattgefunden. Aber unter uns: Sie sind nun für Mrs Pitkin verantwortlich. Ich muss einen Haftbefehl gegen sie erlassen, den ich noch höchstens vierundzwanzig Stunden hinauszögern kann.«

Eleanor atmete erleichtert auf. »Danke, Inspector, das weiß ich wirklich zu schätzen.«

Sie hängte den Hörer auf und eilte in die Küche. Die Damen waren alle da und in Hausarbeiten vertieft. »Mrs Trotman, es tut mir leid, Sie unterbrechen zu müssen, aber es hat sich etwas Dringendes ergeben …«

Als sie Chipstone erreichten, sah Eleanor zu Clifford hinüber.

»Kommen Sie schon, raus mit der Sprache! Welche Folterqualen haben Sie sich heute für mich ausgedacht?«

»Folterqualen, Mylady?«

Mrs Butters und Mrs Trotman gaben vor, konzentriert aus dem Fenster zu blicken.

»Sie wissen, was ich meine. Sie haben darauf bestanden, dass ich in den Tagen vor der letzten Debatte ›meine Anstrengungen intensiviere‹. Allerdings habe ich das Gefühl, dass wir alles, was wir über die Morde an Aris und Carlton wissen, en détail besprechen müssen. Irgendetwas müssen wir dabei übersehen haben.«

Clifford nickte. »Ich wollte damit nicht etwa andeuten, dass Sie faul waren. Nur da Sie nun ohne die Unterstützung der

Women's League antreten, müssen Sie so viele Leute wie möglich so schnell wie möglich mit Ihrer Botschaft erreichen. Anschließend können wir uns wieder zusammensetzen und den Fall besprechen.«

Sie nickte. »Einverstanden. Wenngleich uns dafür bestenfalls noch ein Tag bleibt, so wie es scheint. Wir versuchen jetzt, das Ganze hier so rasch wie möglich zu erledigen, und stecken dann im Anschluss unsere Köpfe zusammen, um einen Durchbruch in unseren Ermittlungen zu erzielen. Also, verraten Sie's mir: Was haben Sie vorbereitet?«

Er räusperte sich. »Eine Ansprache an das Women's Institute, der leider auch die Women's League beiwohnen wird.« Als er Eleanors Blick bemerkte, sprach er schnell weiter: »Dann folgt eine kurze Diskussion mit den Mitgliedern der Gewerkschaft der Ladeninhaber, gefolgt von einer Frage-Antwort-Runde im Lesekabinett.«

Sie stöhnte auf. »Das klingt scheußlich! Ich habe weder das Wort ›zweites Frühstück‹ noch die Worte›Mittagessen‹ oder ›Fruitcake‹ vernommen.«

Mrs Trotman tätschelte vom Rücksitz aus Eleanors Schulter. »Keine Sorge, Mylady, Mrs Butters und ich haben ein wunderbares Picknick vorbereitet, um Sie bei Kräften zu halten.«

Eleanor wandte sich ihren drei loyalen Bediensteten zu. »Danke, die Damen. Und danke auch dafür, dass Sie heute mitgekommen sind. Ohne Ihre Unterstützung wäre ich aufgeschmissen.«

»Es ist uns ein Vergnügen«, sagte Mrs Trotman. »Und ich kann Ihnen gar nicht genug für das danken, was Sie für die arme Martha tun.«

Eleanor lächelte sie über ihre Schulter hinweg an. »Dafür brauchen Sie mir nicht zu danken, Mrs Trotman. Ich könnte es mir nie verzeihen, wenn dieser armen Frau aufgrund der falschen Anschuldigungen, die gegen sie vorgebracht worden sind, irgendetwas zustoßen würde. So, Alfie und seine Bande müssten jeden Augenblick hier sein. Wenn Sie und Mrs Butters den Suchtrupp koordinieren, werden Clifford und ich uns Ihnen anschließen, sobald wir fertig sind – sofern Sie sie bis dahin nicht gefunden haben sollten.« Sie versuchte, zuversichtlicher zu klingen, als ihr tatsächlich zumute war. Mrs Trotman hatte ihre Schwester benachrichtigt, bei der sich Mrs Pitkin aufgehalten hatte. Diese hatte das Zimmer der Köchin jedoch leer vorgefunden. Auch all ihre Habseligkeiten waren verschwunden gewesen. *Hatte sie irgendwie davon erfahren, dass sie wegen fahrlässiger Tötung angeklagt werden sollte, oder hatte sie einfach nur entschieden, dass sie lange genug eine Last gewesen war und sich dazu entschlossen, ihrem ... ?* Sie schüttelte den Kopf. *Es hat keinen Sinn, so etwas auch nur zu denken, Ellie.*

Draußen vor dem abgesperrten Rathaus purzelten die Damen aus dem Rolls-Royce. Eleanor blickte die Straße auf und ab. »Clifford, sind Sie sicher, dass unsere Truppen wissen, wann sie hier aufschlagen müssen?«

Just in diesem Moment kam eine Horde kleiner Jungs in kurzen Hosen, aufgetragenen Pullovern und Mützen aus dem schmalen Gässchen neben dem Rathaus geflitzt.

Eleanor klatschte in die Hände. »Hauptmann Alfie, Wachtmeister Billy, wie wunderbar, euch alle zu sehen!«

»Morgen, Miss.« Alfie nahm seine Mütze ab, was die anderen dazu animierte, es ihm gleichzutun. Nachdem sie salutiert hatten, stellten sie sich alle in eine recht schiefe Reihe und warteten geduldig.

Ungeachtet des Ernsts der Lage kam Eleanor nicht umhin, über die Aufregung der Jungs zu schmunzeln. »Zunächst einmal möchte ich euch allen ganz herzlich dafür danken, dass ihr gekommen seid. Eure übliche Bezahlung steht bereit und erwartet euch in Form von Pennys und Meat Pies.« Alfie stieß Billy in die Rippen und grinste.

Sie nahm einen tiefen Atemzug. »Gleich bekommt ihr eure Anweisungen.« Sie wandte sich ihrem Personal zu. »Ich mache mich dann wohl besser mal auf zu meinem Treffen mit dem Women's Institute, wobei ich gar nicht genau weiß, was ich da sagen soll. Clifford, sind Sie damit einverstanden, den Damen an dieser Front bei der Organisation zu helfen?«

»Natürlich, Mylady. Und in dreißig Minuten hole ich Sie dann ab und bringe Sie zum Treffen der Ladeninhabergewerkschaft.«

»Zu freundlich!« Sie wandte sich den Damen zu: »Und viel Glück bei der Suche.«

Fast zwei Stunden später war Eleanor ziemlich erschöpft.

»Nur noch das Lesekabinett, Mylady.« Clifford brachte den Rolls-Royce zum Stillstand. »Man munkelt, dass Sie heute Morgen ganz schön Eindruck hinterlassen haben. Meinen Glückwunsch.«

Sie ließ ihren Finger über die aufwendigen Intarsien des Armaturenbretts gleiten. »Es ist nicht leicht, mit dieser Mordangelegenheit im Hinterkopf bei der Sache zu bleiben und vernünftig zu klingen. Wie soll ich mich dabei nur darauf konzentrieren, zu beantworten, wie viele Stände beim Stadtfest zugelassen werden sollen oder ob Schweinefleisch von außerhalb des Countys auf dem Markt verkauft werden sollte?«

Clifford nickte. »Interessante Frage. Darf man fragen, wie Sie diese beantwortet haben?«

»Allem Anschein nach auf amüsante Art und Weise, dabei habe ich lediglich gesagt: ›Nur wenn die Kruste so knusprig ist wie die unserer selbstgezogenen Schweine.‹«

Seine Lippen zuckten.

»Ich habe keine Ahnung, was daran so lustig sein soll oder

warum das für so wichtig gehalten wurde. In der Stadt sind zwei Männer gestorben, und doch verhalten sich alle so, als ob nichts passiert wäre.«

»Vielleicht, weil das Leben weitergeht, Mylady.«

»Ich weiß ja.« Sie ließ den Blick über die Steinhäuser mit ihren kunstvoll bemalten Eingangstoren und den gepflegten Hecken schweifen, die dort endeten, wo das obere Ende der Hauptstraße begann. »Wer hätte gedacht, dass diese verschlafenen Dörfer und Marktgemeinden solche Brutstätten der politischen Intrige, des Mords und der Lasterhaftigkeit sind? Der größte Teil der Sitzung des Women's Institute war dem Thema gewidmet, dass Mrs Pankhurst zu einer sechsmonatigen Gefängnisstrafe wegen Volksverhetzung verurteilt wurde. Viele der Frauen stehen ihr wohlwollend gegenüber, aber die meisten sind der Ansicht, dass sie zu weit gegangen sei. Ich glaube, Miss Mann könnte richtig liegen mit ihrer Aussage, dass diese Gegend London um fünfzig Jahre hinterherhinke.«

»In der Tat, Mylady. Ich bin zwar nicht sicher, wie viel Mord und Lasterhaftigkeit Sie im Lesekabinett erwarten wird, aber ich vermute, dass Ihr Publikum Sie bereits erwartet. Im Anschluss fahren wir zurück nach Henley Hall. Bis dahin sollten auch die Damen zurück sein.«

»Und hoffentlich haben sie bis dahin Mrs Pitkin ausfindig gemacht. Gibt es noch nichts Neues?«

Er schüttelte den Kopf. »Vielleicht erwarten uns auf Henley bereits bessere Nachrichten.«

Eleanor nickte, obwohl sie mit ihrem Herzen nicht fest daran glaubte.

Zurück auf Henley Hall zogen sich Clifford und Eleanor nach einer leichten Zwischenmahlzeit in den Morgensalon zurück. Es gab in der Tat keine Neuigkeiten von Mrs Pitkin, obschon Mrs Trotman ihnen versichert hatte, dass bereits eine große

Zahl an Menschen nach ihr suchte. Clifford hatte zugestimmt und nahegelegt, dass sie ihre Zeit besser darauf verwenden sollten, einen Durchbruch in dem Fall zu erzielen, als sich dem Suchtrupp anzuschließen wie ursprünglich beabsichtigt.

Eleanor zückte ihr Notizbuch und widmete sich der Liste der Gäste, die am Abend von Aris' Tod dem Dinner beigewohnt hatten.

»So, Clifford, es ist unerlässlich für uns, ernsthafte Fortschritte zu erzielen. Falls diese Morde politisch motiviert sein sollten – und das ist keineswegs gesichert –, müssen wir bei der letzten Debatte morgen auf der Hut sein. Die Wahlen finden Anfang nächster Woche statt. Es ist möglich, dass der Mörder erneut zuschlägt.« Mehr brauchte sie nicht zu sagen, denn Cliffords ernste Miene sprach Bände. Eleanor fuhr fort: »Und wir haben Mrs Pitkin immer noch nicht ausfindig gemacht. Wir müssen sie finden, bevor ... wie auch immer, wir müssen sie einfach finden.«

»Die Damen werden sie finden, Mylady, zweifellos. Und wir beide müssen jetzt Mr Aris' Mörder finden.«

»Und damit hoffentlich auch Carltons Mörder.«

»In der Tat, Mylady. Ich kann unsere Sitzung mit interessanten Neuigkeiten eröffnen. Ich habe zusätzliche Informationen erhalten, die drei Parteien als Verdächtige im Mordfall Carlton zu entlasten scheinen.«

»Tatsächlich?«

»Ich habe soeben mit Miss Abigail telefoniert. Sie hat uns mitgeteilt, dass die Polizei Mr Morris als Tatverdächtigen im Mordfall Carlton ausschließt. Augenscheinlich wurde er zum Zeitpunkt des Mordes von mindestens hundert Leuten auf einer öffentlichen Ausstellung von Malern des siebzehnten Jahrhunderts gesehen. Er weilte dort in seiner Funktion als Vorsitzender des Kunstausschusses von Buckinghamshire.«

Eleanor gähnte ostentativ. »Das klingt ja schrecklich langeilig.«

»Nicht für Mr Morris, und zu seinem Glück bedeutet das, dass sein Alibi wasserdicht zu sein scheint. Umso mehr, da diese Ausstellung mehr als vierzig Meilen entfernt in Stony Stratford stattfand. Miss Abigails zweite Information betrifft unseren kommunistischen Genossen Mr Greaves.«

Eleanor blickte ihn erwartungsvoll an. »Ein weiteres Alibi?«

Clifford nickte. »Mr Greaves weilte zum Zeitpunkt von Mr Carltons Tod im Arbeiterheim von Chipstone.«

»Und dafür gibt es genügend Zeugen? Denn ...«, sie biss sich auf die Unterlippe, »... das liegt doch in unmittelbarer Nähe zu Carltons Haus?«

»Das tut es. Allerdings ist Mr Greaves sehr vielen Mitgliedern des Arbeiterheims bekannt. Mehr als ein Dutzend davon haben bestätigt, dass er das Gelände zwischen seiner Ankunft um halb acht und der Sperrstunde, zu der der Barmann ihn vor die Tür gesetzt habe, nicht verlassen habe. Und das war lange nach Mr Carltons Ableben. Und drittens: Lord und Lady Farrington besuchten in der Nacht von Carltons Mord einen Ball anlässlich eines einundzwanzigsten Geburtstags auf Templey Court nahe Windsor. Das ist den Boulevardblättern zu entnehmen.«

»O weh, damit sind einige unserer Verdächtigen eliminiert. Nun, dann schauen wir mal, wo wir stehen. Uns rast die Zeit davon, lassen Sie uns also schonungslos die Liste durchgehen und das Hauptaugenmerk dabei auf Aris' Tod richten. Ich glaube ja immer noch, dass wir recht in der Annahme gehen, dass Aris und Carlton von derselben Person ermordet worden sind. Schauen wir also mal, bei wem wir am Ende landen. Einverstanden?«

»Einverstanden, Mylady.«

Sie überflog die Liste der Namen und verlas ihre Notizen: »›*Lord Farrington – kein bekanntes Motiv, benötigte Aris' Unterstützung für ein Bauprojekt auf seinem Grund (drohte im Falle eines Nichzustandekommens der mögliche Bankrott?)*‹.

Dem ist nichts Neues hinzuzufügen, außer dass er und seine Frau über ein Alibi für den Zeitpunkt von Carltons Ermordung verfügen. Wohlgemerkt wäre es ihnen bei ihrem Geld und ihren Verbindungen mit Sicherheit nicht schwergefallen, jemanden ausfindig zu machen, der die Drecksarbeit in Form des Mordes für sie übernimmt. Trotzdem, worin hätte sein Motiv bestehen können, Carlton zu ermorden?«

»Vielleicht, Mylady, um Rache zu nehmen, sofern er Mr Carlton als verdächtig betrachtete, Mr Aris umgebracht zu haben? Oder aber er befürchtete, dass nun, da Mr Aris tot ist, das Baulandgeschäft doch zugunsten von Carlton über die Bühne gehen würde, es sei denn, Mr Carlton würde sozusagen aus dem Verfahren beseitigt?«

»Brillant, Clifford! Dann gilt es nur noch, das Rätsel um Lady Farrington zu lösen.« Eleanor tippte mit dem Stift gegen ihr Kinn. »Es ist denkbar, dass sie die Person schützt, die Carlton mit dem Fudge erpressen wollte. Dafür müssen wir aber davon ausgehen, dass beide wussten, wer Aris ermordet hat.«

Clifford nickte. »Korrekt, Mylady.«

Sie schüttelte frustriert den Kopf. »Nichtsdestotrotz verfügen sie für beide Morde über ein offizielles Alibi, was sie zum gegenwärtigen Zeitpunkt beide ausschließt. Wir müssen schonungslos vorgehen, wie gesagt.« Sie fuhrt fort mit ihrer Liste.

»›*Mr Oswald Greaves (Communist Party) – Aris versuchte, ihn hinter Gitter zu bringen und seine Partei verbieten zu lassen*‹. Auch hier gibt es nichts Neues in Bezug auf sein Motiv für Aris' Ermordung, allerdings verfügt er über ein Alibi für die Nacht von Carltons Tod, was ihn für den Augenblick ausschließt.

›*Mr Ernest Carlton (Labour Party) – hat dreimal gegen Aris verloren und könnte bei einer erneuten Schlappe von seiner Partei ausgeschlossen werden, hat sich außerdem mit Aris wegen einer Frau zerstritten*‹. Nun, wenn man den Enthüllungen von Aris' ehemaligem Kanzleipartner Peel Glauben schenkt, dann hatte Carlton sicher mehr als genug Gründe, Aris zu ermorden. Das einzige Problem ist, dass er jetzt auch tot ist. Und das wahrscheinlichste Szenario scheint darin zu bestehen, dass er versucht hat, Aris' Mörder mit dem ursprünglichen Fudge ohne Erdnüsse zu erpressen, den wir unter seinem Schreibtischstuhl gefunden haben, was irgendwie aus dem Ruder gelaufen zu sein scheint. Er scheidet also auch aus.

›*Mr Arnold Aris (unabhängig) – ist tot (vergiftet durch Erdnüsse)*‹. Wenn es nicht gerade Selbstmord war und er im Anschluss seinem Grabe entstiegen ist, um Carlton zu ermorden, können wir auch ihn außen vor lassen. Obschon ich bislang außer Acht gelassen habe, dass Aris tatsächlich auch Selbstmord begangen haben könnte?«

Clifford nickte. »Das habe ich ebenfalls noch nicht bedacht. Höchst interessant, im Augenblick jedoch sollten wir es bei unserer Theorie belassen, dass Mr Aris unfreiwillig aus dem Leben geschieden ist.«

»Ich stimme Ihnen zu. Wer nun? ›*Miss Dorothy Mann (Women's League) – kein Motiv bekannt, denn Aris war der größte Unterstützer der Women's League und der Frauenrechte in der Region*‹. Nun, sie hat kein bekanntes Motiv für Aris' Ermordung. Allerdings verfügt sie meines Wissens für den Zeitraum von Carltons Tod über kein Alibi, und sie konnte den Kerl wirklich nicht leiden. Wobei das auf die meisten Leute in Chipstone und Umgebung zuzutreffen scheint. Falls dies folglich ein Motiv sein sollte, hätten wir auf einen Schlag mehr Verdächtige beisammen, als in mein Notizbuch hineinpassen.«

»Das stimmt, Mylady.«

»So, ›*Mr Stanley Morris (Liberal Party) – kein Motiv bekannt*‹. Nun, in Aris' Fall mag er über kein Motiv verfügt haben, in Carltons Fall hingegen sehr wohl. Allerdings hat er –

zu seinem Glück und unserem Pech — ein Alibi für Carltons Tod, wodurch er raus ist.

›*Mr Duncan Blewitt (Regierungsrat) — Kopf der Kabale, die versucht, den durch Aris frei gewordenen Platz durch einen frauenfeindlichen Kandidaten zu besetzen, aber kein konkretes Motiv bekannt*‹.« Sie seufzte. »Er ist quasi das Gegenteil von Morris. Kein Motiv dafür, Carlton den Tod zu wünschen – es sei denn, er hat vor, alle Kandidaten der Reihe nach umzubringen, bis keiner mehr übrig ist –, aber dafür ein starkes Motiv, sich Aris' Tod zu wünschen. Und er hat kein uns gegenwärtig bekanntes Alibi für den Zeitpunkt von Carltons Tod. Der bleibt auf der Liste. Und ja, wir müssen ihn unverzüglich vernehmen – das hätte ich nicht aufschieben dürfen.«

»›In der Verzögerung liegt keine Fülle‹, wie Shakespeare es ausgedrückt hat.«

»Guter Punkt. Wie dem auch sei, fahren wir fort. Da wir Lord und Lady Fenwick-Langham ja sowieso nicht berücksichtigen, bleibt noch ... ›*Mr Vernon Peel (Aris' Partner in der Anwaltskanzlei) — kein Motiv bekannt, verbirgt aber definitiv irgendetwas*‹. Nun, das stimmt inzwischen nicht mehr! Wir wissen, dass Aris Peel das Geschäft ruiniert hat, und Rache ist meiner Meinung nach eindeutig ein Mordmotiv. Peel mag gesagt haben, dass er sich Aris zurückwünscht, aber was sollte er auch sonst sagen, falls er Aris ermordet hat?«

»Das stimmt, Mylady. Und er hat kein bestätigtes Alibi für den Zeitpunkt von Carltons Tod, wenngleich man sagen muss, dass er genauso wenig über ein uns bekanntes Motiv dafür verfügt. Es sei denn, natürlich, Sie betrachten Neid auf Mr Carltons ›Charme und Selbstsicherheit‹, wie Mr Peel es formulierte, als mögliches Motiv?«

Eleanor zuckte mit der Schulter. »Wahrscheinlich nicht, aber egal, auch er bleibt auf der Liste.« Sie ging die Seite durch und übertrug einige Namen auf eine neue Seite. »So, wenn unser Mörder sowohl Aris als auch Carlton ermordet hat und kein Auftragsmörder engagiert wurde, dann sind unsere möglichen Täter ... Miss Mann ... Duncan Blewitt ... und Vernon Peel. Bedauerlicherweise verfügt keiner von ihnen über ein Motiv für beide Morde, und teils verfügen sie noch nicht einmal über ein Motiv für einen der beiden.«

Clifford ließ diese Informationen einen Augenblick lang sacken. »Und wenn wir einräumen, dass es sich um zwei verschiedene Mörder handeln könnte?«

»Nun, theoretisch hätte ihn jeder umbringen können, der an dem Abend mit am Tisch saß. Ich gebe zu, die überarbeitete Liste, die wir nun angefertigt haben, wirft Fragen auf.«

Clifford nickte langsam. »Ich stimme zu. In Anbetracht der Situation, in der wir uns gegenwärtig befinden, schlage ich jedoch vor, dass wir uns trotzdem auf diese Liste konzentrieren.«

Eleanor nickte. »Es hilft ja nichts, Clifford. Ich habe es aufgeschoben, weil er so ein unheimlich fieser Kerl ist, aber wir müssen uns Blewitt vorknöpfen.« Sie erschauderte und rieb sich die Arme. »Vorfreude empfinde ich jedenfalls keine. Und dann müssen wir herausfinden, was Lady Farrington im Schilde führt. Alibi hin oder her, ich bin mir sicher, dass sie der Schlüssel zu allem ist. Irgendwie muss es mir gelingen, sie aus der Reserve zu locken.«

# DREISSIG

Am darauffolgenden Morgen chauffierte Clifford Eleanor zurück nach Chipstone und überließ die Damen ihrer Hausarbeit, um sie später zum Wahlkampf und für die weitere Suche am Nachmittag aufzulesen. Am Vortag hatte sich keine weitere Spur von Mrs Pitkin aufgetan. Mrs Trotman hatte sich wacker gehalten, wenngleich Eleanor sie wenig später in Mrs Butters' tröstenden Armen in der Küche angetroffen hatte.

An diesem Morgen hatte sich Gladstone in seinem Bett am Küchenherd befunden, in dem er seine mittlerweile stattliche Lederpantoffelkollektion behütete. Aus Trotz im Hinblick auf seine Vernachlässigung am Vortag hatte er jedes Paar gestohlen, das er hatte finden können. Nach einem fünf Minuten währenden Tauziehen hatte Eleanor den Bergungsversuch der rechten Pantoffel ihres Lieblingspaars aufgegeben und sie ihrem Schicksal überlassen.

Auf dem Weg in die Stadt ergriff Clifford das Wort: »Entschuldigen Sie meinen Vorschlag, Mylady, aber bevor wir Mr Blewitt mit einer Flut von improvisierten Fragen behelligen, wäre vermutlich ein gut durchdachter Plan angeraten? Falls er sich in beiden Mordfällen als Täter entpuppen sollte, vermute ich, dass die Besonnenheit heute Morgen eine unverzichtbare Begleiterin für uns sein sollte.«

»Ach ja, und wo verbirgt sie sich dann? Haben Sie sie vielleicht im Kofferraum versteckt?« Sie öffnete das Handschuhfach. »Oder vielleicht hier drin?«

»Sehr komisch!«

»Machen Sie sich locker, Clifford. Ich habe etwas Aufmunterung nötig, um mich in Kürze mit diesem verdammten Blewitt auseinandersetzen zu können.«

»Mylady, ich habe Ihrem seligen Onkel versprochen ...«

»Mich mit allen Mitteln zu beschützen, ich weiß. Und das gelingt Ihnen auf eine bewundernswerte Art und Weise, die ich sehr zu schätzen weiß. Vielleicht vermag es Ihre Bedenken zu lindern, wenn wir uns vergegenwärtigen, dass ich mich auf eigene Faust durch die Welt geschlagen habe, und zwar überwiegend allein. Es ist nicht einfach, jemandem mit bösen Absichten zu entkommen, während man den Himalaya auf dem Fahrrad erklimmt. Dieses Gebirge ist wirklich steil, doch es ist mir gelungen. Und das mehr als einmal.«

»Ich habe es begriffen.« Clifford fuhr langsamer und zog seinen Hut vor Mrs Atwood, die gerade mit einer Horde quietschender Schweine im Schlepptau die Straße überquerte, gefolgt von einem Collie, der aufgeregt nach den Schweinefüßchen schnappte.

Eleanor lächelte und winkte der Frau zu, um sich dann allerdings Clifford zuzuwenden und zu murmeln: »Warum nur setzen Farmer immer Schäferhunde ein, um ihren Viehbestand zu behüten? Ich liebe Hunde ja wirklich, aber Schäferhunde erscheinen mir keineswegs vertrauenswürdig.«

»Aus demselben Grund vielleicht, aus dem Wähler noch immer Politiker wählen? Weil bislang noch niemand eine zufriedenstellendere Lösung gefunden hat?«

Sie lachte. »Ausgezeichnetes Argument!«

---

Seine georgianische Fassade verlieh dem Hotel Eagle eine imposante Anmutung. Durch den hohen Torbogen konnte man einen Blick auf die ursprünglichen Stallungen und Scheunen aus schwarzem Fachwerk erhaschen, deren schiefe und gewagte Neigungswinkel auf eine Bauzeit im sechzehnten Jahrhundert hindeuteten.

Als Eleanor die ausgetretenen Stufen zum Haupteingang erklomm, musste sie daran denken, dass man versucht hatte sie zu töten, als sie das letzte Mal an dieser Straße in Richtung Oxford mit jemandem verabredet gewesen war. Das war vor einiger Zeit gewesen, als sie und Clifford versucht hatten, Lancelots Unschuld in einem anderen Mordfall zu beweisen. Die Erinnerung daran ließ sie erschaudern. Vielleicht hatte Clifford recht damit gehabt, dass ein ausgeklügelter Plan vonnöten war. Sie hielt mit ihrer Hand auf dem Messinggeländer inne. Bislang wusste sie nichts über Blewitt, außer dass er unsäglich unhöflich und ein passionierter Gegner von Frauenrechten war. Und seinen gespannten Hemdsknöpfen nach zu urteilen, genoss er Bier und Pasteten mehr, als seiner Gesundheit zuträglich war.

Die Tür wurde von einem Mann mit knabenhaftem Gesicht in eleganter Kellneruniform geöffnet, die etwa fünf Zentimeter zu kurz für seine hochgewachsene Gestalt war.

»Willkommen im Hotel Eagle, Lady Swift.«

»Danke. Ist Mr Duncan Blewitt …?«

Der Keller nickte. »Er nimmt gerade im Speisesaal für Nicht-Hotelgäste sein Mittagessen ein – allein.«

»Nicht mehr lange«, sagte sie grimmig. »Ah, Clifford. Hier geht's lang, vermute ich.« Die burgunderrote Velourstapete und eine Vielzahl von Zierelementen aus Messing schufen eine warme und freundliche Atmosphäre. Ähnlich freundlich wirkte auch das Serviermädchen, das sie zu einem Tisch in der

Ecke brachte, an dem der grobschlächtige Klotz von einem Mann, den sie zu befragen beabsichtigte, über einen Teller gebeugt dasaß.

Duncan Blewitt schien unbeeindruckt von dem einladenden Ambiente.

»Was wollen Sie?«, grunzte er, während er mit seiner Gabel ein Stückchen Niere aus seiner Pastete aufspießte. Seine Hängebacken wackelten, als er energisch zu kauen begann. Er nickte ihrem Begleiter zu: »Mr Clifford.«

»Auch Ihnen einen schönen Nachmittag«, flötete Eleanor und setzte dabei ihr süßestes Lächeln auf. »Es tut mir leid, Ihr appetitlich aussehendes Mittagessen zu unterbrechen, aber ich habe eine Frage, die mir unter den Nägeln brennt.«

Er funkelte sie aus zusammengekniffenen Augen an. »Lady Swift, wenn es nach mir ginge, dann dürfen Sie Ihre unerwünschte Neugier gern auch anderswo brennen lassen.«

»Wissen Sie, ich glaube, wir beide hatten einen schlechten Start. An dem Tag, an dem wir ineinandergelaufen sind, müssen wir uns wohl auf dem falschen Fuß erwischt haben.«

»Ich habe keinerlei Bedürfnis, diese Situation zu bereinigen. Sehr gern würde ich hingegen mein Mittagessen zu mir nehmen.«

»Ach herrje, bitte lassen Sie sich doch von Clifford und mir nicht davon abhalten!«

»Das werde ich auch nicht.« Seine Gabel kratzte lautstark über das Porzellan, als er sie in ein riesiges Stück blättriger Pastete rammte.

Eleanor ließ sich auf dem gegenüberliegenden Stuhl nieder und ging dabei über Blewitts unwirksame Protestbekundung hinweg, die durch einen weiteren großen Happen Pastete erstickt wurde.

Sie blickte ihm direkt in die Augen. »Warum haben Sie mir gedroht?«

»Verleumderisches Gerede! An Ihrer Stelle wäre ich

vorsichtig.« Er lachte humorlos. »Oder fassen Sie dies nun vielleicht ebenfalls als Drohung auf? Das ist bei Frauen das Problem, man kann mit ihnen nicht wie mit richtigen Menschen sprechen. Alles wird interpretiert und die Worte werden einem im Munde herumgedreht.«

Eleanor schluckte ihre Verärgerung hinunter. »Das ist aber ein sehr großer Kamm, über den Sie die gesamte Frauenwelt da gerade scheren.«

»Das hat sie auch verdient. Wenn Sie mich beim Essen unterbrochen haben, um sich darüber zu beklagen, wie ungerecht das Leben doch ist und dass Sie gleichberechtigt behandelt werden wollen, dann hören Sie bitte auf, Sauerstoff zu verschwenden. Ich habe nämlich keinerlei Interesse an der sogenannten Not der Frauen.«

»Nun, in diesem Fall möchte ich nicht noch mehr Ihrer wertvollen Zeit in Anspruch nehmen. Eigentlich bin ich nur gekommen, um Ihnen zu versichern, dass Ihr Geheimnis bei uns in sicheren Händen ist.«

Blewitt zuckte zusammen und hörte auf zu kauen. Er blickte sie an und schluckte dann seinen Bissen herunter. »Ich habe keine Geheimnisse.«

»Ach, wie merkwürdig, gibt es da nicht dieses Sprichwort, das besagt, dass jeder eine Leiche im Keller habe? Sei's drum, das erleichtert mich, denn ich kann furchtbar schlecht Geheimnisse bewahren. Aber dann kann ich ja aller Welt erzählen, dass Sie nach Belieben Seiner Majestät in Haft saßen, weil Sie ein Freudenhaus betrieben haben.«

Blewitt fing heftig an zu würgen. Clifford trat heran und klopfte ihm auf den Rücken, bis seine purpurnen Wangen wieder ihre übliche hochrote Farbe angenommen hatten.

Blewitt, der nach wie vor keuchte, wedelte Clifford mit der Hand von sich weg. »Wie zum Teufel …«, begann er, während er sich umsah und dann die Stimme senkte, »… haben Sie das herausgefunden?«

Eleanor zuckte mit der Schulter. »Das ist vertraulich, Mr Blewitt. Sie bestreiten es also nicht?«

Er blickte sie finster an. »Das hat doch keinen Zweck, nicht wahr? Das einzig Wichtige ist, dass diese Information, die nicht für die Öffentlichkeit bestimmt ist, nicht an selbige gelangt.«

Eleanor lehnte sich zurück und entledigte sich ihrer Handschuhe. »Nun, das dürfte nicht ganz leicht werden, Mr Blewitt. Wir Frauen sind doch solche Tratschtanten, die Gerüchte in Windeseile in der ganzen Welt verbreiten. Es gibt nichts, was uns aufhält. Das liegt in unserer Natur, wissen Sie.«

Blewitt nahm einen weiteren Bissen seiner Pastete und kaute nachdenklich darauf herum. Eleanor unterdrückte ein Würgen. Er spülte den Bissen mit einem Schluck Bier hinunter und lehnte sich in seinen Stuhl zurück.

»So, so, Lady Swift, wie ich sehe, steckt eine Geschäftsfrau in Ihnen. Was wollen Sie denn?«

»Wer hat Aris und Carlton umgebracht?«

Damit schien sie Blewitt völlig auf dem falschen Fuß erwischt zu haben. Er blickte sie einen Augenblick lang an und schüttelte dann den Kopf. »Warum sollte ich irgendeine Ahnung davon haben, wer das gewesen sein könnte?«

»Vielleicht weil sich die Liste der Verdächtigen in den letzten vierundzwanzig Stunden deutlich reduziert hat, sodass nur noch drei übrig sind.«

Er seufzte. »Und ich vermute, auch mein Name befindet sich auf dieser Liste?«

Eleanor nickte. »Aber fragen Sie jetzt bitte nicht nach Ihrem Rang auf dieser Liste, das wäre den anderen gegenüber nämlich ungerecht und fast so unsportlich, wie es in der Politik zugeht, wie ich derzeit lerne. Nun, Mr Blewitt, um Sie vor einem schwerwiegenden Fauxpas und den Rest Ihres Mittagessens davor zu bewahren, kalt zu werden, könnten wir dieses Spielchen doch sein lassen.«

»In Ordnung«, blaffte er. »Wenn ich Ihnen erzähle, was ich

über Aris und Carlton weiß, schwören Sie dann, diese Information für sich zu behalten? Aber eins sollten Sie wissen: Ich habe keine Ahnung, wer die beiden umgebracht hat, und ich war es bestimmt nicht.«

Eleanor zuckte mit der Schulter. »Damenehrenwort, falls Ihnen das irgendetwas bedeutet, Mr Blewitt. Ich werde Ihr kleines Geheimnis nicht ausplaudern. Zumindest nicht, wenn Sie Clifford und mir alles erzählen, was mit den Morden an Aris und Carlton zu tun haben könnte. Aber ...«, sagte sie mit erhobenem Zeigefinger, »... ich kann Ihnen nicht versprechen, Sie von meiner Liste der Verdächtigen zu entfernen.«

Blewitt fuhr sich mit der Zunge über seine Zähne, was Eleanor sichtbar erschaudern ließ. Er nahm einen weiteren Schluck Bier und beugte sich vor. »Es kam mir gelegen, dass bestimmte politische Parteien, die meine Kampagne zum Schutz des Landes ...«, sagte er und blickte Eleanor dabei unverhohlen an, »... vor diesem vermaledeiten Frauenrechtsgedöns unterstützen, glaubten, Aris und ich seien verfeindet. Was diese lächerlichen Frauenrechte anbelangt, stimmte das auch. Doch hinter den Kulissen teilten Aris und ich gewisse geschäftliche Interessen.«

»Und falls diese Parteien erfahren hätten, dass Sie mit Mr Aris gewissermaßen unter einer Decke steckten, hätten sie sich angesichts Mr Aris' Unterstützung der Women's League verraten gefühlt?«

»Wie ich sehe, verstehen Sie tatsächlich etwas von der Geschäftswelt, Lady Swift. Jedenfalls ist dies der Grund, aus dem ich Aris nicht umgebracht hätte, ob ich nun auf Ihrer verdammten Liste stehe oder nicht. Weil diese dämliche Köchin nicht in der Lage war, Anweisungen Folge zu leisten und Aris so vergiftet hat, ist der ganze verdammte Deal nun in Gefahr.«

Eleanor täuschte ein Gähnen vor. »Ja, ja. Sie waren an dem

Deal beteiligt, das Land der Farringtons für das neue Wohnungsbauprojekt der Kommune zu verkaufen.«

Blewitt fuhr sich mit der Hand über den Mund. Auf seiner von Falten durchfurchten Stirn standen Schweißperlen. »Wie ... wie haben Sie das herausgefunden?«

»Das habe ich nicht. Sie haben es mir doch soeben verraten.«

»Sie ...!« Er blickte sie finster an. »Lady Swift, ich freue mich, konstatieren zu können, dass Sie meine Meinung über das Betragen der Frauen nicht gerade verbessern.«

»Wie Sie meinen. Allerdings stecken Sie auch ein wenig in der Zwickmühle, nicht wahr? Haben Sie der Polizei die Wahrheit gestanden? Dass Sie Aris niemals umgebracht hätten, weil ein kleines Vermögen davon abhing, dass er den ganzen Deal in die Wege leitet?«

Blewitt verzog das Gesicht. »Nein, ich habe ihr nichts dergleichen erzählt.«

»Und was ist mit dem Mord an Carlton? Wie ist es da um Ihr Alibi bestellt?«

Blewitt drehte die Gabel in seiner Hand. »Schlecht. Ich war zur Tatzeit allein zu Hause und lebe etwa vier Straßen entfernt von dem Ort, an dem er umgebracht worden ist.«

Eleanor fuhr herum und winkte dem Serviermädchen zu, das gerade am Serviertisch damit beschäftigt war, das Besteck zu polieren. Sie erhob sich, als es an ihre Seite getreten war. »Noch eine Steak-und-Nieren-Pastete mit allem Drum und Dran für Mr Blewitt, bitte. Und einen zünftigen Brandy zur Begleitung. Ich bezahle dafür auf dem Weg hinaus.«

»Guten Appetit!«, rief sie ihm über die Schulter hinweg zu, während Clifford ihr die Tür zur Hotellobby aufhielt.

»Lügt er oder sagt er die Wahrheit, was meinen Sie?«, fragte sie ihn, als sie in den Rolls-Royce stiegen.

»In Anbetracht der bedeutenden Enthüllungen, die Mr Blewitt gemacht hat, bin ich geneigt, ihm zu glauben. Sein geschäftlicher Ruf würde es nicht verkraften, wenn seine Geldgeber erführen, dass er in irgendeiner Verbindung zu Mr Aris stand.«

»Und doch hat er kein Alibi für die Nacht von Carltons Ermordung.«

»Was er jedoch bereitwillig eingestanden hat, anstatt sich irgendetwas zusammenzudichten. Für einen Mann seiner Stellung wäre es ein Leichtes, eine Person unzweifelhaften Rufes zu finden, die ihm ein falsches Alibi verschafft hätte.«

»Entweder also hat er all seine Karten auf den Tisch gelegt und ist unschuldig oder aber er riskiert den größten Bluff seines Lebens.«

»Uns ist jedoch immer noch kein Motiv bekannt, aus dem er Carlton hätte töten sollen«, sagte Clifford und überholte einen Kohlenwagen.

Eleanor schüttelte den Kopf. »Das sehe ich anders. Blewitt hat uns doch gerade erzählt, dass er mit Aris in diesem Baudeal steckte. Nachdem Aris aus dem Weg geräumt war, hatte Carlton freie Bahn, um dafür zu sorgen, dass die Bauvorhaben der Gemeinde auf *seinem* Land umgesetzt werden würden, und nicht auf jenem Lord Farringtons. Und das hätte nicht nur für Lord Farrington und Aris, sondern wohl auch für Blewitt große finanzielle Einbußen bedeutet. Und falls Mr Blewitt sein Geld auch nur halb so lieb hat wie seine Pasteten, dann grenzt es fast an ein Wunder, dass Carlton so lange überlebt hat!«

# EINUNDDREISSIG

»Sie hätten stattdessen auch anrufen können.« Lady Farringtons unterkühlte Stimme passte zu ihrem schneeweißen Seidenkleid. Sie erschien in der Türöffnung der riesigen Empfangshalle, in die Eleanor geleitet worden war.

»Ja, das hätte ich wohl, jedoch erschien mir ein persönliches Treffen die bessere Wahl zu sein«, sagte Eleanor.

»Nun, die bessere Wahl war es sicher nicht. Alexander ist zu Hause. Ich kann mit Ihnen nicht über die Angelegenheit reden, über die wir bereits gesprochen haben. Nicht jetzt.«

Eleanor erhob sich mit einem Lächeln. »Keine Ursache, ich dachte, Sie würden lieber jetzt mit mir als später mit der Polizei sprechen, aber ganz wie Sie wünschen.«

Lady Farrington lachte trocken. »Machen Sie sich nicht lächerlich! Leute wie wir sprechen nicht mit der Polizei. Sie würde es nicht wagen, uns nahezukommen.«

»Ach, ich könnte mir gut vorstellen, dass sie das tun würde, sobald sie herausfindet, dass Sie Ihr Personal instruiert haben, Ihre Köchin des Mordes an Mr Aris zu bezichtigen.«

Lady Farrington versteifte sich und fuhr sich mit der Hand über ihre perfekten Wasserwellen. »Geben Sie mir einen

Augenblick, um sicherzustellen, dass Alexander beschäftigt ist. Mehr als zehn Minuten kann ich Ihnen allerdings keinesfalls zugestehen.«

Ihre Absätze klackten quer über den Marmorfußboden der Empfangshalle davon.

*So weit, so gut, Ellie.*

Lord Farrington konnte nicht weit weg sein, denn seine Gattin war schnell zurückgekehrt. Sie wies Eleanor an, Platz zu nehmen, warf einen prüfenden Blick in den Flur und schloss dann die Tür. Als sie sich setzte, bedachte sie ihre Besucherin mit einem kühlen Blick. »Was ich mit meiner Dienerschaft bespreche oder nicht, geht niemanden irgendetwas an. Sie glauben doch hoffentlich nicht, dass ich pflichtbewusst vor Gericht trotte, um zu verkünden, dass ich meine Bediensteten gebeten habe, etwas Unanständiges zu tun? Ich denke noch nicht einmal daran! Gerade von Ihnen als Lady hätte ich erwartet, dass Sie wissen, dass der Sinn des Gesindes genau darin besteht, dass es das tut, was man ihm aufträgt.« Sie schlug einen Fußknöchel über den anderen. »So, wäre da noch irgendetwas oder wollten Sie mich lediglich darüber aufklären, dass jemand von meinem Personal mit Ihrem Butler geplaudert hat, während Sie eine Autopanne vortäuschten?«

»Tatsächlich«, sagte Eleanor vornübergebeugt, »hatte ich eher erwartet, dass Sie mich über ein paar Dinge aufklären möchten. Die Polizei kann wirklich sehr anstrengend sein, wenn man sie einmal eingeschaltet hat, wie ich immer wieder feststelle.«

»Tss, augenscheinlich habe ich Ihnen zu Unrecht das Wissen darüber zugetraut, wie man sich bei derlei Angelegenheiten verhält, Lady Swift. Alexander ist der Earl of Winslow. Selbst wenn er Mr Aris umgebracht hätte, was er nebenbei bemerkt nicht getan hat, und zwar selbst vor einem Zeugen, könnte er lediglich vom House of Lords verurteilt werden. Was nicht mehr als ein Planspiel wäre, eine Posse, die für die Akten durchgeführt werden würde.«

»Das stimmt. Allerdings geht es mir gar nicht um Ihren Ehemann. Obschon mir gerade dämmert, dass ich wohl mit ihm sprechen sollte. Offensichtlich ist er sich nicht bewusst, wie ernst die Lage ist.« Sie stand auf.

»Setzen Sie sich!«, blaffte Lady Farrington. »Also gut, ja, ich habe die Dienerschaft gebeten zu lügen.«

*Okay, Ellie, jetzt hast du sie da, wo du sie haben willst. Vergeig es jetzt nicht!* Sie nahm wieder Platz. »Danke, dass Sie so ehrlich mit mir sind, Lady Farrington. Sie müssen verstehen, dass Ihr Handeln für mich keinerlei Sinn ergibt. Es sei denn natürlich, Sie wissen mehr über den Tod von Mr Aris, als Sie durchblicken lassen?«

Lady Farrington sah sie kühl an und schwieg.

Eleanor zuckte mit der Schulter. »Lady Farrington, ich nehme an, dass Sie Ihre Mitarbeiter angewiesen haben zu lügen, um sicherzustellen, dass der Tod von Mr Aris, den Sie wie einen Unfall und nicht wie einen Mord aussehen lassen wollten, Ihrer Köchin angelastet wird.«

Jetzt war Lady Farrington an der Reihe, mit der Schulter zu zucken. »Wie ich Ihnen bereits gesagt habe, wünschte ich keinen Skandal rund um Aris' Tod. Deshalb habe ich der Zusammenarbeit mit Ihnen zugestimmt. Dank Ihres Ihnen vorauseilenden Rufes wusste ich, dass Sie Ihre Ermittlungen nicht mehr ruhen lassen würden, sobald sie sie einmal aufgenommen hatten. Daher habe ich mich dazu entschlossen, dass es besser wäre, sozusagen für dasselbe Team zu spielen. Also, ja, ich wollte, dass es als der Unfall gesehen wird, der es war.«

Eleanor schürzte die Lippen. Lady Farrington gab nur vor, Eleanor in ihren Ermittlungen zu Aris' Mord zu unterstützen, um ihr Vertrauen zu gewinnen und sie dazu zu bewegen, ihr ihre Ermittlungsergebnisse mitzuteilen, das war ihr klar. *Die*

*Sache ist die, Ellie, vor nicht allzu langer Zeit hat schon einmal jemand versucht, dich zum Narren zu halten, aber noch einmal wird das nicht gelingen.* Sie beugte sich vor. »Nein, Lady Farrington. Sie haben Ihre Bediensteten gebeten zu lügen und Ihre Köchin für Mr Aris' Tod verantwortlich gemacht, weil Sie wussten, dass es eben kein Unfall war. Im Gegenteil: Sie wussten, dass es sich um Mord handelte!«

Lady Farringtons Augen flackerten kurz auf. Abgesehen davon blieb ihr Gesicht ausdruckslos. »Meine werte Lady Swift, ich fürchte, Sie verfügen über eine blühende Fantasie.«

Eleanor lehnte sich zurück. »Wirklich? Dann lasse ich meine Fantasie gern weiter für Sie aufblühen. Ich glaube, Sie wissen nicht nur, dass Mr Aris ermordet worden ist, sondern auch, wer ihn umgebracht hat.« Sie lehnte sich abermals nach vorn. »Was haben Sie am Abend von Mr Aris' Tod gesehen, Lady Farrington? Haben Sie beobachtet, wie einer Ihrer Gäste Aris' Fudge vertauscht hat? Oder ...«, fuhr sie fort und hielt dabei dem Blick der anderen Frau stand. »Oder haben Sie oder Ihr Ehemann den Mord selbst begangen?«

Lady Farrington erhob sich, ging zum Kamin hinüber und stellte sich mit dem Rücken zu Eleanor. »Wir sind für Aris' Tod nicht verantwortlich.«

Eleanor behielt sie im Blick. »Und warum sollte ich Ihnen das glauben?«

Lady Farrington fuhr herum. Zum ersten Mal sah sie angespannt aus. »Ach, was macht das denn jetzt noch für einen Unterschied? Es ist doch nur eine Frage von ein bis zwei Tagen, da bin ich mir sicher, bis Sie die Tatsache aufdecken werden, dass mein Ehemann ...« Sie griff nach einem Stück Papier, das auf dem Tisch lag und fächerte sich damit Luft zu.

Eleanor wartete.

»Alexander hat sich bei seinen Investitionen und demzufolge auch bei unseren Finanzen übernommen. Keiner von uns beiden wünschte sich Aris' Tod. So ungebührlich es auch sein mag, dies zuzugeben, Farrington Manor schwebt in Gefahr, sofern dieses Wohnbaugeschäft platzen sollte. Aris war unsere Sicherheit. Wie Sie also sehen, hatten wir nichts zu gewinnen und alles …«, sagte sie und schwang dabei den Arm durch den Raum, »… zu verlieren, wenn er starb.«

»Ich entnehme Ihren Worten, dass Aris seinen jüngst erworbenen Wohlstand Ihrem Mann zu verdanken hatte?«

»Ja, es war eine Art Anzahlung, um das Geschäft abzusichern sozusagen. Alles völlig untadelig.«

Eleanor schüttelte den Kopf. »Nichts davon erklärt, wieso Sie die Dienerschaft gezwungen haben zu lügen und den Verdacht auf Mrs Pitkin zu lenken.« Als sie sich an die Tränen erinnerte, die die Köchin der Farringtons in der Küche von Henley Hall vergossen hatte, war es um ihre Gemütsruhe geschehen. »Ist Ihnen bewusst, dass Sie das Leben einer Frau zerstört haben?«

Lady Farrington kehrte zu ihrem Stuhl zurück. »Ich war nicht davon ausgegangen, dass die Polizei sie wegen fahrlässiger Tötung anklagen würde.«

»Dann unternehmen Sie etwas dagegen! Machen Sie sich den Einfluss Ihres Ehemanns zunutze, den Sie vor wenigen Augenblicken noch so betont haben, damit diese Anklage fallen gelassen wird. Ziehen Sie sie zurück.«

Lady Farrington lächelte unterkühlt. »Das kann ich nicht, denn ich habe sie nicht erhoben. Die Witwe des Verstorbenen hat die Polizei gebeten, Anklage zu erheben, nicht wir.«

Eleanors Wut kochte über. *Sind denn alle darauf aus, das Leben einer unbescholtenen Frau zu zerstören?* Ihre Augen durchbohrten Lady Farrington. »Hören wir doch auf, Spielchen zu spielen. Sie wissen, wer Aris ermordet hat. Wen schützen Sie? Und weshalb?«

Im Raum machte sich Stille breit. Schließlich ergriff Lady Farrington das Wort: »Ich glaube, diese Unterredung ist jetzt beendet.«

# ZWEIUNDDREISSIG

»O Gott, Clifford, haben Sie diese Menschenmenge gesehen? Hier muss sich ja mindestens die halbe Ortschaft eingefunden haben.« Eleanor machte sich an den Knöpfen ihrer grünen Brokatjacke zu schaffen, während sie in die Masse blickte. Ein Meer aus leichten Mänteln und Filzhüten nahm den Gehsteig ein, und die Masse war sichtlich dankbar für das Ausbleiben des Regens, der im Oktober nur allzu häufig an der Tagesordnung war. »Ich hätte mir nie träumen lassen, dass zur letzten Debatte so viele Leute erscheinen würden.«

»Ein äußerst erwartungsvolles Publikum, Mylady.«

»Schauen Sie mal!«, rief Eleanor und schlug auf seinen Arm. »Ist das nicht Lancelot?«

Clifford durchsuchte die Menge: »Wohin muss ich denn schauen?«

»Nach da!« Sie stieß gegen die Windschutzscheibe. »Das Letzte, was ich brauchen kann, sind Lancelots Albernheiten, während ich versuche, meine Rede zu halten.«

Clifford brachte den Rolls-Royce neben Lancelot zum Stehen, der einen Radschlag auf dem Bürgersteig vollführte, nachdem er sie erblickt hatte. Eleanor sprang aus dem

Wagen: »Was zur Hölle treibst du hier?« Sie nahm Miss Mann zur Kenntnis, die auf der Vortreppe zum Rathaus stand und sich dienstbeflissen mit einem Klemmbrett in der Hand mit einem Polizisten unterhielt, während sie Lancelots Possen verfolgte.

*Das hat dir ja gerade noch gefehlt, Ellie!*

»Na, hör mal, was ist das denn für eine Begrüßung? Wir sind erschienen, um dir während deiner Schaustellung zuzujubeln.«

»Zuzujubeln? Schaustellung? Wir sind hier nicht bei einem Gladiatorenkampf. Ich muss mich ... äh ... Ach, verflixt, Lancelot, ich muss mich doch professionell verhalten, und das kann ich nicht, wenn ...«

Lancelot krümmte sich vor Lachen.

»Was?«

»Professionell! Sherlock? Du bist einfach nur zum Totlachen. Meine kleine Spinnerin, versprich mir, dass du dich niemals ändern wirst.«

»Versprich du mir lieber, dass *du* dich änderst!«, murmelte sie.

»Hä?«

Sie musterte sein Gesicht. »Lancelot, du willst es wirklich nicht verstehen, nicht wahr? Ich trete hier zu einer Wahl an.«

»Ich weiß, altes Haus! Und das ist wirklich ein verflucht guter Scherz, nicht wahr? Darum sind wir doch hier, Dummerchen.«

»Das ist kein Scherz. Ich möchte wirklich ...« Eleanor starrte ihn entsetzt an. »Wir?«

Er schmunzelte und strich ihr eine verirrte Locke hinters Ohr. »Was ist mit uns, streitlustige Parlamentarierin meiner Träume?«

Sie schlug seine Hand weg. »Wer ist ›wir‹?«

»Ach so, ja, ich habe zum Vergnügen meine Bande mitgebracht.« Er wies mit dem Arm auf fünf junge Männer und

Frauen, vermutlich seine neuen ›Bright Young Things‹, die gerade eine Champagnerflasche herumgehen ließen.

Eleanor stöhnte. »Nein, nein, nein! Bitte geh und nimm deine Kumpanen mit.«

»Kumpanen? Komm schon, sag hallo, sie möchten dich alle fürchterlich gern kennenlernen. Das sind Jules, Maitland und der äußerst unanständige Claude, der ist echt der Brüller. Und die zwei glitzernden Luder sind Lavinia und Flavia. Wir haben ein paar urkomische Überraschungen vorbereitet, wenn die anderen Kandidaten langatmig und langweilig daherreden, wart's nur ab.«

Eleanor schüttelte den Kopf. »Geh einfach, Lancelot. Offen gesagt, ist es mir egal, wohin, solange es nur weit genug weg von hier ist!«

Sie wandte sich um, doch er schnappte nach ihrem Arm. »Aber Sherlock, ich bin doch gekommen, um dich zu unterstützen.«

»Nein, das bist du nicht!« Sein gekränkter Blick ließ sie weich werden. »Nun, ich weiß, dass du das auf deine eigene Art und Weise tun willst, aber du bist auch gekommen, um dich zu amüsieren, und dies ist nicht der geeignete Zeitpunkt dafür. Verstehst du denn nicht, wie wichtig mir das hier ist? Ich möchte gewählt werden, weil ich aufrichtig versuchen möchte, diesen Menschen die Chance auf ein besseres Leben zu ermöglichen.«

»Das einzig Aufrichtige, was Sie tun können, um diesen Menschen zu helfen, ist, sich zusammen mit dieser Bande von albernen Zeitvergeudern vom Acker zu machen.« Die Stimme, die sprach, gehörte nicht zu Lancelot, sondern zu Blewitt. Er hatte sich vor ihr und Lancelot aufgebaut. »Die Spielstunde ist vorüber. Das ist eine Bühne für die großen Jungs, nicht etwa für Dilettantinnen, die Politikerin spielen wollen.«

Eleanors Miene verfinsterte sich. »Bei der Debatte werden wir ja sehen, wer hier der Dilettant ist, nicht wahr?«

Er grinste. »Keinerlei Bedarf, liebes Mädchen. Sie haben der Wählerschaft gerade Ihr wahres Gesicht gezeigt, indem Sie sich hier vor aller Augen mit Ihrem Liebhaber gestritten haben.«

Eleanor fuhr herum und stellte fest, dass gefühlt ganz Chipstone sie anstarrte.

Sie funkelte Blewitt an. »Wenn Sie mich jetzt entschuldigen möchten, ich muss meinen Platz bei der Debatte einnehmen!«

Blewitt fasste sie beim Ellbogen. »Irgendeine Art von Erfolg wird Ihnen nur beschieden sein, wenn Sie den Fußboden mit einem Scheuerlappen wischen, Lady Swift!« Sie schüttelte seine Hand ab und verschränkte die Arme, als er weitersprach: »Bemerken Sie denn nicht, dass Sie nichts als Schande über die Menschen in diesem Ort gebracht haben? Sie haben sich zum Gespött der Leute gemacht. Sie sind nicht mehr als eine emporgekommene, übergriffige, egozentrische –«

»Sie Prolet, Sie!« Lancelots Schlag saß. Blewitt taumelte rückwärts und fasste sich an die Nase. Die »Bright Young Things« jauchzten und jubelten, während Blewitt sich benommen auf dem Gehsteig niederließ und mit beiden Händen seine blutende Nase umklammerte.

Die Rathausglocke schlug drei Uhr nachmittags. Clifford erschien an ihrer Seite: »Mylady, das Läuten der Glocke verkündet den Beginn der Sitzung in zehn Minuten. Sie sollten Ihren Platz auf der Bühne einnehmen, sofern Sie beabsichtigen, Ihre Kandidatur aufrechtzuerhalten. Viel Glück.« Er verbeugte sich ehrerbietig und war so schnell verschwunden, wie er gekommen war.

Lancelot grinste. »Auf geht's, süße Frucht! Ich werde dich von der ersten Reihe aus anfeuern. Danach können wir in dem schicken neuen Restaurant feiern, das am Fluss eröffnet hat. Es ist bis Mitternacht geöffnet.«

Sie schüttelte den Kopf. »Das geht nicht. Wir haben Mrs Pitkin immer noch nicht gefunden.«

Lancelot starrte sie an: »Wer zum Teufel ist Mrs Pitkin?«

»Sie ist die Köchin auf Farrington Manor. Oder war es.«

Er runzelte die Stirn. »Die Köchin, die Erdnüsse in die Pastete des alten Aris getan hat?«

»Fudge ... Es war Fudge. Aber Mrs Pitkin war das nicht.«

Er zuckte mit der Schulter. »Du weißt ja, du bist einfach köstlich! Warum zur Hölle musst du erst irgendeine alte Frau aufstöbern, bevor du mit mir und meinen Freunden auf die Pauke hauen kannst?«

Eleanor packte ihn bei der Schulter. »Weil sie der fahrlässigen Tötung bezichtigt worden ist und ihr bis ans Ende ihrer Tage das Gefängnis droht – beziehungsweise, wenn sie Glück hat, das Armenhaus. Und das Ende ihrer Tage dürfte bald erreicht sein, wenn wir sie nicht schnell finden.«

Sie verpasste ihm kurzentschlossen einen Kuss auf die Wange, machte sich auf den Weg zum Rathaus und ließ Blewitt auf dem Gehsteig zurück.

Durch die geöffneten Türen vernahm Eleanor abermals das Läuten einer Glocke. Waren es wohl noch immer zehn Minuten bis zum Auftakt oder waren es nurmehr fünf Minuten? Die Ermittlungen zu Aris' und nun Carltons Ermordungen hatten ihr gepaart mit der Organisation der Suche nach Mrs Pitkin wenig Zeit zur Vorbereitung auf die letzte, alles entscheidende Debatte gelassen.

Ehe sie aus ihrem Schlafzimmer gehuscht und in den Rolls-Royce gesprungen war, waren ihr die Flugblätter der Women's League eingefallen, die sie vergessen hatte, Miss Mann zurückzugeben. *Die werden helfen, Ellie. Obschon sie dich vielleicht nicht länger unterstützen, glaubst du noch immer an ihre Sache.*

Also hatte sie die Schublade ihres Frisiertischs geöffnet, sich die Flugblätter geschnappt und war losgeeilt.

Mittlerweile im Inneren des Rathauses angekommen, verlangsamte sie ihre Schritte, als sie das Echo der Stimme des Sergeant-at-Arms vernahm, die durch den langen Korridor zu ihr drang: »Kandidaten, bitte nehmen Sie Ihre Plätze ein, sobald Ihr Name aufgerufen wird. Mr Stanley Morris ...« Die Menge spendete eine kurze Runde höflichen Applauses.

Sie eilte den Korridor entlang und zog das erste Flugblatt aus ihrer Tasche. Während sie begann, den ersten Absatz zu lesen, rutschte eine kleine Notiz heraus und segelte zu Boden. »Mr Oswald Greaves«, rief der Sergeant-at-Arms. Der Aufruf des Namens wurde von Klatschen und einigem Fußstampfen begrüßt.

Ohne es zu wollen, ging sie langsamer. *Komm schon, Ellie, um Himmels willen! Lass es liegen. Du gehst jetzt da raus und gewinnst das Ding.*

Sie blieb stehen. Irgendetwas an der Handschrift auf der Notiz erinnerte sie an ... an was nur? Sie bückte sich und hob sie auf. Darauf stand in ordentlichen, wenn auch individuellen Lettern ein Rezept für ... Schokoladen-Erdnussbutter-Fudge.

Eleanor blieb wie angewurzelt stehen, ihr schwirrte der Kopf. *Wieso?* Das ergab doch gar keinen Sinn. Und dann ergab es plötzlich doch Sinn ...

Sie wirbelte herum und stieß mit einer Frau zusammen, die direkt vor ihr stand.

## DREIUNDDREISSIG

Einen Augenblick lang sagte niemand etwas, bis Eleanor schließlich zuerst den Mund öffnete: »Mrs Pitkin!«

Eleanor hatte sie zunächst nicht erkannt, da sie einen alten schwarzen Schal trug, der ihren Kopf und ihre Schultern bedeckte.

Die Frau öffnete den Mund, um etwas zu erwidern, doch ehe ihr das gelang, hatte Eleanor sie in ihre Arme geschlossen. »Oh, ich bin ja so froh, dass Sie in Sicherheit sind! Ich ... ich dachte ... Oh ...« Sie wich einen Schritt zurück. »Es tut mir leid, Mrs Pitkin. Ich habe mir nur so große Sor–«

Die Frau schüttelte den Kopf. »Es ist nicht richtig, dass Sie sich bei mir entschuldigen, nicht nach all den Schwierigkeiten, die ich Ihnen und Mrs Trotman bereitet habe.« Sie zögerte, dann blickte sie Eleanor in die Augen und lächelte. »Und das muss wohl die freundlichste Begrüßung gewesen sein, die ich je erfahren habe, und das auch noch von einer Lady wie Ihnen.« Plötzlich verdüsterte sich ihr Gesicht. »Allerdings bleibt uns keine Zeit. Da ist noch jemand, der Hilfe benötigt, und zwar noch dringender als ich, und das will schon etwas heißen.« Sie sah abermals zu Eleanor auf.

»Ich wusste nicht, an wen ich mich sonst hätte wenden sollen.«

Die Glocke ertönte zum letzten Mal. Eleanor schüttelte den Kopf: »Bedauerlicherweise bin ich anscheinend nicht besonders gut darin, Leuten zu helfen. Wenn ich gewählt werde, dann könnte ich vielleicht –«

Mrs Pitkin nahm Eleanors Hände in ihre. »Man muss nicht zu irgendwas gewählt sein, um Menschen zu helfen. Das haben Sie bei mir schon bewiesen, Lady Swift. Jetzt aber ist da noch jemand, der Ihre Hilfe benötigt.«

Urplötzlich begriff Eleanor: »Wo ist sie?«

Mit einem stechenden Gefühl in der Brust rannte sie los und ließ die ältere Frau ein gutes Stück hinter sich. *Bitte, bitte, lass dies die richtige Wahl sein, Ellie!*

Endlich erschienen die Tore der Kirche von St Peter. Sie stolperte über den Friedhof und dann in die Kirche selbst. Im Inneren, das lediglich von einigen wenigen flackernden Kerzen erhellt war, stieg ihr der Geruch von Wachs und Weihrauch in die Nase. Neben ihrer eigenen intensiven Atmung war kein Geräusch zu vernehmen. Sie eilte das lange Kirchenschiff entlang und sah hinter dem Altar nach.

»Hier nicht!« Sie schoss zurück zum anderen Ende, wo in der Ecke vier steinerne Stufen zu einer hölzernen Tür hinaufführten. *Hier muss es sein, Ellie!* Sie stieß sie auf und kletterte die steilen, schmalen Stufen hinauf, die in einer Spirale zum Glockenturm hinaufführten. Oben angekommen, blieb sie plötzlich stehen.

»Sie hätten nicht kommen sollen«, begrüßte sie eine leise und nüchterne Frauenstimme.

»Doch ... keine Frage.« Eleanor versuchte, zu Atem zu kommen. »So muss es nicht enden.«

»Was wissen Sie denn schon?« Miss Dorothy Mann

schwankte auf der schmalen Kante, die einmal um den Rand des Turms lief. Während ihre Hand einen der steinernen Engel umklammerte, der die Kirchturmspitze zierte, war ihr Gesicht von einem kränklichen Weiß, ihre Augen ausdruckslos.

Eleanor spähte durch den Glockenstuhl hindurch in die Tiefe und schluckte in Anbetracht der schwindelerregenden Entfernung des steinernen Fußbodens. »Ich weiß, dass Sie nicht vorhatten, Aris zu ermorden. Oder Carlton.«

»Das ... das war ein Fehler«, flüsterte Miss Mann. »Beide Male.«

Eleanors Stimme zitterte: »Bitte kommen Sie herunter.«

»Was hat das denn für einen Sinn?«, fauchte Miss Mann. Dann wurde ihre Stimme etwas weicher. »Wir können unser Schicksal nicht ändern. Ich habe alles versucht, das habe ich wirklich. Aber diese Frau ... Ich wollte nie, dass sie ... Als der Polizist mir erzählt hat, dass sie nach ihr suchen, um sie dafür festzunehmen, was ich ...« Sie brach in leises Schluchzen aus.

Eleanor versuchte, Miss Mann dazu zu bewegen, weiterzusprechen. »Hören Sie, es war Mrs Pitkin, die mir erzählt hat, wo Sie sind. Die mir erzählt hat, dass Sie Hilfe brauchen.«

Miss Mann sah sich um. »Ich ... ich glaube Ihnen nicht. Warum sollte sie das tun?«

»Weil sie erkannt hat, dass eine andere Frau Hilfe benötigt.« Beim Sprechen bewegte sich Eleanor behutsam nach vorn.

»Halt!« Eleanor erstarrte. Miss Manns Stimme bebte: »Wäre ich doch nur nicht eine solche Närrin gewesen! Mit Arnold hätte alles klappen können, aber ich musste es ja ruinieren, nicht wahr? Hätte ich doch nur meine eine Chance aufs Glück nicht vertan! Wäre ich doch nur nicht so erbärmlich naiv gewesen! Er ... er hat gesagt, dass er mich liebt. Und ich habe ihm geglaubt.«

Eleanor versuchte, mit ruhiger Stimme zu sprechen. »Ari–,

Arnold hat Ihnen gesagt, dass er Sie liebt? Aber er war doch ein verheirateter Mann!«

»Das war, bevor er geheiratet hat, aber nein, nicht Arnold ... es war Ernest, der mir erzählt hat ... dass er mich liebt. Ich habe mich immer so reizlos, nutzlos und unsichtbar gefühlt. Arnold war immer so beschäftigt, dass er nie sonderlich aufmerksam war. Ich habe geglaubt ... Ach, das spielt jetzt keine Rolle mehr.«

Eleanor ging einen weiteren Schritt an Miss Mann heran und versuchte, sie vor dem jähen Abgrund fernzuhalten, der vor ihr mindestens vierzig Fuß in die Tiefe abfiel. »Doch, das tut es. Ernest hat Sie belogen, nicht wahr?«

»Er hat mir erzählt, dass Arnold mich gar nicht wirklich lieben würde und mit irgendeiner anderen Frau geprahlt habe, mit der er zusammen sei. Eine, die eine angemessene Frau für einen Politiker sei. Ich habe ihm geglaubt. Und ich ... ich habe Arnold verlassen.«

Eleanor ging einen weiteren Schritt vor. »Aber dann haben Sie festgestellt, dass Ernest Sie belogen hat, nicht wahr? Sie haben herausgefunden, dass er einfach nur ein Frauenheld war.«

Miss Mann hob ein lockeres Steinchen von der steinernen Turmkante auf und schleuderte es hinab. »Nur an ihn zu denken, bringt mein Blut in Wallung und beschert mir eine Gänsehaut. Er hat mich benutzt und ... und ...«

Eleanor atmete tief ein. »Oh, meine Güte, Sie waren ...?«

Miss Mann nickte. »Schwanger, ja. Aber ich wusste, dass das Baby nicht von Ernest, sondern von Arnold war.«

»Sie müssen sich so allein gefühlt haben.«

»Ich wollte mir das Leben nehmen. Doch ich konnte es nicht über mich bringen, auch meinem Baby das Leben zu nehmen.« Sie umklammerte schluchzend den steinernen Engel.

Obwohl sie ihr näher gekommen war, war Eleanor noch immer zu weit entfernt, um den Arm nach Miss Mann auszustrecken und sie packen zu können – sie musste sie also dazu bringen, weiterzusprechen: »Folglich sind Sie zu Arnold zurückgekehrt?«

Miss Mann antwortete in Flüsterlautstärke: »Ja. Aber er wollte mich nicht zurück. Welcher zurechnungsfähige Mann würde das auch wollen? Eine Ladenhüterin mit der Schande eines unehelichen Kindes.« Miss Mann schüttelte den Kopf. »Er sagte, ich hätte ihn mit seinem Freund betrogen. Dabei war Ernest niemals sein Freund gewesen. Er hatte mich absichtlich weggelockt, nur um Arnold wehzutun. Und das wusste er auch. Trotzdem wollte Arnold mir nicht helfen, obwohl ich mit seinem Kind schwanger war. Die Worte, die er an jenem Tag zu mir gesagt hat, haben sechzehn lange Jahre an mir genagt.«

Eleanor schob sich langsam weiter vor. »Dann sind Sie also die ganze Zeit über in der Stadt geblieben mit –«

»Mit dem Kind? Nein, ich bin von einer Organisation fortgeschickt worden, die ich kontaktiert habe, die Frauen in meiner … meiner Lage hilft. Während ich fort war, hörte ich, dass Arnold geheiratet hatte. Und nach einem angemessenen Zeitraum wurde ich zurückgebracht und allen wurde gesagt, dass ich unter Schwindsucht gelitten hätte. Ich wünschte, dass es wirklich so gewesen wäre. Ich wünschte, sie hätte mich dahingerafft, gleich nachdem das Baby geboren wurde, denn ich durfte es nicht einmal halten. Ich hatte nie Gelegenheit, es zu liebkosen oder sein kleines Gesicht zu küssen. Seine Wangen zu streicheln. Und das hat mich über all diese Jahre hinweg aufgefressen. Deshalb wollte ich, dass Arnold leiden muss. Hätte er doch nur mir und meinem … seinem … Kind geholfen. Diese Wahl wäre sein vierter Wahltriumph gewesen. Es gab Gerüchte, dass man ihm vielleicht einen Ministerposten anbieten würde. Ich … ich wollte das verhindern, indem ich ihn außer Gefecht setze. Ich wollte ihn nicht ermorden, das schwöre ich bei meinem Leben.«

Eleanor wollte sich auf sie stürzen, um sie zu umarmen,

doch sie wagte sich kein Stück näher an sie heran. »Es ist nicht Ihre Schuld. Nur ein kleiner Kreis wusste, wie schwerwiegend seine Allergie war. Sie konnten nicht wissen, dass er davon sterben würde. Ernest aber hat herausgefunden, dass Sie Arnold vergiften wollten, nicht wahr?«

Miss Mann nickte langsam: »Ernest sagte, dass er mich dabei beobachtet habe, wie ich Arnolds Fudge durch das Stück austauschte, das ich zubereitet hatte. Ich war davon ausgegangen, dass er zu abgelenkt sein würde, um es zu bemerken. Dann erzählte er mir, dass er Beweise dafür habe, dass ich Arnold umgebracht hätte. Als ich zu ihm in sein Haus kam, zeigte er mir ein Stück des Fudges, den die Köchin zubereitet hatte. Er meinte, es sei offensichtlich, dass dieser Fudge keine Erdnüsse enthielt und irgendjemand sie also Aris' Stück beigefügt haben müsse.«

Eleanor strich mit der Hand über die Rückseite des Engels, gegen den Miss Mann sich lehnte. »Und hat er gesagt, dass er der Polizei erzählen würde, dass Sie es gewesen sind? Hat er Sie bedroht?«

»Schlimmer noch! Er meinte, er würde direkt zur Polizei gehen und dafür sorgen, dass ich für Arnolds Tod gehängt werde, wenn ich nicht erneut seine Geliebte sein wollte. Ich hatte keine Ahnung, was ich tun sollte. Ich habe versucht, ihn zur Vernunft zu bringen, doch er geriet in Rage. Ich hatte schreckliche Angst. Und ... und dann ... lag er auf dem Fußboden, und ich hielt diesen Pokal in den Händen, von dem sein Blut auf den Teppich neben ihm hinabtropfte. Ich ... ich ... kann mich nicht daran erinnern, es getan zu haben, aber ich muss es getan haben, nicht wahr?«

Ein Ruf von unten bewegte Miss Mann und Eleanor dazu, über die Kante zu spähen. Eine Menschentraube hatte sich dort unten gebildet. Weitere Menschen strömten durch die Tore und wiesen mit den Fingern in Richtung des Turms. Miss

Mann blickte hinab und löste dabei ihre Umklammerung der Engelsfigur.

*Jetzt, Ellie!* Eleanor holte tief Luft und wagte einen weiteren beherzten Schritt. Sie befand sich nun nur noch wenige Zentimeter von Miss Mann entfernt. Sie streckte die Hand aus und schob sie sanft in die von Miss Mann. »Ich kann Ihnen helfen, versprochen.«

Miss Mann räusperte sich. »Alles, was ich wollte, war ein Mann, der mich für das liebt, was ich bin.« Sie lachte hysterisch. »Und jetzt ist es zu spät.«

Die Menge zuckte zusammen, als die Gestalt auf der Kante sich vorzulehnen und loszulassen schien ... Irgendjemand schrie.

Auf der Spitze des Turms hielt Eleanor Miss Manns Hand ganz fest in der ihren. Die Wahl mochte ihr entglitten sein, um nichts in der Welt jedoch würde sie zulassen, dass Miss Mann nun das gleiche Schicksal widerfuhr.

# VIERUNDDREISSIG

»Ach, verflixt, Mater!« Lancelot starrte seine Mutter über den Esstisch hinweg an. »Lass Eleanor doch zu Ende erzählen, wie sie es geschafft hat, den Mörder zu enttarnen! Unfassbar clever! Sie ist ja nicht umsonst als Sherlock bekannt!«

Drei Tage waren vergangen, seit Eleanor Miss Manns Hand festgehalten und das Gewicht der Frau gedroht hatte, sie beide in den Abgrund zu ziehen. Gerade als Eleanor geglaubt hatte, sie nicht länger festhalten zu können, waren eilige Schritte und ein Fluchen zu vernehmen gewesen, und dann hatten zwei starke Arme sie und Miss Mann zurück in den Kirchturm gezerrt.

Als zwei Constables die aufgelöste Miss Mann in Decken gewickelt und hinabgeleitet hatten, hatte Eleanor tief in die besorgten Augen des Besitzers der starken Arme geblickt.

Sie schreckte aus ihren Gedanken auf und bemerkte, dass Lady Fenwick-Langham sprach. »Und woher wusste dieser Inspector Seldon, dass Sie mit Miss Mann da oben auf dem Kirchturm sein würden?«

Lord Fenwick-Langham schnaubte. »Ich vermute mal, dass ihn jemand auf die Tatsache aufmerksam gemacht hat, dass irgendeine Frau im Begriff war, sich von einem Turm zu stürzen, Augusta!«

Lady Fenwick-Langham verdrehte die Augen. »Ich meine, was hat er denn da gemacht? Ich dachte, er kommt aus Oxford.«

Eleanor nickte. »Das stimmt, allerdings waren die Organisatoren der Debatte im Rathaus von Chipstone so besorgt, dass Mrs Brodys Frauengruppe einen Aufstand anzetteln würde, dass sie um Unterstützung aus Oxford gebeten haben.«

»Und das war auch gut so«, sagte Lord Fenwick-Langham. »Nichts davon erklärt allerdings, wie Sie herausbekommen haben, dass Miss Mann die Schuldige sein musste. Das hat mir wahrlich Kopfzerbrechen bereitet.«

Lady Fenwick-Langham sah von ihrem Teller auf: »Nein, Liebling, das wird wohl eher deine Gicht gewesen sein!«

»Ach so!« Er wies auf Eleanor. »Das wird sich ändern, nun, da die wunderbare Mrs Pitkin in unserer Küche arbeitet.«

Eleanor wandte sich zu Lady Fenwick-Langham: »Und ist Manet, Ihr großartiger, aber leicht eingebildeter französischer Koch, wirklich glücklich darüber, dass Sie Mrs Pitkin als zweite Köchin eingestellt haben?«

»Meine Liebe, er schwebt geradezu im siebten Himmel! Bisher hat er immer auf Französisch geflucht und war tagelang beleidigt, wenn ich um ein leichteres Menü gebeten habe, um Harold vor einem Gichtanfall zu bewahren. Zum Abendessen und wenn wir Gäste geladen haben, kann Manet nun seiner Fantasie freien Lauf lassen, in allen anderen Fällen bereitet Mrs Pitkin das Mittagessen zu.«

Ihr Ehemann nickte begeistert. »Sie ist eine echte Alleskönnerin, wenn es darum geht, vorzügliche englische Küche ohne all den schweren Krimskrams zuzubereiten, von dem die Zehen und Knie so höllisch anfangen zu brennen.«

Eleanor lachte. »Nun, ich bin so froh, dass für Sie und Mrs Pitkin alles ein gutes Ende genommen hat. Mrs Trotman hat sie verraten, dass sie sich hier ausgesprochen wohlfühlt. Auf

Farrington Manor musste sie allerlei Gerichte vom Festland zubereiten, obschon doch gerade die gute traditionelle englische Küche ihre eigentliche Spezialität ist.«

Mrs Pitkin hatte Eleanor zudem anvertraut, dass sie begeistert war, nicht fürs Kochen zuständig zu sein, wenn ihre Dienstherren Gäste geladen hatten. Beim Küchenpersonal von Langham Manor schien wirklich alles in bester Ordnung zu sein.

Lancelot gähnte. »Können wir das Thema jetzt ad acta legen und unserem Gast endlich gestatten, uns zu erzählen, wie sie herausgefunden hat, dass es Miss Mann gewesen ist, die Aris und Carlton ermordet hat?«

Lady Fenwick-Langham tupfte sich mit ihrer Serviette die Mundwinkel ab.

»Ja, Eleanor, meine Liebe. Verraten Sie's uns! Ich fürchte, die Etikette beim Mittagessen muss sich auch meiner persönlichen Neugierde beugen.«

Eleanor holte tief Luft. »Nun, Clifford und ich sind immer davon ausgegangen, dass derjenige, der Aris ermordet hat, im Voraus gewusst haben muss, dass Mrs Pitkin ihren Schokoladenfudge zubereiten würde, in der Variante ohne Erdnüsse selbstverständlich. Als ich entsprechend das Rezept aus dem Faltblatt der Women's League habe fallen sehen, fügte sich alles zusammen. Diese Handschrift war schlicht zu unverwechselbar. Und ich erinnere mich daran, dass Dorothy Mann bei ihrem zweiten Besuch erwähnte, wie sehr sie es liebe zu backen, sodass es ihr ein Leichtes gewesen sein muss, den Fudge zuzubereiten.«

Lancelot schwenkte seine Gabel. »Aber was ist mit Ernest Carlton? Wie hast du diesen Mord mit ihr in Verbindung gebracht?«

»Nun, wir hatten entdeckt, dass Carlton den Fudge, der nicht gegessen worden war, mitgenommen und in seinem Haus versteckt hatte. Um Aris' Mörder zu erpressen, wie wir vermuteten. Zudem hatte Clifford während unseres Wahlkampfes in Chipstone herausgefunden, dass Aris und Carlton sich wegen einer Frau zerstritten hatten. Und als weibliche Mörderin kamen im Mordfall Aris nur zwei Möglichkeiten in Betracht: Miss Mann oder Lady Farrington. Und Lady Farrington war eigentlich die einzige Person am Tisch, die gewusst haben konnte, dass Mrs Pitkin den Fudge zubereiten würde.«

Lancelot stieß einen Pfiff aus, doch Lady Fenwick-Langham blickte bestürzt drein. »Lancelot, stell dir nur vor, Lady Farrington hätte auf Eleanors Verdächtigenliste gestanden!«

Eleanor räusperte sich: »Natürlich nicht.« *Ellie, du Flunkerin!*

»Was also geschieht jetzt mit Miss Mann?«, wollte Lancelot wissen.

»Nun, ihre Rechtshilfe plädiert auf fahrlässige Tötung für Aris und Notwehr für Carlton. Die arme Frau ist eindeutig nicht bei Verstand.«

Lady Fenwick-Langham wies den Diener an, das Dessert zu servieren. »Aber, mein liebes Mädchen, wie um Himmels willen ist es ihr in ihrer Lage gelungen, einen Rechtsanwalt für Strafrecht zu finden?«

Eleanor lächelte. »Ich war froh, Mr Vernon Peel empfehlen zu können. Clifford hat ein paar seiner vergangenen Fälle untersucht und einige … äh, diskrete Nachforschungen bei einem Kontakt im Lincoln's Inn angestellt. Mr Peel hat das Mandat begeistert angenommen. Er stand in all den Jahren wirklich im Schatten von Aris.«

Lancelot stützte seine Ellbogen auf den Tisch. »Aber wie um Himmels willen soll sich Miss Mann sein Honorar leisten?«

»Lancelot!«, mokierte sich Lady Fenwick-Langham. »Der Anstand verbietet es, über die finanzielle Situation einer Frau zu sprechen.«

Eleanor nickte zustimmend, erleichtert, in dieser Angelegenheit nicht weiter bedrängt zu werden. Tatsächlich hatte Lady Farrington sie am Tag nach Miss Manns Festnahme angerufen und gesagt, dass sie für eine gesetzliche Vertretung aufkommen werde, solange Eleanor niemandem davon erzählen würde. Sie hatte gestanden, dass Miss Mann eines Tages auf Farrington Manor gewesen sei, um für die Women's League zu werben, und sie festgestellt hätten, dass sie etwas gemeinsam hatten, und zwar Ernest Carlton. Auch Lady Farrington war von dem Schürzenjäger verführt worden. Und als sie beobachtete, wie Miss Mann Aris' Fudge austauschte, deckte sie ihre Leidensgenossin, indem sie die Angestellten zwang, zu lügen, um den Verdacht auf die Köchin zu lenken.

Sie hatte befürchtet, dass Carlton als Zeuge würde auftreten müssen, falls Miss Mann vor Gericht gestellt würde. Und falls dem so gewesen wäre, womöglich ihre Affäre ans Tageslicht gekommen und ihre Ehe vorbei gewesen wäre. »Wenn es hart auf hart kommt, dann überlebe ich es, Teile des Anwesens zu verlieren, meinen Ehemann aber zu verlieren, das würde ich nicht überleben.« Zu Eleanors Erstaunen hatte sich Lady Farrington sogar danach erkundigt, was sie für Mrs Pitkin tun könne. Anscheinend war sie doch nicht die Eiskönigin, für die Eleanor sie gehalten hatte.

Ihr wurde bewusst, dass der versammelte Tisch auf eine Antwort wartete: »Verzeihung?«

»Ich fragte«, erwiderte Lancelot ganz langsam, als spräche er zu einem Kind, »woher Miss Mann denn überhaupt von dieser Dessertgeschichte wusste und so einen Fudge zubereiten konnte? Das kann doch kein Zufall gewesen sein.«

»Nein, wenngleich der Fudge zum Nachtisch bei den Farringtons bei besonderen Anlässen Tradition hat, wie ich mir sagen lassen habe. Im Nachhinein haben wir herausgefunden, dass Miss Mann das Menü während eines Besuchs zur Klärung letzter Details für eine Hallenmiete bei Lady Farrington erspähte. Sie hat tatsächlich zugegeben, dadurch auf die Idee gekommen zu sein.«

Lord Fenwick-Langham schnaubte in sein Weinglas. »Lady Farrington und die Women's League! Dass die unter einer Decke stecken könnten, hätte ich mir ja niemals träumen lassen.«

Lady Fenwick-Langham funkelte ihn an: »Harold, mein Lieber, also wirklich!«

»Aber er hat recht«, räumte Eleanor ein. »Mr Aris hatte es vorgeschlagen, und Lady Farrington hat lediglich ihm zuliebe mitgespielt.«

»Ich finde, wir sollten einen besonderen Toast auf unsere furchtlose Detektivin aussprechen«, schlug Harold vor.

Lancelot sprang auf und hob sein Glas: »Auf den köstlichst sonderbaren weiblichen Sherlock Holmes diesseits der Cotswolds!«

»Lancelot!«

Auf dem Weg zurück nach Henley Hall spielte Eleanor am Saum ihres smaragdgrünen Seidenkleides, um ihre Gefühle in Zaum zu halten. Die letzten paar Tage hatten ihr stark zugesetzt.

Clifford öffnete das Handschuhfach vor ihr, das daraufhin eine äußerst willkommene Miniaturflasche Brandy samt Glas offenbarte. Dankbar nahm sie einen Schluck und spürte, wie sich ihre Schultern entspannten.

»Ich bin wirklich schlecht darin, meine Gefühle in Schach zu halten, Clifford.«

»Gott sei Dank, Mylady! Und darf ich Ihnen auf das Risiko hin, dass Sie sich einen weiteren Drink genehmigen müssen, bevor wir unser Ziel erreichen, etwas anvertrauen?«

»Ach du liebe Zeit! Ähm ... ja, natürlich.«

»Es betrifft Miss Mann.«

»Oje, Clifford! Ich weiß nicht, ob ich mich ausreichend erholt habe, um ein weiteres Drama ertragen zu können, aber fahren Sie nur fort.« Sie lehnte sich in ihren Sitz zurück und schloss die Augen.

Er räusperte sich. »Als Miss Mann schwanger wurde, erhielt sie Hilfe von einem Frauenbund, der sie vor ihrer Niederkunft in eine andere Stadt schickte. Nachdem das Baby geboren worden war, wurde es von einem warmherzigen Pärchen adoptiert, das es wie eines seiner leiblichen Kinder aufzog. Der Verein gibt aus unterschiedlichen Gründen keinerlei Informationen bezüglich der Adoption an die Mutter weiter.«

Eleanor öffnete die Augen und nickte. »Was nachvollziehbar ist, allerdings sehr hart für die Mutter sein muss.«

Clifford nickte. »Das stimmt. Bedauerlicherweise war der Ehemann nach seinem Kriegseinsatz bei schlechter Gesundheit, und das Paar konnte es sich nicht leisten, die Kinder zu behalten, weder die eigenen noch das adoptierte Kind. Es gelang ihnen, die beiden Schwestern als Dienstmädchen unterzubringen, doch des adoptierten Kindes wollte sich niemand annehmen.«

Eleanor richtete sich auf. »Was ist mit ihm geschehen?«

»Am Ende nahm das Paar Kontakt mit dem Frauenbund auf, der es ihnen ursprünglich vermittelt hatte. Der Leiter der Organisation kannte Ihren Onkel, und –«

»Clifford! Sie wollen mir doch nicht sagen –«

»Doch, Mylady. Ich glaube, dass Polly Miss Manns Tochter ist.«

Eleanor war völlig verblüfft. »Wusste mein Onkel, wessen Kind sie war?«

»Er mag es geahnt haben, Mylady, aber als der Gentleman, der er war, ist er der Angelegenheit nie nachgegangen.«

Sie rieb sich die Augen. »O Gott, nun, wir stimmen vermutlich darin überein, dass Polly am besten nichts davon erfahren sollte. Ihre Mutter wird voraussichtlich im Gefängnis oder in einer Anstalt enden, und wenn ihr Vater ...« Sie erschauderte. »Polly ist jetzt ein Teil unserer Familie, und das wird sie auch immer bleiben. Eines Tages muss man es ihr vielleicht sagen, aber nicht heute.« Sie schüttelte den Kopf. »Grundgütiger, das macht wirklich einen weiteren Drink erforderlich, aber das muss warten, bis wir zurück auf The Hall sind. Zunächst gibt es da noch etwas, was ich in Little Buckford zu erledigen habe.«

Als die Ladenglocke ertönte, wandten sich die Blicke der kleinen Damenschar vom Tresen zur Tür. Der Anblick Eleanors ließ sämtliche Gespräche verstummen.

Sie lächelte ihnen zu: »Guten Morgen.«

»Guten Morgen, Lady Swift«, flöteten sie im Chor.

Eine der Damen trat einen Schritt vor. Es war Mrs Luscombe, die Besitzerin der Haushaltstextilien- und Kurzwarenhandlung, in der sie unlängst versucht hatte, sich ein passendes Schultertuch zu einem Schal anfertigen zu lassen.

»Verzeihen Sie, Lady Swift, aber ich ... wir wollten Ihnen nur sagen: Gut gemacht, dass Sie das Leben dieser Frau gerettet haben.«

Eleanor hob ihre Hände in die Luft. »Danke, aber ich glaube, jede einzelne von Ihnen hätte das auch getan.«

Mrs Luscombe nickte. »Möglich, aber Sie waren diejenige, die es getan hat.« Sie warf einen Blick hinter sich. »Ich hoffe, die anderen Damen haben nichts dagegen, dass ich ihre inoffizielle Wortführerin mime, aber ich wäre stolz, wenn Sie unsere Parlamentsabgeordnete werden würden.«

Eine Welle der Zustimmung rollte durch den Laden. Eleanor lächelte, schüttelte aber den Kopf.

»Das ist wirklich sehr freundlich von Ihnen, wie Sie allerdings wissen, wurde ich von der Kandidatur ausgeschlossen, da ich anderweitig beschäftigt war und somit die letzte Debatte verpasst habe.«

»Werden Sie bei den nächsten Wahlen erneut antreten?«, erkundigte sich eine Stimme aus dem Hintergrund.

Eleanor seufzte. »Ich bin mir wirklich nicht sicher, das wird hoffentlich erst in einigen Jahren wieder Thema sein. Wollen wir hoffen, dass bis dahin keine weiteren Parlamentarier unter verdächtigen Umständen tot umfallen.« Sie spähte zu Mr Brenchley. »Wie ich allerdings gelernt habe, braucht man weder einen Posten in der Politik noch die Unterstützung einer Partei, um einem Menschen in Not zu helfen.« Sie blickte auf die Papierrolle in ihrer Hand hinab. »Und ich hoffe, Sie werden nicht allzu enttäuscht sein, aber ich werde keine weiteren Reden mehr halten.« Sie ging auf die Ladentheke zu. »Mr Brenchley, Sie haben doch hoffentlich nichts dagegen, Ihren ohnehin schon vorzüglichen Dienst an unserer wunderbaren Gemeinschaft noch weiter zu verbessern, indem Sie dieses Plakat aushängen? Natürlich nur, wenn Sie damit einverstanden sind.«

Der Laden verstummte. Brenchley hüstelte nervös, während er das Plakat ausrollte. Während er es für sich las, formten seine Lippen ein breites Lächeln: »Ich würde mich freuen, nein, ich wäre geradezu geehrt, es auszuhängen, Lady Swift.«

»Ausgezeichnet! Ich habe noch mehr davon für Chipstone, hoffentlich kann ich einige Ladenbesitzer im Ort davon überzeugen, sie auszuhängen.«

Brenchley streckte seine Hand aus. »Lassen Sie die doch einfach hier bei mir, dann kann ich sie heute Abend beim Treffen der Ladenbesitzer von Chipstone und Umgebung verteilen. Ich sorge dafür, dass jeder eines davon mitnimmt.«

»Wirklich? Das wäre wirklich außerordentlich freundlich von Ihnen.«

Als sie im Hinausgehen an Mrs Luscombe vorbeiging, rief

ihr die Frau hinterher: »Wenn Sie nächste Woche in Chipstone vorbeikommen, Lady Swift, dann schauen Sie doch mal bei mir rein, um sich das Schultertuch abzuholen, das so gut zu dem reizenden Schal passen würde. Es wird Sie erwarten.«

Eleanor dankte ihr und machte sich von dannen. Draußen vor dem Laden vernahm sie Brenchleys Stimme, der den neugierigen Damen, die sich vor der Ladentheke versammelt hatten, das Plakat verlas: »Benötigen Sie oder jemand aus Ihrer Familie einen Arzt? Haben Sie Schwierigkeiten, das Arzthonorar aufzubringen? Falls dem so sein sollte, entrichtet Lady Swift von Henley Hall die sieben Shilling für jeden einzelnen Termin. Wenn Sie weiterhin Probleme haben, die verschriebenen Medikamente zu bezahlen, übernimmt Lady Swift die Kosten dafür, bis die Behandlung abgeschlossen ist. Bitte werden Sie persönlich auf Henley Hall vorstellig oder rufen Sie Little Buckford 342 an und ...«

Zurück auf Henley Hall berichtete Eleanor einem gespannten Publikum von dem Drama auf dem Kirchturm. »Ja, wir hatten großes Glück, dass sich Mrs Pitkin in genau der Kirche versteckte, in der Miss Mann versucht hat ...« Sie erbleichte, bevor sie den Satz zu Ende bringen konnte.

Mrs Butters tätschelte ihren Arm. »Denken Sie nicht mehr darüber nach, Mylady, jetzt ist alles vorüber.«

Eleanor nickte. »Ich tappe noch immer im Dunkeln bezüglich der Frage, wie Mrs Pitkin herausgefunden hat, dass die Polizei vorhatte, sie zu verhaften. DCI Seldon war wütend darüber, dass jemand diese Information weitergeben hat. Jedenfalls war sie deshalb dort und hat gesehen, wie Miss Mann den Kirchturm hinaufgestiegen ist. Sie hat versucht, irgendjemanden zu finden, doch alle anderen waren zur Debatte ins Rathaus gezogen, weshalb sie letztendlich ebenfalls dorthin gekommen und dann wortwörtlich in mich hineingestolpert ist.«

»Wirklich selbstlos von Mrs Pitkin, dass sie ihr Versteck aufgegeben hat, um dafür zu sorgen, dass rechtzeitig Hilfe eintrifft«, sagte Mrs Butters.

Mrs Trotman wischte sich ihre mehlbestäubten Hände an ihrer Schürze ab. »Sie ist ein guter Mensch, so viel steht fest, Mylady. Ich kann mich niemals für das revanchieren, was Sie für sie getan haben.«

»Du liebe Güte!« Eleanor errötete. »Ich wünschte nur, dass ich schon früher mehr für sie hätte tun können.«

Mrs Butters lächelte ihr zu: »Eine Sache habe ich gelernt, Mylady: Die Not des einen Menschen ist die gute Tat eines anderen.«

Eleanor dachte an die letzten paar Tage zurück und daran, dass Mrs Pitkin ihre eigene Verhaftung riskiert hatte, um Miss Mann zu helfen. Daran, dass Lady Farrington zugestimmt hatte, heimlich für Miss Manns Rechtskosten aufzukommen, nicht nur aus der Angst heraus, dass ihre Affäre mit Carlton ans Tageslicht kommen könnte, sondern auch weil sie Mitleid für sie empfand, da sie vom selben Mann ausgenutzt worden waren. Daran, dass Mrs Aris DCI Seldon informiert hatte, dass sie sämtliche Vorwürfe der fahrlässigen Tötung gegen Miss Mann fallen ließ, nachdem sie von ihrer Geschichte erfahren hatte. *Und daran, dass du, Ellie, deine eigene kleine Rolle in alldem gespielt hast.*

Mrs Butters blickte sie an und tätschelte abermals ihren Arm: »Ihre Eltern wären so stolz auf Sie, Mylady.«

Der Kloß in Eleanors Kehle hielt sie von einer Antwort ab. Sie erwiderte schlicht das Lächeln und fragte sich einmal mehr, wie es ihrer Dienerschaft immer wieder zu gelingen schien, ihre Gedanken zu lesen.

Die Küchentür öffnete sich und Clifford erschien mit fünf Champagnerflöten und einer Flasche Champagner. Er stellte sie auf dem Tisch ab und machte eine Halbverbeugung vor Eleanor.

»Ich fürchte, Mylady, Ihren zweiten Drink haben Sie bisher nicht bekommen?«

Während er den Champagner entkorkte, sah sich Eleanor in der Küche um. »Wo steckt Polly, Mrs Butters?«

Das junge Mädchen schlüpfte mit rotem Gesicht und völlig außer Atem von seiner Position hinter dem Küchenherd hervor. »Ihre Ladyschaft verzeihen, ich habe nur versucht, Master Gladstone einmal mehr Ihre Lieblingshausschuhe abzuringen. Er will sie einfach nicht herausrücken.«

Eleanor lachte, als hinter Polly die Bulldogge auftauchte, die ihre Pantoffel fest im Maul hielt. »Ich glaube, Polly, das sind jetzt Gladstones Pantoffeln.«

Clifford wartete, bis Mrs Butters Pollys Glas mit Holunderblütensaft aufgefüllt hatte, und räusperte sich dann: »Würden Sie mir gestatten, einen Toast auszubringen, Mylady?«

Auf ihr Nicken hin erhoben alle ihre Gläser.

»Auf die beste Parlamentarierin, die Little Buckford nie hatte!«

# MEHR VON BOOKOUTURE DEUTSCHLAND

Für mehr Infos rund um Bookouture Deutschland und unsere Bücher melde dich für unseren Newsletter an:

*deutschland.bookouture.com/subscribe/*

Oder folge uns auf Social Media:

 facebook.com/bookouturedeutschland

 twitter.com/bookouturede

 instagram.com/bookouturedeutschland

# EIN BRIEF VON VERITY

Vielen Dank dafür, dass ihr euch dafür entschieden habt, *Ein Zeuge für den Mörder* zu lesen. Ich hoffe, dass euch das Lesen so viel Freude bereitet hat wie mir das Schreiben. Falls ihr Ellie und Clifford gern auch auf ihren künftigen Abenteuern begleiten möchtet – und euch vielleicht dafür interessiert, ob die Romanze zwischen Ellie und Lancelot weiter aufblüht –, dann registriert euch einfach unter folgendem Link. Als kleines Dankeschön dafür erhaltet ihr die ersten Kapitel von Ellies nächstem Abenteuer und erfahrt als Erste, sobald ein neuer Band aus der Lady-Swift-Reihe erhältlich ist. Eure E-Mail-Adressen werden niemals an Dritte weitergegeben, und ihr könnt euch jederzeit abmelden.

*deutschland.bookouture.com/subscribe/*

Außerdem wäre ich euch sehr dankbar, wenn ihr eine Rezension verfassen würdet. Rezensionen helfen anderen, in den Genuss von Lady Swifts rätselhaften Fällen zu kommen, und bieten mir wertvolles Feedback, auf dessen Basis ich das nächste Buch sogar noch besser machen kann.

Danke schön,

Verity Bright

# BLEIB IN KONTAKT MIT VERITY BRIGHT

veritybright.com

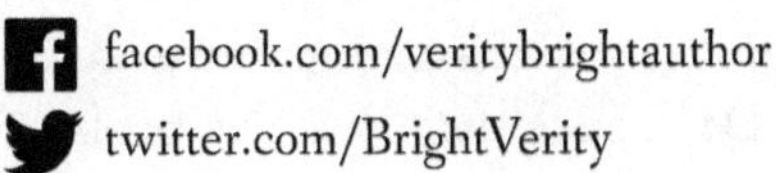

# DANKSAGUNG

Ein großes Dankeschön an meine unermüdliche Lektorin Maisie für ihr stets aufschlussreiches Lektorat und an Lauren und ihr Team für das scharfsichtige Korrektorat (und noch viel mehr). Vielen Dank auch dem Rest des Bookouture-Teams, das mitgeholfen hat, Ellie und Clifford auch dieses Mal Brandy und Confit und Master Gladstone Würstchen und Pantoffeln zur Verfügung zu stellen.

# MRS PITKINS ZWEISCHICHTIGER SCHOKOLADENFUDGE

Sofern ihr Gefallen an Mrs Pitkins Schokoladenfudge gefunden habt, hoffen wir, dass ihr ihn bald auch selbst zubereiten werdet. Ihr Rezept basiert auf einem Rezept aus der Zeit Eduards VII. Schickt uns doch ein Foto auf Social Media, falls ihr euch daran versucht!

Wenn ihr euren Fudge hübsch anrichten wollt, dann garniert die obere Schicht mit euren Toppings, sobald der Fudge etwas abgekühlt ist, aber bevor er fest geworden ist. Dafür bieten sich zum Beispiel kandierte Angelika- oder Ingwerwurzel oder Spritzglasur an.

**Zutaten**

400 Gramm gesüßte Kondensmilch
25 Gramm ungesalzene Butter und etwas zusätzliche Butter zum Einfetten
175 Gramm dunkle Schokolade, in Stücke gebrochen
175 Gramm Erdnussbutter – fein oder stückig**

** Falls ihr wie der arme Mr Aris an einer Erdnussallergie leiden solltet, könnt ihr die Erdnussbutter durch ein Nussmus ersetzen (bei Erdnüssen handelt es sich nämlich eigentlich um Hülsenfrüchte und faktisch gar nicht um Nüsse) oder Nutella verwenden.

**Zubereitung**

1. Ein flaches Backblech mit Backpapier auslegen und gründlich mit Butter einfetten.
2. Die Hälfte der Kondensmilch mit der Butter mischen und in einem Wasserbad erhitzen, bis die Butter geschmolzen ist. Die Schokolade hinzufügen und unterrühren, bis sie ebenfalls geschmolzen ist. Die Masse auf das Backblech gießen, abkühlen lassen und in den Kühlschrank stellen, bis sie sich verfestigt hat, was für gewöhnlich etwa ein bis zwei Stunden dauert.
3. Den Rest der Kondensmilch mit der Erdnussbutter mischen und wie in Schritt zwei in einem Wasserbad erhitzen. Ständig rühren, bis die Erdnussbutter geschmolzen ist und sich mit der Kondensmilch vermischt hat. Das Backblech aus dem Kühlschrank holen und die Erdnussbuttermischung auf die erste Schicht streichen. Abkühlen lassen und zurück in den Kühlschrank stellen, bis die Mischung hart geworden ist, was für gewöhnlich weitere ein bis zwei Stunden dauert.
4. Den Fudge aus dem Kühlschrank holen und in Stücke schneiden. Er hält sich für ein bis zwei Tage im Kühlschrank, schmeckt frisch aber am allerbesten!

www.ingramcontent.com/pod-product-compliance
Lightning Source LLC
Chambersburg PA
CBHW050924220726
48290CB00018B/1523

* 9 7 8 1 8 3 7 9 0 8 6 5 3 *